国家社会科学基金项目资助

张勐 ◎著

情感和形式：
中国当代小说中的知识分子叙事

（1949—1979）

浙江大学出版社
ZHEJIANG UNIVERSITY PRESS

目 录

导 言 / 1

　　一、知识分子叙事界说 / 1

　　二、既有研究回顾与基本思路 / 15

第一章　四十年代知识分子叙事的鉴往知来 / 29

　　一、思想改造与灵魂搏斗的变奏 / 32

　　二、英雄主义与犬儒主义的论辩 / 38

　　三、身心漂泊与乡土梦寻的交响 / 43

　　四、自我扩张与主体超然的僭越 / 47

第二章　"十七年"知识分子叙事的主题衍生 / 56

　　一、建国初期借助思想改造主题赢得的叙事合法化前提 / 57

　　二、"双百"时期经由干预生活主题闪现的主体性释放 / 80

第三章　革命叙事中的文本裂隙 / 108

　　一、拯救者与零余者的易位 / 109

　　二、边缘题材与主流叙事的兼容 / 116

　　三、革命激情与"小资"情调的互渗 / 124

　　四、学术殿堂与政治战场的碰撞 / 128

第四章　六十年代前期知青文学的前奏 / 137

　　一、皈依与启蒙两个向度间的失衡 / 138

　　二、乡村风景：恒常与思变的辩难 / 145

　　三、知识分子叙事与新农村叙事的复调 / 148

四、"边疆"：乌托邦原型与浪漫主义战歌的外化 / 154

第五章　历史题材小说的故事新编 / 163

一、历史真实与艺术真实的考量 / 163

二、还原历史与干预现实的偏侧 / 167

三、"事业人"与"义理人"的抉择 / 173

四、历史普及读物与旷世绝唱的重奏 / 181

第六章　七十年代知识者的曲折言说 / 189

一、"接受再教育"：知识青年的成长叙事 / 190

二、潜在写作：激进氛围下的精神飞地 / 210

第七章　知识分子的形象塑造与精神类型 / 229

一、"革命"坐标框定的知识分子形象谱系 / 230

二、浪漫青年、流浪汉、科学主义者等精神类型 / 246

第八章　知识分子叙事的结构模式分析 / 260

一、嵌套式结构：知识分子叙事与主流大叙事扞格的审美调适 / 261

二、情绪流结构：情胜于理的形式载体 / 270

三、碎片化结构：知识者世界观、生命观裂变的文本隐喻 / 278

第九章　五十至七十年代知识分子叙事的类型特征 / 290

一、思想型：一种独立思考、勇于探索的哲学兴趣 / 291

二、抒情型：与主流观念相衍相生的诗性激情 / 295

三、干预型：一种间距化、批判性的叙述者评论 / 298

第十章　新时期前夜与初叶知识分子叙事的蜕变 / 303

一、第一人称叙述：知识分子主体意识的复苏 / 305

二、思想启蒙与教诲叙事 / 312

三、夸饰性的抒情范式 / 322

四、纪实与虚构："报告体小说"的再度涌现 / 335

余　论 / 348

一、文化英雄书写抑或平民知识分子叙事？ / 348

二、反省叙事者可能存在的傲慢与偏见 / 353

三、在"我与人民"的关系式中重构知识者主体 / 359

四、新时期知识分子叙事一瞥 / 365

参考文献 / 371

后　记 / 382

附：博士学位论文后记 / 384

导　言

一、知识分子叙事界说

本书拟以知识分子叙事为经，以共和国前三十年历史为纬，展现二十世纪五十至七十年代中国小说中所折射的知识分子的心路历程与叙事形式的变迁。

所以在以"知识分子"命名的同时，兼用"知识者"一词[①]，因着较之"知识分子"这一概念，后者更多地从属、运用于人文

[①]　又写作"智识者"，五四以来文学界对现代知识分子习用的称谓。如鲁迅《〈艺术论〉译本序》称："撰者们中，虽然颇有不纯的分子，但在当时，却尽了重大的职务，使劳动者和革命者的或一层因此而奋起，使民众主义派智识者发生了动摇。"《鲁迅全集》第4卷，北京：人民文学出版社1981年版，第256页；《〈总退却〉序》："'五四'以后的短篇里却大抵是新的智知者登了场"，《鲁迅全集》第4卷，第621页；《〈浮士德与城〉后记》："Lunacharski族本是半贵族的大地主系统，曾经出过很多的智识者。"《鲁迅全集》第7卷，第351页。

学（尤其是文学）领域，而非社会学、政治学范畴。[①] 相形之下，这一定义更具弹性，更宽泛，宜于维护文学概念在具有准确性与清晰性的同时，犹保持着一定的模糊性与包容性的特征。例如，不仅能兼容诸如艾明之小说《浮沉》中简素华这样护士学校毕业的小知识分子形象，且宜于涵括非常年代学业中断、群起造反的"红卫兵"以及由随后上山下乡的"知识青年"叙述的知青文学。后者虽学历低下，学殖不厚，却在特定年代好"以非知识分子的身份，思考知识分子的问题"[②]。

"知识分子叙事"一词，大致涵括了知识分子题材、知识分子形塑、知识分子叙述三层内涵。概而言之，即指由知识分子主体完成的知识分子题材、知识分子形塑的叙述。书中所选择的个案，自然亦相对偏重于那些更多地体现了知识者视角、气质及情趣的作品。

二十世纪伊始，伴随着中国现代知识分子从传统士人中蜕变而生，并在新文化运动中以其思想的先觉成为新旧时代变革当之无愧的启蒙者与引领者[③]，知识分子叙事便亦自然成了新文学发轫以来引人瞩目的一种叙事形态，知识分子题材一跃而为创作的两

---

① 赵园的《艰难的选择》，目录中大抵命名为"知识分子"，正文则惯以"知识者"一词论述，参见《艰难的选择》，上海文艺出版社1986年版。其另一著作《地之子》中，也习用"知识者"一词。李泽厚的《中国现代思想史论》等著述也常使用"知识者"表述。

② 参见朱学勤《思想史上的失踪者》。作者还认为："他们不是知识分子，却又比知识分子更像知识分子。"《读书》1995年第10期。

③ 毛泽东曾指出："在中国的民主革命运动中，知识分子是首先觉悟的成分。"毛泽东《五四运动》，《毛泽东选集》第2卷，北京：人民出版社1991年版，第559页。

大基本题材之一①。"新的'智识者'登了场",并迅速取代了传统小说主角多是"勇将策士,侠盗赃官,妖怪神仙,佳人才子"形象的现象②:鲁迅小说中的"狂人""孤独者",郁达夫小说中的"零余者",茅盾小说中的"幻灭者""动摇者""追求者",路翎的"狂躁者""迷路者"——财主底儿女们,萧乾的"寻梦者",艾芜的"漂泊者",巴金笔下困于"家"中挣扎、反叛的年轻生命,叶绍钧笔下印刻着"小学教员的职业标记"的小知识分子,及至钱钟书笔下深陷于精神"围城"中难以自拔的中上层士人为表征的"新儒林"……如果说,五四时期堪称二十世纪中国历史上的一个知识分子时代,那么,推而广之,新文学萌生以迄至1949年江山易帜这三十年亦可谓是文学史意义上的一个"知识分子时代"。这一时期,无论在社会政治舞台,还是文学领域,知识分子都以其难能的历史主动性与凌厉奋进(或为"浮躁凌厉")的姿态,扮演了特定的重要角色。

时移世易,1942年5月,这种"知识分子的'现代文学'"在延安遭到了毛泽东的批评③:

---

① 史家称:"由于中国知识分子在民族觉醒中所据的特殊地位,以及农民的觉醒的特殊重要性与艰巨性,因此,作家对知识分子与农民的命运,以及他们的相互关系,给予了特殊的关注,农村题材与知识分子题材就成为中国现代文学的两大基本题材。"钱理群等《中国现代文学三十年》,上海:上海文艺出版社1987年版,第8页。

② 鲁迅《〈总退却〉序》,《鲁迅全集》第4卷,北京:人民文学出版社1981年版,第621页。

③ 李洁非、杨劼《解读延安——文学、知识分子和文化》,北京:当代中国出版社2010年版,第292页。

有许多同志比较地注重研究小资产阶级知识分子，分析他们的心理，着重地去表现他们，原谅并辩护他们的缺点，而不是引导他们和自己一道去接近工农兵群众，去参加工农兵群众的实际斗争，去表现工农兵群众，去教育工农兵群众。有许多同志，因为他们自己是从小资产阶级出身，自己是知识分子，于是就只在知识分子的队伍中找朋友，把自己的注意力放在研究和描写知识分子上面。

他们是站在小资产阶级立场，他们是把自己的作品当作小资产阶级的自我表现来创作的，我们在相当多的文学艺术作品中看见这种东西。他们在许多时候，对于小资产阶级出身的知识分子寄予满腔的同情，连他们的缺点也给以同情甚至鼓吹。对于工农兵群众，则缺乏接近，缺乏了解，缺乏研究，缺乏知心朋友，不善于描写他们。[1]

五四以降，"知识分子的'现代文学'"（即史称"新文学"）固然以极其纤敏善感的笔触抒写了热血青年毅然走出"家"这一"狭小的笼"，投身社会活动的激情；固然以自我感伤、自我拷问的形式刻画了作为革命"同路人"的知识者在革命巨澜中幻灭、动摇与追求的轨迹；固然以哀其不幸、怒其不争的姿态同情、悲悯着农民痛苦不堪、几近麻木的命运；甚至不无真诚地表白：自己"始终还是个乡下人"[2]，抑或"我是地主的儿子；/也是吃了大

---

[1]　毛泽东《在延安文艺座谈会上的讲话》，《毛泽东选集》第3卷，北京：人民出版社1991年版，第856—857页。

[2]　沈从文《烛虚》，《沈从文文集》第11卷，广州：花城出版社1984年版，第276页。

堰河的奶而长大了的"农民的儿子之心声①，但毕竟未能突破知识分子的圈子，使文学真正步入人民大众，与人民大众，尤其是中国农民进行历史性的会合。

而恰是立足以中国大众（主要是中国农民）为核心的民间价值标准②，立足于知识分子与人民大众"完全结合"这一构想，毛泽东审时度势，适时提出了"我们的文学艺术都是为人民大众的，首先是为工农兵的，为工农兵而创作，为工农兵所利用的"文艺方向③。

1949年共和国建立，毛泽东思想遂成一统寰宇的纲领，自此迎来了一个工农兵时代。工农兵成了社会主义革命与建设的主力军，与此相应，工农兵叙事也理所当然地衍为文学创作的主旋律；而知识分子不仅从社会政治舞台中心悄然谢幕，在文学领域亦日趋边缘化，知识分子叙事一度被收编于工农兵文学的主流叙事中。

论及上述"非知识分子化倾向"，有学者将其归因于二十世纪初儒家文化的解体，称："知识分子危机，远非到二十世纪下半叶才呈现到社会生活表面。可以说，从中国正统文化——儒家文化在'现代性'面前完全丧失功效的那天起，这种危机就已经到来，并深刻影响了以后中国精神生活的所有领域。"改造"知识分子也远非某些人浅显地设想的那样，是一种政治意志；虽然许多相关现象和事件的确与政治存在紧密联系，追踪到最深层，我们看到

---

① 艾青《大堰河——我的褓姆》，《艾青选集》，北京：开明书店1951年版，第2页。
② 陈思和《中国当代文学关键词十讲》，上海：复旦大学出版社2002年版，第5页。
③ 毛泽东《在延安文艺座谈会上的讲话》，《毛泽东选集》第3卷，北京：人民出版社1991年版，第863页。

的却是文化去向问题"。"就此言，延安的'知识分子改造'及其文学上'面向工农兵'的非知识分子化，完全符合并且顺应了中国现代的文化趋势。"①上述观点以文化批判姿态，将前此造成知识分子颓势的动因，溯源至"顺应"了清末民初儒家"文化基础坍陷所带来的必然结果"说。貌似深远的开掘，却回避了对最切近的现实层面的冲突内容的正视；同时，将问题大而化之，也难免混淆了传统士人的消亡与现代知识分子的边缘化二者同中存异这一基本史实。

与其舍近求远，苦心求证其"完全符合并且顺应了中国现代的文化趋势"之历史"必然性"②，不如直面恰是因着某种政治意志，而"主观能动"地改变了历史发展本有的多种可能性。拨开文化层面的云遮雾绕，细读文本，始于延安时代的现代知识分子命运的生成衍变轨迹便豁然显现。

《在延安文艺座谈会上的讲话》开宗明义，所以邀集文艺工作者来开座谈会，其最终目的便是为了完成民族解放战争的任务。

毋庸置疑，战争是彼一时代中国首要的政治，"文艺服从于政治"，便不能不充分关注并服从于战争的特殊性：其一，以农民为主体的革命士兵无疑对战争之成败具有举足轻重的影响，因此导致了"农民与知识分子在文化结构上的位置发生了戏剧性的变化"；其二，"统一的意志、高度的组织、最大的效率，是赢得战

---

① 李洁非、杨劼《解读延安——文学、知识分子和文化》，北京：当代中国出版社2010年版，第300—301页。
② 李洁非、杨劼《解读延安——文学、知识分子和文化》，北京：当代中国出版社2010年版，第287页。

争胜利的必要条件"。①这便又一次触及了"非知识分子化倾向"形成的动因。知识分子好以"个人"与"自由"为诉求的思想，置身于权力之外、"并能以自己的知识和技能监督和制约权力"的禀赋，适成赢得战争考量中的负面因素与阻力，故必欲对其实行"团结、改造、利用"的政策与策略化之。由延安整风预演习，至新中国成立初期的思想改造运动全面铺开，渐次奠定了对知识分子的教化与规约格局。

多年后，毛泽东仍以解放战争大获全胜的战绩骄人，称："工人、农民的军队打败了知识分子的军队！"②前者盖指"我们的军队百分之九十以上是不识字和小学程度的"工农，后者意指国民党军队其军官大都毕业于军事院校。然而，称后者为"知识分子的军队"仍略显突兀。恰是因此突兀，透露了领袖有心由军事胜利的经验，扩展至无产阶级专政时期的政治方略，直至新中国成立后二十余年，犹未改战争文化心理。

如果说，这一由战争文化心理派生的价值取向在战时自有其历史合理性，那么，当"战争年代由于特殊环境引起的两种价值的冲突，在新的和平环境下非但没有顺利解决，反而更加尖锐化对立化了"时③，这种战时文艺主张与策略的持续延展是否情有可原、顺理成章，便耐人寻味了。

体认了新社会结构中自我历史角色的转换后，知识分子便唯

<hr>

① 孟繁华《中国二十世纪文艺学学术史》第3部，上海：上海文艺出版社2001年版，第33页。
② 毛泽东《接见阿尔及利亚代表团的谈话》（1964年4月15日），龚固忠、唐振南、夏远生主编《毛泽东回湖南纪实1953—1975》，长沙：湖南出版社1993年版，第143页。
③ 陈思和《中国当代文学关键词十讲》，上海：复旦大学出版社2002年版，第11页。

有借文学、艺术等文类，曲折表达自己的心声。较之知识分子所从事的职业，彼时其精神层面、情感层面的内容似更值得关注。而知识分子叙事恰可成为窥探其依然丰饶、复杂的精神世界与情感世界的不可或缺的窗扉。透过窗扉，不仅可揭示知识者别有幽怀的审美趣味，也依稀能见出隐匿其下的政治潜意识，或谓"情感结构"①。

此处，对本书中所谓的"知识分子叙事"一词尤须稍作厘清。笔者的定义相对狭义化，即如前述所界定的，专指由知识者主体完成的知识者题材、知识者形塑的叙述。

从表面上看，除新中国悉心培养的一部分工农兵作者外，凡作家大都属于知识分子范畴。然而，究其本根，作为知识分子的创作主体意识却未必尽然健全，相反，不时受到规约乃至掩蔽。识者指出："在现代中国左翼革命史上，曾经形成了一种特殊类型的知识分子——党的文化工作者。他们经常担任文书、教员和宣传干事等职务，服从将令，是革命队伍中有机的一分子。从40—50年代以来，随着中国革命走向全面成功，越来越多的知识分子以'党的文化工作者'为模式，被纳入到主流体制中来。"②及至七十年代，更出现了所谓的知识分子的"非知识分子写作"状况。诚如王尧所指出的，彼一时期的"知识分子话语在主流意识形态

---

① 雷蒙德·威廉斯在其著作《漫长的革命》《马克思主义与文学》中首创"情感结构"说。他将"情感结构"界定为正在形塑的特定社群的集体感受，但尚未成形为意识形态，是调解社会与个人之间情感因素的新的关系与文化形式；指出"情感结构"既如"结构"一般确切可见，却又微妙而若隐若现。
② 祝东力《精神之旅——新时期以来的美学与知识分子》，北京：中国广播电视出版社1998年版，第36页。

与民间大众话语的合流中遭到重创，'非知识分子写作'成为一种潮流与倾向；主流文学中'知识分子'的写作在本质上是非知识分子的"。[①]严格意义上说，这部分作品不能归属于知识分子叙事。

也有研究者（如程光炜）从审美无意识的角度，将知识分子叙事的外延拓展至由知识分子主体完成的工农兵题材、工农兵形塑别一叙述范畴。"表面上看，由于激进文化思潮的控制，知识分子题材和其塑造的文学形象"，至六十年代中期已经完全衰落。实际上，即使在知识分子正面形象"缺席"的非常年代，"它仍旧在以各种独特的叙事方式和形态存在着，并不断延伸到这一时期文学的领域。在诸多的场合中，它表现为以下多种形态，尽管在价值选择上主动与主流意识形态合谋，服务于具体的政治任务和政策，但审美意识却明显是典型的知识分子的。知识分子形象虽然从文学作品和演出场所的'前台'退到了后台"，但它意外地在政治的规约下"获得了相对独立的审美空间。传统的知识分子（才子佳人）虽然被工农兵（下里巴人）所代替，然而这些工农兵形象中都充满了知识分子的气质、趣味和审美眼光。与其说他们是一群被称为国家新主人的'工农兵'，莫如说是另外一群换上了工农兵服装的'知识分子的自我形象'"。[②]

上述见解有助于笔者在笔涉知识分子叙事所涵括的知识分子题材、形塑、叙述三层内涵时，尤为注重知识者叙述的重要意义；注意知识者塑造的非知识分子形象可能含有的知识者移情；乃至

---

① 参阅王尧《"非知识分子写作"》，《苏州大学学报》2000年第2期。
② 程光炜《关于五十至七十年代文学中的知识分子形象》，《文学评论》2001年第6期。

逆向思维，审视工农兵文学主流叙事中的知识分子形塑现象——所谓知识者的"被叙述"问题。但缘于选题既定方向，笔者无意因此拓展文中所称的"知识分子叙事"的边界，以免漫漶中影响思考的专深。

依循既定"知识分子叙事"定义，笔者从一度被工农兵文学边缘化或已纳入革命叙事的作品中，悉心辨析、梳理出一条隐而不彰的知识分子叙事流脉：包括建国伊始因应知识分子的思想改造运动而萌生的知识者"思想改造"主题小说（或名之曰"成长小说"）；"双百"时期感染"知识分子的早春天气"破土而生的干预生活作品；"阶级斗争"已然"为纲"年代以反映无产阶级如何占领资产阶级最顽固的精神堡垒为名展开的大学叙事；七十年代"接受贫下中农再教育"的知青文学，以及诸种思想村落、文学群落的"潜在写作"。所征引的文本计七十余部，从《工作着是美丽的》《我们夫妇之间》《战斗到明天》《小城春秋》[1]，经由《组织部新来的青年人》《在桥梁工地上》《红豆》《太阳的家乡》《西苑草》《田野落霞》以及《浮沉》《青春之歌》《来访者》《在大学里》《知音》《不沉的湖》《红路》《勇往直前》《大学春秋》《陶渊明写〈挽歌〉》《杜子美还家》《广陵散》《白发生黑丝》《归家》《边疆晓歌》，直至非常年代的《征途》《剑河浪》《分界线》《公开的情书》《波动》《晚霞消失的时候》《第二次握手》《圆号》等，不一而足。

---

① 识者称："就革命历史题材类型的长篇小说而言，不少知识分子是作为革命者出现在作品中的，而不是我们所说的'知识分子形象'，如《红岩》中的江姐等；只有如《小城春秋》（高云览）、《青春之歌》（杨沫），才可被认为是以知识分子为主角（或中心人物）的小说。"杨匡汉、孟繁华主编《共和国文学50年》，北京：中国社会科学出版社1999年版，第170页。

本书谨守治史立场的平正客观，力戒偏袒、高估乃至神话化这一时段知识分子叙事的思想意义与审美价值。清醒地意识到革命时代语境中，知识者叙事的非纯粹性与歧义性：就题材而言，部分作品兼具知识分子题材与革命历史题材之多样性（如《青春之歌》《小城春秋》）；形象方面，部分人物性格复杂莫辨，兼容书生雅致与革命暴烈气质（如《小城春秋》中的四敏、吴坚，《晚霞消失的时候》中的李淮平）；叙述方面，叙述者时而摆荡于知识者与"党的文化工作者"的双重立场（如《太阳的家乡》《来访者》）；至于作者的知识背景与情感模式，其血缘亦芜杂多元。

考掘前述部分作品之作者的知识谱系：陈学昭脱胎于五四新文学传统，曾参加浅草社、语丝社，后赴法国留学，其知识结构中隐约可见法兰西的浪漫主义内容、希腊的古典主义形式与延安的现实主义改造之混血；高云览则由"左联"传统孕育成长，郁达夫式的零余者气息与"普罗"文学的激情（适为"罗曼蒂克"一体之两面）集于一身；公刘的社会身份虽为投笔从戎的"战士"，却终其一生未能变换知识者思想独立不羁的铮铮铁骨；王蒙固然有着浓厚的少年布尔什维克情结，依旧无改其知识者站位的干预生活与对革命的诗意想象。及至与共和国一起降生的一代，郭路生（食指）堪称彼一时代的悲剧性人物，其作品中"分明能感受到无产阶级文化对他和他诗歌的影响"，至今犹不能自拔，然而，就是这样一位一度为红卫兵群体代言的诗人，开启了七十年代乃至新时期知识者个人化言说的先河；即便赵振开（北岛）也未能摆脱"共和国情感模式"的影响，友人阿城忆及去国多年后在美国的某次聚会中，北岛喝得差不多了，朗诵"天是黑沉沉的天，地是黑沉沉的地"——六十年代革命音乐舞蹈史诗《东方红》中的朗诵词……他"在抒发真的情绪，但是得唱共和国情感模式的歌才抒发得出来"①。当他历经"浩劫"，直面曾经的迷信，终于石破天惊地喊出"我不相信"时，知识者怀疑主义的清醒中犹掺杂着革命英雄主义的余音。

知识分子叙事既是一种社会角色的变更，其价值取向与话语姿态的相应转换便自然引人注目。很显然，上述作者身上都曾留下了革命的深刻烙印，部分作者也曾怀有努力转变为一名"党的文化工作者"的追求，故此，他们的身份已大都不再是纯粹的知识分子；然而，就叙事的身份建构而言，正如识者所称，"身份不在身内，那是因为身份仅存在于叙事之中"。"说这话的意思有二：一是我们解释自身的惟一方法，就是讲述我们自己的故事，选择能表现我们特性的事件，并按叙事的形式原则将它们组织起来，以仿佛在跟他人说话的方式将我们自己外化，从而达到自我表现的目的。二是我们要学会从外部，从别的故事，尤其是通过与别的人物融为一体的过程进行自我叙述。这就赋予了一般叙述以一种潜能。"②恰是在上述作者的叙事之中（甚至在其已被收编入主流的革命叙事中），犹能发现知识分子有情的主体。

无论在选择题材，抑或是塑造形象中，都能见出勉力"讲述我们自己的故事"这一缘于知识分子站位的叙事自觉。虽说时代浪潮中不免随波逐流，却仍以写知识分子的"思想改造"，反映大

---

① 　查建英《八十年代访谈录》，北京：生活·读书·新知三联书店2006年版，第24页。
② 　马克·柯里《后现代叙事理论》，宁一中译，北京：北京大学出版社2003年版，第21页。

学校园里一场"没有硝烟的斗争"等为名，赢得步入知识分子敏感题材领域的合法性；纵然塑造的是革命英雄形象，也每每情不自禁地将其衍为自己的思想情性的"外化"，曲折"达到自我表现的目的"；甚至在陡遭十年浩劫，被打散了下放边地僻壤之际，犹能建构自外于时代风暴的精神飞地，守望知识者"残存的理想主义"立场[1]。

这一"有情的主体"，令其叙述时隐时显地渗透出知识分子特有的思想、气质、价值信念与审美旨趣[2]，包括文本中对西方古典音乐或现代音乐、绘画、浪漫派诗歌等不合时宜的激赏。这既可视为对人物知识者情调的着意渲染，又何尝不是创作主体与客体物象情不自禁地遥感！

《红豆》中，这首江玫与齐虹互奏传情的贝多芬的《月光曲》，在更其纷扰的七十年代，依然有人（如《波动》中的肖凌）深情地弹响，还央求"把灯关上一会儿"，以便"让月光从窗外流进来"……值得注意的是，两部由知识者叙述的小说中，贝多芬连同他那首月光奏鸣曲都显然不是即兴点缀的细节或背景音乐，而成了刻骨铭心的情节，是作者刻意在那动荡岁月凸示的一种诗意坚守，或谓无情的运动中所渴求的柔情抚慰。同理，《公开的情书》中，真真由衷喜欢俄罗斯画家伏鲁贝尔的油画《魔鬼》，也绝非一时心血来潮的欣赏。它是十九世纪末俄罗斯知识分子痛苦、

---

[1]　刘青峰、黄平《〈公开的情书〉与70年代》，《上海文化》2009年第3期。

[2]　毛泽东所谓"小资产阶级出身的人们总是经过种种方法，也经过文学艺术的方法，顽强地表现他们自己，宣传他们自己的主张，要求人们按照小资产阶级的面貌来改造党，改造世界。"这一略显夸张的警语或可援为反证。参见毛泽东《在延安文艺座谈会上的讲话》，《毛泽东选集》第3卷，北京：人民出版社1991年版，第875页。

彷徨情绪的变态反映，却因获得了同样在劫难逃、转而叛逆、反抗的中国青年知识者的共鸣，而激活了画作更其"巨大的力量"、"疯狂的热情"、躁郁的向往。

《第二次握手》中，科学家苏冠兰书房墙上的埃瓦佐夫斯基的名画《九级浪》，照映着有情人久别重逢，"第二次握手"时的心底波澜[1]；至于毕汝协的《九级浪》中美术老师家里悬挂的《九级浪》，更非可有可无的摆设[2]。"九级浪"这一感性物象，岂止是烘托着女主人公司马丽与其老师欲海孽风中的浮沉挣扎，它更作为经典能指，暗寓着时代狂澜波叠浪涌、帆摧樯断之际，知识者奋作绝望的抗争。作者之所以以"九级浪"命名自己的小说，恰是因为小说萌生于某次非自觉的对油画《九级浪》的共鸣，既有的动荡不安心情、心象，遂在那一瞬间与客体物象神交冥契，随物赋形。

更值得关注的还是知识分子叙事的"形式原则"——叙述与结构，这应是最为"文学性"亦不乏思想性的问题。陈平原认为："形式不仅仅是技术问题，而是蕴含着一个时代的意识形态以及一代人的审美感觉。因此，应该不把文学形式看成简单的形式，而是看成积淀着丰富思想内涵的'有意味的形式'。"[3]如果说，在"有意味的形式"概念的原创者克莱夫·贝尔的阐释中，注重将审美对象本身看作目的，而排除一切历史的、道德的、政治的外在

---

[1]　参阅张扬《第二次握手》，北京：中国青年出版社1979年版，第11、20页。

[2]　毕汝协《九级浪》，1970年冬开始以手抄本形式流传于世，原稿已散佚，现据作者及杨健《中国知青文学史》等著述的回忆。杨健《中国知青文学史》，北京：中国工人出版社2002年版，第147—149页。

[3]　陈平原《为何不断与五四对话》，《文艺争鸣》2018年第9期。

考虑，以直取某种"'终极实在'之感受"的"纯形式"意味[①]；那么，陈平原对"有意味的形式"的界说，无疑已立足于中国语境而全然颠覆、改写了贝尔的定义。依循陈平原的界说究其要义，"知识分子叙事"便可谓是这样一种"有意味的形式"。恰是新中国成立以后知识分子社会身份归属的焦虑，政治姿态的敛抑，遂促成其遁入文学叙事领域的角色位移。而叙述与结构无疑有助于知识分子借文学叙事寄托现世生活中未能了却的理想与抱负时，犹保持"文本的隐蔽性"。这不仅关乎着角色变易了的知识者如何超越现实、营构审美世界的技巧方法问题，亦兼有究竟以何种形式兼容、协调革命大叙事与知识者个体叙事间势所难免的抵牾功能。如是，形式便自然生出别一种"意味"：在对形式的个人化与多样化的着意追求中，隐约折射出知识者一息尚存的主体意识微妙、复杂的投影。

一言以蔽之，知识分子叙述在所谓"历史的必然性"处，却抒发了"诗的或然性"想象。

二、既有研究回顾与基本思路

本书着意将五六十年代文学（或谓"十七年文学"）与七十年代文学融通为一个整体予以考察，不仅因着新时期以降对这两个时段的研究相对冷落，内中尚留有诸多亟待填空补缺的学术荒地，亦缘于这三十年文学均在毛泽东文艺思想的统摄下，具有相类的

---

① 克莱夫·贝尔《艺术》，周金环、马钟元译，北京：中国文艺联合出版公司1984年版，第34—36页。

思想倾向与审美共性。

　　回望新时期以来既有五六十年代文学研究，一度摆脱不了"烙饼"式反复的泛政治话语评判。无论是"荒原论"，抑或是"红色经典说"，均褒贬失度，未曾逸出传统思维模式的疏阔与偏执。1988年"重写文学史"倡导下出现的部分论文，却开始了以"历史的审美的文学史"眼光，改写既有研究几近"政治主张的注脚"的结论之尝试[①]；1990年以来，以唐小兵发表于香港《二十一世纪》杂志上的系列论文及其主编的《再解读——大众文艺与意识形态》、黄子平的《革命·历史·小说》等著述为代表[②]，一种被称为"再解读"的研究思路于焉兴起。作为"重写文学史"方法论的延伸与突破，其力图逸出全盘肯定抑或全盘否定的一体化叙述，深入揭示"现存文本中被遗忘、被遮蔽、被涂饰的历史多元复杂性"[③]。时至新世纪，李杨的《50—70年代中国文学经典再解读》、余岱宗的《被规训的激情——论1950、1960年代的红色小说》、郑坚的《吊诡的新人——新文学中的小资产阶级形象研究》、吴俊和郭战涛的《国家文学的想象和实践——以〈人民文学〉为中心的考察》、孙先科的《说话人及其话语》、杜英的《重构文艺机制与文艺范式：上海，1949—1956》、佛克马的《中国文学与苏联影响（1956—1960）》等

---

① 陈思和、王晓明《关于"重写文学史"专栏的对话》，《上海文论》1989年第6期。
② 唐小兵主编《再解读——大众文艺与意识形态》，香港：牛津大学出版社1993年版。
③ 黄子平《革命·历史·小说》，香港：牛津大学出版社1996年版，第2页。

与本选题相关的著作相继出版①，其中，尤以董之林对五六十年代文学研究的勉力拓展引人瞩目。2001年至2008年这八年间，她锲而不舍地撰写（或续写）了三部专著，"追忆燃情岁月"，寻索"旧梦新知"，重温"热风时节"②，执意在那激进思潮退潮后，打捞一部社会主义文学史与精神史。

与董之林的坚执相类，蔡翔于2010年出版了《革命/叙述：中国社会主义文学—文化想象》一书，作者以尽力"在文学史和社会政治史之间建立某种互文的关系"③的研究方式，审视五六十年代中国社会主义文学与文化想象。值得注意的是，他不仅挺身为"中国革命的正当性"及其"创造出来的巨大的经验形态"辩护，同时并不讳言其情胜于理的一面，宁愿因此可能陷入那"更为复杂的历史脉络"的多重逻辑缠绕。④书中，那纵然割不断，理还乱，犹勉力梳理的学术操守与思想情结，令人肃然。

① 李杨《50—70年代中国文学经典再解读》，济南：山东教育出版社2003年版；余岱宗《被规训的激情——论1950、1960年代的红色小说》，上海：上海三联书店2004年版；郑坚《吊诡的新人——新文学中的小资产阶级形象研究》，南昌：百花洲文艺出版社2005年版；吴俊、郭战涛《国家文学的想象和实践——以〈人民文学〉为中心的考察》，上海：上海古籍出版社2007年版；孙先科《说话人及其话语》，上海：上海文艺出版社2009年版；杜英《重构文艺机制与文艺范式：上海，1949—1956》，上海：上海三联书店2011年版；佛克马《中国文学与苏联影响（1956—1960）》，季进、聂友军译，北京：北京大学出版社2011年版。

② 董之林《追忆燃情岁月——五十年代小说艺术类型论》，郑州：河南人民出版社2001年版；《旧梦新知："十七年"小说论稿》，桂林：广西师范大学出版社2004年版；《热风时节：当代中国"十七年"小说史论（1949—1966）》，上海：上海书店出版社2008年版。

③ 蔡翔《革命/叙述：中国社会主义文学—文化想象（1949—1966）》，北京：北京大学出版社2010年版，第394页。

④ 蔡翔《革命/叙述：中国社会主义文学—文化想象（1949—1966）》，北京：北京大学出版社2010年版，第3页。

较之五六十年代文学，七十年代文学留有更多的研究盲区。既有研究每每止于简单化地对其所表征的意识形态作价值评判，而缺乏学理性探讨与审美分析。殊不知七十年代文学恰是五六十年代文学的发展，尤能从极端处揭示中国当代文学的某些"真问题"，包括知识分子叙事的衍变症候及形式。

史家指出：五十至七十年代文学这一提法"并非自然形成，而是一个历史性概念"。"在作为'新时期'的1980年代"的历史意识中，曾使用"十七年文学"与"非常年代文学"的分期概念，借此表征两个截然不同的判断："前者是常态的，值得延续并重新展开的文学时期，而后者则是变态的、需要否定和排除的时期。所谓'拨乱反正'"。而"直到1990年代之后，'1950—1970年代文学'这一说法才逐渐被人接受。一方面，前30年被视为一个具有内在连续性的整体历史时期"，另一方面，"突出的是一种'客观'的历史态度，即从'新时期'意识中摆脱出来，从较为'超脱'的历史角度展开对这个时段的文学研究"。①

钱理群也更多地着眼于五十至七十年代文学（乃至四十至七十年代文学）的历史同一性，将其命名为"毛泽东时代的文学"或"共和国文化"。指出："毛泽东所领导的中国新民主主义革命与其所创建的中华人民共和国，对这一时期的文学的发展是起到了决定性的作用的。而在我看来，在毛泽东时代，特别是中华人民共和国成立以后，已经形成了一个完整的文化形态"，"它与中国传统文化和五四新文化自然有着深刻的联系，也显然受到

---

① 贺桂梅《"50—70年代文学"研究读本·编后记》，《"50—70年代文学"研究读本》，上海：上海书店出版社2018年版，第408页。

外来文化(首先是马克思列宁主义)的深刻影响。但应该承认与正视，它是一种有别于传统文化、五四新文化与外来文化的独立的文化形态，它在近半个世纪的发展中已经形成了与特定的政治、经济体制相适应的自己的观念、哲学，自己的思维方式，心理结构，情感方式，伦理道德，行为准则，甚至有自己的文体，话语方式"。①

如果说，二十世纪八十年代的"新启蒙"意识更多地强调七十年代的"断裂性""变异性"，以凸现、印证这一时段文学"空白论"之判断；那么，以上钱理群、贺桂梅论证其"统一性""连续性"，则意味着有意反省、反拨前者"二元对立"式的迷思。

诚然，"研究历史，是看重它的连续性还是断裂性，取决于我们想要突出历史的哪一方面"。一如当年哲学界"一分为二"与"合二而一"的争论，本无须上纲上线至"两军对垒"的境地，其不过是辩证法的一体之两面而已。而本书所以采用"五十至七十年代文学"这一界说，并将五六十年代文学与七十年代文学融通为一个整体予以阐述，除却部分吸取了这一分期概念较之其他概念更有助于逸出定名化的先入之见的历史姿态，于无声处发现众声喧哗，同时也缘于其在特定语境中作为一种视角、一种研究策略的方法论意义。

前述钱理群的思考产生于新世纪初叶，他与赵园、洪子诚、吴晓东、贺桂梅、杨联芬等关于五十至七十年代文学（或谓四十

---

① 钱理群《一个亟待开发的"生荒地"》，《二十世纪40至70年代文学研究：问题与方法》，《中国现代文学研究丛刊》2004年第2期。

至七十年代文学）研究的"问题与方法"的那场研讨及笔谈①；而几乎在同时，蔡翔、费振钟、王尧关于七十年代某些重大历史事件与叙事的一场对话，也堪称文学界七十年代研究深化期的代表作之一。值得注意的是，"对话体"形式的采用，不仅宜于作者通过交谈，达成并强化一定的共识，如一致认同七十年代历史的复杂性，"在空间上，纠缠着许多层面，有信仰的追求，也有利益的驱使，而且存在着各种各样的文化影响"，在时间上，初期、中期、后期历史演进跌宕起伏，每一段时间"都呈现出不同的复杂内容"，这就提示研究者应超越简单化思维模式，"做很细致、很深入的研究"；而且宜于借重各自观点的交锋碰撞，形成思辨张力。例如论及七十年代与中国"现代性"历史的联系这一命题时，歧义顿见：或谓在某种意义上，七十年代思潮正是中国向现代性进展的"极端表现形式"，或谓不应被那些七十年代思潮"是中国现代性的一种"抑或西方左翼学者所谓的"反现代性的现代性"理论蒙蔽。恰是如上对话的多维度思辨，有助于导引后来者对七十年代这一特定历史语境作更宏深的解读。

此后十年间，北岛、李陀主编的《七十年代》包括李陀的序言②，程光炜主编的《七十年代小说研究》及其"为什么要研究七十年代小说"的导言，以及王绍光、蔡翔、单世联、贺照田、罗岗等人文学者以《70年代中国》为主题展开的探讨，引领学界

---

① 赵园、钱理群、洪子诚等《二十世纪40至70年代文学研究：问题与方法》，《中国现代文学研究丛刊》2004年第2期。

② 北岛、李陀主编《七十年代》，北京：生活·读书·新知三联书店2009年版。

超越"'左''右'诘抗"①，努力"将'共同经验'与'个体经验'相结合"，以"重返七十年代"。②

虽然，本选题的立意与设计并不涉及对七十年代史实的史学性描述，更注重从"文理"而不是"事件"入手，然而，无论历史态度如何"客观""超越"，七十年代作为历史背景却始终隐在，故对于史学界、文学界既有成果的了然，保有清醒的历史意识之垫底，应有助于笔者在阐释七十年代的"潜在写作"、知青文学等文学史现象时增益历史纵深感，而不使其流于真空式的范畴中。

以上成果及经验无疑垫高了本书的起点与眼界。与微观研究之启示同步的，是史家关于五十至七十年代文学研究的某些宏观思考对本书的影响。笔者尤为关注笔涉这一特定时代的研究对象时，应持何种学术站位与价值标尺问题。

注重"文学性"的洪子诚，虽执守五十至七十年代文学"在艺术上有很大的局限性，包括境界、体验的深度、语言等"这一评价，却多少受"新左翼"立场的影响，而不断对自己的"文学性"站位与观念予以反思或修正。他不仅在其所编《中国当代文学史·作品选》中曾别有意味地节选了浩然的长篇小说《艳阳天》、京剧《红灯记》《沙家浜》③，且声称："有的'样板戏'也还是可以的吧？传统的形式，经过了许多改造，包括情节编排、唱腔、音乐、舞台美术等。现在有的京剧演出也在'现代化'，摇滚

---

① 王绍光、黄万盛、蔡翔、单世联、金大陆、贺照田、罗岗《70年代中国》，《开放时代》2013年第1期。

② 程光炜编《七十年代小说研究》，北京：中国社会科学出版社2014年版。

③ 洪子诚主编《中国当代文学史·作品选》，武汉：长江文艺出版社2002年版。

化，但我觉得远不如'文革'做得出色。在保持传统的格局里头，加入很多新的东西，又不使它支离破碎。这里面有许多努力，作了很多尝试。"①看似转向的判断中，其实无改其一贯所持的首先"对作品的'独特经验'和表达上的'独创性'"予以衡量的审美尺度。近些年来，正值学界对"纯文学"观念的横加讨伐愈演愈烈之际，洪子诚终又挺身而出，直言"上世纪80年代提出的所谓'纯文学'"主张，"内涵并非那么单一。除了强调语言、叙述、形式的重要性这一方面（这仍然是一个迫切的课题），也存在复杂面向。这种复杂面向，在当今的'反思'中被大大简化了"②；并倾力守护与各种权力保持相对独立的文学性站位的历史价值与现实意义。一波三折间，形成了洪子诚自剖的所谓"自反式的"价值取向，或称复调论辩。

较之洪子诚"自反式的"学术站位，陈思和的文学性立场更坚定。恰是因着始终遵循某种"超越时间和空间限制而永存于世的文学观念"③，他不认同"红色经典"这一提法，更否定七十年代文学主潮中所充斥的非文学的"立场、观点和方法"。然而，许是与巴金建立"文革"博物馆的遗愿一脉相承，陈思和认为对七十年代文艺的研究"是一个很有意义的课题"。研究方法上，他也曾指点迷津，指出：不妨"从它的边缘地带进行迂回的切入，寻找到研究这个特定历史时代的政治文化产品的途径"④；不妨从遮掩于

---

① 洪子诚《当代文学史研究中的史料问题》，收入《文学与历史叙述》，郑州：河南大学出版社2005年版，第199页。
② 洪子诚《文学的焦虑症》，《文学报》2010年1月21日。
③ 陈思和《当代文学100篇》编选说明，上海：学林出版社1999年版，第2页。
④ 陈思和《海藻集》，桂林：广西师范大学出版社2007年版，第143页

历史地表、"时代假象"下的深层，发掘同样表征着彼一时代精神的"潜在写作"现象。[①]而其弟子刘志荣在博士论文基础上的拓展性成果《潜在写作：1949—1976》一书，因此曾专辟章节，深入探讨了灰娃、黄翔、食指、赵振开等在七十年代的"潜在写作"[②]。

引人注目的是，陈思和在注重"文学性"价值取向时，始终将其与激扬"知识分子人格力量"、折射"现代中国知识分子美好精神境界"之追求交融在一起强调。这一立场遂使他发现了五十至七十年代文学的另一谱系，一种因工农兵叙事日趋主流而被置诸边缘、隐入"潜在"的知识分子精神叙事。

细考《中国当代文学史教程》各章节所示五十至七十年代文学中重点论述的篇目，如胡风的《时间开始了》、巴金的《奥斯威辛集中营的故事》、沈从文的《五月卅下十点北平宿舍》、张中晓的《无梦楼随笔》、王蒙的《组织部新来的青年人》、宗璞的《红豆》、郭小川的《望星空》、绿原的《又一名哥伦布》、曾卓的《有赠》、欧阳山的《三家巷》、田汉的《关汉卿》、陈翔鹤的《陶渊明写〈挽歌〉》、唐湜的《划手周鹿之歌》、丰子恺的《缘缘堂续笔》、牛汉的《半棵树》、穆旦的《神的变形》、食指的《这是四点零八分的北京》、赵振开的《波动》、刘心武的《班主任》、卢新华的《伤痕》、陈村的《两代人》、艾青的《在浪尖上》《光的赞歌》……俨若"一部可歌可泣知识分子的梦想史、奋斗史和

---

① 陈思和《中国当代文学关键词十讲》，上海：复旦大学出版社2002年版，第67—71页。

② 刘志荣《潜在写作：1949—1976》，上海：复旦大学出版社2007年版。

血泪史"①。

上述史家的治史态度无疑助成并支撑了本书关注知识分子的精神求索与重视文学性的价值取向这两个基本维度，但这并不妨碍笔者犹在努力追求尽可能客观平正的学术姿态。

诚然，知识分子也不乏本阶层的及个人的利益与诉求，但其"相对而言，更易于超越个人的特殊情境，更易于超越个人自身的事务、需求、利益，而追求和持守一种更具有普遍性的价值、目标和立场，并对现实保持一种反省的"态度②。一言以蔽之，其站位更具彼岸性。

确立了治史的基本站位后，迎对众说纷纭、吐纳八面来风时便不至于乱了阵脚；相反，倒能在与诸种观点（包括立场有别、持论有异的见解）的对话碰撞中形成自己的思想张力：·

赵园的《艰难的选择》一书首开新时期以来知识分子叙事研究之先河。虽说她考察的是二十世纪二十至四十年代知识者的形象塑造及其心理现实衍变，却以其融入自我、血气蒸腾的有情批评提醒笔者，"不是我们选择了题目，而是题目选择了我们"③，我们即在题目中。反思消逝的一代知识者，其实也是在审视我们这一代知识者的境遇。借用拉塞尔·雅各比的话说，"我不是以一个局外人的身份来写此书的"，"我对消逝的知识分子的批判也是一

---

① 陈思和主编《中国当代文学史教程》，上海：复旦大学出版社2005年版，第3页。
② 祝东力《精神之旅——新时期以来的美学与知识分子》，北京：中国广播电视出版社1998年版，第8页。
③ 黄子平《艰难的选择·小引》，赵园《艰难的选择》，上海：上海文艺出版社1986年版，第5页。

种自我批判"①，故理应持有设身处地的了解的同情，切忌后知之明的傲慢与偏见。

蔡翔的《革命/叙述：中国社会主义文学—文化想象》特辟专章致力于"工人阶级的主体性叙事"的深度考察。作者注意到随着革命的政治理念的诉求"让工农这些曾经的'弱者'翻身成为国家的'主人'"，而"这一翻身的过程，不仅仅是政治的，文化的，甚至是知识的"，作为一种表征着"强大的也可能是浪漫的'工人阶级'主体性的未来想象"的叙事形态便应运而生②。专著进而对"这一'工人'的叙述，或者怎样叙说，以及在这样的叙说过程中，什么样的力量开始介入，从而决定了它是这样的叙说"③详加探析。作者的立场适可引为本书的参照坐标，借此激赏"工人阶级的主体性叙事"的逆向思维，反省因着工人"'主人/奴隶'的身份转型"而被压抑的知识分子主体性叙事的理由与意义。双向对话中，避免唯我独尊的武断与盲视。

南帆的《后革命的转移》则提示笔者充分注意在二十世纪四十年代之后，尤其是五十至七十年代的文学史叙述学中，缘于"从民粹主义的传统到大众文学的论争，一系列复杂的理论运作终于使大众成为一个不容置疑的褒义词"。"相当长的时间里，大众与知识分子锁在一个隐性的二元结构之中，前者充当了一个不言

---

① 拉塞尔·雅各比《最后的知识分子》，洪洁译，南京：江苏人民出版社2006年版，第6页。
② 蔡翔《革命/叙述：中国社会主义文学—文化想象（1949—1966）》，北京：北京大学出版社2010年版，第290、323页。
③ 蔡翔《革命/叙述：中国社会主义文学—文化想象（1949—1966）》，北京：北京大学出版社2010年版，第273页。

而喻的主项。因此，大众的革命品质——正义，勇敢，直率，诚实，朴素——时常是在贬抑知识分子的过程中得到表述的。"①作者对大众与知识分子这一"隐形的二元结构"的揭示与分析，有助于笔者自觉突破既有历史框架中扬此抑彼的陈见，在与隐在的大众化叙事的比照中，重新发现与擦亮"知识分子"及其"叙事"被遮蔽的价值与神采。

程光炜的论文《关于五十至七十年代文学中的知识分子形象》通过宏观描述与取样分析，展现彼一时代"知识分子形象不断被修改、变异和调整"的过程。作者所持知识分子形象"与周围现实的关系是'互文'的，既有有条件的冲突和矛盾，也有一定的配合与默契"等观点②，有助于笔者行文时充分注意其"错综复杂的文化形态和类型"。

方法论上，叙事学对小说的形式与功能的研究方式对本书多有启示。有鉴于既往研究每每习于对共和国前三十年知识分子叙事的内容（题材、事件、情节等）及其所表征的意识形态作价值评判的倾向，本书拟另辟蹊径，更侧重于对知识分子叙事的形式即叙述行为与方法的审美观照。如从彼时的知识分子叙事文本中抽取三种其习用的结构模式——嵌套式结构、情绪流结构、碎片化结构——予以探析，阐发由小说结构形式及技巧所建立的叙事秩序。自然，如是侧重并不妨碍笔者对彼一文学与意识形态关系分外纠结的时代的折射、还原，笔者在专注于形式的同时，犹着

---

① 南帆《后革命的转移·导言》，《后革命的转移》，北京：北京大学出版社2005年版，第15页。
② 程光炜《关于五十至七十年代文学中的知识分子形象》，《文学评论》2001年第6期。

力透视政治的审美化过程与形式的意识形态意味①。卢卡契、詹姆逊、伊格尔顿等学者对意识形态的重视，无疑是研究特定政治化时代文学的本书理应参照与汲取的西方马克思主义理论资源。

在具体的文本分析中，笔者亦尤为注重叙述、修辞与意识形态的互动关系。"再解读"努力"呈现文本的修辞策略、叙事结构、内在的文化逻辑、差异性的冲突内容或特定的意识形态内涵在文本中的实践方式"之思路②，有助于笔者揭示文本中潜在的裂隙与矛盾。

有鉴于叙事学等形式主义范畴批评每每对历史时间问题轻忽，而"再解读"思路亦往往"不能形成更为复杂、完整的历史叙述"③，笔者注意将上述理论资源置于特定历史脉络中运用，史论结合，以期不失研究的历史维度。

与此相应，本书的研究视域也稍作开拓。按史界约定俗成的定义而言，五十至七十年代文学主要指涉1949至1976年这一时段的文学。然而，笔者却不满于既有五十至七十年代文学之研究每

---

① 弗雷德里克·詹姆逊在《政治无意识》一书中曾采用了一个术语："形式的意识形态"，指出可在三个同心框架中逐渐拓展文本的阐释，在狭隘的政治历史观、社会观之后，宽泛意义上的人类历史视域尤为引人瞩目。"当一种特定社会构成的激情和价值不知不觉地由于整个人类历史的终极视域、以及它们各自在整个生产方式的复杂序列中的位置而被置于新的看上去相对化了的视角之中时，个别文本与其意识形态素都将经历最后一次改造，必须根据我将称为形式的意识形态的东西来解读，即是由不同符号系统的共存而传达给我们的象征性信息"。詹姆逊《政治无意识——作为社会象征行为的叙事》，王逢振、陈永国译，北京：中国社会科学出版社1999年版，第65页。此处系从其广义上援用。
② 贺桂梅《"再解读"——文本分析和历史解构》，收入唐小兵编《再解读：大众文艺与意识形态》，北京：北京大学出版社2007年版，第271页。
③ 贺桂梅《"再解读"——文本分析和历史解构》，收入唐小兵编《再解读：大众文艺与意识形态》，北京：北京大学出版社2007年版，第276页。

每本质化、扁平化的症候，而有心将历史视域作一定的拓展，增设四十年代知识分子叙事与新时期前夜及初叶知识分子叙事（1976年至1979年）这两个章节，着意疏理这一历史空间与四十年代文学相连接、向新时期延伸的轨迹，以期强化历史纵深感。

语言上，笔者既心仪当代文学方家的述学笔调，也汲取陈平原、赵园、王德威等跨专业学者对文学史陈述自身"文学性"的注重及其古雅典丽的文字。本书每每"化简为繁"，勉力借助丰沛柔韧的字质意象，逸出对于五十至七十年代知识分子叙事之简单粗疏的梳理、泾渭分明的评判，而代之以繁复多向的思辨与对话。

第一章

四十年代知识分子叙事的鉴往知来

史家认为，当代中国前三十年文学的时限，起始点"或在 1949年第一次文代会召开或新中国建立"，"或在1942年《在延安文艺座谈会上的讲话》"。[①]而陈晓明则认为，将"1942年在延安召开的文艺座谈会作为中国当代文学的起点标志"，文学史书写"将会显得更加合理，其来龙去脉也会更加清晰。这样，'现代'与'当代'有一段重合，可以更清晰地显示它们之间的内在关系"。[②]本书拟取后一时限更其宽泛的界说，将毛泽东《在延安文艺座谈会上的讲话》认同为中国当代文学的"直接源头"，同时将其视作始自四十年代中后期的知识分子叙事渐次转型与分化的重要动因与逻辑起点。有鉴于此，本章的论述范畴看似溢出了1949至1979年这一选题既定的时间框架，实质上却意在从头说起，鉴往知来。

---

① 贺桂梅《"50—70年代文学"研究读本·编后记》，《"50—70年代文学"研究读本》，上海：上海书店出版社2018年版，第408页。
② 陈晓明《中国当代文学主潮》（第二版），北京：北京大学出版社2013年版，第5页。

　　1942年5月，毛泽东在《在延安文艺座谈会上的讲话》（以下或简称《讲话》）中明确阐述了我们的文学艺术"首先是为工农兵的"，其次才是"为城市小资产阶级劳动群众和知识分子的"文艺思想①，并提出了知识分子应在世界观、美学观上浴火涅槃这一新课题。毛泽东称："我们知识分子出身的文艺工作者，要使自己的作品为群众所欢迎，就得把自己的思想感情来一个变化，来一番改造。没有这个变化，没有这个改造，什么事情都是做不好的，都是格格不入的。"②

　　"我们知识分子"一语，凸显了毛泽东毫不讳言自己也是知识分子出身，并且有心将自身与知识者一并投入同一个"大熔炉"里，在"煮自己的肉"的同时以身示教。他自我剖析说，自己也曾觉得"世界上干净的人只有知识分子，工人农民总是比较脏的。知识分子的衣服，别人的我可以穿，以为是干净的；工人农民的衣服，我就不愿意穿，以为是脏的。革命了，同工人农民和革命军的战士在一起了，我逐渐熟悉他们，他们也逐渐熟悉了我。这时，只是在这时，我才根本地改变了资产阶级学校所教给我的那种资产阶级的和小资产阶级的感情。这时，拿未曾改造的知识分子和工人农民比较，就觉得知识分子不干净了，最干净的还是工人农民，尽管他们手是黑的，脚上有牛屎，还是比资产阶级和小

---

① 毛泽东《在延安文艺座谈会上的讲话》，《毛泽东选集》第3卷，北京：人民出版社1991年版，第863、855页。

② 毛泽东《在延安文艺座谈会上的讲话》，《毛泽东选集》第3卷，北京：人民出版社1991年版，第851—852页。

资产阶级知识分子都干净。这就叫做感情起了变化"。①由此领袖思想感情的巨变，足以想象其所曾经受的"长期的甚至是痛苦的磨练"历程。

究其本意，"思想改造"一词在上文中原兼及两面，包含思想改造与自我灵魂搏斗双重含义，且不乏自觉与主动，富有辩证逻辑。然而，却因某种时势的急进、催迫以及战争特殊体制的驱使，一变而为被动接受乃至自上而下的运动形式。

1943年3月，重庆《新华日报》报道了延安文艺座谈会的情况②；次年5月，中央委派何其芳、刘白羽为特使，赴重庆宣传《讲话》精神，延安的文艺思想与方针逐渐为国统区的左翼知识分子所了解。然而，恰如毛泽东在《讲话》中考虑到的，"文艺作品给谁看的问题。在陕甘宁边区，在华北华中各抗日根据地，这个问题和在国民党统治区不同"。③相对于解放区迅速贯彻《讲话》精神，努力塑造工农兵的热潮，国统区的创作由于接受的时间差以及上述阅读对象的不同等原因，却依然局限于以自我表现为主。甚至一如史家所称："知识分子题材和知识分子问题，在文学中重又占据了显赫的位置。"④

尽管如此，抗日战争与1945年开始的解放战争，1942年毛泽东发表的《在延安文艺座谈会上的讲话》，作为潜在的历史视角与

①　毛泽东《在延安文艺座谈会上的讲话》，《毛泽东选集》第3卷，北京：人民出版社1991年版，第851页。
②　《中共中央召开文艺工作者会议》，《新华日报》1934年3月24日。
③　毛泽东《在延安文艺座谈会上的讲话》，《毛泽东选集》第3卷，北京：人民出版社1991年版，第849页。
④　赵园《艰难的选择》，上海：上海文艺出版社1986年版，第186页。

景深终究或隐或显地在四十年代中后期的知识分子叙事中留下了深刻的印记与反响。如同诗人化铁回忆的："我们仿佛还不太懂得这篇文章。在延安对文艺工作者提出来的课题，对于我们这些生活在南京这块狭小田地里的人们来说，似懂非懂。但有一点是可以肯定的：我记得他说过'作者必须深入生活，作者必须热爱人民'。"①

悉心探析彼一时期具有一定代表性的长篇小说，如路翎的《财主底儿女们》，钱钟书的《围城》，师陀的《结婚》《马兰》，王西彦的"知识分子三部曲"（《神的失落》《古屋》《寻梦者》），隐约可见叠印着知识者精神漂泊、灵魂搏斗及至走向民众这一波多折的潜主题与努力。

一、思想改造与灵魂搏斗的变奏

"思想改造"与"灵魂搏斗"，可谓四十年代中后期知识分子叙事的同一核心主题在解放区与国统区的交响与变奏。

前者被动，所谓"接受思想改造"，或如七十年代的"接受贫下中农再教育"；后者主动，强调自我拷问，"自我改造"②，自救自赎。

胡风认同《在延安文艺座谈会上的讲话》的基本精神，却认为何其芳式的"现身说法"、机械阐释未免把《讲话》所强调的知

① 化铁《我所知道的路翎》，收入张业松编《路翎印象》，上海：学林出版社1997年版，第83页。
② 胡风《三十万言书》，转引自李辉《文坛悲歌——胡风集团冤案始末》，《百花洲》1988年第4期。

识分子思想改造过程简单化、"庸俗化"了。印象中的何其芳似乎犹停留于呢喃"画梦",耽美"梦中道路的迷离"的小资产阶级境界,不料士别三日其口气"却使人只感到他是证明他自己已经改造成了真正的无产阶级"。①

历经了1942年的延安整风运动与《讲话》的学习领会,诗人何其芳努力"改造自己,改造艺术",立竿见影地完成了世界观念与美学情趣的起死回生。他不再写诗,而是心甘情愿地成了一名宣传、捍卫毛泽东文艺思想的"特殊类型的知识分子——党的文化工作者"。在他的心目中,大道至简,只要彻底打破"自己那种可羞的,不必要的,知识分子的自尊心理",摈弃我执,向无产阶级"投降""完全缴械",便能减少改造过程中的"很多矛盾与苦恼"。②

如果说,在何其芳心目中大道至简,他以极其政治化乃至军事化的话语诸如"投降""缴械",表明了《讲话》所指出的改造之途乃是知识分子无条件服从的必由之路;那么,在胡风的辞典里,这一命题却复杂得多,艰难得多——所谓大道多歧。胡风更认同的是鲁迅式的"灵魂的格斗"与罗曼·罗兰式的"搏斗",丝毫不认为学习《讲话》就意味着同时应拒斥"学习世界文学的战斗经验"。

在胡风的思想中,鲁迅绝非那些"只是概念地抓着了一些

---

① 胡风《三十万言书》,转引自李辉《文坛悲歌——胡风集团冤案始末》,《百花洲》1988年第4期。

② 何其芳《朱总司令讲话》,《何其芳全集》第2卷,石家庄:河北人民出版社2000年版,第223—224页。

'思想'"，便宣称"惟我是无产阶级"的思想突变者，而是勇于用新思想做武器，向"旧垒"连同"旧我"反戈，一刀一血地解剖自己的战士[①]。鲁迅既"敢于受"，又勇于存疑，他的自我改造便亦因此成了"这样带着鲜血的苦斗"。而罗曼·罗兰式的心之所以能"俯向灵魂的深渊，从人类历史底洞底"寻索与发现"人民底力量"，其间也无疑充满了智慧的痛苦，恰如他自己所形容的，仿佛"一手握着斧子一手捧着头的，身首分离的圣约翰。"[②]以上着力渲染、刻画的知识者精神裂变大欢乐中兼有的大痛苦，多少透露了毕竟是书生的胡风在"思"与"信"、"我执"与"改造"两极间患得患失的纠结。这纠结不是胡风一个人的，它必然复沓体现、回旋于战时国统区一代知识分子的叙事中。

　　1945年11月，路翎的《财主底儿女们》问世，胡风为之写序，在序中他一而再、再而三地运用"搏斗"一词，凸现小说众声和鸣中，青年知识分子那种身首分离、内心斗争乃至精神分裂、撕扯的"主音"：

　　　　在这部不但是自战争以来，而且是新文学运动以来的，规模最宏大的，可以堂皇地冠以史诗的名称的长篇小说里面，作者路翎所追求的是以青年知识分子为辐射中心点的现代中国历史底动态。然而，路翎所要的并不是历史事变的记录，而是

---

① 胡风《关于鲁迅精神的二三基点》，《鲁迅研究学术论著资料汇编》第4卷，北京：中国文联出版公司1987年版，第336页。
② 胡风《向罗曼·罗兰致敬》，《胡风评论集》下，北京：人民文学出版社1985年版，第70—71页。

> 历史事变下面的精神世界的汹涌的波澜和它们的来根去向，是
> 那些火辣辣的心灵在历史命运这个无情的审判者面前搏斗的
> 经验。[1]

临了，还毋忘顺笔一嘘："这是这一代千千万万的青年知识分子应该接受却大都不愿诚实地接受，企图用自欺欺人的抄小路的办法回避掉的命运。"[2] 此中的潜在针对性不难意会。

值得注意的是，胡风不时刻意将这部同样表现灵魂格斗的《财主底儿女们》视之为"中国的《约翰·克利斯朵夫》"予以评说[3]。

1944年12月30日罗曼·罗兰辞世，使1945年成了中国域外文学接受史上的罗曼·罗兰年。不仅国统区作家如茅盾、胡风、路翎等纷纷撰文，遥向罗曼·罗兰致敬，大凡笔涉知识者灵魂搏斗命题，言必称罗氏与其《约翰·克利斯朵夫》；便是延安的《解放日报》，也接连刊出了艾青、萧军、陈学昭等的文章，高度赞扬罗曼·罗兰勇于走向民众的"大勇者精神"[4]。

闻家驷在《世界文艺季刊》上发表了题为《罗曼·罗兰的思想、艺术和人格》一文，称"罗曼·罗兰的思想虽说渗透着罗曼·罗兰个人对周围各种事物的态度，但它仍然是大众化的，通

---

① 胡风《财主底儿女们·序》，路翎《财主底儿女们》上部，北京：人民文学出版社1985年版，第1页。

② 胡风《财主底儿女们·序》，路翎《财主底儿女们》上部，北京：人民文学出版社1985年版，第5页。

③ 参见1947年9月《泥土》第4辑"新书预告栏"。

④ 参阅艾青《悼罗曼·罗兰》，萧军《大勇者精神》，陈学昭《愿你安息在自由的法兰西》，《解放日报》1945年1月29日。

俗化的，因为构成他的全部思想的一个主题正好是他从一般人所熟悉周知的事物中，或者说是从人民大众的生活中提炼出来的一个问题"，"这个问题便是：我们应该改造我们的思想，改造我们的灵魂，换句话说，我们应该'死去再生'，从毁灭与死亡中去创造一个适合于历史规律和时代要求的新文化，新社会"。[1]着意于罗兰式的灵魂搏斗与本土的"思想改造"时潮相融通。

尤为重要的是，是年在战时几已绝版的傅雷译《约翰·克利斯朵夫》重新由上海骆驼书店出版，这对于中国知识界而言无疑是个重大的文化事件，作为精神资源与审美标高，它应能引领中国的知识分子叙事向其深广的层次拓进，抵达更其理想的境界。

"罗曼·罗兰的热烈的对现实的突破"影响着路翎。他坦言："在我写《财主底儿女们》的时候，罗曼·罗兰的《约翰·克利斯朵夫》和莱蒙托夫的毕巧林等伴着我走过一段行程。"[2]

很大程度上，恰是因着《约翰·克利斯朵夫》的深刻影响，助成《财主底儿女们》继鲁迅的《孤独者》《在酒楼上》《伤逝》，茅盾的《蚀》三部曲，巴金的《激流》三部曲诸作表现知识者灵魂搏斗叙事之后，第一次将此主题拓展、升华至史诗的层面，令读者感同身受着那些史诗般的"痛苦的境界，阴暗的境界，欢乐的境界，庄严的境界"[3]，并由衷惊叹！

主人公蒋纯祖"不但要和封建主义做残酷的搏战"，而且要与

---

① 闻家驷《罗曼·罗兰的思想、艺术和人格》，《世界文艺季刊》第1卷第2期。
② 路翎《我与外国文学》，张业松编《路翎批评文集》，珠海：珠海出版社1998年版，第260页。
③ 胡风《财主底儿女们·序》，路翎《财主底儿女们》上部，北京：人民文学出版社1985年版，第4页。

灰色、庸俗的市民主义搏战，与小集团的"左"倾教条主义搏战，与恶势力的凶残虚伪、群众的蒙昧搏战，更要与自身的个人主义重负搏战，后者尤为艰难、痛苦。

诚然，路翎（连同其笔下的蒋纯祖）信仰人民的力量，但呈现于《财主底儿女们》中的"人民"想象始终是象征化、符号化的。他对"人民"的认识彼时犹处于一知半解的状态。1948年他终于读到了毛泽东的《在延安文艺座谈会上的讲话》，自此起始的自我批判与思想改造过程竟如此漫长，如此悲壮，直至付出了毕生的代价。

如果说，何其芳等人对"知识分子与人民结合"这一时代命题以及由此派生的知识分子思想改造等命题的诠释失之简单化，那么，路翎（包括其引以为师友的胡风）对此过程的理解则过于复杂化了，骨子里未尝不是知识分子特有的自尊、自傲、自恋心态在作祟。如同其笔下的蒋纯祖，时时感觉着一种脱离土地的莫名空虚与焦虑，却又牵丝攀藤怎么也迈不出"优越的精神世界"[①]。

于是，"知识分子与人民结合"这一命题形诸路翎笔下，便犹如一场欲迎还拒、相拥相搏的苦斗。在这场"令人战栗的斗争"中，蒋纯祖屡战屡败却又屡败屡战。

在生命的最后一刹那，他看见了无数的人们——那"在大风暴中向前奔跑"、旗帜飘扬的民众的队伍，他想："我为什么不能跑过去，和他们一道奔跑、抵抗、战斗？"[②]

这致命的苦恼又何尝不是迫切走向民众却又难于割舍我执的

---

① 路翎《财主底儿女们》下部，北京：人民文学出版社1985年版，第1170页。

② 路翎《财主底儿女们》下部，北京：人民文学出版社1985年版，第1315—1316页。

作者的心声！

借用路翎的批评话语表述：苦于难能真正深刻无间地融入人民的队伍，苦于"在人生里面找不到自己底战斗的位置，但不敢说出来，于是含含糊糊地宣说了：心灵的不安呀，灵魂的永不安定呀，等等"。①

作者寄希望于人生和艺术的，应该是如《约翰·克利斯朵夫》那样的光明和健康、独有一种神性的阔大境界，曲终回归"土地"，如是灵魂方如释重负得到安宁；然而在创作实践里，却常常因理想的预设陈义过高而力有不逮，以致陷于神经质般的痉挛，不无病态的感情纠结，乃至自虐自戕状态中。

二、英雄主义与犬儒主义的论辩

史家有言：路翎与钱钟书，"就像是那个时代的双子星座，互相对称，互相平衡，可以代表那个时代知识分子最典型的两种思想和情感"。②

借助上述提示，笔者将《财主底儿女们》与《围城》并读，从而发现了二作无意间恰恰构成了彼一时代知识分子叙事英雄主义与犬儒主义思想的历史性论辩。

八十年代伊始，杨绛在为傅雷译著撰序时曾如是回忆，抗日战争末期那段灰暗的日子里，钱钟书常与她及朋友们一起，"聚在

① 路翎《纪德底姿态》，张业松编《路翎批评文集》，珠海：珠海出版社1998年版，第17页。
② 范智红《世变缘常——四十年代小说论》，北京：人民文学出版社2002年版，第71页。

傅雷家朴素幽雅的客厅里各抒己见，也好比开开窗子，通通空气，破一破日常生活里的沉闷苦恼"。①貌作寻常的话语与喻象中，却不难使我们联想起傅雷译著中那极其不寻常的类似表达与意象："我们周围的空气多沉重。""社会在乖巧卑下的自私自利中窒息以死，人类喘不过气来。——打开窗子罢！让自由的空气重新进来！呼吸一下英雄们的气息。"②能够想见，其中不仅有《贝多芬传》中的贝多芬，还有傅雷用心译介、呼之欲出的精神英雄约翰·克利斯朵夫的身影。然而，遍览《围城》，读者却似乎难能呼吸到丝毫罗曼·罗兰式英雄主义的气息。

笔者认为，《围城》中作者虽不失"打开窗子"的潜意识，却有意关闭了那扇连通域外英雄主义气息的"窗子"，使其成为"隐在"，借此反衬、渲染身陷精神"围城"中的人物对于人生、人性那种莫名的灰暗情绪乃至"喘不过气来"的精神窒息情景，以期令多少亦沾染了一些犬儒习气的读者达臻万难忍受的境地。

就此意义而言，路翎式的激扬英雄主义与钱钟书式的批判犬儒主义叙事适可谓同一命题之正反两极，相反相成地合力于知识分子性格的重铸。

路翎塑造的蒋纯祖，虽则未能如作者所期，升华为所谓"如我们在我们时代所理解的群众英雄"，表征着"人民底结晶"，满蓄着"人民的力量"，而至终只能说是一个"个人英雄主义者"③，

---

① 杨绛《〈傅译传记五种〉代序》，《杨绛全集》第2卷，北京：人民文学出版社2014年版，第300页。

② 罗曼·罗兰《贝多芬传》，傅雷译，上海：三联书店1949年版，第9页。

③ 路翎《认识罗曼·罗兰》，张业松编《路翎批评文集》，珠海：珠海出版社1998年版，第13页。

但毕竟寄寓了作者的所有英雄主义抱负。即便结局失败了，也依然不失为一个失败了的英雄，或如时人所称——一种"绝缘而又绝望的'英雄主义'"①。而与此适成对照，钱钟书笔下的方鸿渐却如研究者指出的，是一个"反英雄"的人物。"所谓反英雄，并非反派角色，而是指那些从西洋传统英雄的高度跌落下来，成为嘲弄反衬前者的一类'哭笑不得变种'。他们既非君子又非恶棍。矮小滑稽，孤僻困惑。但却能在乱世中自行其道，不甘堕落。"②

如若仅仅如此，其充其量只能视作"汤姆·琼斯式的贵族子弟飘零故事"的中国翻版；然而钱钟书却将方鸿渐这一人物置于动乱黑暗的历史背景前，凸现了他的矛盾性格与犬儒主义的倾向。

论及早期、晚期犬儒主义之蜕变，识者指出："犬儒"一词的演变证明，"从愤世嫉俗到玩世不恭，只有一步之遥"。③而方鸿渐的矛盾却在于骑墙、游移于愤世嫉俗与玩世不恭之两极。

鸿渐虽不失善良、方正，却又有轻浮周旋的一面。洁身自好偏随波逐流，满腹牢骚又惯于忍气吞声。头脑机灵而思想贫乏，外表潇洒内心懦弱无能……细究其犬儒主义的谱系，大致可见由"玩世不恭"与"和同随俗"合成。前者可谓西方舶来文化的变种，后者则是老旧中国的"国粹"。恰是上述习性，致使他始终如蜻蜓点水般地在不同文化层面上飞来荡去，却总是领略不了中西思想文化的要义与原则所在。唯其方正善良，唯其聪明伶俐，更

① 鲁芋《蒋纯祖的胜利——〈财主底儿女们〉读后》，杨义、张环等编《路翎研究资料》，北京：知识产权出版社2010年版，第104页。
② 赵一凡《〈围城〉的隐喻及主题》，《读书》1991年第5期。
③ 周濂《打开：周濂的100堂西方哲学课》，上海：上海三联书店2019年版，第314页。

反衬出犬儒主义如何腐蚀人心，而方鸿渐玩弄的又是何种精致得令人触目惊心的游戏。

鸿渐明知读书须真才实学，一纸文凭毫无实际意义，却受不了父亲、丈人的两面夹攻，徒以克莱登大学假文凭搪塞，临了还引经据典，美其名曰"撒谎欺骗有时并非不道德"。

他不仅看破了婚姻，也"看破了教育，看破了政治"。如将国民党的"党化教育"直指为"愚民政策"："从前愚民政策是不许人民受教育，现代愚民政策是只许人民受某一种教育"①，却止于消极的嘲讽，而不作积极的抗争。把对既有体制的不满，化作一笑了之的服从、接受。

值得注意的是，方鸿渐只是战时犬儒主义者的一个典型。作者还特意在其周围展示了儒林众生相，以指向更普遍、更可怖的彼一时代中上层知识分子的集体性犬儒主义思潮。如某教师明明"知道中国战时高等教育是怎么一回事"，却学了乖，"见风转舵"，自诩为"生存智慧"；某视学不仅照搬官样文章，还力图将那政治意图"学理化"，称较之牛津、剑桥"每个学生有两个导师，一位学业导师，一位道德导师"的导师制，中国式的"经师人师"集于一身更符合教育原理②。主动以其知识助纣为虐，足见知识者的政治犬儒主义之猥琐卑劣。

无独有偶，与《围城》同年出版的师陀的《结婚》也以婚姻为喻，透露出战时同样蛰居孤岛的作者连同其笔下人物囿于精神"围城"中的两难处境。

---

① 钱钟书《围城》，成都：四川文艺出版社1991年版，第154页。
② 钱钟书《围城》，成都：四川文艺出版社1991年版，第256页。

　　然而，同为犬儒主义的表征，较之方鸿渐的尚不失善良，《结婚》中的男主人公胡去恶却枉为"人师"，人格何其卑贱。"像条断缆的船"，尾随着海上群小，于情天欲海中"载浮载沉"①。

　　如果说，钱钟书的站位属于"自由的思想者"，那么与此相类，师陀也是一名自由知识分子。战前，师陀曾与何其芳一起获得了众所瞩目的《大公报》文艺奖金，战时两个人却分道扬镳了。无论是《结婚》中那个被胡去恶背弃了的乡村教书女孩所坚执的"不可动摇的自尊"，抑或其另一部长篇《马兰》中大学教员李伯唐"在一切美德中，忍耐对我们顶有用"之信条②，都从不同侧面印证了彼时自由知识分子的姿态与禀赋。

　　较之左翼知识分子路翎那种个性张扬的英雄主义姿态，一味"忍受"多少沾染了些犬儒主义的习性，对此钱钟书与师陀均有所自省或自剖。尽管在战时或此后的"准战争体制"下，固然事出有因。杨绛曾为此辩称"这也忍，那也忍，无非为了保持内心的自由，内心的平静。""含忍和自由是辩证的统一。含忍是为了自由"，追求自由不得不"学会含忍"③。透露出诸多无可奈何处，却总觉得辩解得有点无力。

　　李伯唐明明知道马兰深爱着自己，希望带她一起远走高飞，却一再逃避，一再延宕，一再"忍耐"；如同他明明"知道全中国都在受苦，到处是强暴，到处是呻吟，到处被蹂躏，到处是饥饿血泪"，偏以"忍耐对我们顶有用"之类的犬儒哲学虚与委蛇。作

---

① 师陀《结婚》，上海：上海晨光出版公司1947年版，第1页。
② 师陀《马兰》，广州：花城出版社1982年版，第70页。
③ 杨绛、周毅《坐在人生的边上——杨绛先生百年答问》，《文汇报》2011年7月8日。

者此时所以将"爱人"与"爱国"并写，沈从文的如下话语或能揭示个中的用意："爱国也需要生命，生命力充溢者方能爱国。至如阉革性的人，实无所爱。对国家，貌作热诚；对人，毫无情感；对理想，异常吓怕。精神状态上始终是个阉人。"①

为此马兰终于忍无可忍了，读者忍无可忍了，作者自己更是忍无可忍。小说结尾，作者特意让马兰摇身一变为绿林英雄，统领神兵三万，对着不意邂逅的李伯唐如此喝骂："你教我讨厌！"然后扬鞭远去。将英雄主义与犬儒主义的对峙碰撞，演义得如此突兀、神奇。解气固然是解气，结构与笔调却陡然遭到了破坏。无怪夏志清《中国现代小说史》多为作品以此"荒唐的侠义浪漫故事"收煞而扼腕兴叹！②

三、身心漂泊与乡土梦寻的交响

《饥饿的郭素娥》中，路翎曾刻意杜撰了"怯钝"、怀土的农家出身的魏海清与野性、犷放的流浪汉型人物张振山之间的性格碰撞，并几乎一边倒地倾心、偏袒后者；而在《财主底儿女们》里，他又借农民出身的知识分子孙松鹤的如下自况："懂得很少，能力也很微小，只能过一种平凡的生活"，对其因出身乡僻而注定"成为大的建筑下面的一撮地土"之宿命不无鄙夷③。有别于路翎对农民阶级源自"旧社会、旧经济形态底人生观"与历史负累的夸

① 沈从文《生命》，《沈从文全集》第12卷，山西：北岳文艺出版社2009年版，第43页。
② 夏志清《中国现代小说史》，香港：香港中文大学出版社2001年版，第395页。
③ 路翎《财主底儿女们》下部，北京：人民文学出版社1985年版，第1225页。

大或成见，师陀却素以"乡下人"自居。如前所述，《马兰》中他专取乡下的一种野草"马兰"为意象[1]，表征乡村少女那超拔于城中生命力萎缩的犬儒，一枝独秀的顽强生命力。

与师陀相类，王西彦也自称"乡下人"。他的小说中，对农民出身，尤其是深怀着失落了的乡土梦的人物倍加体贴、同情。

他笔下的男主人公大都是农民之子，或谓"地之子"。即便在所撰的"知识分子三部曲"中，如《神的失落》中的马立刚，《寻梦者》中的成康农，也依然毋忘不时凸示农家出身的胎记，透露出西彦在彼一时代的知识分子叙事中，尤为自觉地连通其承继自"土地"的精神血脉。

饱经战火离乱，身心漂泊，令其常思归去来。借助笔下人物成康农之口，他说："我看透了都市生活的内容"，"才觉悟到原来的乡下才是世界上最干净的地方，乡下人才是人类中最洁净的灵魂"。[2]

恰是这种恋土情结，促成了西彦小说中特有的知识者与农家女那剪不断、离还乱的感情纠葛结构模式。

需要指出的是，这种"知识者与农民意识同构"，与《讲话》所呼唤的知识分子与人民大众，尤其是对战争胜败有着重大影响的中国农民阶级进行历史性会合之思想不尽相同。前者不无空灵地追怀梦中的乡土，后者则切切实实地关注着土地革命、农民翻

---

[1] 师陀如是说："马兰是我们乡下的一种野草，夏天开青莲色花，一般没有人种，只做地界用才种，因为它的生命力很顽强。"师陀《谈〈马兰〉的写成经过》，《百花洲》1982年第3期。

[2] 王西彦《寻梦者》，上海：中原出版社1948年版，第22页。

身的助力一类极其现实的题目。换言之，前者着眼的是文化学意义上的"乡下人"，后者则是政治学意义上的农民阶级。

有鉴于此，西彦作品中的农家女可谓是知识分子恋土情结的移情，或谓"寻梦者"梦魂的化身。她已然是作者记忆中的"重构"，是"梦中的女孩"。

"心理批评范畴的'梦中的女孩'这一命名，暗示着人到中年、入世渐深的作者，精神的丝缕还牵着已逝的童年、青春。与其把它视作笔下人物（或作者）曾经的初恋；不如说那是理想主义生命存在的憧憬，是'抗拒那空虚中的暗夜'的希望，是刻骨铭心的'心象'，是苦于不能忘却的梦。'梦中的女孩'是不会'长大'的，永远那么的明净、清纯。"[1]

《神的失落》中的高小筠富有"乡下女人纯真的心地"，"还带着一个小孩子的体态"，乌黑的大眼睛，"透露着一种惹人爱怜的稚气"。[2]一言以蔽之，她"是一个纯洁的灵魂"[3]。

《寻梦者》中的赛男也是一个"无邪的小孩子"，"浑身上下，完全是一个农家少女的打扮。短短的头发，短短的上衣，赤裸的脚，纯朴自然"，全"没有那些都市女人的卑鄙，虚伪"与矫饰[4]，"一双纯真而富于稚气的眼睛，闪射着圣洁无邪的光……"无怪康农特意强调："她的灵魂比外貌还要可爱些。"[5]

① 张直心《"梦中的女孩"：鲁迅〈在酒楼上〉细读》，《中国现代文学研究丛刊》2005年第4期。
② 王西彦《神的失落》，永安：新禾社1945年版，第30—31页。
③ 王西彦《〈神的失落〉后记》，艾以、沈辉等编《王西彦研究资料》，北京：知识产权出版社2009年版，第268页。
④ 王西彦《寻梦者》，上海：中原出版社1948年版，第36、40页。
⑤ 王西彦《寻梦者》，上海：中原出版社1948年版，第263页。

恰是上述作者对人物纯洁灵魂的着力刻画，透露了高小筠、赛男所具"梦中的女孩"型圣洁无邪这一标志性品格。

不知怎的，"一半是乡下人，另一半却是城市人"的知识者怎么也摆脱不了乡土文化与都市文化间彷徨无依的"中间物"的命运。当他为了缝合与农家女的隔膜，曾筹划弃笔从农，去亲近土地，耕种土地，"使自己的生命灌注在土地上，从那里开出灿烂的花朵"，农家女却依旧视他为"读书先生"[①]；而当他从农村步入城市，城市却不时以它的"异己感"提醒他毕竟是"乡下人"。何处是归程？知识分子之精神梦寻左冲右突、屡次"折翅"后竟变得如此迷惘、忧郁……

浪子回头，徒然想寻回失落了的乡土文化理想与原始幸福，徒然想皈依梦中的乐土。尽管情感上作者与笔下知识者的还乡意愿有所共鸣，理智上却显得更其清醒。他没有自作多情让知识者与其"梦中的女孩"圆梦。他尽力克制着情感的偏向，自嘲乃至自虐般地展现那几近"无事的悲剧"：临了，知识者终于向农家女求婚，然而，一个高估了自身爱的能力，甚至于将其升格、混同为某种启蒙与拯救性质的人道主义践行，"俯首甘为"高姿态；一个却似乎并不领情，勉强应允，也仅仅是出于"牺牲和委屈自己""成全别人"的报恩心理。阶级的错位，令其失之交臂；虽则近在咫尺，终不能融通合一……这是出现在《寻梦者》《神的失落》等作中有情人难成眷属的惶惑情景，也何尝不可读为作者与传统乡土人生破镜难能重圆的感伤情绪的投影。

---

① 王西彦《寻梦者》，上海：中原出版社1948年版，第250页。

综上所述，"寻梦者"与其"梦中的女孩"情缘难了在此成了一个重要的隐喻，指涉自命"乡下人"的知识分子所怀乡土主义理想的虚幻性。彼时尚未接受《讲话》启迪的西彦们，显然无力寻索到如何完成"知识者与农民意识同构"进程的具体方法与途径。故而，高小筠、赛男充其量只是知识者无尽乡愁的结晶，是心造的幻影，如同"饥饿的郭素娥""马兰"仅仅是知识分子叙事主体的移情，显然不可能被农民阶级认同为血亲。

四、自我扩张与主体超然的僭越

路翎小说始终高扬的"灵魂搏斗"主题与内容派生出了其作陀思妥耶夫斯基式的心理现实主义艺术方法：竭力开掘"人的灵魂的深"，为此不惜将人物连同自己"置之万难忍受的，没有活路的，不堪设想的境地"。在百般拷问人物的同时，"将自己也加以精神底苦刑"。[1]

叙事者分身为二，既作为人的灵魂的"残酷的拷问官"；又作为"罪人"。在这一鞭一印血痕的自我拷问中，不但反复逼问自己为何不能主动跑过去，和人民"一道奔跑、抵抗、战斗"[2]，更拷问出作为知识者身上纠缠着的"过去的幽灵"[3]，那在旧诗与宋明版典籍中寻觅灵魂静穆之逃避；拷问出热情、光明、善良表象遮掩下的所有内在冷漠、虚无及罪孽，进而直指知识者的卑怯、动摇与

---

① 鲁迅《〈穷人〉小引》,《鲁迅全集》第7卷，北京：人民文学出版社1981年版，第103、104页。

② 路翎《财主底儿女们》下部，北京：人民文学出版社1985年版，第1316页。

③ 路翎《路翎小说选》，北京：作家出版社1992年版，第183页。

脆弱。而后者恰是由"大风暴中向前奔跑"的人们反照出，故而所谓"拷问"既是鞭挞，又何尝不是对自身的鞭策？

这一站位致使路翎超越了"当时的生活和文学上的左拉式的写实主义"①，而"给予特定的现实"与现实主义艺术方法以主观战斗精神的"照明"。

如果说，缘于路翎放大了"杜斯妥也夫斯基那样的近乎疯狂的向着灵魂的迫力"②，致使其作品中心理现实主义方法的运用不时头重脚轻般地失衡，那么，任个人及至主体过度膨胀的先在局限又使他在接受过程中相当程度上将罗曼·罗兰亦"主观化"了。《财主底儿女们》也因其高度"主观化"，被史家称作"'五四'以来中国知识分子的感情和意志的百科全书"。③

罗兰的《约翰·克利斯朵夫》等小说绝佳地融合了哲理、抒情、政论的风格，堪为现代中国知识分子叙事形成其相对恒定的思想性、抒情性、干预性兼容的文体机制及特征之样板，然而，终因路翎无节制地强化了自我的独唱，一鸣惊人，音高和寡，而错失了或可达臻的《约翰·克利斯朵夫》那史诗般的多声部交响。

路翎式的自我扩张，不仅任由笔下知识者的"生命被作家的精神世界所拥入"，而且每每力图为"沉默的群众"代言，将个人的主观精神不无生硬地突入到工人、农民的灵魂中。例如中篇

---

① 路翎《认识罗曼·罗兰》，张业松编《路翎批评文集》，珠海：珠海出版社1998年版，第13页。

② 路翎《纪德底姿态》，张业松编《路翎批评文集》，珠海：珠海出版社1998年版，第17页。

③ 鲁芋《蒋纯祖的胜利——〈财主底儿女们〉读后》，杨义、张环、魏麟、李志远编《路翎研究资料》，北京：知识产权出版社2010年版，第104页。

《蜗牛在荆棘上》里，作者是这样刻画无端遭到丈夫毒打的农妇秀姑的心理的：

> 黄述泰是狂热而蛮横，扬起了农人和兵士底大拳头。秀姑衣服被撕破，脸都青肿了；不理解自己为什么挨打，但觉得一切都不会错：阳光、蚂蚁、丈夫、荆棘都不会错。在黄述泰底拳头底闪耀下，秀姑看见了淡蓝色的辉煌的天空，并看见了一只云雀轻盈地翔过天空。秀姑看见，于是凝视，觉得神圣。秀姑咬着牙打颤，挣扎着，企图使丈夫注意阳光和天空，而领受她心中的严肃和怜惜。在她底痛苦中，她是得到了虔敬的感情。

> 她停止了挣扎。黄述泰放开她的时候，她闭上眼睛，躺在荆棘上，觉得为了她所受的苦，那个温柔、辉煌、严肃的天空是突然降低，轻轻地覆盖了她了。她觉得云雀翔过低空，发出歌声来。

> 在她嘴边出现了不可觉察的笑纹。[1]

以上农妇秀姑的仰望天空，纯属作者高蹈精神的外化，有批评家因此调用《讲话》话语，批评路翎笔下的劳动者，"衣服是工人，面孔、灵魂却是小资产阶级"，"人物缺少或没有大众的语言"[2]，可谓一针见血；设如那个"饥饿的"乡下女人郭素娥自况"我们过得真蠢！"而《财主底儿女们》里某个逃亡的工人竟然沉

---

① 路翎《蜗牛在荆棘上》，上海：新新出版社1946年版，第7页。
② 路翎《一起共患难的友人和导师——我与胡风》，收入张业松编《路翎批评文集》，珠海：珠海出版社1998年版，282页。

浸于"人生是渺茫的"一类感慨与虚无中，也显而易见是"不熟悉人民的语言"的作者对劳动者心理、语言的越俎代庖。路翎却不无执拗地申辩道："工农劳动者，他们的内心里面是有着各种各样的知识语言，不土语的"，应承认劳动者既有"精神奴役创伤也有语言奴役创伤，反抗便会有趋向知识的语言"。诸如"'灵魂'、'心灵'、'愉快'、'苦恼'等词汇"，"他们是闷在心里用这思想的"。①恰是这种主观臆断，导致其叙事偏爱"知识语言"，而鄙视"大众语言"，甚至在描写劳动者的言说时，也照样纵容"知识语言"对"大众语言"的无限僭越。

有别于路翎式的自我扩张及主体紧张，《围城》作者钱钟书却独有一份主体超然。他站在"城"楼看风景，学贯中西的超人智慧，世事洞明的犀利识见，无疑都增益了他那众人皆醉我独醒的文化优越感。

将小说视作学术"余艺"的游戏心态，一定程度上使之与域外烙有"贵族情趣的艺术游戏"印记的流派不期契合。虽则他取游戏姿态亦可能暗含面临战争欲消解焦灼、故作镇定的叙事策略，亦可能隐藏寓热于冷、寓庄于谐之动机，但戏谑幽默一旦缺乏节制，兴之所至，不分对象、语境地蔓延开去，便不仅未能实现寓庄于谐之本意，且极有可能造成难以挽回的后果，试读以下两例：

---

① 路翎《一起共患难的友人和导师——我与胡风》，晓风主编《我与胡风》，银川：宁夏人民出版社1993年版，第475—476页。

> 　　开战后第六天日本飞机第一次来投弹，炸坍了火车站，大家才认识战争真打上门来了，就有搬家到乡下避难的人。以后飞机接连光顾，大有绝世佳人，一顾倾城，再顾倾国的风度。
>
> 　　这乡镇绝非战略上必争之地，日本人唯一豪爽不吝啬的东西——炸弹——也不会浪费在这地方。①

无意中陷入了"将屠夫的凶残化为一笑"之误区。

战火弥漫，作者却时作隔岸观火状。恰是作者这种对现实采取的近似无动于衷、冷漠的姿态，提示我们应注意，为史家一味称道的《围城》的批判现实主义风格中，亦渗有自然主义的趋向。

在《围城》序中，作者曾开宗明义指出："在这本书里，我想写现代中国某一部分社会，某一类人物。写这类人，我没忘记他们是人类，只是人类，具有无毛两足动物的基本根性。"②

作者高度认同左拉等自然主义先驱者指责"现实主义者笔下的英雄人物是夸张的产物"的观点，亦抵拒一切浪漫主义的高蹈理想与矫情。他不仅着力"反英雄"，更从高空俯瞰，悉心揭露那些官僚、市侩因"地位爬高了"而露出的猴子般的红臀与尾巴，审视剥去了"斯文"外衣后的知识分子那不无病态的生物性本能。

实质上，究其历史渊源，自然主义与批判现实主义原本便有许多相通之处。如果说，上述作者兼用现实主义与自然主义方法揭示人性的幽暗尚不失其情伪毕现的精准，那么，当他以高高在上的站位俯瞰众生，视佣人、汽车夫等劳动大众为"粗货""那些

---

① 钱钟书《围城》，成都：四川文艺出版社1991年版，第46、226页。
② 钱钟书《围城》，成都：四川文艺出版社1991年版，第413页。

粗人"，甚至将他们也置于生物般的状态里信口戏谑，便尽显自然主义解剖刀的锋芒失度。

自然主义式的琐碎描写，难免使作品失去了其应有的节制、含蓄，甚至使某些人物、事件扁平化、漫画化。然而作者之所以最终能超越"辞气浮露，笔无藏锋"的《官场现形记》之类小说的层次，而达臻了"戚而能谐，婉而多讽"的"新儒林外史"的境界，很大程度上得益于作者犹不失感时悯世的现实主义精神。在《围城》序中，作者坦露了其"忧乱伤生"的家国情怀。这种情怀，奠定了小说那种"国破堪依，家亡靡托"的历史性"沉哀"基调。

概而言之，一部《围城》中，作者兼取了现实主义、自然主义与象征主义诸种艺术方法。而恰是现实主义清醒智趣的导引，将"人类""人性"这类略显空泛的概念落实到了社会现实层面诠解，使笔下的"自然人"逐渐还原了社会人的本质；同时，亦促生了创作主体既超然围城上，又身陷围城中的双重叙事立场——如前所述，在对方鸿渐看似无情却有情的针砭中，分明融入了作者深刻的自省、自剖及自嘲。

现实主义精神的导引，不仅纠正了《围城》的自然主义倾向，而且充实了作品中的象征主义内涵，使"围城"之意象既作为一个世俗场景下的哲学深筐、寓言式的潜文本，令浮动的社会、浅薄的世态人情下饶有深意存焉，而且又出虚入实，不失其现实性。

然而，同时代批评家巴人、王元化等却只见《围城》中的自然主义之表象，而忽略了作品中的象征性意涵。

巴人手持阶级论武器，对《围城》的所谓"自然人性论"倾向予以狙击，认为"《围城》是一册以恋爱为主题的小说"，"爱情犹如围城"，"作者以方鸿渐为中心，而展开了恋爱的攻防战"，并将此情场之战宣判为表征着"资本主义的腐烂色情文化"①。

而通身萦绕着"精神英雄"情结的青年王元化更是与《围城》的"反英雄"倾向格格不入。他以《约翰·克利斯朵夫》为标尺，指出读《围城》"很容易的联想到克利斯朵夫在'节场'所遇到的那些形形色色，那些'风流豪侠的护花使者'"，"你在这篇小说里看不到人生，看到的只是象万牲园里野兽般的那种盲目骚动着的低级的欲望。倘使你是鲁迅，罗曼罗兰，契科夫……的爱好者，把文艺当作一座精神的岛屿，企图用文艺来洗净你灵魂中的弱点，在蹉跌中求它支援，在患难中求它慰藉，那么这篇小说会使你得到完全相反的东西。这里没有可以使你精神升华的真正的欢乐和真正的痛苦，有的只是色情"，进而痛诋《围城》"令人读了如入香粉铺，闻到一股俗不可耐的香味与糖味"。②

巴人、王元化等将"围城"仅仅读解为"情场"，甚至误读为"色情场""香粉铺"，却对作者借方鸿渐之口表明的"围城"更深远的题中之义视若无睹。鸿渐曾如是说："我还记得那一次褚慎明还是苏小姐讲的什么'围城'，我近来对人生万事都有这个感想。"③循着这一提示，我们可以发现"围城"无所不在：大到彼时正遭日寇重重围困的国土，小到鸿渐归国途中搭乘的法国邮

---

① 无咎《读〈围城〉》，《小说》月刊第1卷第1期。

② 方典《论香粉铺之类》，《横眉小辑》第1期。

③ 钱钟书《围城》，成都：四川文艺出版社1991年版，第163页。

轮——那座被汪洋大海包围着的"海上城堡"。

情场是"围城"，名利场、官场又何尝不是或一形式的"围城"。方鸿渐不堪在洋场寄人篱下，故深望能到三闾大学去一展抱负。不料在那个伪士成堆的地方，人人"好象一只只刺猬，只好保持着彼此间距离，要亲密团结，不是你刺痛我的肉，就是我擦破你的皮"。①

其实，早在未抵目的地的途中，作者便已颇具深意地在鸿渐一行的投宿处竖起了一个破门框子，屋身烧掉了，唯余这个进出口——"好像个进口，背后藏着深宫大厦，引得人进去了，原来什么都没有，一无可进的进口，一无可去的去处。"②

对于知识者而言，世间无处不"围城"，人生无处不"围城"，"围城"既是外在的，也是内在的。"围城"就在方鸿渐心中——"仿佛一个无凑畔的孤岛"；或如靶心，外面是循环不已的包围。"围城"是自命不凡，"围城"是懦弱，"围城"是聪明反被聪明误……

"围城"的所指是无限的："围城"是社会学、病理学乃至哲学视阈统合观照下战时中国中上层知识分子彷徨无主，无从安身立命，囿于精神困境的象征。

综上所述，巴人、王元化等对"围城"的主题与创作方法之批判显然有误读与过激之处。然事出有因，恰如识者所提示的："必须要看到当时的国内形势"，"受到《在延安文艺座谈会上的讲话》的影响，要提倡无产阶级的革命精神，对于旧知识分子的无

---

① 钱钟书《围城》，成都：四川文艺出版社1991年版，第248页。
② 钱钟书《围城》，成都：四川文艺出版社1991年版，第223页。

病呻吟、风花雪月开始明确的厌弃并加以批评"。[1]

而就叙事话语而言，若以《讲话》为准绳，《围城》也并非没有可议处。"围城"之意象恰可引作四十年代知识分子叙事画地自限之隐喻，无论是钱钟书式夹杂着"一串拉丁文、西班牙文之类"典故的"掉书袋"，抑或路翎式的语言极端性实验，皆可援为《讲话》所针砭的"常常夹着一些生造出来的和人民的语言相对立的"词句之范本[2]。即便是每以"知识者的农民气质"自傲的王西彦，察其知识分子叙事中虽渗有乡土意象与农民意象，也大抵是主题学意义上的，尚停留于内容层面，而非叙事学意义、形式层面上的，与"人民伦理的大叙事"仍有隔膜。

难怪新中国成立后，《围城》《财主底儿女们》《结婚》《马兰》以及王西彦的"知识分子三部曲"均遭时代尘封，个中积淀了丰富的经验与教训，也为下章埋下伏笔。

---

① 吴琦幸《王元化与钱钟书》，《现代中文学刊》2015年第2期。
② 毛泽东《在延安文艺座谈会上的讲话》，《毛泽东选集》第3卷，北京：人民出版社1991年版，第851页。

第二章

"十七年"知识分子叙事的主题衍生

　　"十七年"文学中知识分子叙事的两大主题——"思想改造"与"干预生活",皆与特定的社会意识形态相呼应。思想改造衍为时潮始于1951年建国伊始;干预生活则脱胎自1956年中共中央知识分子政策的调整与毛泽东倡导"百花齐放,百家争鸣"的时代氛围。

　　从思想改造到干预生活,恰标志着知识分子创作主体立场的反拨。前者意味着国家意识形态自上而下的规训与知识分子的"被改造"处境,例如《工作着是美丽的》中一个五四时代的知识者李珊裳的心灵史,以及"红色三十年代""少女林道静的青春之旅",均被纳入思想改造的时代洪流中,借此换取新政权下知识分子叙事合法化的话语权力;后者则缘于"鸣放"的历史契机,对于思想改造运动以来内心习于自抑内敛、郁积已久的知识者而言,无疑是一次主体性释放。"干预生活"口号的倡导者清醒地意识到:通向社会主义的道路,"并不是由现成的真理铺成的",故此,干预者理应成为党的深入"生活深处"的"侦察兵"①。这一口号与知识分子既有的对现实审视、针砭、反省的职能不无契合,知识者遂得以借"干预"站位,透视彼时的社会机制与现实问题。

一、建国初期借助思想改造主题赢得的叙事合法化前提

审视"十七年"这一历史时期,必然首先要聚焦1949年这一至关重要的时间节点,不仅要关注1949年7月第一次全国文代会的召开,关注十月开国大典前后"时间开始了"的颂歌②;也应适度将视野拓展至历史剧变前必然会预示的诸多端倪中,包括不无敏感的知识分子相应的思想起伏、心理波动、观念裂变等文学史不可忽视的内容。诸如1949年5月30日沈从文写下《五月卅下十点北平宿舍》这一潜在写作的起始,同年3月陈学昭出版长篇小说《工作着是美丽的》(上卷)这一初涉知识分子思想改造主题的文学创作的开端③。这便是本章何以将研究时限略加拓展,以《工作着是美丽的》作为起点的动因。

据《工作着是美丽的》"前记"透露:作者"曾想写一个'五四'时代的中国女性,女主人翁跨越好几个伟大的时代,直到抗战,继续前进",然而"写了一个头,约两万多字。当读着毛主

---

① 这一口号的形成深受苏联作家奥维奇金的影响,奥维奇金认为:干预生活"可以帮助党做另外一件事,即跑到很远的生活深处起侦察兵的作用"。参阅奥维奇金《谈特写》,《文艺报》1955年7月号。
② 胡风的长诗《时间开始了》共分五个乐章,第一乐章《欢乐颂》发表于1949年11月20日的《人民日报》。
③ 陈学昭《工作着是美丽的》(上卷),大连:新中国书局1949年版。书中引文除特别注明之外,均出自作家出版社1954年版。

席《在延安文艺座谈会上的讲话》后，又把这两万多字毁掉了"①。原因不言而喻，显然虑及知识分子题材彼时已不合时宜，以毛泽东"文学为工农兵服务"的标尺衡量，"这是否值得写呢？"

后来，这件事让周恩来知道了，"找到她，鼓励说，写嘛，写知识分子可以嘛，比方写他们的思想改造和经历"②。在作者左右为难、百般纠结的写作困境中，周副主席另辟蹊径，因势利导地将写"一个知识分子的道路"的歧趋修远、漂洋过海上下求索的多种可能，规约成知识分子"思想改造"的必由之途。从而，赢得了知识分子叙事合法化的前提。

1949年3月小说脱稿，由大连新中国书局初版；1954年7月由作家出版社再版。其间恰好发生了一场声势浩大的思想改造运动。1951年10月23日，毛泽东在中国人民政治协商会议一届三次全委会的开幕词中指出："在我国的文化教育战线和各种知识分子中，根据中央人民政府的方针，广泛地开展了一个自我教育和自我改造的运动"，"思想改造，首先是各种知识分子的思想改造，是我国在各方面彻底实现民主改革和逐步实行工业化的重要条件之一"。③此前，周恩来也在北京大学及京津地区高等院校教师的学习会上做了题为《关于知识分子的改造问题》的报告，配合"思

---

① 陈学昭《工作着是美丽的·前记》，第1页。

② 钱松樵《喜迎春风绽新蕾——访老作家陈学昭》，《南苑》1981年3月号；另，陈学昭在《我是怎样写〈工作着是美丽的〉》一文中称，周恩来曾鼓励她："写知识分子的思想改造和经历也好么！"。

③ 毛泽东《三大运动的伟大胜利》，《建国以来毛泽东文稿》第二册，北京：中央文献出版社1988年版，第482—483页。

想改造学习"①；同年11月，中共中央又发出了《关于在学校中进行思想改造和组织清理的指示》。次年春天，知识分子思想改造运动便由教育界迅速扩展到文艺界、新闻界乃至整个知识界，而改造形式也渐次由"自我改造"，衍变为被动改造、"集中过关"。这一背景便使较早地触及了知识分子改造主题的《工作着是美丽的》平生出文学史以外的政治意义。

与其说作者山雨欲来未卜先知，先行埋下伏笔，或谓赖有高层领导泄漏天机，指点迷津，故抢得先机；不如归因于陈学昭的"延安八年"及此后的解放区工作、学习生涯。其时中国共产党虽尚未全面夺取政权，"思想改造"还未能像新中国成立后那样以运动的形式在举国上下尤其是知识界全面铺开，也未能成为报章书刊习用的专用名词；然而亲聆过毛泽东《在延安文艺座谈会上的讲话》，熟悉"我们知识分子出身的文艺工作者，要使自己的作品为群众所欢迎，就得把自己的思想感情来一个变化，来一番改造。没有这个变化，没有这个改造，什么事情都是做不好的，都是格格不入的"内容②，尤其是亲历过延安整风运动的作者，自不难体会其形式与精神。

寻根溯源，始于1941年5月的延安整风运动一定意义上可谓新中国成立后知识分子思想改造运动的预习。对此从新时期复出的陈学昭的回忆中可见吉光片羽："整风一开始，各个单位都关了

---

① 周恩来《关于知识分子的改造问题》，《周恩来选集》下卷，北京：人民出版社1984年版，第60页。
② 毛泽东《在延安文艺座谈会上的讲话》，《毛泽东选集》第3卷，北京：人民出版社1991年版，第852页。

门，连朋友也不相往来"；"我讲了自己的家庭、童年的情况，一直到调进《解放日报》社工作的经过。我对自己出版过的单行本和发表过的一些文章，作了检查。我感到同志们对我还是有怀疑的"；"有一位同志提出了一个问题，他问我：'究竟是你找党？还是党找你？'"还有同志贴出了大字报，"说我赞扬宋美龄有民主思想"；"我对同志们的帮助衷心感激，表示一定要好好学习马列著作和毛主席著作，继续改造思想，彻底肃清个人主义，跟着党走到底。"①时过境迁，陈学昭自然轻描淡写，然而看似和风细雨中，犹见刀光剑影。而在小说中，作者则让以自己为原型的女主人公李珊裳"翻来复去地读着整风学习的小册子"，以"清算自己的思想"。

毋庸讳言，《工作着是美丽的》（上卷）不是一部很成熟的作品。思想的尚停留于理念层次，部分素材的毛坯状态，以及与此相应的文体的未及充分小说化，尤其是笔涉思想改造之部分尚留有一定的传记、速写、通讯乃至总结的痕迹，都使小说显得平实有余，波俏不足；但上述局限仍无改作品的文学史意义：不仅如前所述，其较早地触及了知识分子思想改造的主题，作为"一个知识分子的道路"的先导寓言，后来者（如杨沫的《青春之歌》）大都不脱这一基本的主题范式；而且缘于建国初期新文学规范尚待建构、疏中有漏，而身为留法文学博士的作者虽长于小说修辞学，却对政治修辞学显然还不甚娴熟，如是便使作品保留了部分未经政治整容的原生态的意义与价值，"虽然有着浓厚的自传性

① 陈学昭《两年的编辑生活》，收入丁茂远编《陈学昭研究专集》，杭州：浙江文艺出版社1983年版，第87页。

质"，"有些松散、拖沓，但感情是真挚的、坦露的"。[1]

小说真实地描写了女主人公李珊裳作为一名五四传统孕育成长起来的知识分子，归国后如何舍生忘命，纵有"好书万卷——那最能引诱她的，她还是掉头不顾"，一心投奔延安，追求真理；揭示了边区战时生活虽简朴、粗粝、艰苦，却又昂扬向上，充满着日新月异的变革的前景，是如何与"一个理想主义者"的梦境达成了瞬时的契合。

引人注目的是，女主人公不仅以一名知识者的慧眼不无惊喜地捕捉、激赏延安那全新的、与国统区"绝不相同"的"社会体制"，努力向外界传递着解放区令其眼前一亮的那份光明；而且由于其一度唯恐"和这个集团走得太近了，就没有什么隔阂了，就不能保持自己的独立，就不能保持他们和这集体之间的距离了"的"客人"站位[2]，助成了她发现了边区阳光下的些许阴影。虽则《讲话》后，"写光明和黑暗并重"的观点业已被批判，作者难免心存顾忌；但较之新中国成立后同类题材的严守规训，毕竟直言不讳地揭示了延安体制的某些局限——诸如"很多的时间，消耗在开会上，会而议，议而决，决而行，但行而改样"；"技术人员的地位不够高，所以人们都不安心做医疗工作，愿意去当政治、军事干部，有地位，有发展"[3]——林林总总，兼及公有制、形式主义、新等级观念、知识分子地位、革命伦理等问题。

---

[1] 郑玲《怎样才是美丽的人生——读〈工作着是美丽的〉》，《陈学昭研究专集》，杭州：浙江文艺出版社1983年版，第340页。

[2] 陈学昭《工作着是美丽的》，北京：作家出版社1954年版，第224页。

[3] 陈学昭《工作着是美丽的》，北京：作家出版社1954年版，第220页。

　　然而，囿于"描写知识分子思想改造过程"这一原则与前提，作者（包括笔下人物李珊裳）每每在感觉纤敏地触及了某些局部性的问题后又反戈一击，将其归咎于自身的立场错误、世界观错误、人生观错误所造成的误读。于是，一名曾经接受五四新思潮洗礼、沐浴过欧风西雨的知识分子皈依革命前思想斗争的激烈、复杂、痛苦，遭遇革命后的诸多碰撞、相克相生过程，这一原本不乏挑战性的主题却被所迎合的那个既定规训"化约"了。

　　既然题为知识分子思想改造，总应先呈示其"改造"之前的思想面貌与工作、学习、生活氛围，不然又为何改造，亦何从改起？以此为由，作者别抒幽怀。但见"时代走着弯曲的道路"，主人公李珊裳的人生之旅与思想历程也随之一波三折。故乡"海的一角"、巴黎"山城、水城、花城"（浪漫抒情小说的时空型），渐次为战时的延安"窑洞"时空型取代。随着叙事时空的转换，小说的语言形式也出现了耐人寻味的变易：笔涉在故乡、巴黎时的情感、生活，笔触何其清润灵动，心理刻画何其曲折多姿，借用小说中作者描写女主人公修习法文时的用语，"好像空谷中的泉水"，自顾自地流淌着，恰与珊棠"傲然自若""保持清洁"的个性气质吻合；而一写及延安时期的思想改造，即语言"干瘪"，概念化。究其缘由，盖因思想虽经"改造"，却尚未真正内化为自己的生命机能。

　　作者不仅让笔下人物珊裳由思想改造联想起《西游记》所述——"当唐僧师徒们望见了雷音寺，正渡过最后一道河，看见河的上流流下一具尸体来，唐僧问孙行者，在这佛地哪里来这么一具人尸，孙行者回答这就是唐僧的凡体，现在师父已经成佛了"——以此为喻,执意"把自己那一具又臭又脏的凡体丢掉,脱胎换骨地成为一个真正的革命者"①,而且令叙述者也分身有术。

小说虽采取第三人称叙述,却如华莱士·马丁所言,"它假装只进入一个人物的内心,并经常使用这个人物的视觉角度"②,借第三人称谈所有人物。而李珊裳这一作者原型,便是文本的既定视觉角度:"她开始感觉到,来这地方,一般的人才倒还比专门人才有用处得多,而且除了军事和政治工作,好像没有其它重要的工作了。……青年人都忙于把时间应付一个号召又一个号召,没有把时间用在一个有体系的有计划的学习和工作上;而且他们经常被调来调去,很少人有固定的工作,结果人人都有变成一般化的危险……"③

然而,进入延安后,尤其是整风期间,珊裳这一叙述者的叙述过程中,便常会灵魂出窍,每每在直抒个人见解后,迅即以别一种视角、别一种观念、别一种叙述话语反观自我、反诘己见:诸如"她自己深深地固守着自己的不正确的想法和看法,好像固守一块阵地一样。她没有想过,如果没有号召,如果那些共产党员和非共产党员的积极分子不去响应号召,工作凭什么来完成呢?""她当然没有懂得,共产党就是靠着批评和自我批评,提高了他们党员的思想、品质和工作效率,使人日渐去掉缺点,走向完善的。""他们好像已经忘记了战争,忘记是到了革命的队伍里,

---

① 陈学昭《工作着是美丽的》,北京:作家出版社1954年版,第347—348页。
② 华莱士·马丁《当代叙事学》,伍晓明译,北京:北京大学出版社2005年版,第131页。
③ 陈学昭《工作着是美丽的》,北京:作家出版社1954年版,第221页。

忘记了农村环境，而要求一切都好像，都好像什么呢？恐怕自己也说不出究竟要好像一个什么来"①……总觉得后一叙述者的声音并非纯然源自生活实践的反省，亦缺乏"智慧的痛苦"——那种外来思想与自我意识格斗的刻骨铭心，而是文件、社论、学习手册惯用语的直接挪移。与其说这犹如得道成佛者，反观"自己那一具又臭又脏的凡体"；倒不如说，更似尚未取得"真经"却先行失落了九九八十一难血肉体验的探求者，生搬硬套地念起自我束缚的紧箍咒语。

或有论者将此拔高为复调论辩。然而，复调小说的叙述方式理应"有着众多的各自独立而不相融合的声音和意识"。主人公对自己、对世界的议论、叙述，同其他叙述者（包括作者的）叙述，具有同样的分量与价值。各种叙述者都"不是无声的奴隶，而是自由的人；这自由的人能够同自己的创造者并肩而立，能够不同意创造者的意见，甚至能反抗他的意见"。②而不似小说中不乏独立思考、切身体验的主体叙述每每为某种既定观念的传声筒制衡，后一种叙述声音颠覆了前一种叙述声音。此类叙述范式与复调小说的艺术形式貌合神离，却与思想总结通用的"批评与自我批评"政治叙事学形神俱似。

尽管珊裳一度声称"不欢喜参加政治活动"——"一个人参加这种活动一次，就不能不参加第二次，而且是永远摆不掉它了"，勉力"保持清洁"，然而身不由己，在革命洪流的推动下终

---

① 陈学昭《工作着是美丽的》，北京：作家出版社1954年版，第221、236页。
② 巴赫金：《陀思妥耶夫斯基诗学问题》，白春仁、顾亚铃译，北京：生活·读书·新知三联书店1988年版，第29、28页。

于决然投身"思想上的起义"。

从不问政治到自觉关心政治，无疑表征着一个知识者思想的进步。然而，尽管珊裳理智上也曾认识，这种政治热情应不断地取得革命理论与实践的"充实""提炼"，"才是持久而含蓄的"[1]；实际生活中，却每每失之浮泛与冲动。过犹不及，当她连私人感情生活及至婚变也不惜从政治上上纲上线时，多少透露了所沾染的庸俗社会学思维的气息。

珊裳揭发丈夫陆晓平认为她"不适合于做社会活动，只不过到处碰壁"，与其约法三章："你应付不了人事，就在家里研究学问"，理由则是："做客人和这个集团保持一个距离，可以自由一点"[2]；而晓平更是指责珊裳不想让他当院长，希望他"只管医疗方面的，不管行政和人事"，生怕其荒废专业的言行，直接干扰、影响了医院的"革命工作"。在提出离婚的信中还虚张声势："对于你这种不进步的落后行为，大家都是忿恨的"，甚至袭用"牵涉到她的祖宗三代"的阶级分析方法，斥其"贵族出身，生活方式特殊"。[3]

曾几何时，珊裳还很不习惯于这种互相揭发、令人当众出丑、斯文扫地的思想斗争方式，一度还成为导致其离开延安、归去来兮的重要原因；然而，历经种种形式的清理思想乃至过激化了的"抢救运动"，她终于摈弃了知识分子傲然自若的独立人格，听任私人情感公共化、组织化。当陆晓平挟医院群众以集体的名义群

---

① 陈学昭《工作着是美丽的》，北京：作家出版社1954年版，第215页。

② 陈学昭《工作着是美丽的》，北京：作家出版社1954年版，第275页。

③ 陈学昭《工作着是美丽的》，北京：作家出版社1954年版，第300—301页。

起攻之时，珊裳也不惜乞援于"医院的最高领导者"某副部长的支持，反复给"组织"写信，或者直接向"组织"汇报——"第一次和一个陌生人公事公办地谈着自己情感的事情，这些事情，她连自己的母兄都不愿谈的"①……诚然，珊裳之所以在离婚事件中反复辩白，纠缠不休，与其说为着夫妻伦理的撇清，不如说意在"比生命本身更强烈的生命"——自身"政治生命"的洗刷②。

直面破碎的家庭、错误的婚姻，情复寄何处，"家在哪里"？与其"轻飘飘地在自己的"感情世界里"低徊留恋"，抑或寄望于张德伟、季明纯异国他乡神话般的爱情，不如皈依革命信仰的超越与解脱，融入集体组织的生活中去。

综上所述，珊裳与晓平一类的知识分子在私己空间与公共空间之间曾悉心保持的那"距离"一旦消解，便自然会派生出如上不无变味的情爱政治——即政治化了家庭情感的纠葛，又家常化了政治思想的斗争。对照于她与德伟（其原型系蔡元培之子蔡柏龄）、明纯之间曾经拥有的那份明净、高贵的情感③，如此异化了的家庭情感乃至政治伦理怎不令人唏嘘不已！

萧也牧的《我们夫妇之间》等小说也多有将家庭伦理与政治道德互喻的良苦用心④。如其自况，本意试图写"小资产阶级出身的青年知识分子参加革命以后"，"逐渐得到改造的过程"⑤，尽管后

---

① 陈学昭《工作着是美丽的》，北京：作家出版社1954年版，第316页。
② 陈学昭《工作着是美丽的》，北京：作家出版社1954年版，第335页。
③ 周恩来、邓颖超夫妇认为蔡柏龄是陈学昭比较适合的婚姻伴侣，为此，组织上曾计划安排她赴欧洲工作，有意促合，惜由于战争等因素，未能成行，有情人终天各一方。
④ 萧也牧《我们夫妇之间》，《人民文学》1950年第3期。
⑤ 萧也牧《我一定要切实地改正错误》，收入洪子诚编《二十世纪中国小说理论资料》第五卷，北京：北京大学出版社1997年版，第67页。

来缘于过多地渲染了"家务事、儿女情",而被视为"曲解了小资产阶级知识分子的思想改造"[①],庸俗化了思想改造。

毛泽东有言:"拿未曾改造的知识分子与工农比较,就觉得知识分子不但精神有很多不干净处,就是身体也不干净,最干净的还是工人农民"[②],"有许多知识分子,他们自以为很有知识,大摆其知识分子架子,而不知道这种架子是不好的,是有害的,是阻碍他们前进的。他们应该知道一个真理,就是许多所谓知识分子,其实是比较地最无知识的,工农分子的知识有时倒比他们多一点。"[③]……领袖好将知识分子与工农比较、扬此抑彼的观念方法,不仅每每促成萧也牧小说的主题先行,时而亦化作了作品设置人物、情节矛盾冲突的结构方式。

《我和老何》一为"知识分子出身",一为"工农干部"。下乡开展工作,"我"捉襟见肘,老何如鱼得水。面对日益严重的旱情,老何发动群众"担水点种";"我"却束手无策,徒成笑柄地号召老百姓:"咬紧牙关,度过黎明前的黑暗!"因此种种,"我"被农民另眼看待为"客人";老何却被他们视作"一家子"。后来,"我"好不容易有了计划,臆想山谷里有泉水,便活力焕发地爬到山里,"果然看见四处冒着水花,汇成一条溪泉,闪着碎花花的月光",遂指挥农民挖沟开渠,"泉水就像一匹野马,向那干得裂着

---

① 萧也牧《我一定要切实地改正错误》,洪子诚编《二十世纪中国小说理论资料》第五卷,北京:北京大学出版社1997年版,第68页。

② 毛泽东《在延安文艺座谈会上的讲话》,《毛泽东选集》第3卷,北京:人民出版社1991年版,第851页。

③ 原题为《整顿学风党风文风》,系1942年2月1日毛泽东在中共中央党校开学典礼上的演说,曾载于1942年4月27日延安《解放日报》。后易名为《整顿党的作风》,收入《毛泽东选集》第3卷,第815页。

嘴的地里奔去。顷刻之间，满山遍野的土地都湿透了"。引得老何感慨："到底是知识分子有办法！"[1]……叙述者叙说得那么逼真，那么动情，直至最终才心有不甘地点破不过是南柯一梦。如此在梦境里方能尽情施展知识专长与抱负之描写，又何尝不是现实中知识分子知识脱离实际的窘境的反映！更耐人寻味的是，结尾仍极力铺陈老何在农村大有用武之地及其与农民群众之间的那份水乳交融的默契关系，"我"因是感叹，即便勉力思想改造，要达此境界恐怕是连"做梦也想不到"的——曾几何时，知识者终于落魄为连"梦想"也难能"成真"的境地了！

《我们夫妇之间》开门见山，"我是一个知识分子出身的干部，我的妻却是贫农出身。她十五岁上就参加革命，在一个军火工厂里整整做了六年工"[2]，这一叙述句式本身就暗含了某种历史时间与阶级比照的维度，可见出作者意在放弃文学形象的身份模糊，先在地将两位主人公归入特定的阶级类型加以塑造。

在小说修辞学层面，李克因兼有叙述功能，似乎充当了小说的主角，作品更多地通过他的视角品评妻子，与知识者创作主体交互移情；然而，在政治修辞学层面，正如作者自况的，妻子才是主角，是作品着力表现的"一个新的人物"，"为了烘托这个人物，拉了个知识分子出身的李克来作陪衬"。尽管作者意念中的妻是"有缺点的"，"这些缺点并非是本质的"，如"狭隘、保守、固执"，但这些缺点一经知识者视点揭示，却陡然招来自命无产阶级代言人的批判，无视作品亦曾极力讴歌妻的"革命历史"：自幼苦

---

[1] 萧也牧《我与老何》，《萧也牧作品选》，天津：百花文艺出版社1979年版，第68页。
[2] 萧也牧《我们夫妇之间》，《人民文学》1950年第3期。

大仇深，抗日战争年代造过枪弹、杀过鬼子，解放战争时期曾当选"劳动英雄"；赞美进城后妻的无产阶级立场坚定、憎爱分明。一旦作者不无生硬地取下知识者"我"的"有色眼镜"后，身边的那个家常琐碎的个体顿时超拔为一个工农革命群体的符号。

值得注意是，小说除反映小资产阶级知识分子的思想改造这一题旨外，还兼及借"我们夫妇"这对"知识分子和工农结合的典型"，表现知识分子与工农之间"彼此取长补短"的关系。作品因此交织着两种叙述话语，一是将工农身份的妻子的"人物等级"不断提升，与之匹配的叙述话语充满了主流文学定式化的对于知识分子的批评与规训；二是保留了知识者"我"的叙述者功能，内中渗有流于本心的所谓创作主体的"感觉结构"，尽管不时地敏感知识者话语的不合时宜："我这些感觉，我也知道是小资产阶级的，当然不敢放到桌子面上去讲！"①

此外，作者似不满足于人物作为阶级符号的单一表述，农村与城市的地缘文化学互动也一度被援以隐喻工农与知识分子间的双向"改造"。然而，缘于对阶级论与地缘文化学两套编码交替使用力不从心，对农村/农民、农村/革命根据地、农村/传统道德伦理、城市/知识分子、城市/现代性、城市/物质文明之间的对应关系似乎也未能厘清，于是，文本中既写妻的都市怀乡，进了城犹不"忘本"，毋忘这十年来谁养活了革命军队，毋忘受灾的广大农民一类的传统教育；也写"我们进了北京。那些高楼大厦，那些丝织的窗帘，有花的地毯，那些沙发，那些洁净的街道，霓虹

---

① 萧也牧《我们夫妇之间》，《人民文学》1950年第3期。

灯，那些从跳舞厅里传出来的爵士乐……对我是那样的熟悉，调和……好像回到了故乡一样。虽然我离开大城市已经有十二年的岁月……可是我暗暗地想：新的生活开始了！"之类的现代化进行曲。[①]——作者有意无意地让城市抒怀出自未改造好的李克之口，使之在一种不无轻浮的语调中变味。既写妻进城后，"不妥协，不迁就"，"立志要改造这城市"，连同改造李克这样的知识分子诸如此类顺应时势的话语；又写在李克心目中，像妻那样"一个'农村观点'十足的'土包子'"一时不适应城市文明总是可以理解的，相信"慢慢总会改变过来"，耳闻目睹着妻"在服装上也变得整洁起来"，嘴里村言粗语也渐渐消失了，窃喜之余甚至还逗她说"小心让城市把你改造了啊！"如是的反拨琵琶云云……究其原因，恰是过度的寓言化写作，造成了编码逻辑间的抵牾、分裂，而多次修改更使内蕴错综芜杂。

小说在表现知识分子思想改造主题的同时，竟奢望也反映知识分子与工农之间的"取长补短"、双向"改造"关系，为此还笔涉工农形象的缺陷，如此多重题旨及裂隙，遂招来"为工农兵文学"之"保卫者"见缝插针的尖锐批判。

反观文本之外亦紧扣知识分子思想改造主题的这一社会大背景，想来并非多此一举：1951年7月的一个星期日，毛泽东携女出游颐和园，听说丁玲在此度假，便去看望她。此刻丁玲正在撰写那篇批判萧也牧的文章《作为一种倾向来看》[②]，她向毛泽东汇报了，毛泽东"由此谈到团结、教育、改造几十万知识分子的问

---

① 萧也牧《我们夫妇之间》，《人民文学》1950年第3期。
② 此文后发表于《文艺报》1951年8月第4卷第8期。

题"①。而因小说株连，萧也牧不得不学着笔下人物李克写起检查来："我知道无产阶级的队伍中，像我那种有着极浓重的小资产阶级立场、思想、感情、观点的人，如果不立刻加以切实的改造，是决不会有出路的。我必须加以切实的改造，不论路途是多么遥远，也不论为了改造自己，而所需承担的巨大的痛苦，我是有决心一切从头来过，脱胎换骨地改造自己。"②短短一段话中，"改造"一词竟接连出现四次。文本内外，终成互文。

在萧也牧笔下，知识者形象始终伴有一种自我否定的身份焦虑，叙述者的情感倾向亦不时摇摆于工农阶级意识与知识者立场之两极，生成了诸多的叙述缝隙。小说《爱情》就文本逻辑而言，意在由李吉以自身为爱人复仇心切而导致队伍遭受损失的故事为"我"上课，却不时让"我"以"知识者"的视角反观李吉，见出改造好了的他的种种"不懂人情"。文末李吉"想想我们整个阶级的事业比起个人的爱情来，何轻？何重？"的棒喝显得过于突兀生硬；而"我"言及听了李吉的话，"心里腾然一亮，也因而使我了解到什么是幸福。我应该有所改变"云云，也直如小学生作文表决心、抒理想般的简单空洞。相形之下，由李吉叙述的爱情故事（包括转述房东老太太讲述的其妻石婴被日本鬼子逮走后牺牲的情景）——"正当冰雪消溶的时候，在这村的南坡跟前，在那冰雪堆里，露出了一个血窟窿。里面有一个光身露体的尸首，那

---

① 李向东、王增如《丁陈反党集团冤案始末》，武汉：湖北人民出版社2006年版，第119页。
② 萧也牧《我一定要切实地改正错误》，收入洪子诚编《二十世纪中国小说理论资料》第五卷，北京：北京大学出版社1997年版，第73页。

是石婴。她没有走！"①——却是那么的含情带血、撼人心魂！让
人陡生出作者何以非将个人感情与阶级伦理置于这样不共戴天、
非此即彼的选择的疑虑。

如此人为纠结自然百思不得其解。《爱情》中，"我"曾经反
省自己：以"无产阶级的道德观"衡量，"没有把爱情放在一个适
当的地位"。不无讽刺意味的是，二十八年过去，刘心武的《爱情
的位置》犹在思索："在一个无产阶级革命者的生活中，爱情究竟
占据着一个什么样的位置啊？"②

与《工作着是美丽的》对"一个知识分子的道路"的自传体
展现终被纳入思想改造时潮相类，杨沫的《青春之歌》也重蹈覆
辙。恰如戴锦华指出的：《青春之歌》"并非一部关于女性命运、
或曰妇女解放的作品，不是故事层面上呈现的少女林道静的青春
之旅"，"真正的被述对象是资产阶级、小资产阶级知识分子成长
道路、或曰思想改造历程"。"它呈现了一个个人主义、民主主义、
自由主义的知识分子改造成为一个共产主义者的过程"，充当着
"一部知识分子的思想改造手册"。③

尽管小说中作者依然未能摆脱甚至仍不时纠结于知识者特有
的思想情感方式、精神气质及话语形式，尽管作品毕竟在表现思
想改造的名义下正面展现了一个青年知识分子艰难求索、步步见
血的心路历程，但就作者创作的主观愿望而言，反映知识分子的

---

① 萧也牧《爱情》，《萧也牧作品选》，天津：百花文艺出版社1979年版，第188页。
② 刘心武《爱情的位置》，《十月》1978年第1期。
③ 戴锦华《〈青春之歌〉——历史视域中的重读》，收入唐小兵编《再解读：大众文
艺与意识形态》，北京：北京大学出版社2007年版，第195、196页。尽管此文的研究
对象主要是电影《青春之歌》，但大抵仍适用于文学文本。

思想改造显然是其"自觉的意识形态实践"。

因着作者的显意识与潜意识之间多有抵牾之处，虽勉力缝合亦难免见出裂隙，遂引出论者众说纷纭。或于裂隙处一分为二，揭示文本的"'双主题'现象：一是小资产阶级知识分子寻找革命，二是一个罗曼蒂克的女人寻找英雄般的生活"①（又说一是革命主题，二是爱情主题）；或合而为一，着眼于作者（或改编者）如何"缝合起一个少女的青春之旅与关于知识分子道路的意识形态的权威话语"②。

值得关注的是，作者每每以革命与爱情的融通关系及至引路者与恋人的重合叠影（最典型的莫过于作品中的"卢……革命"抒怀），来缝合小说的先在矛盾。

如果说，前述《工作着是美丽的》中的珊裳与晓平以及《我们夫妇之间》中的夫妇俩，一度政治化了家庭情感的纠葛，又家常化了政治思想的斗争，适可谓情爱政治的"现实版"；那么，《青春之歌》中的男女情爱关系，则已升格为情爱政治的"寓言版"。林道静追求——弃绝——献身恋人的一波三折过程，业已表征着其革命抑或不革命的曲折选择。爱情小说与政治大说适成互阐互喻。

《工作着是美丽的》中，李珊裳与明纯/德伟、陆晓平的三角或四角恋爱尚未逸出"才子佳人"传统模式；《青春之歌》中，林

---

① 夏济安 Heroes and Hero-worship in Chinese Communist Fiction, the China Quarterly, No. 3, p123. 转引自孙先科《说话人及其话语》，上海：上海文艺出版社2009年版，第69页。
② 戴锦华《〈青春之歌〉——历史视域中的重读》，收入唐小兵编《再解读：大众文艺与意识形态》，北京：北京大学出版社2007年版，第197页。

道静、卢嘉川／江华、余永泽的三角关系却跨越并兼容了"才子佳人"与"英雄美人"两种叙事范型。确切地说，林道静与余永泽的"才子佳人"姻缘终为林道静与卢嘉川／江华的"英雄美人"结合形式取代。

毛泽东有言："革命的或不革命的或反革命的知识分子的最后的分界，看其是否愿意并且实行和工农民众相结合。"[1] "知识分子必须与工农群众相结合"这一指示，遂成知识者思想改造的必由之途。不仅《我们夫妇之间》开宗明义直接以"知识分子和工农结合的典型"一语为首节之标题，《青春之歌》也极尽婉转地图解这一方针。于是，曾经在林道静眼中"有才学的青年"余永泽，只能被冠以"上了胡博士的圈套，钻到'读书救国'的牛角尖里"等罪名遭到唾弃；青春洋溢、才华过人的卢嘉川的功能也仅仅是"唤醒了林道静"，尽管在作者及其笔下人物的潜意识中他本是她的"最爱"[2]；林道静仍最终献身江华。原因无他，作为革命者的一体之两面，卢嘉川可谓革命者与文学青年的组合（他竟能在警笛呼啸、枪声骤响的情景中昂然发出"诗人雪莱说过：'冬天到了，春天还会远吗？'"的呼声），而江华形象才是革命者与工农的叠影。作品中，对二人的肖像描写已透出端倪——卢嘉川"那挺秀的中等身材""聪明的大眼睛"；江华"身躯魁伟面色黧黑""神情淳厚而质朴"——皆非无意为之，应可视为身体政治。在对江华"沉稳""踏实"等性格的刻意强调中，有意无意间已含有对卢嘉

① 毛泽东《五四运动》，《毛泽东选集》第2卷，北京：人民出版社1991年版，第559页。
② 杨沫《青春之歌·再版后记》，北京：作家出版社1961年版，第629页。

川诗意浪漫气质违心的针砭。

无独有偶，较《青春之歌》稍早面世的艾明之的长篇小说《浮沉》亦内蕴了"才子佳人"与"英雄美人"两种叙事范型的交响论辩。医学院高才生沈浩如大学毕业后原有医学攻关与小家庭建设的精明计划，然而身上"还带着某些孩子气"的未婚妻简素华，却拒绝了他的指教、开导。彼一时代走与工农相结合道路的号召呼唤着简素华弃家出走，社会主义建设的大工地吸引着她："这里的生活不是生活，而是一片沸腾的海洋，每天有许多新的事物在涌现，在喧嚷"[1]……令人不由地联想起《青春之歌》中那引路人的呼唤："在这狂风暴雨的时代，你应当赶快从个人的小圈子走出来"；联想起革命年代"人群迅急汇合成了昂奋的队伍"，"突然一面红色的大旗灿烂地招展在空中，好像阴霾中升起了鲜红的太阳"的炽热场面[2]。刘再复曾指出："二十世纪的中国知识分子在理性层面和社会实践层面上，对农民的盲目崇拜，确实造成了一种不必要的自我贬抑和自我矮化，以至在接受'改造'命题之后无休止地自我践踏和自我奴役。"[3]值得注意的是，《浮沉》中不仅有"才子"戴着"黑色玳瑁的宽边眼镜，皮肤特别白晰"，"英雄"高昌平（工农干部）则"皮肤红得发黑，闪着健康的光泽"一类理念化、公式化了的肖像描写，而且不乏深入感性层面乃至审美层面的工农英雄形象塑造。作者每每借青年知识者简素华的内视

---

① 艾明之《浮沉》，《收获》1957年第2期。
② 杨沫《青春之歌》，北京：作家出版社1958年版，第153页。
③ 刘再复《中国现代知识分子历史角色的变迁》，收入刘再复《放逐诸神——文论提纲和文学史重评》，香港：天地图书有限公司1994年版。

角见"英雄"。

伊格尔顿《审美意识形态》一书中关于崇高与优美的思辨，曾被王斑移用于对五六十年代新中国"崇高美学"的诠解①（王德威将其译作"雄浑美学"）。如果说，作品借高昌平献身社会主义建设，哪里艰苦哪安家，不断斗争，驱除自身的"生物与自然特性"，牺牲常人的幸福，"对生活抱着崇高的理想"等叙述，已"把主体召回到更高的一个法则"，即所谓"崇高"的境界；那么，当作者别具匠心，将对工农英雄的崇拜审美化，如刻画"情人眼里"高昌平那络腮胡子的脸、那雄阔豪迈的气势，尤其是反复渲染他那"朗声大笑"，像雷，听着，不仅简素华"心里就涌出一种特异的微妙的颤动"，而且令彼时的读者也不由地为他的魅力感染时，借用王斑的表述，此刻，审美"就给了意识形态一张有人情味的脸"②。

耐人寻味的是，上述简素华的内视角中饱含着"自己的幻想和色彩"，如同小说称林道静的内视角亦充满了"年轻人的狂热的幻想"，如是知识者视角"仰视"中的工农英雄形象，不免失之浪漫，或者美其名曰"革命浪漫主义"。后者正是"崇高美学"的题中之义。

相形之下，《青春之歌》结尾对"一二九"运动及"一二一六"游行中的知识者群像的倾力塑造则在彼一时期显得极

---

① 参阅王斑《历史的崇高形象——二十世纪中国的美学与政治》，孟祥春译，上海：上海三联书店2008年版，第183—191页。
② 王斑《历史的崇高形象——二十世纪中国的美学与政治》，孟祥春译，上海：上海三联书店2008年版，第189页。

为难得了。"游行队伍中，开始几乎是清一色的知识分子——几万游行者当中，大中学生占了百分之九十几，其余是少数的教职员们。"老教授被"众星捧月般拥戴着"，人们的心中对他"充满了崇高的敬意"。他"挥着拳，探着受了伤的庄严的头，向工人群众高声喊道：'工人兄弟们！欢迎你们呵！'"工人群众亦"陆续涌到游行的队伍里面来了"。[①]排山倒海的人群，涌流着的鲜血，激昂的高歌……作者的亲身经历与血肉体验于不自觉间冲破了历史的讳言，恰可谓"现实主义的胜利"。

尽管小说后来几经删改，但正如程光炜所称："作品的'潜文本'却没有完全被删除。因为修改本删除的可能是一些文字上的东西，它其实并没有、也不可能真正删除得掉作者内心世界中的知识分子意识。"[②]诚哉斯言！

除上述小说外，白刃的《战斗到明天》、扎拉嘎胡的《红路》等长篇也都凸显思想改造主题。

《战斗到明天》描述大学教授之女林侠、东北流亡学生沙非、小有产者家庭出身的辛为群以及大学讲师焦思宁等一群青年知识者在战火中锻造的故事[③]。茅盾鉴于"五四以来，以知识分子作主角的文艺作品，为数最多，可是，像这部小说那样描写抗日战争时期敌后游击战争环境中的知识分子，却实在很少"，而慨然作序推荐，并高度评价小说翻开了"我们的整个知识分子改造的历史

① 杨沫《青春之歌》，北京：作家出版社1958年版，第528页。
② 程光炜《关于五十至七十年代文学中的知识分子形象》，《文学评论》2001年第6期。
③ 白刃《战斗到明天》，中南军区政治部1951年1月印行。

中颇为重要的一页"①。

　　未料小说出版不久即遭到多家报刊的抨击。从发表系列批判文章的《解放军文艺》上所谓小说"打着小资产阶级改造思想的招牌，却散发着小资产阶级和资产阶级的思想毒素"的编者按语②，以及作者"起先想写一个连队在敌后英勇作战，入关以后，看到大批新知识分子涌入部队，又想到全国解放了，长篇小说的读者主要还是知识分子，就是在为自己争取小资产阶级读者的坏思想的支持下，把'第一为工农兵'扔到脑后，把'第二为小资产阶级'摆在前面，改变了主题"的检讨中③，不难悟出小说触犯了知识分子叙事已不合时宜这一禁忌。

　　然而，茅盾在其检讨中，虽反省小说作者与自己均"存在着浓厚的小资产阶级思想意识"，却以此印证知识分子的"思想改造过程是长期的、艰苦的"，因而，"这本书的主题（知识分子改造的过程）是有意义的，值得写的"，值得改的④。联系到茅盾后来在为《青春之歌》辩护时，又一次以小说"指出了小资产阶级知识分子必须经过思想改造才能真正为人民服务"，"作者既然要描写一个小资产阶级知识分子的思想改造，就不能不着力地描写小资产阶级思想意识在人的行动中的表现及其顽强性"为由这一史实⑤，禁不住百感交集：在喟叹茅盾始终难以逸出"思想改造"主

---

① 茅盾《战斗到明天·序》，《白刃文集》，北京：中国戏剧出版社2002年版，第272页。

② 《解放军文艺》1952年2月号。

③ 白刃《决心改正错误从头学起》，《解放军文艺》1952年第6期。

④ 茅盾《关于为〈战斗到明天〉一书作序的检讨》，《人民日报》1952年3月13日，第2版。

⑤ 茅盾《怎样评价〈青春之歌〉》，《中国青年》1959年4期。

流意识形态规约的同时，亦依稀悟得内中未尝不隐含其借此主题守护五四以来一度蔚为主流的知识分子叙事那一脉遗泽之苦心。

《红路》中则直接出现了新中国成立初期党在高等院校中"开展轰轰烈烈的思想改造运动"的情节与场景。面对师生们重视专业、疏离政治的思想状况，党的工作者额尔敦如是分析："旧思想不是一朝一夕能解决的，外界帮助固然重要，但更重要的是启发他自我改造。对于我们这些知识分子来讲，这是个极其艰难的事。我们只有充分认识它，才能理解它的重要意义"，并决定遵照上级指示，"停止全部课程，全力做好运动的各项准备工作"。① 随着运动的进展，师生们经历了政治学习，思想检查、复查，直至思想"过关"，参加诉苦会、坦白会、斗争会等阶段。诉苦会上，出身贫寒的学生纷纷诉说自己及家庭在旧社会遭受的苦难，剥削阶级家庭出身的同学则坦白家庭对自己的影响，揭露家庭的罪恶与黑暗，勉力"洗涤着心灵上的污点"；而斗争会更是"团结绝大多数同学，打击和孤立少数的顽固的反动分子"屡试不爽的手段。经过这番强大压力下的学习、检讨、斗争、"改造"，一心向学的学生领袖胡格吉勒图不再独立不羁，终于低头认罪；学术权威梦博士也去其"孤僻、傲慢"，接受改造。

小说自在歌颂思想改造运动的伟绩，无心中却立此存照，记录了若干史实及细节，适可为此段历史的形象注释。至于因思想改造引发的学术殿堂与政治战场的碰撞等内容，拟于此后大学叙事专章中再展开，兹不赘述。

---

① 扎拉嘎胡《红路》，北京：人民文学出版社1959年版，第175页。

二、"双百"时期经由干预生活主题闪现的主体性释放

知识分子思想改造运动的广泛开展，到1952年秋便已趋收尾；然而，作为党的一项基本政策以及作为知识分子叙事的一个重要主题，它的实际影响却更其深远。

1956年1月14日至20日，中共中央关于知识分子问题会议的召开，标志着知识分子政策的适时调整。此次会议规模之大、规格之高均为新中国成立以来前所未有。会上，周恩来代表中央作了关于知识分子问题的主题报告，他充分肯定"知识分子已经成为我们国家的各方面生活中的重要因素"，确认知识分子中间的绝大部分经过思想改造运动，政治上与思想上的"面貌在过去六年来已经发生了根本的变化"，在阶级属性上"已经是工人阶级的一部分"。①

有鉴于思想改造"对于知识分子的进步产生了很大的效果"，总理在布置未来的任务时仍提及对知识分子加以"进一步的改造"的必要性，但却一再强调，这种改造理应是"自我改造"，而不是被动改造，更非"强制改造"。总理语重心长地告诫党的相关工作者："在思想斗争中应该注意的是，一个人的思想的转变，必须通过他本人的自觉。用粗暴的方法进行思想改造，是不能解决问题的。"进而明确指出："知识分子的改造通常经过三条道路：一条是经过社会生活的观察和实践；一条是经过他们自己的业务的实

---

① 周恩来《关于知识分子问题的报告》，中共中央文献研究室编《建国以来重要文献选编》第八册，北京：中央文献出版社1994年版，第14—15页。

践；一条是经过一般的理论的学习。"① 自然，"这三个方面是互相联系的"，但一般而言，主动观察社会生活，参与生活实践，乃至干预生活其"教育作用最为广泛和直接"。后者自是知识分子赢得"自我"意识、主体意识后的顺势而为。

总理不无清醒地审时度势：我国的科学文化力量目前是比苏联与英美等"世界大国小得多，同时在质量上也要低得多"，"同我们六亿人口的社会主义大国的需要很不相称的"，"必须急起直追"。缘于此，总理向全国人民发出向现代科学文化进军的号召。而为了"最迅速最有效地达到这个目的"，就必须"尽一切努力最充分地动员和发挥知识分子的现有力量"②。

毛泽东在会议最后一天到会并发表讲话。正是立足于迅速赶上世界科学文化先进水平这一急迫任务，他强调了现阶段调整知识分子政策，发挥知识分子作用的重要意义。毛泽东批评了党内在军事革命时期遗留下的轻视知识分子的某种情绪："老子打了一辈子仗，没有你也行！"指出："现在我们是革什么命呢？现在是革技术的命，叫技术革命，文化革命，要搞科学，要革愚蠢无知的命"，"没有他们就不行了"③，要在一个较短的时间内造就大批知识分子。他号召全党努力学习科学知识，同党外知识分子团结一

---

① 周恩来《关于知识分子问题的报告》，中共中央文献研究室编《建国以来重要文献选编》第八册，北京：中央文献出版社1994年版，第35页。
② 周恩来《关于知识分子问题的报告》，中共中央文献研究室编《建国以来重要文献选编》第八册，北京：中央文献出版社1994年版，第21页。
③ 转引自沈志华《思考与选择——从知识分子会议到反右派运动》，香港：香港中文大学出版社2009年版，第52页。

致，为迅速赶上世界科学文化先进水平而奋斗①。

主题报告等讲话将知识分子视为"社会主义建设事业中一支伟大的力量"，并再三告诫要懂得怎样正确地对待知识分子，"而不要在无意之间伤害了他们的正当的自尊心"②，这无疑极大地恢复了知识分子的自尊、自信，激发了他们的主体能动性；也为此后文学界的"干预生活"创造了必要的前提。

概而言之，"干预生活"这一创作口号的倡导与实践，无疑得益于1956年中央关于知识分子问题会议的铺垫，及至"双百"时期相对宽松、自由的整体思想文化氛围。然而，文学史著述却每每无视史事编年，单向度地将其全然归结于贯彻"双百"方针的"成果"，无视中央知识分子问题会议这一重要序曲，也忽视增强了自尊、自信后的知识分子的主体能动作用。似乎自上而下一道指令，"火速报春知，花须连夜发"，便能在某一被恩准的历史时刻迎来文学界百花齐放。鉴于上述粗疏，本节拟先稍加考辨史料，以期更清晰地展现知识分子主体意识与国家意识形态上下互动、双向同构的轨迹。

1956年4月28日，毛泽东在中共中央政治局扩大会议上的一次总结讲话中，首次将"百花齐放，百家争鸣"作为一个全面的工作方针提出，他说："'百花齐放，百家争鸣'，我看这应该成

---

① 毛泽东《在关于知识分子问题会议上发出的号召》，《建国以来毛泽东文稿》第六册，北京：中央文献出版社1992年版，第12页。
② 周恩来《关于知识分子问题的报告》，中共中央文献研究室编《建国以来重要文献选编》第八册，北京：中央文献出版社1994年版，第18、24页。

为我们的方针。艺术问题上百花齐放，学术问题上百家争鸣。"①5月2日的最高国务会议上，他又向党外的高层人士重申"双百方针"的必要性，并称："现在春天来了嘛，一百种花都让它开放，不要只让几种花开放，还有几种花不让它开放，这就叫百花齐放。"②以上两次讲话，均未发表。对于"双百方针"的公开传达最早见于时任中宣部部长的陆定一同年5月26日题为《百花齐放，百家争鸣》的报告，次月13日该报告得以在《人民日报》上全文发表。

而早在是年1月，对文学界"山寒未放春消息"状况心存忧虑的作家们呼唤春天的心绪，便已借引进苏联"解冻文学"之风初露端倪。在中国作协创作委员会小说组围绕苏联的三部作品——肖洛霍夫的《被开垦的处女地》（第二部）、尼古拉耶娃的《拖拉机站站长和总农艺师》与奥维奇金的《区里的日常生活》的一次讨论会上，以及2月15日《文艺报》刊出的四位作家的发言中，即屡屡倡导"干预生活"精神。《文艺报》"编者按"也直言：作协创作委员会之所以组织这次探讨，目的即是"为了帮助我国读者了解这些作品和学习苏联作家勇敢干预生活的精神"③。史家称，1949至1957年，苏联文艺尚对中国具有引领与统摄的作用，

---

① 转引自逄先知、金冲及主编《毛泽东传（1949—1976）》，北京：中央文献出版社2003年版，第490—491页。

② 逄先知、金冲及主编《毛泽东传（1949—1976）》，北京：中央文献出版社2003年版，第491页。

③ 《勇敢地揭露生活中的矛盾和冲突——作家协会创作委员会小说组对三个作品的讨论》（包括四位作家的发言：马烽《不能绕开矛盾走小路》，康濯《不要粉饰生活，回避斗争》，郭小川《通过人的性格来揭示冲突》，刘白羽《在斗争中表现英雄性格》），《文艺报》1956年第3期。

1958年以后文学界则因国际政治气候的风云突变，方逐渐摆脱了苏联文坛的影响，走上了毛泽东的自设之路[1]。姑且认同苏联对我国文艺创作影响的消长以1958年为界，1956年对苏联文学精神情有独钟的整体语境也就理所当然了。

与《文艺报》适成呼应，同月出版的《人民文学》也发表了唐挚题为《必须干预生活》的短评，呼唤"作家，必须是热爱自己的人民和生活，必须是大胆干预生活，用全心灵去支持一切新事物的猛将！"[2]

4月，《在桥梁工地上》发表，《人民文学》"编者的话"以及随后赢得的多篇评论对作品"积极干预生活"精神的激赏[3]，标志着"干预生活"的倡导终成正果。

据上所述，"干预生活"的创作口号与实践，不仅是春赐的花蕾，亦是催春的战鼓，破冰的利刃。后者凸现了知识分子主观能动的积极作用。其重要意义恰如识者所言：干预生活"恐怕不止是对新社会背景中官僚主义现象的指责，还包含着知识分子意识在同样背景中的'觉醒'这一有意味的精神现象"。[4]

值得关注的是，《文艺报》刊出的四位发言者，康濯是常务编委，刘白羽、马烽与郭小川则是彼时的主流作家。四人的言说立场自然很大程度贴紧主流意识形态，如强调《区里的日常生活》

---

[1]　参阅麦克法夸尔、费正清编《剑桥中华人民共和国史》上卷，谢亮生、杨品泉等译，北京：中国社会科学出版社1990年版，第442—445页。

[2]　唐挚《必须干预生活》，《人民文学》1956年2月号。

[3]　如洛人的《重要的是必须干预生活》、李扬《要探索和思考》等评论文章。《文艺报》1956年5月15日。

[4]　程光炜《关于五十至七十年代文学中的知识分子形象》，《文学评论》2001年第6期。

的"干预"是为"整个共产主义事业服务","表现了一个作家的党性"云云。

　　这三篇"干预生活"作品发表的历史背景正值斯大林逝世，苏联作家自觉干预现实的解冻时期，彼时中国的政治气候同样乍暖还寒。两国政治大气候的暗合必然使得主流作家对于三部作品的阐释导向贯穿着内在的一致与相通。比如马烽言及"苏联有些批评家认为作者给主人公安排了一条省力的道路。也许是这篇小说的缺点，但是如果和我们主题大体相同的一些作品比较起来，那么这篇作品所接触的矛盾斗争，要深刻的多，尖锐的多，是从尖锐的思想斗争中刻画出娜斯嘉这个人物"[1]，直指国内创作批判力度不够，粉饰太多；康濯言及"作者所创造的人物必然保有高度的战斗姿态"，"她参与了生活就要干预生活；就要爱一些人而憎恶另一些人，就要顽强地坚持一些东西而反对另一些东西"。"我们创作中存在的严重的问题之一，正是粉饰生活和回避斗争。"[2]亦将干预生活提升至投入现实斗争的高度。

　　学步苏联的文坛气候、政治语境的朦胧以及意识形态的多重纠葛，使这场讨论多少显得有些含混其词，言浅意疏，但无形中却依然赋予了作家以"探求者"、干预者的角色。尽管这层赋予介乎于有意无意间，四位主流发言人未必自觉意识到"干预生活"中的干预主体、对象以及这一口号与知识者自身使命的冥合神契；

----

① 　马烽《不能绕开矛盾走小路》，《勇敢地揭露生活中的矛盾和冲突——作家协会创作委员会小说组对三个作品的讨论》，《文艺报》1956年第3期。
② 　康濯《不要粉饰生活，回避斗争》，《勇敢地揭露生活中的矛盾和冲突——作家协会创作委员会小说组对三个作品的讨论》，《文艺报》1956年第3期。

却毕竟经由历史的契机，多少释放了探索与干预这一"五四"以来知识者显在或潜在的诉求，促生了作家触探现实问题、揭示时弊的勇气。其见解多少为探求者们提供了一定的理论资源，而这三部苏联小说自然亦化作了干预生活小说的互文网络与参照母本。

较之上述作家的探讨，唐挚与黄秋耘"干预生活"的言论似更具知识分子气息。其意气何其激越，在冬令时节便急不可待地流露出报春的热情乃至冲动。唐挚在《必须干预生活》一文中强调："一个作家在创作时，难以抑止地要把自己对于生活的意见，通过自己笔下的形象倾诉出来"，"他要倾全身心去支持他所爱、所赞成的东西，要倾全身心去鞭打他所恨、所憎恶的事物。而且，只有在这样的时候，形象本身才能带着这同样火辣辣的力量闯到生活中去积极地干预生活，只有在这样的时候，作品才能成为作家干预生活的武器"。"冷淡，永远将是一部作品的致命伤，因为这总是意味着作家和人民生活的某种距离。"[1]字里行间竟隐隐透露出几分不久前曾遭到批判的胡风派力倡的"主观战斗"的意味。

黄秋耘则满怀知识分子的底层关怀。《不要在人民的疾苦面前闭上眼睛》一文打破了共产主义天堂指日可待的"廉价的乐观主义"。面对"十二年后，在这土地上，谁都不会有忧愁""谁的脸上都不会有眼泪"一类的罗曼蒂克预言[2]，发出了直如鲁迅式的对所谓的"将来的黄金世界"的质疑[3]。他不失清醒地指出："至少在

---

① 唐挚《必须干预生活》，《人民文学》1956年第2期。
② 秋耘《不要在人民的疾苦面前闭上眼睛》，《人民文学》1956年第9期。
③ 鲁迅《影的告别》，《鲁迅全集》第2卷，北京：人民文学出版社1981年版，第165页。

今天来说，这样的'天堂'还仅仅是一个幻想"，直言现实中"还有灾荒，还有饥馑，还有失业，还有传染病在流行"，"还有各种各样不愉快的事情和不合理的现象"。呼唤"以坚持真理的战斗精神"，"写出人民的爱憎喜怒，离合悲欢"①。作者心目中的工农，并非始终处于高昂向上的姿态，有时也会遭遇疾苦，而知识者则理应深入生活，与人民"同歌同哭"。彼时恰是将工农形象高度符号化、超验化的时代，工农形象突然被祛除光环，还原出它现实的面貌，作者对流行观念与思路的违逆不由令人动容。

崇尚约翰·克利斯朵夫的黄秋耘恰是在干预生活的呼声中听出了一曲极富乐感的时代轰鸣与律动②。这种律动饱含着知识分子的"正直良心"与"清明的力"。在某种程度上，克利斯朵夫在俗世中战斗、不"逃避真实或粉饰生活"的"大勇者精神"，移作了黄秋耘"干预生活"的主体幻象。然而，恰如他数十年后反省的那样，内中也不可避免地渗入了克利斯朵夫正负参半的影响：一种知识者"俯首甘为"，一时却难以"和人民共一个身体，同一个灵魂"，更遑论为其代言的焦灼；一种"崇高的忧郁"，徘徊的"怅惘"，"悲天悯人的情操"；一种不合时宜、源自十九世纪末期的人道主义、"崇高的个人主义"（意指"个人奋斗"，区别于"损人利己的个人主义"）以及"温情主义"的流韵遗绪。③

回应着上述评论家的理论冲动，王蒙、刘绍棠、秦兆阳等作

---

① 秋耘《不要在人民的疾苦面前闭上眼睛》,《人民文学》1956年第9期。

② 参阅海帆《沧海横流方显志士本色——黄秋耘先生奇崛生平事略及简评》(上),《新文学史料》2005年第1期。

③ 参阅黄秋耘《怎样读〈约翰·克利斯朵夫〉》,收入《黄秋耘自选集》,广州：花城出版社1986年版,第810—811页。

品中的"干预"主体则以含情带血的文学形象抒发了彼时知识者的内在激情。1957年3月，费孝通在《人民日报》发表《知识分子的早春天气》，品评的是"双百方针"，却昭示出与干预生活休戚相关的种种复杂脉象。有研究者如是说，"在费孝通所谓'知识分子的早春天气'里，我们又重新见到了陆萍的精神后裔。其中著名的有林震（《组织部来了个年轻人》）、黄佳英（《本报内部消息》正、续篇）和蒲塞风（《西苑草》）等形象"。[1]在此"早春天气"里萌生的知识分子形象，无一不是干预者。

时过境迁，七十年代末，当年的干预者回顾自身因"干预生活"而遭致批判这段公案时，兀自当局者迷：仅仅将视角局限在所干预的对象上，一味地辩解社会主义"绝非尽善尽美"，"到了社会主义社会，对于关系到人民利益、社会主义成败的大是大非问题，反倒不许人们干预，岂非咄咄怪事"[2]，却未曾意识到干预生活的主体问题。无论揭露与批判的对象是机关、报社抑或工厂、工地，其干预主体皆是一个知识分子灵魂。倒是曾经的批判者旁观者清：1957年，《人民文学》11月号同栏发表了李希凡的《所谓"干预生活"、"写真实"的实质是什么？》与姚文元的《文学上的修正主义思潮和创作倾向》。二文就人物类型归属的解读可谓如出一辙："'干预生活'的'英雄'"，"实际上都是对于我们的社会制度、对于党的领导怀着极大的不满，向党争取资产阶级'自由'

---

[1]　李遇春《五十至七十年代文学中启蒙话语的心理透视》，《文学评论》2007年第4期。

[2]　刘宾雁《关于"写阴暗面"和"干预生活"》，《上海文学》1979年第3期。

的'战士'"①；作者是把干预者"当作英雄的先进人物来表现的，在黄佳英身上寄托了他反对'官僚主义'的全部理想。然而黄佳英是怎么样一个人呢，那是一个被美化了的'反现状'的个人主义者"。②批判者意在捕风捉影，对于干预主体身上强烈的知识分子气息自然嗅觉灵敏。

不只是《本报内部消息》中锋芒毕露的黄佳英，《在桥梁工地上》中的"我"亦具有强烈的知识分子情怀。其最初犹隐藏在一派冷静、理性、客观的"侦察兵"风范之下；行文过半，作为知识分子的主体性渐次昂扬，从惋惜罗立正知识者诗情的逝去，到惊愕于他把曾工程师看《红楼梦》当作稀奇事，再到不满于罗立正不加检讨、大而化之的官僚主义做派，直至最终对以罗立正的办公室为表征的僵化体制产生"激烈的失望感"，目睹窗外"为春天扫路来了"的"暴风从夜的黄河上呼啸着、翻腾着飞过"，满腔压抑的激情不由地迸作最后的呼唤："春风啊，你几时才吹进这个办公室呢？"③

无独有偶，当年姚文元批判刘绍棠的《田野落霞》时亦强调小说的干预主体——区委代理书记刘秋果"是一个充满了小资产阶级气味的干部"，"刘绍棠用个人主义的眼光去观察人物"，"他就照着这种'艺术感受'塑造出小资产阶级的刘秋果来代替革命者刘秋果了"。④姚氏话语中的"小资产阶级"一语，与前引"个

---

① 李希凡《所谓"干预生活"、"写真实"的实质是什么？》，《人民文学》1957年第11期。
② 姚文元《文学上的修正主义思潮和创作倾向》，《人民文学》1957年第11期。
③ 刘宾雁《在桥梁工地上》，《人民文学》1956年第4期。
④ 姚文元《文学上的修正主义思潮和创作倾向》，《人民文学》1957年第11期。

人主义者"相类，皆是彼时习用的"知识分子"的代名词。

虽则县委周书记"是大学生出身，对知识分子从来都是偏向的"，两位副书记对刘秋果这个大学毕业生也不无好感，然而刘秋果仍然深觉某种无形体制的强大，斗争并非如"入党时所想象的那么浪漫"，甚至萌生当初"不如做助教，或是当研究生了，那时候想得太美妙，太不现实了"之念①。值得注意的是，在知识分子叙事中，叙述者干预每每成了知识者主观突入的方式。叙述者不仅以刘秋果"独自一个走出黑洞洞的会议室"一类富有感情色彩的语句，隐喻区委机关的阴暗面依然存在；更在结尾故事层面似乎已取得了胜利时，犹将知识者如陷"无物之阵"的悲愤，扩张于农村妇女杨红桃身上：

> "为了你这个臭娘儿们，我送掉了一半前程，我一辈子也忘不了你！"高金海恶狠狠地说。
>
> "我也不会忘记你这个恶魔！"杨红桃握紧两只拳头，像是在荒原上抗击猛扑上来的饿狼似的，"我会看得见你的下场的！"
>
> 高金海像躲闪熊熊烧起的野火似的，向后倒退了一步，跌了一屁股泥，爬起来，狼狈地骑上车，奔青流村渡口去了。
>
> 杨红桃高傲地站在饮马石上，彩色斑斓的晚霞笼罩着她，在她的脚下，是终点，也是开端。②

① 刘绍棠《田野落霞》，《新港》1957年第3期。
② 刘绍棠《田野落霞》，《新港》1957年第3期。

在那个高傲、激情、孤独、倔强、忧伤的杨红桃形象背后，分明能见出叙述者乃至作者的干预印痕。姚文元称："说她有十二年党龄，但在她身上很少看见一点共产党员的党性，倒像一个变态的知识分子女性。"①剔除"变态"一类的针砭，像"知识分子女性"一语恰道出了小说中知识者主体的移情。

干预者着意"侦察""挖掘"现实中的矛盾，并诉诸文本，如此这般的思维导向，容易使干预者或干预对象先在地趋于"本质化""符号化"。加之作为知识分子主体的干预，每每是有情的干预，笔下有时甚至呈现出主观精神"扩张"、"突入"客观世界的形态。一如《组织部新来的青年人》中干预者林震所说的："我希望不要只作冷静而全面的分析……"（多情的"他没有说下去，他怕自己掉下眼泪来"），只是这份"不知从哪儿来的勇气"与激情缘何而生？或许恰是知识者那多愁善感、忧生忧世的禀赋及道德洁癖，令干预生活小说若隐若显地渗透了某种淡淡的哀愁、一人向隅的孤寂：除前述《田野落霞》结尾那一抹猩红凄厉的主观色调外，《沉默》的结末也着力凸示县中教师方冠芳在"干预生活"后"一种有话说不出来，又像是无话可说的又愤怒又痛苦的表情"②；而《寒夜的别离》更是让那对因不得不服从战时的"纪律性"导致生离死别的有情人陷于"沉默，难堪的沉默，令人窒息的沉默"中，任满腹难言的心声外化为"火车的汽笛声在寒夜中颤抖着，仿佛是一个孤独的夜行者，用大喊狂奔来摆脱旷野的

---

① 姚文元《文学上的修正主义思潮和创作倾向》，《人民文学》1957年第11期。
② 何又化《沉默》，《人民文学》1957年第1期。

寂寞，来鼓舞自己继续向前走的勇气"。[1]移用前引倡导干预生活的评论家黄秋耘的话语及句式，作逆向思维：对于一个作家而言，"廉价的乐观主义"固然是有害的，然而，在勉力反拨"廉价的乐观主义"时潮时，切忌矫枉过正，衍生出如上的"病态的悲观主义"倾向。[2]后者的政治感伤性同样值得警醒。

作者在营构知识者干预主体的同时，每每强化、夸大了外在大场域对他们的框限，从而有意无意地生成了一个个体制对知识者规约的空间隐喻：如组织部、工地办公室、报社编辑部、大学乃至法院机关，与之相对应的则是知识者精神栖居、寻求慰藉的潜在港湾、家园形态：如湖心岛、"绝域"、江边沙滩、火车软卧包厢、晚霞下的田野小道。不仅体制的空间隐喻与知识者所向往的精神家园适成对照，干预主体与干预主体之间，亦渐次衍生了一种"共时"与"历时"双重谱系链上的精神血缘、情态呼应：林震深觉过去自己想象的"机关"不是那样的，而去赵慧文家却有一种宾至如归的感觉；而《本报内部消息》中，"无论烦恼怎么多"，一离开编辑部的逼仄空间，"坐上火车，黄佳英的心绪就变了"；至于那个最终跳出意识形态纠葛、也步入干预者行列的总编室主任马文元来到江边的沙滩，便顿觉"多么开阔，多么舒畅！""仿佛从一只密闭的又黑又小的箱子里刚刚跳出来"！[3]

---

[1]　阿章《寒夜的别离》，收入《重放的鲜花》，上海：上海文艺出版社1979年版，第269页。

[2]　黄秋耘在《不要在人民的疾苦面前闭上眼睛》一文中称："对于一个艺术家来说，病态的悲观主义是可怕的，廉价的乐观主义也同样有害。在我们目前的文学领域内，后一种思想情况似乎更值得注意。"此话言之有理。但尤需注意"一种倾向掩盖着另一种倾向"。

[3]　刘宾雁《本报内部消息》，《人民文学》1956年第6期。

倘若说单个的空间隐喻，不过是彰显局部环境，那么，所有空间组织成一体，却成了令知识者难以脱颖而出的"一体化"环境的写照。

深究干预者与社会、环境、集体的关系，似不应单纯归结于是"历史运动改铸了社会关系"之类的外因造成了对个人的过度框限、规约，其中也不乏缘于知识者的自我优越感而生出的作茧自缚。试以刘绍棠的《西苑草》为例。小说意在揭示彼时大学教育体制在集体主义名义下对于青年知识者个人发展空间的挤压。西苑大学中文系学生蒲塞风面对同学"因为你不参加集体活动"，"妨碍咱们班获得先进集体的光荣称号"的连连批评，压抑已久的心声似"闷雷"爆发："为什么跳舞也要集体化呢？""集体活动几乎完全占用了课余时间"，"跟爱人在一起占去过多时间，要被批评为脱离群众"，"这个会那个会更是应接不暇"！……然而，史家每每有感于彼一时代的集体话语"过分强调集体化"的执之失度，却忽略了干预者个人话语的无限扩张同样过犹不及。

1954年，刘绍棠考入北大中文系，仅一年时间，便以教学模式缺乏"自由度"等为由申请退学。小说即以刘绍棠"北大一年"的经历与体验为原型。

较之小说的自叙传性，更引人注目的应是作者悉心刻画的蒲塞风的肖像："清瘦""苍白""两只又黑又大的忧郁的眼睛，真像演悲剧的小生"，又似"落难秀才""忧郁的王子"……一言以蔽之，他是新时代的"孤独者"，是独立不羁的个人英雄。与其说这是作者的自画肖像，不如说，暗合着刘绍棠的心象。

国家文学体制的"拔苗助长"、倍加"宠纵"，少年得志的轻狂、自我膨胀，放大了作为干预者的"神童作家"连同其笔下的蒲塞风的性格缺陷，致使其在集体中一面深觉格格不入，一面又陶醉于"众醉独醒"的自我优越感中。而一定程度上，恰是作者的志满意骄、张扬不羁，致使蒲塞风这一满溢着个人主义气息的人物自毁了形象。

然而，在作品较有力地对彼时盛行的集体主义话语的流于本质化、概念化予以"干预"的同时，却不自觉地纵容、姑息了干预者个人主义话语的绝对化，搁置了对干预主体及其站位进行历史性分析与本体性追问的必要性内省。

所以出现如是失误，盖因隐隐自得于干预者萧然独立的站位。这一站位连通了好以"体味'孤独'作为精致的精神享受"的知识者的血脉遗传。然而，历史的必然逻辑却恰恰由此处"干预"了干预者。正是那种"鹤立鸡群"、居高临下的站位，一定程度上导致了干预生活作品的孤立无援与软弱无力。

知识者"干预生活"作品兀自透露着独特的文体意味。文体与叙述皆属形式范畴，在某种意义上，文体的特殊恰为叙述的别样追求所致，而叙述的越规亦每每折射出不同寻常的文体异象，两者有一种互参、互补的辩证关系。以下笔者尝试由文体延及叙述，开掘"干预生活"文本丰富的形式意味。

回顾前述作协创作委员会对三部苏联作品的讨论，有作家如是说："他们大胆地揭露了生活中的矛盾，从尖锐的斗争中描写新的人物，而且采用特写、短篇小说的形式及时地反映现实生活。"①从中可以窥见,"干预生活"既指涉内容,亦关乎形式。干预生活所蕴含的创作的"时事性"与叙述的时空性,在在透露出众多的文体意味。事实上,详加辨析应将干预作品归入何种文体本身并不重要,重要的恰是借此参透隐藏在这一特殊文类形式后的信号。

特写更多地强调新闻性与社会性,它着眼于塑造现实人物,刻画现实场景与社会事件;小说则旨在想象与虚构。干预生活意向每每令作品迂回偏侧于特写/小说、时事/故事、新闻性/文学性之间的文体的模糊性地带。

试读白危的《被围困的农庄主席》:"自从今年一月建庄以来,五百五十五户困难户几乎没有一天不伸手向农庄主席要粮食,更不用提一百二十三户'五保'户了。至于牲口饲料,也是一个伤脑筋的问题,短短一个春季,在一千六百四十五头牲口中,由于缺少饲料,喂得不好,有三十七头倒下去了,七个小牛犊害了软骨病,至今还有十七头大牲口被兽医高伯禄老头子关在隔离室里"②……如此具体的现实问题,浩繁的数据统计。如果说,该作在《人民文学》上发表时,曾被专置于"特写"栏目;那么,当我们悉心从一向被史家视作小说的《组织部新来的青年人》中,发现了多为既有研究失察的报告文学的叙述症候时,便耐人寻味了。

小说对许多无关紧要、大可一笔带过的数据、细节都有一

---

① 马烽《不要绕开矛盾走小路》,《文艺报》1956年第3期。
② 白危《被围困的农庄主席》,《人民文学》1957年第4期。收入《重放的鲜花》,上海:上海文艺出版社1979年版,第305页。

种仔细统计、认真勘探的自觉——"组织部的干部算上林震一共二十四个人，其中三个人临时调到肃反办公室去了，一个人半日工作准备考大学，一个人请产假。能按时工作的只剩下十九个人。四个人作干部工作，十五个人按工厂、机关、学校分工管理建党工作。"[①]——不由令人揣测作者下笔至此，或许已心有旁骛地思虑着现实中这样一个组织部的人员配置与布局是否合理？对于麻袋厂的工作以及厂长王清泉、组织委员魏鹤鸣等这样一些小说本位中的次要事件与人物，并不假以春秋笔法略过，而是巨细靡遗地铺陈整个事件的细枝末节，纠结于工厂存在的具体问题，仿佛能够经由对此事件、人物的调查、揭露、深究，得出文本之外现实社会的可行性经验。

"麻袋厂"作为"组织部"这一主体空间之外的次要场域，本应只有小说叙事结构意义上的作用，正如作者所言，为着"在这一麻袋厂事件中，责备刘世吾的'哲学'，支持林震的'基本精神'"[②]；然而，在实际叙述中，却衍生出了别样的意义。林震犹如报社的记者、军中的"侦察兵"，实地侦察，现场探勘，视野所及，种种无关宏旨的琐杂细节历历在目，甚至不惜在讲究精炼紧凑、主次分明的短篇小说中，植入一大段"麻袋厂发展工作简况"，一系列数字与事例尽管有揶揄官僚主义式总结套路的叙述功能，却大可不必如此翔实具体、繁冗芜杂；而较之全篇文字的灵动丰腴，林震深入麻袋厂考察这几节的叙述话语也未免有些枯燥乏味。如是节外生枝，恰可见出作者着意"特写"，不只是关注

---

① 王蒙《组织部新来的青年人》，《人民文学》1956年第9期。

② 王蒙《关于"组织部新来的青年人"》，《人民日报》1957年5月8日。

思想主题、人物性格、情节发展，还试图探究实实在在的现实问题。作者颇有几分以虚击实的勇气，通过对虚虚实实、相辅相成的"组织部""麻袋厂"的典型抽样，步步深入，挟带完成一个现实社会体制的缩影。

倘若说《组织部新来的青年人》等小说比之小说文体更"纪实"，《在桥梁工地上》《本报内部消息》《被围困的农庄主席》《爬在旗杆上的人》等特写则显然比特写文体更"虚构"。如《在桥梁工地上》《本报内部消息》中时有小说家言，又如《爬在旗杆上的人》的首句便称——"这故事发生在一年前。也有人说，这故事还在发生……"[1]——着意假想现实事件为复沓出现的虚构"故事"。彼时惯用"侦察兵"来称呼干预主体，事实上这一命名原非专指"干预生活"小说，1955年岁末，魏巍为《散文特写选》作序，即指出"在苏联，曾把特写这种文学体裁称作'侦察兵'"，"我们的散文和特写家们，还没有大胆地揭示生活中的矛盾和冲突"，够不上"那种最勇敢的侦察兵"[2]。或许正是缘于某种类似特写、报告文学介入现实的文体关怀，作者们不时忘忽虚构/纪实的二元边界，从而形成一种界限阙如、距离消弭、彼此混融的异质文体，产生小说与现实事件亦幻亦真的叙事效果。

洪子诚指出，从体裁特征上说，《在桥梁工地上》《本报内部消息》的作者"当时所写的'特写'与写真人真事，有真实姓名、地点、时间的特写（报告文学）有所不同。正如奥维奇金在《谈

---

① 耿简《爬在旗杆上的人》，《人民文学》1956年第5期。
② 魏巍《散文特写选·序言》，收入中国作家协会编《散文特写选》，北京：人民文学出版社1956年版，第5页。

特写》（《文艺报》1955年7、8号）中所说，这一种特写，叫'深思的特写'，或叫'研究性的特写'"。①点出奥维奇金式"深思的特写"文体对作品的深刻影响②。

然而，奥维奇金的《区里的日常生活》通篇切换于人物或长或短的对话铺陈及场景描述③，缺乏情节的经营、故事的匠心、结局的巧妙，读来着实如奥氏自况的："特写不必像小说一样有完整的情节，有开端、高潮和结尾"，特写没有义务告诉读者，"一定能在我的作品里找到有趣的情节、复杂曲折的故事、出人意外的结局"④；《本报内部消息》却不时体现着作者谋篇布局的匠心：从黄佳英忧患于报社体制僵化切入，串联起马文元被带动的"干预"，再转入黄佳英与张野的内心拉锯，又到续篇中总编陈立栋官僚主义的典型事例，直至最终收煞于支部大会讨论黄佳英的入党问题，围绕其能否入党，种种思想观念的交锋与冲突一并爆发，一时众声喧哗。正可谓小说式结构之起承转合一应俱全，令读者拍案惊奇。

此外，《区里的日常生活》立足"特写"惯有的作为外在观察者的叙述站位，叙述者除记录人物的公开言行之外，几乎无法触

---

① 洪子诚、李平编著《中国文学》四（当代部分），北京：北京大学出版社1986年版，第74、75页。

② 奥维奇金在《谈特写》一文中称：所谓"深思的特写，同时也叫作研究性的特写"，"它允许作家有更多的可能去想象、虚构"；至于"深思的特写"与小说文体的区别，则认为前者"不必像小说一样有完整的情节，有开端、高潮和结尾。"张德明编《中外作家论报告文学》，昆明：云南人民出版社1985年版，第329、332页。

③ 奥维奇金《区里的日常生活》，《奥维奇金特写集》，君强、冰夷译，北京：作家出版社1955年版。

④ 奥维奇金《谈特写》，收入张德明编《中外作家论报告文学》，昆明：云南人民出版社1985年版，第332、329页。

探其内在的思想、情绪及动机;《本报内部消息》却取消特写中习用的实体作者"我"的站位,代之以一个小说化了的叙述者或黄佳英的主观视角。采取小说的全知视点,便于不时深入洞察每个人物的内心世界,乃至秋毫毕现,而借助黄佳英第三人称的"内聚焦"视点,则无疑有助于在无情的"政论性的叙述"中融入有情的干预。《本报内部消息》在文体意味上即便较之当下的"非虚构文学"而言,亦属突破与超前,更遑论彼时的特写。作品中,无论是以马文元横渡江河、中流击水隐喻其人生观的微妙变化,抑或借张野对黄佳英的感情摇摆之心理描写折射他的政治姿态,皆体现出小说文体习用的形象化的隐喻编码。

刘宾雁尤为看重"文学积极影响生活"这个功能[①]。正是这种执着现在、与现实短兵相接的执念令其觉得小说无为,而择取"特写"这一更有现实意义、更具敏捷性的文体;而有鉴于特写中的人物、事件无论怎样加工,总受限于现实世界中的实体原型,唯有小说人物、事件,更易于作者从中灌注生气,最大程度地强化干预主体的主观能动性,又使其多有采用小说笔法。

作为五十年代"思想改造"思潮规约下的知识分子,"干预生活"无疑是一次思想情感的释放。而一并激发的何止是知识者独立思考的理性禀赋,亦时或包含了某种狂放不羁的诗性气质(即彼时语境中所谓的"小资产阶级情调")。刘是记者,亦是诗人。实地观察、客观报道的"特写"文体规范每每羁束不了作者高涨满溢的济世激情以及旁逸斜出的幽怀诗绪,规约的修辞遂被越规

---

① 刘宾雁《不应锈蚀的武器》,收入张德明编《中外作家论报告文学》,昆明:云南人民出版社1985年版,第230页。

的修辞取代。

迄今为止，《在桥梁工地上》《本报内部消息》几乎都被史家含混地纳入特写、报告文学等不甚妥帖的文类归属中[1]，却难以兼容其"全是虚构的"这一显系小说化的异质。偶有学者将其定义为"报告体小说"，这一命名触及了其文体玄机，可惜未能进一步予以阐释。[2]

"报告体小说"这一命名，表明了《在桥梁工地上》《本报内部消息》一类作品纯属"小说家言"，因而便从叙事伦理上，得以宽容作品的释愤抒情以及情胜于理。

新时期伊始，当刘宾雁复归文坛之际，时潮对于归来者作为"道义英雄""文化英雄"的期待乃至"神化"，多少使之有些头重脚轻。社会关怀使命的催迫，令其决然选择"报告文学"而摒弃了"报告体小说"这一文体。原因无他，前者更能直接触及"时代的重要矛盾"，更宜于指点江山，引领时潮。

于是，当年创作中若隐若现的激情胜于理性之短板，在其自命为"报告文学"的作品里却自觉不自觉地被放大了。其报告文学文采飞扬，铺排夸饰；雄辩滔滔，势不可遏。然而恰如识者对此类叙事所针砭的："它以不容置疑的权威口吻，编织成了一个炫人的表面。在这一表面的掩盖下，其深部的历史观、价值观和社

---

[1]　两部作品最初在《人民文学》上发表时，都被置于特写一栏。

[2]　关于这一命名，史家仅在注释中寥寥涉及几句："刘宾雁的两篇作品，历来称为'报告文学'。但1980年代后有人提出质疑，因为这两篇作品都有明显的虚构，因此可称之为'报告体小说'。这里暂从此说。"黄修己主编《二十世纪中国文学史》（下卷），广州：中山大学出版社2004年版，第27页。

会发展理论则问题重重。"①更致命的是，这种文学化的华彩、激情因少有节制，时而逾越了报告文学特定的新闻真实性这一原则与底线，遂遭致"失实"等批评。

而作者却不仅不予以必要的反省，反而在创作谈中如是说："能否写带有一定虚构成分的报告文学？我一九五六年写的《本报内部消息》便全是虚构的。苏联的许多特写，也是虚构的。美国盛行'非虚构小说'，实即带有虚构成分的报告文学，我准备在访美活动中作一点研究。"②奢望能突破报告文学既定的文体界限，放任文学性的"虚构"以虚击实，或以夸饰失度的词锋增强作品的轰动效应。

殊不知，报告文学的失真所标示的将不仅仅是文体僭越的后遗症，更意味着新闻伦理的沦落，甚至有可能导致每以"反映当代真实的人和事"自负的写作本体连同其承载的历史使命一并被颠覆。

如果说《在桥梁工地上》的作者可谓诗人型记者，前述二作可命名为"报告体小说"；那么时任《人民文学》副主编、编发了《在桥梁工地上》的秦兆阳，在"作家"与"编辑"的错位中，则更心仪于作家型编辑，其在《人民文学》上所撰文艺短论及编者按语，也属于一种"作家型批评"。

较之其他干预小说作者，秦兆阳兼以编辑/作家这双重身份

---

① 祝东力《精神之旅——新时期以来的美学与知识分子》，北京：中国广播电视出版社1998年版，第126页。

② 刘宾雁《不应锈蚀的武器》，收入张德明编《中外作家论报告文学》，昆明：云南人民出版社1985年版，第234页。

干预生活。在1956年4月期《人民文学》"编者的话"中他写道："现实生活里，先进与落后、新与旧的斗争永远是复杂而又尖锐的，因此我们就十分需要'侦察兵'式的特写，我们应该像侦察兵一样，勇敢地去探索现实生活里边的问题，把它们揭示出来，给落后的事物以致命的打击，以帮助新的事物的胜利。本刊这一期所刊登的《在桥梁工地上》就是这样的特写。"①

程光炜曾提出"超级作者"这一概念，用以指称"十七年"时期作为"文艺风向标"的期刊编者按，谓其往往糅合了特定时期主流意识形态语境下的某种"集体商量"与"深思熟虑"，而并非系编者本人独立的感慨、导向——"《文艺报》不是代表主编个人，而是代表更高的领导阶层发言的，反映国家某一特定时期的文艺政策、愿望和意图，是该刊追求的主要目标。所以，'编者按'选择什么'对象'，对何种文学现象予以'评论'，体现怎样一种文学观点和姿态，这种'决定'都不是随便作出的，而是集体商量、深思熟虑的结果。在这里'编者按'可以说是一个'超级作者'和文学策划者，它的文学史观、批评观，是不能拿传统的文学史知识、习惯来驾驭和评估的。"②——借此观点审视以上"编者的话"，秦兆阳虽不能不顾及其所代言的意识形态立场，毕竟以身试法地摈弃了"超级作者"那种经院式的八股腔。貌似时调的外壳中，"我们"一词不无暧昧，因其具有前述知识分子主体的潜在性，因其以《在桥梁工地上》的作者为示范，遂让

---

① 秦兆阳"编者的话"，《人民文学》1956年第4期。
② 程光炜《从〈文艺报〉一个栏目看五十年代文学的问题》，收入《文学史的兴起——程光炜自选集》，郑州：河南大学出版社2009年版，第173页、174页。

"侦察""探索""打击"等词语连通了拯救、启蒙、批判等秉承"五四"传统的知识者主题词。

他还倡导特写记者与作家应当做"生活的干预者",而非"只是生活事件的报导者"。"你心里的火焰是否能够跟你所描写的对象互相照映?当你跟他生活在一起的时候,当你跟他谈话的时候,你是否善于用你的热情的光亮,照见他的每一个细微的思想感情的流露?是否善于引导着他从抽象叙述进入一种形象的、感情的、具体的叙述?"①呼唤知识分子主体"心里的火焰"复燃,使所描写的对象也感染他心灵的热度。

编者按中的"秦兆阳"观点鲜明,小说创作时的"秦兆阳"想来更能见其真性情?然而有意思的是,他创作小说《沉默》,不仅特取笔名"何又化"——似乎暗含"为何又化名"这一自嘲之意;文本中的"我"也一并隐忍,面对某区长仗势欺压百姓,始终旁观不语,形同虚设,直到末尾尽管其"心里也很难受",却依然"不声不响地跨出了门槛"②。"我"的"沉默"——亟待仗义执言然又每每欲言又止,渴望"干预"不平之事却又无力为之的黯然形态,恰成彼时置身早春天气而又深惑乍暖还寒的某类知识分子怯于"鸣放"心态的隐喻。

同为秦兆阳主体人格的分身移形,编者按中激昂勇敢的声音与小说中"我"的耐人寻味的"沉默"形成了鲜明的反差。临了,小说只得借重"县委书记的爱人"那样一个人物、身份直言无忌,干预生活;而隔岸观火的"我"却徒显知识分子敏于思而拙于行

---

① 何直《从特写的真实性谈起》,《人民文学》1956年第6期。

② 何又化《沉默》,《人民文学》1957年第1期。

的"多余"。一部干预小说竟落得以官场权力话语反制官场权力话语的境地，如此何尝不是一种反讽！

秦兆阳曾感叹某些作家"自己感到最激动的、最严正最尖锐的题材不敢写，倒尽去写一些轻飘飘的东西。一举一动，总是左顾右盼，心神不安"的状态①，其发表在《人民文学》上的此类批评文字犹如一柄双刃剑，岂止锋芒向人，亦剑刺自身。

与秦兆阳的心神不宁相类，其他作者在挺身干预的同时亦不同程度地显露出底气不足的症候。小说中亟待干预的生活往往都已是过去时态的，而现在却总是一片光明。如《在桥梁工地上》，不时从叙事时间闪跳到现实时间："这一年年底，工人们听到了毛主席关于反对右倾保守、加快建设速度的指示。工人们说，'毛主席给咱们撑腰了！'"不仅将罗立正的行径归咎于毛主席反对的"右倾保守"思想，称曾工程师的行为获得了有力支持，而且暗示作者的"干预生活"自有最高领袖的某种认同。纵然是所谓年少狂妄的刘绍棠，在其《西苑草》中，亦不得不让独立不羁的主人公致信中宣部求助，寄望于上级部门"毕竟圣明"，出面解决矛盾。结尾，总算盼到了中宣部"鼓励他大胆发表自己的论见"的来信，"这真是'曲终奏雅'，令人如释重负"！②

《组织部新来的青年人》中的林震也间或跳出知识者的情感耽溺，以一种"党工作者"的话语风格发言："我们应该检查一下区委组织工作中的缺点：第一，我们只抓了建党，对于巩固党没给

① 鉴余《日常谈话录》，《人民文学》1956年第11期。
② 参见鲁迅《病后杂谈》："这真是'曲终奏雅'，令人如释重负，觉得天皇毕竟圣明，好人也终于得救。"《鲁迅全集》第6卷，北京：人民文学出版社1981年版，第171页。

以应有的注意，使基层的党内斗争处于自流状态。第二，我们明知有问题却拖延着不去解决"，"掌握了而不去解决，这正是最痛心的！党章上规定着，我们党员应该向一切违反党的利益的现象作斗争……"[1]理性地（抑或也是"策略地"）将"干预生活"纳入遵从党章、党性的原则这一合法性的轨道上。

《拖拉机站站长和总农艺师》一书与"娜斯嘉"形象在干预小说中反复出现。《组织部新来的青年人》中特意植入这两个特定的"干预生活"符号，以强化"干预"这一思想意蕴。在此后的检讨中王蒙却提到："我觉得娜斯嘉的性格似乎理想化了些，她的胜利也似乎容易了些"，"甚至于，我还想通过林震的经历显示一下：一个知识青年，把'娜斯嘉方式'照搬到自有其民族特点的中国，应用于解决党内矛盾，往往不会成功，生活斗争是比林震从《拖拉机站站长和总农艺师》里读到的更复杂的"。[2]从中自可见出，不失世故的作者未尝不敏感中国国情的复杂万分，亦曾预想到林震"娜斯嘉方式"的干预面对盘根错节的"党内矛盾"必然受挫。此外，《拖拉机站站长和总农艺师》中娜斯嘉的形象完整合一，而这一符号一旦植入《组织部新来的青年人》，即从林震、刘世吾、韩常新等人物形象出于不同站位对其的向往、保留或质诘中，折射出几分作者于"娜斯嘉方式"（亦是林震式）干预生活的复杂微妙心理。

林震对《拖拉机站站长和总农艺师》以及"娜斯嘉"的钟情与前述作协座谈会的推荐一致。正如康濯认为，"《拖拉机站站长

---

[1] 王蒙《组织部新来的青年人》，《人民文学》1956年第9期。

[2] 王蒙《关于"组织部新来的青年人"》，《人民日报》1957年5月8日。

和总农艺师》是一部好作品，这在苏联也是公认的。这个作品在
苏联不仅得到读者的欢迎，甚至农业部长都会把它揣在口袋里，
在会议上随时拿出来作为推动工作的参考"。①小说中，"林震口袋
里装着《拖拉机站站长与总农艺师》，兴高采烈地登上区委会的石
阶，对于党工作者（他是根据电影里全能的党委书记的形象来猜
测他们的）的生活，充满了神圣的憧憬"②。值得注意的是，括号
中叙事者的插叙已借影像／现实这一虚实分殊暗自消解了"神圣憧
憬"的幻美，警示了"电影里全能的党委书记的形象"的渺不可
及，从而为林震式"干预生活"的政治单纯埋下了隐忧。

　　虽不无隐忧，作者仍然未及让林震"等到自己'成熟'了以
后再干预一切吧"，仍然倾心于林震式的干预，因着同为知识分子
的作者心灵深处与林震的息息相通——那"对于生活的'单纯透
明'的幻想"，惯于独立思考的禀性，不喜欢"伤感"却又对现实
生活怅若有失的精神世界等等。至于后来王蒙在检讨中所谓的小
说主观上意在揭示"林震是不值得效法的"③，客观上却对其多有
"同情"一说，则又一次印证了"青年人"每每情胜于理的症候。

　　当着"双百"时期已衍为五六十年代知识分子"松绑"的一
个重要历史时刻被频频回顾、纪念时，其时犹未能尽然摆脱"思
想改造"的框限这一语境却每每为人忽视不计。尤为耐人寻味的
是，彼时知识分子所著哪怕总体基调乐观的时论，字里行间依然
暗藏忧虑。如费孝通的名篇《知识分子的早春天气》在鼓吹百家

---

① 康濯《不要粉饰生活，回避斗争》，《文艺报》1956年第3期。
② 王蒙《组织部新来的青年人》，《人民文学》1956年第9期。
③ 王蒙《关于"组织部新来的青年人"》，《人民日报》1957年5月8日。

争鸣时犹抱琵琶半遮面，以"争鸣"即是"进一步的思想改造"作掩护："据我的了解，百家争鸣就是通过自由讨论来明确是非，即是知识分子进一步的思想改造，在观点、方法上更进一步的思想改造，在观点、方法上更进一步的接受辩证唯物主义。现在绝大多数知识分子是有接受辩证唯物主义的要求的。他们希望具体地弄清哪些是唯物的，哪些是唯心的，唯心的为什么不对，口服心服地在思想上进入工人阶级。"①

综上所述，无论是费孝通、秦兆阳一类中老年知识分子，还是王蒙、刘绍棠等青年才俊都未尝不谙中国国情，其言说叙事中不时援引高层指示、时令口号乃至党章党性作为保护伞、"免斗牌"，即是思想有顾虑、心理有压力的明证。然而，他们毕竟是书生，兼有知其不可为而为之的士之风骨，且如是一厢情愿地神往着"百花齐放"的愿景："现在可以说是早春寒意渐消，暖流徐徐而来。天一暖，花就会开"②，却不知冷峻的"严冬将至"。

---

① 费孝通《知识分子的早春天气》，《人民日报》1957年3月24日。
② 陶大镛《早春寒意消，园丁快育苗》，《人民日报》1957年4月27日。

第三章

革命叙事中的文本裂隙

　　对于五六十年代文学的研究，至今仍未能彻底摆脱失之简化的泛政治化评判，至今犹缺乏更其深刻细致的文化透视与审美阐释。其实，五六十年代文本中，意识形态并非总如某些研究者臆想的那样压倒一切，其与文学审美之间多有抵牾撕扯、相悖相克之处，同时却亦促成了某种潜隐暧昧的思想内涵、形式内蕴的衍生。后者构成了五六十年代文学的"潜文本"。

　　鉴于此，本章拟以拯救者与零余者、边缘题材与主流叙事、革命激情与"小资"情调、学术殿堂与政治战场等诸多文本纠葛为轴线，读解"十七年"时期公开发表的小说《来访者》《大学春秋》《勇往直前》《红路》等作品。目的并不限于对这些久为历史尘灰蒙蔽之作打捞拾遗，而是试图以文为孔，触探、穿透内中那些幽僻深邃的叙事视景与盲区。笔者发现，因着作者创作心态的矛盾游离，笔下人物性格的多重混血，小说主题与二三十年代故事原型的呼应质诘，叙述主体与客体的复调论辩……有意无意间改写了作者源自主流意识形态的既定创作意图，每每令小说平添出复杂、深长的文化意味及审美意味。

一、拯救者与零余者的易位

1957年岁末，方纪写毕《来访者》。小说讲述了青年知识者康敏夫因无力承受与一位女艺人情感的聚合离散，遂自虐、自戕的故事。无论从哪个角度看，这篇后来发表于《收获》杂志上的小说都是五六十年代文学中的一个异数：倘若将彼时创作的情感基调比拟为明丽阳光普照，那么，《来访者》则酷似徘徊于明暗之间的一个幽魂。彼时主流题材在"为工农兵"的一统领地里高歌猛进，乐不思出，《来访者》却遁入了知识分子叙事的无底洞。彼时文学"正典"业已轻车熟路于革命现实主义的单向度历史叙事中，《来访者》却有意无意地逸出此种创作方法的路标，衍射出陀思妥耶夫斯基式的复调论辩光芒。因此种种的独异意味，笔者特将《来访者》从五六十年代文学的泛论中抽离出，凭借文本细读，烛照主流叙事与知识分子叙事交错叠映间那层层暗影。

《来访者》开篇，大学助教康敏夫与唱大鼓的女艺人邂逅，同坠爱河①，令人不禁遥忆起二十世纪三十年代张恨水《啼笑因缘》中樊家树与沈凤喜的相知相恋。男主人公同是大学生，女主人公同为唱大鼓的民间艺人，二作的人物身份何其相似。不只是人物

---

① 方纪《来访者》，《收获》1958年第3期。如果说，英国情报部门所编刊物《苦果》收入社会主义中国两篇半作品，其中一篇便是《来访者》，尚可视为出于不无偏至的西方政治动机，那么，此小说为观点相对平正的《剑桥中华人民共和国史》瞩目，则足以印证其引人思辨的文学史意义。

身份契合，由此漾开的一个名谓"拯救"的母题，竟也远隔新旧时代而隐然相通：《啼笑因缘》里，"拯救"母题贯穿始终，樊家树一心要将被逼为妾的沈凤喜从苦海中拯救出来，终因力不从心而长恨绵绵[①]；《来访者》中的"拯救"同样贯穿作品，却显得更其波折横生。文本伊始，康敏夫自觉充当了将女艺人从其养母把持的封建牢笼里拯救出来的角色，然而随着情节推进，女艺人逐渐悟出自己已不再是旧社会低人一等的"唱大鼓的"，而"是文艺工作者：加入了工会，是工人阶级"，完全有力量自己拯救自己；不仅如此，知识者康敏夫反倒身陷"个人主义"泥潭且不能自拔，最终被送去劳教，成为需要人民拯救的沦落人。此处因拯救者角色置换而引发的吊诡发人深省。

《来访者》中究竟谁是拯救者？这一看似无足轻重的发问，引出时代对阶级定位的沧桑变迁。在某种程度上，启蒙与拯救是一巢之雀。《啼笑因缘》诞生的三十年代，知识分子启蒙的火种方兴未艾，尽管樊家树最终陷于失败，似乎喻示着拯救力量的势单力薄，但知识分子系拯救者这一身份定位尚且毋庸置疑。时至新时代，尤其是1957年以后，知识分子陡然从居高临下的启蒙者位置坠落，衍为需要向工农兵学习、被工农兵改造的"被拯救者"。这一认知经由"反右"运动，俨然已成社会共识。

值得注意的是，康敏夫情感支配地位的由强转弱，拯救角色的由施予转为乞求几乎于一瞬间完成。它源自一次与女艺人眼睛的"对读"："那是怎样的眼睛呵！坦白，深沉，像往常一样；但

---

① 张恨水《啼笑因缘》，上海：上海三友书社1930年版。

是我完全不认识了，是那样的坚强，有力"；"而我，在她的眼里，是那样渺小，可怜，微不足道"。[1]一个曾经最为熟悉的爱人突然变得如此陌生！作者似乎无意关注情感"陌生化"的丰富性，而旨在凸现"陌生化"内蕴的明晰性：先前，知识者的精神强大与女艺人的柔弱可怜不过是假象，随着个体精神的不断敞开，康敏夫身上种种属于"资产阶级知识分子"的脆弱与神经质肆意膨胀，而女艺人体内的无产阶级的健康血液终于浮出水面。由此体现出的阶级属性与精神气质的捆绑、辩证，可谓是五六十年代文本的一个通例。然而，作为个案，《来访者》并未开门见山地昭示康敏夫的被拯救角色，而是让他一直携带着昔日樊家树的影子，行文过半，才将"拯救者"的幻影蜕变为"被拯救者"的真身。

方纪对"被拯救者"身份的定义何故一再犹豫？或许这份犹豫恰恰透示出作者内心深处挥之不去的知识分子情结：心底依然惯性地共振着五四以来中国知识分子作为民众的启蒙者、拯救者的强劲心跳，却不得不猛醒于"反右"斗争对于知识者的意识形态棒喝。而这种突变的猝然似乎已表露出律令尚未沉潜为作者的潜意识——《来访者》其实是心向五四，被名曰"反右"的狂飙刮得一步步退至时代所设定的知识分子主动接受"改造"的"必由之途"，由此呈现出的角色置换的纠葛与延宕也就不言而喻了。

倘若将《来访者》里的康敏夫置于现当代文学史知识分子形象的长河中，不难发觉他与"零余者"血脉相承。早在二十世纪二十年代，郁达夫便已完成了"零余者"人物谱系。康敏夫情感

---

[1]　方纪《来访者》，《收获》1958年第3期。

的炽烈，神经的过敏，肉身的孱弱自是郁氏《沉沦》一类小说中
"我"、于质夫形象的移形，其在社会面前的孤傲、孤冷及至碰壁，
也显然承袭了"零余者"的性格与宿命。然而，笔者想要深究的
是，置身于不同的时代语境，"零余者"内在意义所发生的变易。

零余者又名"多余的人"，游离于社会之外，于社会"无
用"是其共性。然而在西方现代文化语境中，个体于社会的"有
用""无用"却并非价值褒贬绝对的两极。福科曾论及整个现代
社会机制如同一个庞大的理性机器，个体的"有用"对社会而言
就是成为机器的"齿轮"[1]，随之周而复始的运行；马尔库塞也一
再谈到个体融入现代社会的过程是一个或多或少的心灵"异化"
过程[2]——二者均批判了个体舍弃自身灵性，沦为社会"工具理
性"化身之类的"有用"。值得注意的是，彼时意识形态对"有
用""无用"的价值取向在某种向度上恰恰是反"西化"语境的：
时代车轮滚滚向前，一切个体毋庸置疑应该甘为社会机器"有用"
的"齿轮"与"螺丝钉"，伴随着时代列车前行。若有个体企图跳
离列车，在明示其"无用"的同时，即宣判了自身违逆社会的反
动身份。

言及二十年代"零余者"产生的原因时，时论无一例外将其
化约为"时代病"，由是折射出生成忧郁症的社会母体。倘若说，
郁达夫创作零余者们的意义尚可用折射旧时代本身的病态做辩护；

---

[1] 米歇尔·福科《什么是启蒙？》，收入汪晖、陈燕谷编《文化与公共性》，北京：生活·读书·新知三联书店2005年版，第427页。

[2] 参阅赫伯特·马尔库塞《单向度的人》，刘继译，上海：上海译文出版社2006年版，第11—12页。

那么，方纪塑造新时代的零余者之举则难免被视为"居心叵测"，因其不自觉间影射了时代的症候。尽管方纪叙写康敏夫不证自明是新时代无可容忍的敌人："我自杀了两次——这在你看来等于犯罪，不是吗？"在康敏夫的自述前，分明已兀立着跳离时代列车的自杀行径等同于敌人犯罪的主流意识形态镜像。《来访者》将拯救者与零余者捆绑一处意味着作者对时代先兆的敏感：如果说旧时代的知识分子尚可在社会中心振臂高呼"拯救"，或于时代精神领地的边缘位置彷徨徘徊；那么，此刻等待他们的唯有被彻底地从既有精神空间驱逐出境。

论及《来访者》，明尼苏达大学的戴克却另辟蹊径，分外关注康敏夫的男性知识者身份，其恋爱婚变的故事亦生成了女性主义批评的演绎。置于女性主义批评视阈，自然可对文本作如下解读：康敏夫与女艺人的情爱控制力是一个此消彼长的过程，女艺人自我精神力的渐次强大，意味着其女性独立意识的觉醒与萌生；她的娜拉式出走既未受挫也无回归，诠注着新时代的女性已然提升地位，可以无须男性接济而独立生活了。戴克在分析《来访者》时，还指出小说中康敏夫"男性叙述者忏悔的口气、回顾的姿态听来或看来也许动人，却可能是种廉价的救赎手段"[1]，以解脱他的不义。论文词锋犀利，直捣男权阵营。

然而细读文本，不难发觉女艺人出走前后判若两人：此前是温文尔雅弱女子，此后是言行铿锵女强人，且于电光石火之刹那完成蜕变，节奏之快恰似政治易容与"变脸"术。它果真缘于女

---

[1] 转引自王德威《想像中国的方法：历史·小说·叙事》，北京：生活·读书·新知三联书店1998年版，第367页。

性独立意识的觉醒？试将焦点对准出走后的女艺人：果断的举动，坚定的步履，自信的心态，外形、内核分明叠印着彼时文学中的女革命者形象。反观出走前的女艺人对男性拯救的期盼，则不由让人联想到同时期小说《青春之歌》里那个刚出场时稚气未褪、天真柔弱的林道静。在某种意义上，《来访者》也规划出一条女艺人的"成长"轨迹，只是她的成长并未历经林道静式的漫漫长路，而是在作者瞬间的拟想中得以实现。

昔日未经世事的女艺人成长为工人阶级的女斗士，应归结为她的阶级身份的自觉而非性别意识的萌生。同理，促成其从小家庭中"出走"的缘由，与其说是因着"女性独立意识的觉醒"，不如说缘于其阶级意识的被时代激活，缘于对新社会以集体生活为能事的"革命大家庭"的向往。

戴克的女性主义批评将性别作为"焦点"的同时，往往形成了其他身份的"盲点"。对于阶级意识至上、性别意识淡化（所谓"时代不同了，男女都一样"）的五六十年代文学文本，采用纯粹女性主义的批评策略难免喧宾夺主。

小说甫始，身为"党委机关"干部的"我"初会"来访者"康敏夫，就不无"警惕"地将其与右派分子联系在一起——"要知道，这事发生在今年六月初。正在'大鸣大放'，右派分子猖狂进攻，反右派斗争还没有开始的时候。"——"我"的第一印象既属感觉"过敏"，更是理念预设，尽管连彼时批判《来访者》的文章都觉得这种联系"十分生硬"[①]，但作者显然出于配合时政的需要

---

① 罗荪《"来访者"是一篇对新社会的"控诉书"》，《收获》1958年第4期。

（亦未尝不隐含着为笔下的知识分子叙事、抒情赢得某种合法性的动机），及至结尾，还是让"我"不证自明地看穿了康敏夫"右派"精神面目："他和那些右派分子，在精神上，是那么相像。他生活的目的，只为了他自己；一切美好的，有用的，他都要占有；他损害别人，满足自己；占有别人的心，并把人毁灭掉！"①

关于"右派"，文本里如是界说，而现实中对于右派分子究竟又应如何划分？中共八届三中全会讨论通过的《划分右派分子的标准》这一文件如此定义"右派"：（1）反对社会主义制度；（2）反对无产阶级专政、反对民主集中制；（3）反对共产党在国家政治生活中的领导地位；（4）以反对社会主义和反对共产党为目的而分裂人民的团结。不难发觉，若按文件对"右派"的界定标准，康敏夫显然属于被作者"扩大化"了之列。

回溯文学史中的"右派"叙事，张贤亮的作品颇引人注目，《灵与肉》《绿化树》《男人的一半是女人》每每将右派分子的肉体受难与精神苦刑刻画得灵肉毕现。值得注意的是，文学创作中多写"右派"被打入另册，送去劳动教养后的经历，且每每极度细致；却鲜有描述其之所以被划成"右派"的言行及原因，偶有触及也语焉不详。恰如《来访者》中的康敏夫，作者殚精竭虑，却欲加之罪，徒患无辞：写其取名"康敏夫——共产者"，"在二十到三十年代，这多半是些拿革命玩票的公子哥儿式冒充的虚无主义者"一时狂热之举；写其眼神"闪出那种像磷火一样的绿色的光"，无奈之际竟然袭用了鲁迅状写"孤独者"魏连殳的笔意……

---

① 方纪《来访者》，《收获》1958年第3期。

如果不是最终赖有反右斗争的"照妖镜"将其罩定，那么，作者心目中的康敏夫始终"就像一个影子，一个幽灵，飘飘荡荡"。①是的，作者连同那个时代正是凭借了不无过敏的"妖魔化"的政治想象，才抽象出了康敏夫面目不清，行踪飘忽，难以坐实，无可赋形的"右派分子"精神剪影。

方纪之所以没有写实而选择了写意，一方面透露出康敏夫所谓"右派分子"罪状的莫须有、"扩大化"，另一方面恰恰因应了发动这场运动的部分政治心理：康敏夫之流个人主义意识极其强烈，心理阴暗，身为知识分子不思"改造"，不自量力，竟然想当"工人阶级"（女艺人自谓）人生道路的导引者、拯救者，如是僭越，欲置"党代表指路"这一业已衍为经典的叙事模式于何地？

二、边缘题材与主流叙事的兼容

如前节所述，若假以逆向思维，《来访者》可谓"反右"题材名义下续写的新时代知识者的"啼笑因缘"；恰如《青春之歌》借反映思想改造之时机，正面展现了一个青年知识分子艰难求索、步步见血的青春之旅。与二作相类，《大学春秋》诸作也自觉非自觉地在描写无产阶级如何占领大学这一资产阶级最顽固的精神堡垒的主题下，赢得了步入"大学叙事"题材敏感区的合法性。从中自可见出知识分子创作主体如何兼容主流叙事与边缘题材的叙事策略。

---

① 方纪《来访者》，《收获》1958年第3期。

论及大学叙事，陈平原曾如是感喟："文学家的'大学叙事'，带有更多个人色彩，尽可上天入地，纵横捭阖。可惜的是，很长时间里，作家们并没有把'大学'放在眼里——以及笔下。"[1]寥寥数语，已然彰显大学题材在现代文学中的边缘地位。时至"为工农兵而创作"的五六十年代文学，大学叙事更是陷于尴尬境地：点检彼时数量浩瀚的文学作品，中短篇小说里，《来访者》中的男主人公康敏夫虽曾在大学任教，但作品中仅用极简略的笔触提及他曾给某哲学教授当助教，帮助教授编过三年哲学讲义，党提出向科学进军号召后，还准备了副博士论文云云，后来因其颓废言行，教授声明将其逐出师门，就此叙事便逸出了大学校园；能称之为当代大学叙事的，唯刘绍棠的《西苑草》、许以、道怡的《在大学里》而已。[2]

　　《在大学里》叙述工农学员苏凤如何战胜阶级偏见与学习困难，成长为红专榜样的故事。值得注意的是，作品以较大篇幅反映了那场发生在"一九五七年春天"大学校园里的"鸣放"风波，惜缘于对意识形态的单纯图解、泾渭分明的化约，遮掩了时潮下诸种暗流涌动、众声喧哗的繁复场景而不足观。至于长篇小说中，除《青春之歌》笔涉现代大学题材，公开发表的当代大学题材的长篇也仅有《红路》《勇往直前》《大学春秋》三部。

　　1959年出版的《红路》描写蒙古族知识分子与青年大学生在大学校园这一场域中，如何与利用知识分子疏离政治的心理、反

---

[1]　陈平原《文学史视野中的大学叙事》，收入《大学何为》，北京：北京大学出版社2006年版，第53页。
[2]　许以、道怡《在大学里》，《人民文学》1959年第5期。

对学校开展思想政治工作的校长展开斗争，最终大学生们端正了政治方向，共同走上了党指引的"红路"；时隔两年后出版的汉水的《勇往直前》文如其名，描述了一群不同出身、不同性格的大学生，在党的教育培养下，克服了自身的年少懵懂，识破阶级异己分子的伪装利诱，"在广阔的生活道路上，勇往直前"[1]；而康式昭、奎曾发表于1965年的《大学春秋》则更为生动、细腻地展现了彼时大学生的生活与学习、思想与志趣，折射出政治意识与学术意识对峙，革命激情与"小资"情调交锋等相克相生的意味[2]。纵观三部小说，不难发现名曰大学题材，却都浸染着彼时意识形态斗争的浓烈色彩。脱稿于"阶级斗争"已然"为纲"的六十年代的《大学春秋》《勇往直前》更具代表性。

　　《大学春秋》所以选择五十年代中期的大学生活为题材，最初的动因自是因着作者曾亲历其境。正是大学校园这一独特的文化空间，玉成了其学识的积累，思想的沉潜，青春的激扬，热情的升华。

　　在小说旨在反映的第一个五年计划时期中，共和国对高等教育的政策业已由盲目冒进，转为"系统地、有计划地"实行正规化教育。虽在新学制中仍"确定了劳动人民和工农干部的教育在各级学校系统中的重要地位"，但开始遵循一定的教育规律，亦重视"提高质量"。[3]表现在小说里的则是青年学子争相"以毛主席

①　汉水《勇往直前》，天津：百花文艺出版社1961年版，第254页。

②　康式昭、奎曾《大学春秋》（一至十五章），发表于《收获》1965年第6期，原拟下期刊完，因"文革"山雨欲来遂遭腰斩。

③　麦克法夸尔、费正清编《剑桥中华人民共和国史》上卷，谢亮生、杨品泉等译，北京：中国社会科学出版社1990年版，第189页。

给我们提出的身体好、工作好、学习好"为标准，勤奋学习的热潮。同学们以各自的方式努力于学业：红湖论诗，书斋问学，结社编刊，乃至"集体科研"……衬之以校园特有的碧瓦红橡、湖光塔影学习环境，风景这边独好！

　　《大学春秋》在"大学叙事"这一敏感题材领域难能可贵地打开了一扇窗，难怪1965年小说在《收获》杂志上发表后，因其新颖、独特的题材，引发了青年人对别一种精神生活的无限憧憬。《晚霞消失的时候》的作者礼平追忆彼时读小说的印象称："很耐看，也很耐寻味，让人动情甚至激动不已"①；后来成了诗人的王家新亦"从《收获》杂志连载的《大学春秋》的一个细节"受到震动与刺激——所谓刺激，"指的是小说中的大学生慷慨激昂地议论'为什么中国作家至今还未获得诺贝尔文学奖'"，王家新说，"当时他们认为这是一个民族的耻辱，这一段特别刺激我，我就是在那一瞬间知道我这一生要做什么了"。②有意思的是，遍览《收获》所载小说，其实并无这一细节。与其说是王家新记忆有误，不如说作为读者的他在阅读中不知不觉间以自己内心的潜在憧憬与想象，参与了小说的再创作。

　　选择二十世纪五十年代中期为特定的叙事时间，不仅因着自身经历，亦缘于作者心中储存了太多的关于共和国童年期不失浪漫的理想、未泯纯真的记忆，即便事过境迁，也依然如此执恋。然而，《大学春秋》开始酝酿写作时毕竟已是1960年；未必尽是巧合，也选择了1955年为时间背景的《勇往直前》初版于1961

① 　礼平《晚霞消失的时候》后记，北京：中国青年出版社2002年版。
② 　何言宏、王家新《回忆和话语之乡》，《当代作家评论》2010年第1期。

年，意识形态领域益趋尖锐、复杂的斗争形势，不可能不使二著的作者意识到一头扎进"知识分子成堆的地方"这一题材禁区的危险性。于是，作者在1955年的记忆中，便不得不"另行吹嘘些生命进去"，将自身在六十年代的现实中所感受到的时代气息都倾入到过往经验中。

《大学春秋》借班级党小组长王月英之口如此警示："在意识形态领域里，阶级斗争是很尖锐的。阶级敌人不会死心，他们没有睡大觉。要认识到，不拿枪的敌人比拿枪的敌人更可怕"，"别看红湖现在表面上平静无波，可是它也会有浪潮，有风暴"，[①] 未雨绸缪地预告了阶级斗争的急风暴雨。无独有偶，《勇往直前》中，党支书兼团总支书记王苹亦说过极其类似的警句："珠江，也不是永远这样平静的，它有定时的潮水，还有巨风掀起的浪涛。"[②] 与其说《大学春秋》拾人牙慧，不如说，这其实已成六十年代的中国隐喻阶级斗争的时调、套语。

就此意义而言，所谓"阶级斗争扩大化"，岂止殃及了社会空间层面，也业已扩展至叙事时间层面。两部小说中，作者不时声辩，大学并不边缘，因着"这儿就是阶级斗争的前线"。有意无意间，移花接木，将"大学叙事"这一边缘题材纳入了六十年代的主流叙事中。

同样引人注目的是，1960年代"全民学毛选"的氛围，亦被前移至五十年代的时代语境里。《大学春秋》中，正面人物言必称毛泽东语录，还专用黑体字来凸示所引毛语录的重要性。即便

---

① 康式昭、奎曾《大学春秋》，《收获》1965年第6期。
② 汉水《勇往直前》，天津：百花文艺出版社1961年版，第57页。

在大学这一知识场域中，努力学习自是学生的本业，也非得以响应毛主席"三好"指示的名义，使之顺理成章；《勇往直前》亦多有大学生学习毛选的描述。如写混入学生队伍中的阶级异己分子被揭穿后，王苹在觉察了自己的疏忽之余，目光随即"落到桌上打开的《毛泽东选集》上，她的注意就自然地被一段打上红线的文字所吸引：'一切事物中包含的矛盾方面的互相依赖和互相斗争，决定一切事物的生命，推动一切事物的发展。没有什么事物是不包含矛盾的，没有矛盾就没有世界。'"。"她反复看着这段文字——这自己曾经阅读过无数遍，也在自己实践中印证过无数遍的简明真理，接着虔诚地捧起书来"……直至又一次深刻地认识到"毛主席的光辉思想是夺取斗争胜利的指路明灯"。[1]

综上所述，五十年代中期是二作被叙述的时间性，而六十年代初则是叙述这一世界的语言的时间性。阶级斗争为纲、全民学毛选、指路明灯以及"五秒钟动摇"事件一类话语或材料，"置之于所伪的时代固不合，但置之于伪作的时代则仍是绝好的史料"，只需"把它的时代移后，使它脱离了所托的时代而与出现的时代相应而已"，便足以呈示六十年代信史，此所谓移伪置信。[2]

此外，小说还沿用了《青春之歌》一类小说的"成长"叙事范型。因着"成长"，《大学春秋》中的男主人公许瑾、《勇往直

---

① 汉水《勇往直前》，天津：百花文艺出版社1961年版，第202页。
② 论及如何重新确定或赋予史料信史的价值之位置，顾颉刚称："许多伪材料，置之于所伪的时代固不合，但置之于伪作的时代则仍是绝好的史料。我们得了这些史料，便可了解那个时代的思想和学术"，而所谓破坏伪史，亦"只是把它的时代移后，使它脱离了所托的时代而与出现的时代相应而已。"顾颉刚编著《古史辨》第3册"自序"，上海：上海古籍出版社1982年版，第8页。

前》中的女主人公万春花的阶级成分逐渐转变，从最初的小资产阶级知识分子到最终的"完全为党团组织的原则所武装起来的"无产阶级战士，中间虽是混沌而徘徊不定的量变，两头却已完成化蛹为蝶式的阶级质变。作者不仅悉心展现了校园中所谓小资产阶级知识分子脱胎换骨的心理轨迹，同时亦以较多的篇幅着力反映了工农学员"代表一个阶级"进大学，对整个知识分子队伍进行"换血"的历史进程。借此叙事策略，抵挡一切所谓正面表现乃至"美化歌颂小资产阶级知识分子"的批评时调。

可叹如此煞费苦心，仍横遭讨伐。据不完全统计，自《勇往直前》出版至1966年这五年间，便有《〈勇往直前〉的错误思想倾向》《〈勇往直前〉歪曲了大学生的生活》《〈勇往直前〉一书宣扬了什么》《把青年引向哪里去？——评小说〈勇往直前〉的资产阶级思想倾向》《〈勇往直前〉是怎样歪曲党的领导的？》《灵魂深处——评〈勇往直前〉》等多篇批判文章问世[1]。细查其发表时间，均在1964年。是年，毛泽东集中发表了《关于教育革命的谈话》《关于学校课程的设置、讲授和考试问题的批语》《要自学，靠自己学》《教育制度要改革》《教师要向人民群众学习 文科要以社会为工厂》等纵论教育革命的讲话、指示。适如史家所意识到的：毛泽东"在1964年2月春节有关教育的讲话中"，预示了"山

---

① 张维耿《〈勇往直前〉的错误思想倾向》，《中山大学学报》1964年第4期。刘明川、毕殿岭《〈勇往直前〉歪曲了大学生的生活》，《郑州大学学报》1964年第4期。地理系六一年级学生学术讨论小组《〈勇往直前〉一书宣扬了什么》，《河南大学学报》1964年第2期。林淑莹《把青年引向哪里去？——评小说〈勇往直前〉的资产阶级思想倾向》，《新港》1964年第10期。华岱《〈勇往直前〉是怎样歪曲党的领导的？》，《河北文学》1964年第11期。王昌定《灵魂深处——评〈勇往直前〉》，《新港》1964年第12期。

雨欲来"，此外，敏感的宣传文化部门的"官员们似乎努力要把注意力从他们自身引开"，故挑选了"在他们核心集团以外的知识分子作为主要靶子"①，也成了如是自上而下的组织批判某部小说、电影等文本的动因。

借用前文句式：六十年代初是小说叙述的时间性，而六十年代中期则是批判的时间性。因着后置的更其激进的教育革命理念以及益趋极端的"兴无灭资"语境，《勇往直前》诸作试图兼容、弥合边缘题材与主流叙事裂隙的努力尽成泡影。批判文章千篇一律："学习了毛主席著作，学习了反对修正主义的文章"后，发现小说歪曲党的领导，美化经过改头换面的资产阶级小姐，鼓吹"合二而一"的阶级调和论……而其要害则是"狂热地宣扬了资产阶级的生活方式和思想情调"，试图"远离火热的阶级斗争"，"在那'四季繁花似锦，绿草如茵'的'乐土'上"，构筑资产阶级知识分子的王国云云。

《大学春秋》虽亦酝酿写作于1960年代，但因其在刊物上发表时已是1965年岁末，故该著"文革"之前未及组织批判。若不然，在极左派的眼中，以上所谓宣扬资产阶级的生活方式与思想情调，美化资产阶级小姐，构筑资产阶级知识分子的"乐土"等指责一并移诸其上，也只会显得轻描淡写，而即便更蛮横地将其"腰斩"了犹不解恨。

---

① 麦克法夸尔、费正清编《剑桥中华人民共和国史》上卷，谢亮生、杨品泉等译，北京：中国社会科学出版社1990年版，第426页、429页。

三、革命激情与"小资"情调的互渗

《大学春秋》中的"新华大学"乃是以北京大学为原型。无论是小说开首那"画栋飞檐，碧瓦红椽，道旁齐腰的松墙，湖畔挺立的水塔"一类的校园风景描写，迎春园与镜春园的暗合，或是《红湖》诗刊与北大《红楼》诗刊的对应，以及1981年版作者的后记，均已透露底细。

如是，彼时亦在北大就读的洪子诚的识见便分外启人思索，他说："在上世纪的五十年代，革命激情和'小资'情调这种奇妙、和谐的结合，相信是参加'革命'的知识青年所喜欢的境界。"①

与此适成呼应，另一1955年考入北大的《红楼》诗人孙玉石在其《旧事记忆钩沉》中如此说："在我成长期的精神系统中，有两本书和两个人物，对我影响最大：一本是《钢铁是怎样炼成的》和其中的保尔·柯察金，一本就是《约翰·克利斯朵夫》和其中的约翰·克利斯朵夫。""前者让我的精神选择中，有了正确的理想和为之奉献终身而无怨无悔的生命力量；后者让我的生命追求中，有了寻梦的目标与为之实现而穷尽的精神源泉。这两种精神力量，看似矛盾却又不可分割地交缠于我的生命与灵魂中，消长起伏，绵延不已，一直从青春时代伴我走进生命的迟暮。"②

而稍后考入北大的赵园，忆及那革命年代的大学生活时也有

---

① 洪子诚等《〈新诗发展概况〉写作前后》，《文艺争鸣》2007年6期。
② 孙玉石《旧事记忆钩沉》，收入《孙玉石教授学术叙录》，北京大学二十世纪中国文化研究中心2006年编印，第33页。

极其相似的体验与感触。她说："'浪漫'与'革命'向有宿缘。倘若浪漫而又封闭，'革命'几乎是激情的仅余的出路。""我体验了那浪漫的'革命'对一个心性柔弱、决无革命气概的女孩的吸引；此后更有对于这种与其说是'革命'无宁说是知识者的'革命想象'的持久迷恋。"①

赖有以上史实照映，下引小说中女主人公陈筱秋的卧室陈设便尤显得意味深长：

> 　　两个木制的书架，陈列着各式各样的书籍：从《马克思、恩格斯文选》、《列宁文集》、《毛泽东选集》到《党的基本知识讲座》、《团章讲话》；从《钢铁是怎样炼成的》、《暴风骤雨》、《卓娅》到《约翰·克利斯朵夫》、《欧根·奥涅金》、《当代英雄》……下面一张高高的茶几上，用鲜红的布衬底，摆着女英雄刘胡兰的半身石膏像。
>
> 　　整个屋子，就是这么中外古今，诸色杂陈；它复杂而充满矛盾，就像它的十九岁的女主人一样。②

不难领悟，此处作者显然不在纪实，而在写意托喻，笔下的物象业已衍变为"意象"，日常生活空间也已提升为精神境界，于无声处演绎了前述洪子诚所谓的革命激情与"小资"情调的质诘论辩，相悖相成。

筱秋出生于老大学校园，却成长在共和国的五星红旗下：

---

① 赵园《闲话北大（之一）》,《独语》，沈阳：辽宁教育出版社1996年版，第7、8页。
② 康式昭、奎曾《大学春秋》,《收获》1965年第6期。

一九五二年，纪念刘胡兰光荣牺牲五周年的时候，学校团组织决定由她扮演歌剧《刘胡兰》中的女主角。在那些日子里，她含着热泪一遍又一遍地读着介绍刘胡兰烈士光辉事迹的材料……

然而，她又是个外国文学迷，已经翻译过来的十八、十九世纪资产阶级文学作品，她差不多都找来看过了。……她更深深地同情长诗《欧根·奥涅金》中的女主人公达吉雅娜。当她一遍又一遍地读着普希金这部长诗的时候，眼泪不止一次地顺着面颊流淌下来。她喜欢那个她认为淳朴的俄罗斯姑娘，又同情她的不幸遭遇，甚至为她的"生不逢时"（为什么没有生活在社会主义时代！）抱屈。当闲下来，或者心里不痛快的时候，她也会象达吉雅娜那样沉思，那样多愁善感。

两个形象，两个时代，两个阶级，就这样在她的心里翻腾着，争夺着这个十九岁的青年团员。

在理智上，她崇拜和向往刘胡兰；在感情上，她却更接近于达吉雅娜。

在每次轰轰烈烈的政治运动中，在每次革命的高潮里，达吉雅娜便被挤在一个小小的角落里。而在另外一些时候，情况又会刚好相反。[1]

显而易见，此处"刘胡兰"与"达吉雅娜"这两个形象，也早已

---

[1]　康式昭、奎曾《大学春秋》,《收获》1965年第6期。

超越特定的历史语境与长诗文本语境中的原型而神游物外，分别成了表征革命激情与"小资"情调的两个符号代码。

在长时期的革命文化语境中，"小资"情调每每被用以泛指知识分子思想情感模式，而小说中的"达吉雅娜"正是别一类型的知识分子思想情感模式的拟人赋形，其标志性品格便是于喧腾时潮中犹能不失沉静、"沉思"。

筱秋为达吉雅娜"为什么没有生活在社会主义时代"抱屈。其实，某种意义上她自己便是社会主义时代的"达吉雅娜"，是红色革命与大学——这一"世上最美的一种机体"在某个历史契机奇妙结合而孕育出的宁馨儿：激情萌动却又不失生于天清地宁的大学校园的"沉静"胎记，朝气蓬勃、积极向上而又略含一丝莫名的忧郁，气质中别有一种澄明、优雅。

达吉雅娜以"一架子书"拒绝主流社会"一切这些个灿烂，喧哗，乌烟瘴气"；筱秋执守那"两架子书"又在不自觉间抵御着什么？前述洪子诚的回忆适可透露些许端倪："1956年9月我入学，到1957年'反右'斗争之前，北大学生的社团活动很活跃，每个星期六晚上，都有许多讲座、演出。我经常光顾的是音乐欣赏，听到的乐曲，最多的是苏俄、东欧作曲家的，如格林卡、柴可夫斯基、里姆斯基-科萨科夫、普罗科菲耶夫、莫索尔斯基、鲍罗丁、斯美塔纳、德沃夏克、肖邦等，也有德奥的莫扎特、贝多芬、舒伯特。当时在文学作品阅读上，中国和西方古典作品，也会有很多可以选择。但是，1958年以后，这种选择的空间逐渐在缩减。'高潮'过后，内心里对这种'缩减'的留恋、忧虑，就会比较尖锐地出现在心里。"①

所以援引彼时北大学子的回忆，意在以史释诗，以史证诗；或谓以诗补史，以诗存史，直至诗史会通。

"达吉雅娜"这一符号在小说中的复沓出现，挥之不去，意味着作者对人生的沉思，对学术、书斋的依恋坚守，对优雅情调、气质的难以割舍，意味着潜意识中对于那个喧腾、火热的时代生活的略有不适、倦怠乃至抵拒。

四、学术殿堂与政治战场的碰撞

史家指出，"二十世纪五十年代的中国教育由三种不同的传统汇合到一起"：一是民国时期的教育遗产，二是边区教育传统（或谓"延安模式"），三是新引入的苏联模式②。即如1949年12月召开的第一次全国教育工作会议所确定的新教育方针设想的那样："以老解放区新教育经验为基础，吸收旧教育有用经验，借助苏联经验，建设新民主主义教育。"③平心而论，这一基本方针既不乏理想主义色彩，又是极其切合现实的。然而，其时百废待兴，政治、经济、文化、国防建设层面的紧迫需要，致使如何将三者融合为"有生命力的一体化制度"这一课题一时未及深思熟虑；在具体实践过程中，对三种不同传统融合时必将产生的矛盾也显然预见不

---

① 洪子诚等《〈新诗发展概况〉写作前后》，《文艺争鸣》2007年6期。
② 麦克法夸尔、费正清编《剑桥中华人民共和国史》上卷，谢亮生、杨品泉等译，北京：中国社会科学出版社1990年版，第168页。
③ 高奇《中国教育史研究·现代分卷》，上海：华东师范大学出版社2009年版，第294页。

足，甚至一度把教育模式的扞格"上纲到'是社会主义道路和资本主义道路两条道路之间的斗争'"的高度①，贸然推行边区政治挂帅的经验。如是，三种模式互相解构，又互相建构，分分合合，几经曲折，直至新时期以后，"这一不稳定的结合""才充分协调起来"②。

基于对"知识分子虽然无疑地同情中国共产党的社会主义思想，他们当中却很可能只有极少数是有信仰的共产党员。中国高等院校的知识分子接受的主要是西方的文化传统，因此在40年代他们似乎更倾向于自由民主式的社会主义。可以肯定，他们之中只有极少数人对马克思列宁主义的原则或毛泽东的著作有稍多的知识"这一现状的考量，"中国共产党早就要求让学生、教师和新解放区的其他知识分子学习政治教育课"③；然而，因着在高等院校开设政治教育课的政策打破了原有培养方案的平衡，遂遭到各校尚未"觉悟"的师生程度不一的抵触。

《红路》极其难得地记录了这场围绕增设政治课而产生的种种思想碰撞。小说描写新中国成立初期，刚从军政大学调到内蒙古某工业专科院校主持教务工作的额尔敦，努力改革教育模式，到校伊始首先便强调要在学校增设政治课，并特地召开会议，提出政治课"每天至少要上一次到两次"的方案，引发了师生立足学

---

① 高奇《中国教育史研究·现代分卷》，上海：华东师范大学出版社2009年版，第332页

② 麦克法夸尔、费正清编《剑桥中华人民共和国史》上卷，谢亮生、杨品泉等译，北京：中国社会科学出版社1990年版，第168页。

③ 麦克法夸尔、费正清编《剑桥中华人民共和国史》上卷，谢亮生、杨品泉等译，北京：中国社会科学出版社1990年版，第185页。

术（或技术）立场还是政治立场的观念交锋：卓得博士鉴于增设政治课①，专业课便相应的要减少，就他教的数学而言，"每周至少减五课"，故率先发言反对；很多学生对方案也有意见，认为"我们到学校是学技术的，不是来学政治的。所以我们坚决反对政治课挤技术课"。②部分学生甚至提出，如推行这方案，就要求退学。而额尔敦及其从军政大学带过来的学生则竭力辩驳。一方信守教育至上、专业至上的理念，一方捍卫政治第一的崇高地位；一方坚执学术的"神圣"不可侵犯，一方则勉力将"大学完全纳入到政治经济的统制与计划中去"。由于刚解放，师生反对者众，额尔敦采取了"欲擒故纵"的策略，以在其所任教的专业课上"兼讲政治课"作缓冲，再因势利导，逐步推行，然而，留此导火索终将一再引爆学术殿堂与政治战场所谓"没有硝烟的战争"。③

上述《红路》中学术与政治的碰撞可谓《大学春秋》主题的前奏。

五十年代中期，随着共和国经济建设高潮的到来，文化建设的高潮亦呼之欲出。故此，《大学春秋》中开始出现新华大学重视学术研究的描述：校务委员会"确定了这学期的主要任务：头一条就是结合学术批判，大力开展科学研究；其次，推行学年论文、毕业论文制度"；此外"还作出了两项决定：一是出版《新华大学学报》"，"二是今年'五四'校庆时召开新华大学第一次科学讨论

① 卓得，蒙古语中也可变音为"做梦"，其因此被激进学生奚落为生不逢时的"梦博士"。参阅扎拉嘎胡《红路》，北京：人民文学出版社1959年版，第23页。
② 扎拉嘎胡《红路》，北京：人民文学出版社1959年版，第23、25页。
③ 扎拉嘎胡《红路》，北京：人民文学出版社1959年版，第28页。

会"。①虽说动因仍是源自紧密配合政治、经济形势的需要，但毕竟难得地促成了建构社会主义学术殿堂的可能。难怪陈文中教授喜不自禁奔走相告，而一心向学、崇尚学术的大学生吴学孟也闻鸡起舞。

1956年"双百方针"的提出，更令华大校园顿现"百花齐放，百家争鸣"的契机，小说借"残雪""冰层"犹存，而1956年的"春天悄悄地来到了红湖"等景物描写，道出了"走在大自然前头的，是同学们心里的春天"的期盼②。然而，作者似乎有意使全书收煞于"百花时代"，从而隐去了1957年的那场冷雨骤至。

书中人物若不计党政干部，陈文中教授应系教师中唯一的正面人物，余皆为右翼乃至反动分子。尽管作者亦听任时调对陈不无揶揄，指其"固执"，晒其"迂腐"，有时甚至将他视如"中间人物"，仍难改变读者对其"为了科学肯于放弃一切的精神"的敬重，对其势单力薄，勉力支撑着学术尊严的感动。随着情节的进展，渐见他由信心十足、雄心勃勃，衍为苦心孤诣，殚思竭虑。与其说他是华大古典文学的薪火传承者，不如说直如中国传统文化与学统的守灵人。

依循专业化、精英化的传统理念，所谓"大学"，自然是知识分子求师问学、读书论道的知识场域，是崇尚学术独立、思想自由的精神空间。而遵照如何使无产阶级尽快夺取文化领导权的"解放区教育传统"之思路，则急欲反拨"精英"办学理念，打破知识垄断。如是，下列现象及数据尤为引人注目："1949年以后的

---

① 康式昭、奎曾《大学春秋》，《收获》1965年第6期。
② 康式昭、奎曾《大学春秋》，《收获》1965年第6期。

新一代大学生"，大多数"仍出身于资产阶级和地主家庭。到1956年9月，高等学校在校学生当中只有34.29％是工农出身"；而另一史实亦使执政者产生政治焦虑："第一个五年计划结束时，取而代之的高等教育制度是苏联和西方影响在精英层次上的有争议的混合体。"①

此类思虑反映在《大学春秋》中，文学家特有的纤敏乃至过敏更放大了笔下"党工作者"对高校形势所做出的不尽准确的估计："这美丽的校园中的堂皇建筑物，只有两三座是新的；而其它的呢，都是旧的。这里的人，无论教师学生，也大多数都是旧社会过来的，而且多半是剥削阶级家庭出身。还有极少数人在思想上排斥马列主义"，"他们坚持宣扬着什么'思想自由'，高唱着党只能领导军事、政治、经济，而不能领导文化科学"②；对于大学"为工农开门"的办学方针，教师中也不无异议，指斥为"拉车的，放羊的，全挤进大学来了，新华大学又不是收容所、杂货铺"③，恨不能驱之而后快……鉴于以上背景，应能会意、理解小说何以激进地提出"学校要彻底无产阶级化"这一口号。

亲历前述三种教育模式互相解构、又互相建构、努力融合的艰难进程，作者对新华大学的描写似乎不无矛盾处：一方面，他在青年英雄许瑾、学院党支书朱志刚、纱厂女工王月英、转业军人乌力吉、成长中的少女陈筱秋等师生身上，分明发现了大学已

---

① 麦克法夸尔、费正清编《剑桥中华人民共和国史》上卷，谢亮生、杨品泉等译，北京：中国社会科学出版社1990年版，196页。
② 汉水《勇往直前》，天津：百花文艺出版社1961年版，第45页。
③ 康式昭、奎曾《大学春秋》，《收获》1965年第6期。

然沐浴着"解放区教育传统"阳光雨露的重大收获，内中，筱秋所神往的"刘胡兰"这一精神符号，恰恰是"解放区教育传统"的鲜明表征，从而印证了所谓现阶段"高等教育制度是苏联和西方影响在精英层次上的有争议的混合体"之误判；另一方面，却未能尽然摆脱"资产阶级知识分子统治我们学校"的纠结。

尽管作者不时以"学术应为无产阶级政治服务"之逻辑链，悉心弥合二者间的裂隙，试图营建政治第一、学术第二的可循秩序，但政治空间的日渐扩张，导致它与学术空间不免产生碰撞。学术在新华大学中仍难免身份未明的境遇。

陈文中的得意弟子吴学孟的遭际即可印证上说。吴时时显露出行事处世的可笑，结合其"老夫子"的绰号，恰传达出作者对此类潜心于学术殿堂中的人物的轻薄、戏谑。作者少不了概念化地给他戴上一副作为小资产阶级知识分子的标志的高度近视眼镜，在彼时的语境中，埋头读书即是错误，故随着眼镜度数的加深，连他自己都"觉得像做了什么错事一样"。与其说是担心自己的生理健康，不如说是顾虑那"身体政治"的问罪：眼睛近视，即是"政治近视"的症候。

展卷未半，华大这一学术殿堂，俨然已成"政治战场"："我们将来都是文艺战线上的一兵，可战士是在战斗中锻炼出来的"；"这儿就是战场，这儿就是阶级斗争的前线"；"用毛泽东思想武装自己，学会运用毛泽东思想的武器"……①诸多充满军事意象的话语下，恰透露出陈思和所谓的和平建设年代中的"战争文化心

---

① 康式昭、奎曾《大学春秋》，《收获》1965年第6期。

理"，终致外国文学课堂上围绕小说《红与黑》的学术讨论，演变为两军对垒的"白刃战"。

工农学员乌力布想不通："凭什么要学那些十八九世纪资产阶级的文学，读那些乱七八糟的东西……"指斥于连是"臭资产阶级"。① 时刻不忘政治挂帅的他，却偏偏未能读懂《红与黑》作为"政治小说"的深层蕴涵。

而此刻恪守精英立场的教师刘鹏对工农学员的傲慢与偏见，别有幽怀的右翼学生白亚文、黄美云等将于连"当作生活的教师"的畸说又推波助澜，引出了许瑾"这不是个会不会欣赏世界名著的问题，这是个对资产阶级文学遗产抱什么态度的问题"之类的上纲上线②。激动中，许根本无视以吴学孟、陈筱秋为代表的青年学子那不失清醒、平正的立场。

一方指责："在没充分研究材料的情况下"，不应贸然发表意见；一方则回应：首先须确定原则，而"毛泽东思想的原则适用于对一切作家、作品的估价"。③学术话语讲究史料、史实，旨在求真，为捕捉本相不惜竭泽而渔；政治话语却执守笼而统之的原则，努力致用，为印证其放之四海而皆准，甚至对作品削足适履。

司汤达小说的"心灵辩证法"遂为红黑分明的阶级论取代，而毛泽东阶级分析学说的系统性、复杂性理念亦在运用中被简单化、庸俗化了。小资产阶级知识分子于连曾在法国资产阶级、贵

① 康式昭、奎曾《大学春秋》，《收获》1965年第6期。
② 康式昭、奎曾《大学春秋》，《收获》1965年第6期。
③ 康式昭、奎曾《大学春秋》，《收获》1965年第6期。

族的法庭上，愤愤不平于陪审官席上坐着的"只是些令人气愤的资产阶级的人"，"我决不是被我的同阶级的人审判"①；未料时过境迁，在二十世纪新中国无产阶级的大学课堂上，竟然又招致了一次更严苛的缺席审判，而宣判其政治死刑的罪名，竟然冠之以"资产阶级野心家"。

对于连的口诛笔伐，绝非纸上谈兵，而未尝不是与白亚文、黄美云一类崇尚个人奋斗的资产阶级个人主义者作现实斗争的一场演习。然而，恰如《红与黑》中人物玛特尔所谓：于连"他不是一只狼，只不过是狼的影子"，白亚文、黄美云亦然；可彼时意识形态领域的高度警惕性早已视草木皆兵，何忌捕风捉"影"。

整个课堂应可视作一个微观的权力场，处于权力高端的教师在大学课堂上一时占据着居高临下的优势；而与课堂相关联的整个社会则是一个宏观的权力场，彼时社会的主流意识形态赋予了政治压倒一切的权力话语，这便在无形中大大增强了党员学生、工农学员的力量。加之作者的激进倾向，故此，这场看似势均力敌的拉锯，其实尚未结束便已预示了胜负。

然而，令作者始料未及的是，上述激进叙事竟然被一场更其激进的运动腰斩。小说在《收获》杂志上未及刊完，便被认定为"十七年教育黑线"树碑立传的标本招致大批判。

直至1980年小说修改出版，方使作者得以重续旧事。

1980年版中，作为外国文学课堂上那场学术讨论的续曲，是学院党支部书记朱志刚拿着许瑾那篇论述《楚辞》人民性的读书

---

① 司汤达《红与黑》，罗玉君译，上海：上海译文出版社1979年版，第632页。

报告与陈文中教授的论辩。许瑾的读书报告自忖"原则""方向"正确，不料被陈老画上了一个个问号。朱志刚读后虽觉得论证不充分、粗糙，却仍看重文章"能够从政治思想方面着眼，力求马列观点进行分析"之意义①。

而陈文中却语重心长地反问："为了革命，就可以牵强附会、任意引申吗？为了革命，就可以望文生义、乱贴标签吗？"有理有据地给党支书上了一课。直至朱志刚心悦诚服，领悟到老教授"是痛切地感到只讲政治性、革命性而忽视科学性、求实性的弊端"那份良苦用心。②

时过境迁，若非二十世纪八十年代思想解放、社会转型时潮的反拨，若非新时期"新启蒙编码"情不自禁的夸张，原作中只有政治干预学术之份，岂能想见如续书中知识分子也能给党支书"上课"，学术质诘"革命"这类本末倒置的叙事语境？

缺乏先见之明的作者，浩劫后终究有了后知之明。

惊回首，二十年过去，知识分子叙事中一个意味何其深长、沉重的历史回旋！

---

① 康式昭、奎曾《大学春秋》上，北京：人民文学出版社1981年版，第325页。
② 康式昭、奎曾《大学春秋》上，第327—328页。

第四章

六十年代前期知青文学的前奏

　　史家曾将1953年界定为"知青上山下乡的起始之年，亦是中国知青文学的起点"[①]，是年，共青团中央印发了动员知青回乡从事农业劳动的文件；而笔者认为，一个更重要的界标应是1955年7月，毛泽东在一份"提到组织中学生和高小毕业生参加合作化的工作"的汇报上郑重其事地写下了按语，号召"一切可以到农村中去工作的这样的知识分子，应当高兴地到那里去。农村是一个广阔的天地，在那里是可以大有作为的"。[②]自此，方奠定了指导中国青年知识者到农村去的理论基点，中国知青文学亦由是发轫。如此界说并非单纯依据政治学标尺衡度，更多地应是出自文学层面的考察：彼时"广阔天地，大有作为"不仅成了党组织动员知青下乡的政治号令，且于自觉非自觉间已衍为知青文学发生、发

---

① 　郭小东《中国知青文学史稿》，北京：北京十月文艺出版社2012年版，第7页；另参阅杨健《中国知青文学史》，北京：中国工人出版社2002年版，第6页。
② 　毛泽东《建国以来毛泽东文稿》第5册，北京：中央文献出版社1991年版，第527页。

展期创作的核心主题与题材。

　　有鉴于五十年代萌生期作品之稚拙，尚未成型，一些人物形象大抵仅有高小文化程度，只能称之为"准知青"，故而本章拟将视阈定格于六十年代上半期的创作，聚焦刘澍德的《归家》、管桦的《雾》、王汶石的《黑凤》、沙丙德的《彩色的田野》以及黄天明的《边疆晓歌》等"前知青文学"中具有一定代表性的作品。这些文本均系"非知青作者写知青生活的文学"，显然依据的是知青文学的题材维度与宽泛定义[①]。

一、皈依与启蒙两个向度间的失衡

　　除《边疆晓歌》之外，上述作品中的主人公大都是回乡知青，堪称"一半是乡下人，另一半却是城市人"的知识者。"回乡"之举有望使乡土与农民衍为其皈依的对象与启蒙的客体。

　　然而，"前知青文学"在皈依与启蒙两个向度间每每失衡，缺乏七十年代的知青文学在领袖明确强调"接受贫下中农的再教育，很有必要"之后[②]，力图在"接受再教育"与"展宏图"之间葆有的那种主题张力。

　　六十年代上半期的作品也写"再教育"（尽管未曾使用这一名

---

① 赵园《地之子》中，谈及知青文学可以有若干种界定：即"以知青作者所写的'文学'为知青文学（着眼于作者身份），或以知青作者及非知青作者写知青生活的文学为知青文学（题材论），或以知青作者写知青生活的文学为知青文学（作者身份与题林双重限定）"。赵园《地之子》，北京：北京大学出版社2007年版，第192页。
② 毛泽东《建国以来毛泽东文稿》第12册，北京：中央文献出版社1998年版，第616页。

词），如《彩色的田野》中，不仅写知青毛莲在村支书老闯大爷手把手地帮教下，"夏锄时节她学会了锄地，秋收时节学会了收割，秋耕时节学会了扶犁"，以此劳动实践弥补知识者原有书本知识的不足；而且还倾心聆听老闯大爷忆苦思甜，痛诉旧社会"替地主当'小做活'"的血泪史，"学习他们的立场、观点、感情！"……惜缺乏亲历者的切身体验，寥寥几笔，轻描淡写，未能悉心刻画这一"长期的甚至是痛苦的磨练"过程。时方一年，毛莲便胜过高小毕业未能在县城继续读中学，回乡多年"练成一身作务庄稼的硬工夫"的毛丫，在农活技术方面"成了姑娘里的第一把手了"，[①]并被推举为姑娘队的队长。

毛莲虽则成长得太快了，毕竟还可归之为"成长中的少女"形象。这是承载主流意识形态的极好容器，它对"新人"概念自有一种润泽功能。"成长中"意味着尚未由"人"变成"神"，尚能保留平凡人生的血肉感，适如其在日记中所自省的"我有知识分子架子呢"。彼时《青春之歌》《红豆》等小说中所塑造的"成长中的少女"形象在审美层面上较为成功，盖缘于此。

而小说《雾》却略去了主人公雷烟海的成长历程，一味渲染其所身负、表征的现代性知识之无所不能的神效。作者毫不讳言地如此陈述：雷烟海高中毕业"从学校回到乡村不久，就在众目之下变得显眼了。正如同画廊的灯火亮的时候，先前显得粗糙、黑暗，无意义的一切，忽然带着意外惊人的美在灯光里映出来一样：雷烟海在课堂上，在课堂外的活动里，同样并不被人注意，

---

① 沙丙德《彩色的田野》，《人民文学》1964年第10期。

忽然，在田里的劳动中，在菜园里"，"在他最疲累时有人求他写信，他答应得爽快的声调里……他在众目之下鲜明地显现出来了"。不到两年，他就"被大伙推选为生产队队长"。①作品在直奔青年知识者在"广阔天地，大有作为"的主题之同时，多少渗有几份农村是知识者赢得万众瞩目的荣光的终南捷径之类的私己性意绪。

王汶石的中篇小说《黑凤》则选取生产大跃进，思想也突飞猛进，"新名词乱滚"的"大跃进"年代为背景。许是受"大跃进"时期光阴转，天地迫，只争朝夕风尚的影响，作者未将回乡不久即成为青年突击队长的黑凤之"成人礼"仪式安排在农村，而是不无超前地设置于革命化的学校里——多年来，"黑凤在小学，中学，在少先队和共青团，每逢同学、老师，辅导员，党委书记们，讲到革命斗争，以及她一本又一本的读过的革命小说，无论其中讲的是什么人，黑凤的脑子里，自然而然地，便会浮现出女战士的形象来。中学要毕业了。黑凤已经变成了一个充满革命幻想的姑娘，她立志要为党献身，决心要作个生活在战斗中的女战士"。②

点检毛莲、雷烟海、黑凤等一系列知青形象，一个比一个高大。有意思的是，五四时期，鲁迅的《一件小事》、郁达夫的《春风沉醉的晚上》等知识分子叙事作品"多用误会法"，借此展示知识分子对劳动者由偏见逐渐达臻"认知"的认识过程③；时至六十

---

① 管桦《雾》，《人民文学》1962年第9期。
② 王汶石《黑凤》，《延河》1963年第5期。
③ 赵园《地之子》，北京：北京大学出版社2007年版，第21页。

年代，前知青文学竟也袭用"误会法"，如写《彩色的田野》中农村姑娘毛丫一度对知青毛莲的"误读"：长相儿"够文气"，说话也"文绉绉的"，让人"打心里就不舒服"，几经曲折，方认识到"在她那文静单弱的身躯里，却燃烧着一种无比强烈的东西——革命志气！"①《归家》更是极写生产队长朱彦对知青菊英的误会与隔膜："他觉得自己和她已经相差太远了，菊英是专家，她的学问修养，她的研究工作，会把她举得又高又远，知识有了距离，道路就会分歧"②，妄下两人之间的距离宛如"天上人间"之隔，却未能懂得菊英之所以放弃留城、留校，"归家"的心结。

值得注意的是，鲁迅《一件小事》诸作好用误会法，最终"榨出"的乃是知识分子衣冠"下面藏着的'小'来"，蕴含着一种自我解剖的清醒；而前知青文学通过"误会"欲扬先抑，却恰恰相反，诚属以农民视角的误读来反衬知青形象的"高大"，甚至"须仰视才见"，如是未免有失自省、自知之明。

彼一时期作品之所以纷纷塑造知青形象的"高大"，潜在动因有二。其一缘于1962年3月，借年初中央"七千人大会"总结、反省"大跃进""左倾"思潮的经验教训，调整方针政策之契机，国家科委在广州召开全国科学工作会议，文化部与剧协也在广州召开全国话剧、歌剧创作座谈会，史称"广州会议"。周恩来到会做了《论知识分子问题》的讲话，批评了1957年以后出现的知识分子政策上的"左"的导向，重申我国知识分子的绝大多数已经

---

① 沙丙德《彩色的田野》，《人民文学》1964年第10期。
② 刘澍德《归家》（上部），收入《卖梨与归家》，上海：上海文艺出版社1980年版，第238—239页。

是劳动人民的知识分子的观点，强调在社会主义建设中要发挥科学和知识分子的作用。周总理因要准备政府工作报告提前返京，临行还特地委托陈毅向参加两个会议的代表转达他的嘱托，明确提出要为知识分子"脱帽加冕"，即脱"资产阶级和小资产阶级知识分子"之帽，加"劳动人民知识分子"之冕。受此早春三月春风鼓荡，前知青文学作者也情不自禁竞相对知识者形象脱帽致敬。

其二则应溯源于毛泽东既依靠农民，吸纳农民文化；又一心组织农民以改造乡土社会、改造农民文化的远大理想。早在新中国成立前夕，毛泽东便指出："严重的问题是教育农民。农民的经济是分散的，根据苏联的经验，需要很长的时间和细心的工作，才能做到农业社会化。"①他还清醒地意识到："农民不能说没有文化"，"但是他们大多数不识字，没有现代的文化技术，能用锄头、木犁，不能用拖拉机。"②伴随着社会主义改造与新农村建设的进展，"教育农民"的任务无疑愈加迫切。而恰如蔡翔所指出的，此刻，表征着"一种现代的力量"，一种崇尚"激进的新观念"的知识青年，便适逢其时地成了推动农村与农民从"保守而封闭"、缺乏现代文化技术的状态中解放出来所必须依靠的某种助力。正是在这一意义上，黑凤一类的知青形象应运而生。③

作者通过她在小说中建立了一种超越"一般"知青甚至超越

---

① 毛泽东《论人民民主专政》，《毛泽东选集》第4卷，北京：人民出版社1991年版，第1477页。

② 转引自杨奎松《毛泽东与莫斯科的恩恩怨怨》，南昌：江西人民出版社2008年版，第385页。

③ 蔡翔《革命/叙述：中国社会主义文学—文化想象（1949—1966）》，北京：北京大学出版社2010年版，第52—53页。

"一般"农民，承担"教育农民"（亦可谓一种"启蒙"）功能的视角与站位。试读文本：

　　这一年，回到农村的知识青年很多。这批青年，有的老老实实，勤劳肯干，虚心学习，很得基层干部和社员赏识；另外一类，骄傲自大，干事不踏实，整天专挑基层干部的毛病，他们的嘴巴子又很锐利，基层干部和社员群众又说不过他们，对这类青年无法可想，因而很厌恶他们；黑凤既不属于前一种，又不属于后一种，她是另外一种类型。她是不声不响的而又是带着一股热风回到村里来的。农村生活的贫困，她是从开始懂事的年纪起就深有体会的，她抱着一个强烈的愿望，要回到农村来实现她的革命理想，改变农村的旧面貌。因而在一夜之间，她对于她在其中生活了十几年的农村，一切一切全部看不惯了，在她的眼里，这也是旧思想，那也是旧作风，连一些人由坐相，站相，慢腾腾走路的架势，她全觉得不顺眼，甚至认为那是旧社会的遗毒，因而无法容忍。她嫉恶如仇，时刻都以自己敢于斗争和不留情面而暗中自豪。总路线和大跃进的宣布，使她感动得流下泪来，人民公社的成立，使她兴奋激动得多少个夜晚睡不着觉。对于一切旧的事物，她变得更加不能宽容。她自报奋勇担任检查员这种得罪人的职务。她是铁面无私的，动不动就在群众大会上指名道姓的批评那些小有缺点的人，或是把受批评者的姓名，用大字写在村巷里的墙报上，第一个被她写上去的，不是别人，正是她自己的妈妈。她在自己妈妈的头上，开了第一刀。

　　这种事，自然会引起一般群众的强烈反应。一些人赏识她，一些人愤恨她，而大部份干部和社员却愿意原谅她。这是因为，黑凤自己首先最艰苦。她到处找苦吃，没明没黑，那里苦，她在那里，而那里的工作进度也必定最突出。①

　　如果说，毛莲、雷烟海甘做"党的驯服工具"，属于引文中所描述的第一类知识青年的类型②，那么黑凤则立志成为"党的战士"型。她棱角分明，锋芒毕露："一般乡下姑娘，到了她这般年纪，对乡间社会生活的人情世故，早已十分精熟了"，她却不谙世故，"认为那都是些庸俗不堪的事儿"，甚至连老一辈农民亦动辄被她指责为"老保守""老右倾"，"在我们小辈面前，也不作个好样子！"③可惜未必尽如其所愿，在"大跃进"时潮日趋激进化的形势的裹挟纵容下，这一形象渐次畸变。而时至拨乱反正时期，新一代领导人才着意在有理想、有道德、有文化的"社会主义新人"的定义中强调"有纪律"，可谓颇具意味之一笔！

　　以上作品经由形象化的描写，阐释（抑或图解）了社会主义新农村亟须以雷烟海、毛莲、黑凤这样的社会主义新人作为其精神与文化根基；反之，社会主义新人又恰是赖有新农村这片"广阔天地"而奠定了其作为知识者"大有作为"、破旧立新的可能性与合法性。

---

① 王汶石《黑凤》，《延河》1963年第5期。
② 刘少奇《同北京日报社编辑的谈话》，《北京日报》1958年6月30日。
③ 王汶石《黑凤》，《延河》1963年第5期。

二、乡村风景：恒常与思变的辩难

与皈依/启蒙这一双向度的同构（抑或偏侧）不无关联，乡村风景的恒常与思变适是前知青文学面临的又一悖论性辩难。

如果说，在废名、沈从文一脉的原乡小说中，田园风光每每升格为作者审美观照的中心，那么，在前知青文学里，作者却难得有此闲情逸致，"启蒙"的眼光每每遮蔽了其领略乡村既有"风景"的慧眼。

然而，乡村风景却不时闯入知青（连同作者）的视域，无声地提示着在社会主义新农村的想象里，其本不该被忽视的意蕴。虽则作品所捕捉的风景大都失之清浅，但穿透那心宁神适的乡村小景，仍能依稀发现乡村的某种自然生态与自在韵律，令人联想起其后隐在的传统"乡土理想"：

> 月光银亮亮的，小溪哗哗地响着，禾场上，田野里，飘来一阵阵新粮的甜香……不在咱农村里，根本看不到这么美的夜晚。①
>
> 春日的旷野，像是一片绿色的海，闪光的叶子和千万种灿烂的花朵，不就是它的浪花浮蕊？那些大树，不就是大海上的篷帆？空气里充满了千奇百怪的鸟叫声，充满了千万种的芬芳气息。②
>
> 早晨，远云又不知飘向何方。天空湛蓝明净，是入秋以来

---

① 沙丙德《彩色的田野》，《人民文学》1964年第10期。
② 管桦《雾》，《人民文学》1962年第9期。

一个十分罕见的大晴天。纯朴壮阔的渭北高原，沉浸在柔和的阳光和淡蓝色似有似无的薄纱般的湿气里。从天空到地面，给人一种水淋淋的感觉。高原上的村落和田野，一片趁晴突击秋收的繁闹景象。①

较之前者写景的不经意，《归家》的作者似更有心。历经曲笔，山重水复地铺垫后，"故乡"的意境乃赫然凸现：

马车走上坡头，清澈的滇池从西面山口中间闪现出来。太阳已经挨近西面的山顶，山的影子如同一片蒙蒙雾气，阴沉沉的遮住半个湖面。湖的东半部，爽朗，开阔，几只雪白的水鸟，上上下下戏弄着鳞光似的金波。在湖面的阴阳分界处，飘动着半明半暗的轻烟，随着波浪向东岸扩散开来。

两只淡黄色蝴蝶，从麦田里飞出来，在车上空打了几个圈儿，飘向路西面的菜地里去——一个山村，在树阴后面出现了。②

开篇即点题，自然而然便生出了几分象征的意味。

时间意义上的"大跃进"，必然派生出空间意义上的改天换地，重整山河，一如时调所抒发的"喝令三山五岳开道"，而忽视既有"绿水青山"的价值与意义。

---

① 王汶石《黑凤》，《延河》1963年第5期。
② 刘澍德《归家》（上部），收入《卖梨与归家》，上海：上海文艺出版社1980年版，第156—158页。

"绿水青山"既是乡村风景，又是自然生态，人文地理；是维系农民文化的另一载体。只可惜半个世纪后方悟得此道，其间付出了何等的代价与教训。

　　彼时，在新与旧、现代与传统、城市与乡村等二元对立思维模式的框限中，青年知识者大都热衷于旧貌换新颜："咱们的城市的确好。咱们的社会主义的新农村呢，也要它在咱们这一代人手里，尽快地实现机械化，电气化，跟咱们美丽的城市，没有什么差别！"①《彩色的田野》如是说。无独有偶，黑凤也"设想着将来会有无数排列成行横过高原的铁塔，电线，拖拉机，康拜因，渠道，流水，像小城一样布满楼房的新式村庄……"②

　　如上社会主义新农村想象，竟然以城市化风景取而代之为愿境。至于何以同一文本中，既展开了对社会主义新农村的城市化畅想，又时而在农村寻常风景前驻足，则潜意识地透露了一缕不无伤逝的乡思、乡愁。

　　诚然，"社会主义新农村建设"连同缘此派生的"新农村叙事"并非一个固定、静止的概念，而是一个与时俱进的过程，自五十年代以来它在不同的历史阶段与机遇下曾多次被作为新的蓝图提出。然而，稍觉遗憾的是，及至新时期尤其是十六届五中全会之前，对它的定义仍过于强调"变革性"，包括过度"要求作家关注那些显示'中国社会'面貌'深刻的变化'的事件、运动"③，而忽视了"恒常性"也理应是它的题中之义，关于新农村的现代

---

① 沙丙德《彩色的田野》，《人民文学》1964年第10期。

② 王汶石《黑凤》，《延河》1963年第5期。

③ 洪子诚《中国当代文学史》（修订版），北京：北京大学出版社2007年版，第82页。

性想象中理应兼容、吸纳、守护那"天长地久地'在'那里"的自然风景与乡村生态。

"恒常"与"思变"之命题是前知青文学回避不了的思辨。彼时主导意识形态一意强调"山乡巨变"，拽着广大农民大步前进，每一分、每一秒钟的驻足与流连都意味着对于"进步"的抵触，都将被指斥为"小脚女人"。在不断"前进"乃至"大跃进"口号的驱策下，作者何尝能放慢脚步，对着魂牵梦萦的故园、对着触目可见的乡村恒常小景，喊出"你真美呀，请停留一下！"——《浮士德》中那句传世的名言。故此，《归家》等作开首虽不无依恋乡村风景的恒常如初，结尾终还是大声疾呼："马车，飞跃吧！"能不飞跃吗？一如女主人公菊英所言："这时代，差不多把每个人都催得飞跃起来了！"[1]

三、知识分子叙事与新农村叙事的复调

知青的"回乡"之举，不仅使乡土与农民衍为其皈依的对象与启蒙的客体，而且有可能在形式上完成知识分子叙事与乡土叙事的一次交融。

前知青文学的作者虽则时常"下生活"，与所面对的乡村、农民多有联系，其叙事较之七十年代初涉农村的知青文学少了些"学生腔"，多了些乡村生活经验，但内底里依然是"农村的'外来者'"，脱不了知识分子腔。如同赵园指出的：王汶石等"写

---

[1] 刘澍德《归家》（上部），收入《卖梨与归家》，上海：上海文艺出版社1980年版，第374页。

人物话语使用方言尚且节制，叙描用的更是所谓'知识分子调子'"。①

相对而言，刘澍德的《归家》在尝试知识分子叙事与乡土叙事的融合上用力甚勤，不仅写人物对话，而且叙事状物也不避方言土语。每每借助"炼字"等修辞技巧，在新文学话语中悉心嵌入一些方言土语，使其凸显，以获得超出既有书面语之外、令人眼前一亮的新鲜意义。

尽管如此，《归家》的文体终究只是肌肤层面沾染了泥土气息，骨子里仍无改知识者的思想气质与审美情趣。那文笔多灵动，"意在言外"，"潜台词异常丰富"②，而非平铺直叙的叙事方式；那不吝篇幅且细致入微地刻画人物间的微妙关系与感情的曲折变化，"心到神知"的心理描写，缠绵悱恻的心灵独白；均非农民趣味所"喜闻乐见"，而透露出深刻的知识分子叙事的印记。

尤其是叙事者的定位。作者每每借助心思细密的菊英的视角（知识分子视角）——"她感到每一个具体事物，每一个生活和生产上（哪怕是很小的）变革，都是这样复杂，都不许人一眼就看清楚，一想就可以洞彻的"③——将农村合作化运动及至人民公社运动两条路线斗争泾渭分明的表达式，化简为繁，无惮异于时趋。

1962年2月，刘澍德的长篇小说《归家》（上部）在《边疆文艺》上开始连载。

---

① 赵园《地之子》，北京：北京大学出版社2007年版，第153页。
② 刘金《〈卖梨〉与〈归家〉小引》，收入《卖梨与归家》，上海：上海文艺出版社1980年版，第7页。
③ 刘澍德《归家》（上部），收入《卖梨与归家》，上海：上海文艺出版社1980年版，第208页。

值此"在农村进行的政治运动和中心事件，如农业合作化、'大跃进'、'人民公社'运动、农村的'两条道路斗争'等，成为表现的重心，乡村的日常生活，社会风习，人伦关系等，则在很大程度上退出作家的视野"之际①，《归家》却别开生面，尤为关注政治运动波及农村后，乡土理想的传承绝续，人伦关系（亲情、友情、爱情）的重构变易。

顾名思义，恰如识者所称："菊英的'归家'，到农民中去返璞归真，也有着深刻的寓意。"②可惜言之寥寥，未及细究"家"的题中深意。

"归家"无疑蕴含着知识者回归农村，与农民相结合这一时代必由之路。作品中，菊英的老师对她的赞叹"你归家的路算走对啦。跟这些人生活在一起，人就会变得单纯、正直，并且还能达到真正的聪明"③，可谓点题之笔。而小说中凸现的牛郎织女神话，亦一度成为知识者菊英憧憬与青年农民朱彦结合的隐喻。

往事如此刻骨铭心：那年夏历的七月初七，听说"牛郎织女隔在天河的两岸，在一年中，只有这天晚上，踏过鹊桥才能会面"，少年朱彦与菊英便相约在瓜架下，偷听牛郎织女的窃窃私语……

此后，牛郎织女神话便衍为原型，若隐若显地在文本中回环往复，直至泄露出神话先天暗蕴的"有情人难成眷属"之宿命。

---

① 洪子诚《中国当代文学史》（修订版），北京：北京大学出版社2007年版，第82页。
② 华中师范大学《中国当代文学》编写组编《中国当代文学》，上海：上海文艺出版社1984年版，第186页。
③ 刘澍德《归家》（上部），收入《卖梨与归家》，上海：上海文艺出版社1980年版，第398页。

回乡后的菊英与朱彦曾有过那么一次意味深长的对话，看见一大一小，深深地印在泥里的孩子的脚印，菊英不由触景生情地说：他们"从木桥还登上天桥，桥下面流着天河水"。而朱彦却不无低沉地如是回应："是天桥，可是登上天桥的，只一个人"，另一个"像碾道里的老牛，转呀，转呀，转来转去仍没离开老地方。脚板下只有那大一片地，眼光也短了，心思也窄啦"。^①有意以"老牛"自喻，印证出其自我定位的"牛郎"本相。

隔膜因何而生？

首先缘于两人之间的文化鸿沟，一如横亘着分隔牛郎、织女的"天河"：小说描写学成归来的菊英随身"箱子里，全是一些书本本"与"农科实验品"，"心里带着学问"，连县委书记一见面也称呼她为"红色农学专家"。尽管菊英一再从思想深处检查："是几年知识分子的生活，把自己养得骄傲了！"愿意"把自己两脚放到泥水里"，而朱彦却不无固执地认为"知识有了距离，道路就会分歧"，以致眼睁睁地望着"现代的文化技术""把她举得又高又远"，直如可望而不可即的"仙女"。

其次应归之于新旧农村人伦道德的裂变与重构。刘小枫曾悉心将现代叙事伦理区分为"人民伦理的大叙事"与"自由伦理的个体叙事"这两个概念："在人民伦理的大叙事中，历史的沉重脚步夹带个人生命，叙事呢喃看起来围绕个人命运，实际上让民族、

---

① 刘澍德《归家》（上部），收入《卖梨与归家》，上海：上海文艺出版社1980年版，第216页。

国家、历史目的变得比个人命运更为重要。"①

当年菊英父亲抵死不愿加入合作社时，朱彦情急之下曾喊出"婆娘可以不要，社会主义非要不可！"而菊英复归后，又"为了集中精力搞科学事业"之崇高目的，甘愿"把个人情感问题摆脱开"②。两人一度试图牺牲爱情，敬而远之，"重新建立另外一种新的同志关系"。然而，"存天理"何尝就能尽然"灭人欲"，旧情抑滞不散，道是无情偏有情。

与此适成对照，"自由伦理的个体叙事只是个体生命的叹息或想象，是某一个人活过的生命痕印或经历的人生变故。自由伦理不是某些历史圣哲设立的戒律或某个国家化的道德宪法设定的生存规范构成的，而是由一个个具体的偶在个体的生活事件构成"③。

《归家》中，身逢大时代的"个体生命的叹息"，原乡的意念，私己的恋情，以及过于纤敏近乎"神经质"的菊英女性化视觉，作为"自由伦理的个体叙事"元素，不时在叙事内部消解着"人民伦理的大叙事"的宏大声音。

较之黑凤的义无反顾，勇往直前，菊英那缠绵悱恻的幽怨，徘徊不已的犹疑，沉溺其间而不能自拔的回忆，尤显出知识者"个性中的那种种纤细复杂和高级文化所培育出来的敏感脆弱"④。她的多情多感仍多病，她的自怨自虐及自恋，在"双百"时期的

① 刘小枫《沉重的肉身——现代性伦理的叙事纬语》，上海：上海人民出版社1999年版，第7页。
② 刘澍德《归家》（上部），收入《卖梨与归家》，上海：上海文艺出版社1980年版，第163、406页。
③ 刘小枫《沉重的肉身——现代性伦理的叙事纬语》，上海：上海人民出版社1999年版，第7页。
④ 李泽厚《中国现代思想史论》，北京：东方出版社1987年版，第239页。

知识分子爱情叙事中似曾相识，而在新农村建设背景下尤显"异端"，不合时宜。彼时批评者扣以"道道地地的资产阶级小姐的人生哲学"帽子未必合适，还是她自我剖析的已然习惯于"按照都市知识分子那种生活方式来应事接物"一针见血。

值得注意的是，即便曾喊出大义灭亲口号的青年农民朱彦，面对归来的菊英时仍"活托像个讨账的"，执意"索取过去的感情"。足见知识者叙事不经意间常会"顽强地表现他们自己"[1]，赋予其性格的"有些地方，知识分子的气质多了一些，青年农民的气质相对少了一些"之移情[2]。

作品里，"人民伦理的大叙事"与"自由伦理的个体叙事"适成复调，交互辩驳，相反相成，而绝非当年朱彦"不要/非要"、抑或菊英"为了/甘愿"思维模式那般简单、绝对。

如是，青年知识者回归之"家"也相应变得复杂多义。"归家"，究竟意指当年菊英父亲拒绝弃田入社、至死守望的故园，连同其中所隐含的乡土理想、民间伦理；抑或如毛泽东在1950年代农村合作化运动中多方批评的所谓传统羁绊、小农经济？是菊英、朱彦两小无猜、青梅竹马的田园乐土，以及由少年游戏中憧憬、建构"小人家家"而自然过渡到的有情人终成眷属的"小家庭"；还是合作化、人民公社化以后以集体生活为能事的新型农村大家庭？作者描述，菊英回乡时，人去楼空的老屋早已被腾作生产队

---

[1]　毛泽东《在延安文艺座谈会上的讲话》，《毛泽东选集》第3卷，北京：人民出版社1991年版，第875页。

[2]　转引自刘金《〈卖梨〉与〈归家〉小引》，收入《卖梨与归家》，上海：上海文艺出版社1980年版，第14页。

的农业科学试验站，想来并非无意之闲笔。

农村社会主义改造无可挽留地将以传统乡土理想悲壮的日落为代价，然而以朱升以及菊英父亲为代表的老派农民实诚念旧、重情重义的品性是否犹可望在明日的晨光中闪烁其重生的美质，一如作品中百般珍视的：所谓"古道照人"？新农村建设理应接续"古道"，而非一味弃绝"常轨"①，方能大道无垠。

显意识层面，菊英展望的自然是实行科学种田后社会主义现代农村的新路、新境，潜意识中萦环系念的偏是故园、往事、旧梦、旧情缠绕、纠葛而成的情结，怅然那人性纯朴、古道热肠的精神原乡的失落……而作者偏偏仅完成半部，未及续曲却断弦，更留绵绵长恨，袅袅余音。

四、"边疆"：乌托邦原型与浪漫主义战歌的外化

史家有言：非常年代，"知识青年上山下乡成了举世瞩目的大事"，"与此同时，人们似乎忘了早在六十年代早期，就有一批'老知青'，自觉自愿一心革命地去了边疆，去了最艰苦的地方，他们同样有自己的追求，自己的锻炼，自己的幻灭，自己的希望，同样也是、也许更是可歌可泣可叹可记的"。②

就此意义而言，黄天明的《边疆晓歌》、邓垦的《军队的女儿》等长篇不仅填补了六十年代早期支边知青文学创作的空白，

---

① 借用菊英导师的说法："常轨多少总带有点传统的味道，它是根据一般人的常情来安排生活的。"参阅刘澍德《卖梨与归家》，上海：上海文艺出版社1980年版，第400页。
② 王蒙《桑那高地的太阳·序》，转引自赵园《地之子》，北京：北京大学出版社2007年版，第198页。

而且还开了七十年代以《分界线》《征途》为代表的知识者屯垦戍边叙事的先河。

如果说，反被现实、被体制"干预"了的"双百"时期的那批"探求者"们的下放边疆、农村大都是一种"被放逐"；那么，发出如上感慨的王蒙当初的决然放弃都市高校教职，申请到边疆去，却可谓一种"自觉自愿"。那是"负罪"之身自我救赎的仅余出路，更是经由山重水复疑无路式的幻灭后，仍勉力追求的不失浪漫的"这边风景"。

在边疆，王蒙所看到的，应是他所向往的境界。尽管其时因戴罪不便写作，不能发表，数十年后方将其用心凝视、体验的边疆生存付于小说《在伊犁》《这边风景》诸作。

与王蒙相似，《边疆晓歌》《军队的女儿》等作对于"边疆"之发现[①]，亦不仅表征着前知青文学题材领域的开拓，更意味着主题范畴的狂飙突进，是革命体制规约下依然不安于现状、不满于庸庸碌碌生活的彼一时代青年知识者希图实践梦想与追求的别一（或谓唯一具有正当性的）"诗和远方"。

顾名思义，《边疆晓歌》不似其他小说，多以"史""记""故事"名之，而赫然以"歌"命名，令人联想起同年面世的表现知青奔赴新疆的大型纪录片《军垦战歌》。影片显然不再满足于镜头单纯的客观纪实，特由诗人郭小川撰写解说词，贺敬之、袁鹰撰写歌词，彰显出浓郁的诗化色彩；而黄天明虽非诗人，却同样试图以如诗如歌的主观精神感染受众。有意无意间，西南边疆与西

---

① 借用柄谷行人《日本现代文学的起源》中"风景之发现"这一表述。柄谷行人《日本现代文学的起源》，赵京华译，北京：生活·读书·新知三联书店2003年版，第1页。

北边塞合力完成了这一革命浪漫主义强音的交响。

有别于前述《归家》《雾》《彩色的田野》诸作中渗有的相对常态性的乡村意象、乡土气息以及或多或少隐含着的田园牧歌体式的审美情趣，《边疆晓歌》独以一种"'非常规'的乡村意象"①——边疆意象、边塞风情醒人耳目。如同小说一开卷便作的交代：那里是一片"万木争绿"的热带雨林，"那里也是一片几乎断绝人迹的神秘的大地。它是埋藏在千里云山之中的一块巨大的绿宝石，它就是本书所写到的孔雀坝"。②

"边疆"既是前知青叙事所追求的意境，文体便亦随之产生了相应的变化。逸出《归家》《雾》《彩色的田野》乡土现实主义的风貌，而代之以革命浪漫主义为主调。

许是因那绿植怒长、"铺天盖地"的边疆的感奋，加之青年知识者青春期本有的激情冲动，每每导致了文体的情胜于理。作品语言恣肆，意象奢华芜杂，写景抒情亦皆追求淋漓尽致，极尽铺张。随手摘录几节以见一斑：

> 路变得窄狭难行了。越过疏密相间的铁刀木林，眼下出现了一片密密麻麻的野仙人掌、铁蒺藜和一蓬蓬如凤尾拂云的竹林子。继而远征的队伍钻进一个林深树密的沟谷里，那繁茂的亚热带林木扑面迎来；硕大的板状根卡住人们的去路；光滑成柱状的巨大的乔木高矗入云；粗大奇特的藤本植物构成了整片

---

① 此处借用赵园对"荒原"意象的界说。赵园《地之子》，北京：北京大学出版社2007年版，第32页。

② 黄天明《边疆晓歌》，北京：人民文学出版社2008年版，第1页。

黑苍苍的帷帘；更有一蓬蓬生在斜坡岩缝里的贼长的竹林子，它们披头散发、纵横交错地卷卧下来，而在弯曲如弓的脊骨上又窜长出无数粗大笔直的枝干，使人望之惊心动魄！

石栗树和芒果树上密集的小黄花，渐渐凋谢了。英雄树攀枝花，也把枝头上火缸的花球卜卜地扔在地下。与此同时，散立在坝子里、沟谷间和山坡密林中的刺桐树，却进入盛花期了。它们那形若火舌、又颇似象牙的绯红的花朵，一簇簇开放在脱了叶的枝条上，被巨大的树干擎起来，立在哪里，哪里就如同腾起一团流火，点亮了万盏红灯。

生活在孔雀坝的垦荒队员，如若置身广袤的花的海里。那些醒目的花朵映红了人们的脸，那些芬芳的花朵沁醉了人们的心。而那些假番薯藤上的脂粉般的小白花，黄晶晶的野牵牛——五爪金龙花，它们攀天铺地，沿着低矮的灌木林，沿着那尚不及开垦的一大片正在扬花结籽的、白花花的飞机草群，蛛网似的蔓延开来。于是白的、黄的、斑麻色的花朵仿佛密密麻麻的彩蝶，它们混搅成一团，匍匐在草茎下，穿梭在树叶中，戏游在茎干上，同时也不客气地堵塞了人们的去路。如果你在那儿站定下来，它们甚至会攀着你的衣衫，在你的肩膀上、脑壳上也美美地开上几朵！……

蓝空下笼罩一层稀薄的烟雾，阳光如火似的漫布开来。放眼望去，大自然的生机活跃在周遭每一寸土地上，到处都窜长着崭新的嫩枝绿叶，到处都簇拥着新开出来的大朵小朵的野花；甚至连那阴暗的沟壑里、土司庄院的屋顶上，以及石墙碉堡的裂缝间，都有无数的绿色植物狂暴地蔓生开来。[1]

如果说《军垦赞歌》中"边疆处处赛江南"之咏叹多有夸张处，那么，《边疆晓歌》如上渲染的那片生命莽原却确有其真实的本相——即云南西双版纳橄榄坝。自然，它依然是被作者选择性地摄取、创作出来的。"孔雀坝"（橄榄坝）的闭塞原始、瘴雾蛮烟每每为知青（连同其作者）不屑一顾，一笔带过，而倾心看取、升华其动人心魄的勃勃生机，那最易引发"火红的年代"国家浪漫主义的畅想与共鸣。就此而言，无论是政府的开发蓝图抑或作者的想象性塑造，均属特定时代激情的对象化实践。

是的，文本中的"边疆"暗合着乌托邦原型与意象。它是没有历史负累，没有传统积淀，"好写最新最美的文字，好画最新最美的图画"的一张白纸，一片处女地；是试验、建构共产主义（包括军事共产主义）想象的别一乌托邦；是彼一时代日趋激进化了的革命浪漫主义的移情。借此生机勃发、"插根筷子也能长出树来"的热土寄寓浪漫，寄寓神奇，也宣泄知识者青春期生命的狂热与理想。

遥远的边疆，神秘的未知，英雄的探险，壮丽的战斗……纷繁的浪漫主义元素深深地吸引着青年知识者。对于他们而言，到边疆去，不仅意味着现实层面的开荒拓土，屯垦戍边；同时也是精神层面的浪漫遐思，放飞梦想。

是的，如是激进化了的革命浪漫主义精神绝不满足于仅仅向

---

[1]　黄天明《边疆晓歌》，北京：人民文学出版社2008年版，第42、241—242页。

"荒原"宣战①，毁林烧荒；更导致其决然向俗常人生、平庸哲学宣战、开火。

论及浪漫与世俗的不相容，王蒙二十世纪九十年代末曾多有反思："认定世俗是注定要反精英的，那是我二十二岁以前的心情。查《现代汉语词典》，世俗的解释一曰流俗，二曰非宗教的。在青年时代，我也是怕庸俗怕世俗如怕瘟疫的；我是将世俗常常与庸俗混为一谈的。我最怕的是自己淹没在俗众之中，怕自己的独一无二的生命延续着俗众的既定轨迹，怕激情与幻想熄灭，怕自己最后会'因一事无成而悔恨……因碌碌无为而羞耻'，没有浪漫，还有什么青春？没有青春，还要什么生命？"②

《边疆晓歌》描写女主人公苏婕心性浪漫热烈，"像一团火一样"，"对新鲜事物，又那么锐敏"，一心"渴望着更不平凡的生活与战斗的快乐"；《黑凤》刻画黑凤"那一双微弯的黑黑的眼睛里，不知藏着多少幻想，多少计划，总显得那么不安静，那么好奇"③，那么好斗，隐约可见此后"头上长角，身上长刺"的红卫兵小将的雏形；而话剧《年青的一代》中的林岚也一如识者所归纳的："富于幻想，随时准备远行，她似乎天生反对那种庸俗的小市民，不安于一种平静安逸的生活。"④

值得注意的是，上述六十年代前期的激进知青类型每每与

① 作品中，有如此耐人寻味之描述：知青垦荒队"在荒地转了半天，却不知道荒地在哪里，口口声声问：'我们荒地在哪里呀？'"万没料到，眼前成片的热带雨林便是所谓的"荒原"。

② 王蒙《革命、世俗与精英诉求》，《读书》1999年4期。

③ 王汶石《黑凤》，《延河》1963年第5期。

④ 蔡翔《革命/叙述：中国社会主义文学—文化想象（1949—1966）》，北京：北京大学出版社2010年版，第362页。

"浪漫青年""文学青年"谱系或一程度地重叠，"这种气质可以简单地表述为：浪漫、幻想、自由、表现自我、外向或扩张的、反世俗、求道者，等等"。[1]之所以视"世俗"如天敌，不惜余力地"反世俗"，盖缘于此类革命浪漫青年对于世俗生活的莫名焦虑甚至恐惧心理。

有鉴于此，平凡的日常生活必须赋予其超凡的意蕴，例如对"劳动"的界说。《边疆晓歌》倾心将劳动的意义，升华为"结束旧时代青年畸形发展的命运"，消融"体力劳动与脑力劳动之间的千年冰峰"的境界；"是一场战斗。一场和大自然的战斗，又是一场新我和旧我的战斗"。试读作品：

> 在朦胧的晨曦中揭开了！年轻的垦荒队员擎起火把，荒火从四方点燃起来！熊熊的火苗迎风呼啸，那柴草毕毕剥剥地炸响，胜过欢庆新年的礼炮。
>
> 风火过处，烟雾漫卷，广阔的荒原上随即出现了一幅龙腾虎跃的画面：
>
> 啊！几百把锄头，几百把刀斧，一千多条手臂，在黛绿色的丛林野草中，宛如海燕般上下翻腾起伏。[2]

以"海燕"比喻知青的劳动姿态不由地令人眼前一亮。那极其脱俗的"海燕"喻象（或谓"意象"），分明是从高尔基的散文诗《海

---

[1] 蔡翔《革命/叙述：中国社会主义文学—文化想象（1949—1966）》，北京：北京大学出版社2010年版，第363页。

[2] 黄天明《边疆晓歌》，北京：人民文学出版社2008年版，第93页。

燕》中获取了灵感：一样地充满"热情的火焰"，一样地纵情享受着"生活的战斗的欢乐"。恰是对那革命浪漫主义经典意象"海燕"的悉心吸取，凸现了作品着意将"劳动"浪漫化的用心。

李敬泽曾高度评价张贤亮发表于1980年的小说《灵与肉》："对大地、生灵、汗水、劳动之美的讴歌，有一种马克思式的、也是德国式的浪漫主义哲学关切"，并感叹在当下"所谓的'底层写作'中，劳动的尊严更被预先抽去"[1]。同理，《边疆晓歌》每每借此类诗化、仪式化的描写，彰显了六十年代前期知识分子叙事由衷地展现的劳动在审美与伦理上的"神圣庄严"，诚属难能可贵。

与此同步，《边疆晓歌》多以一心"渴望着更不平凡的生活与战斗的快乐"的苏婕为镜，从价值取向上将世俗"与庸俗混为一谈"，以期拒斥或最大限度地压缩世俗生活。

如果说，书中人物万鹏"吃上一段苦，镀上一层金""奔个好前程"之类的市侩意识确实应该批判，那么，当作者描写苏婕猛省自己原来"打算先工作一段，等到了暑假去考大学"的计划是"庸俗"，反感作为对立面的萧若怀"穿着精心"，鄙视垦荒队女护士"空下来就喜欢死抱书本"，则未免有点词锋失度。

值得注意的是，作者还特意从阶级论的视角预设对立面人物万鹏的母亲曾经经营一个烟酒杂货铺，而萧若怀的父亲则是银行旧职员。按照毛泽东《中国社会各阶级的分析》之划分法，均属第三层级的"小资产阶级"范畴。

无独有偶，当年另一部影响深广的话剧也将主人公丁少纯的

---

[1] 李敬泽《短篇小说卷·序言》，《中国新文学大系》（1976—2000）第13卷，上海：上海文艺出版社2009年版，第5页。

"堕落"归咎于其有个开过鲜货铺的丈母娘①。上述作品竞相将"小业主""小资产阶级"家庭出身的青年人形象设置为对立面，耐人寻味，折射出"千万不要忘记阶级斗争"年代斗争面的日趋扩大化。而唯其从"小业主""小资产阶级"乃至"小市民"之"小"处着手警戒、剖析，方能彰显防微杜渐之良苦用心。

蔡翔曾指出：上述六十年代前期的激进青年类型，"这样一种气质或者形式，在中国现代史上，一直是革命或者抗争性政治有效的利用资源，尤其是这一形式内含的激情。当然，这一气质也常常同革命——尤其是体制化的革命产生激烈的冲突"。后一向度可以《组织部新来的青年人》中的林震为例，他连同其塑造者干预现实的受挫，表征着这一谱系"在1957年的某种终结的症候"。"这一终结的原因是多方面的，其中之一，或许因为当社会主义逐渐地体制化以后，它需要的不是反对者，而是生产者，是公共道德和秩序的全面修复"；"但是，只要社会主义仍然需要'继续革命'，仍然需要抗争性政治，那么，它就仍然需要一种反体制的力量"②。深刻道出了激进青年形象的一体之两面，适可以在六十年代前期至七十年代的知识分子叙事史上起承上启下的作用，预示了在那个非常年代，"革命以及革命的抗争性政治"行将"再度征用"黑凤、苏婕、林岚这样一支力量。

① 丛深《千万不要忘记》，《剧本》1963年第10、11期合刊。
② 蔡翔《革命／叙述：中国社会主义文学—文化想象（1949—1966）》，北京：北京大学出版社2010年版，第363—364页。

第五章

历史题材小说的故事新编

一、历史真实与艺术真实的考量

1959年至1961年，史称三年困难时期，如前章所述，期间，"广州会议"以及"新侨会议""大连会议"相继召开，文艺政策间歇性地有所调整，政治对文学的规约也相应宽松，遂使一些心思纤敏的知识分子萌生涉足历史题材的念头。据相关统计，从1961年冬至1963年春，公开发表的历史题材小说便有四十余篇。

1961年3月，《文艺报》刊载由张光年执笔的《题材问题》专论，适可谓题材多样化的理论先导。其敏感性与重要性自不待言，以至多年以后还被《剑桥中华人民共和国史》援引。只可惜海外汉学家的视界偏于一隅，片面地摘取文中"作家艺术家完全可以按照自己的不同情况，自由地选择与处理他所擅长、他所喜爱的任何题材"等词句，旋即推导出"作家们不再必须去描写建设工程乃至阶级斗争；他们现在被允许描写家庭生活，爱情、天性和日常生活的琐碎事情"之结论[1]；反倒是兼具主编与作者多重身份的张光年，字里行间犹透露着欲代言主流意识形态与兼容知识分子主体意识、大胆陈说与小心慎言的纠结：文章一方面呼唤"为了促进社会主义的文艺百花齐放，必须破除题材问题上的清规戒律"，另一方面却时刻不忘"提倡重大题材"。所谓"重大题材"，盖指"艺术地表现工农兵群众在革命斗争中和社会主义建设中变革旧世界，创造新生活的丰功伟绩"。作者既倡导直接描写当前的斗争与建设、"配合当前政治任务"的现实题材作品，又提倡"具有深刻内容的历史题材的作品"。[2]而后者不仅包括了体现工农兵方向的《红旗谱》《红日》以及话剧《万水千山》《战斗里成长》，也能容纳颇具知识分子情怀的话剧《关汉卿》，为历史题材创作的多样化"广开文路"。

同年11月，陈翔鹤的《陶渊明写〈挽歌〉》应运而生。如果说，早些时候发表的吴晗的《海瑞罢官》与曹禺的《胆剑篇》，都有意无意地回避了历史剧中的古代知识分子题材，那么《陶渊明写〈挽歌〉》在此则成为一种昭告，召唤知识分子主体精神魂兮归来[3]。身为五十至六十年代《文学遗产》的主编，陈翔鹤常耳濡目染古典文学作品与研究文献，其创作历史小说自然合乎情理，只是置于彼一时刻，作家的心理动因或许蕴涵着文学兴趣之外的更

---

[1]　麦克法夸尔、费正清编《剑桥中华人民共和国史》上卷，谢亮生、杨品泉等译，北京：中国社会科学出版社1990年版，第402—403页。
[2]　张光年《题材问题》，《文艺报》1961年第3期。
[3]　陈翔鹤曾有心"要把十二个他喜欢的历史人物演义成小说"。参阅陈开第、祁忠《我的父亲陈翔鹤》，《新文学史料》1989年第4期。

多微妙因素。

1962年4月，黄秋耘的《杜子美还乡》在《北京文艺》发表，是呼应亦是激赏——历史题材中的知识分子主体似乎正渐入佳境；孰料是年9月中共中央八届十中全会在北京召开，毛泽东在会上发表"千万不要忘记阶级斗争"的讲话，并提出"利用小说进行反党活动，是一大发明"①，其指涉对象恰是现代历史题材小说《刘志丹》。紧接着的10月，陈翔鹤的《广陵散》在《人民文学》发表，不免令人心生疑虑：作者竟然毫不避讳顶风作案的嫌疑。与其说出自一种故意涉险的书生意气，不如说缘于作者尚未充分意识到作为知识分子题材的历史小说同样具有政治敏感性。

上述三篇历史小说的发表，其意义远不止题材领域的开拓，而自有其别具的幽怀。与其视作知识者"双百"时期受挫后疏离现实、遁入历史的某种退缩，不知说是知识分子叙事的一次迂回性进击。

彼时历史小说、历史剧的创作观念不时围绕着"历史真实"与"艺术真实"、史实与虚构之两极争论不休。仅以1962年至1963年这一时段为例，反响颇大的便有李希凡与吴晗的系列论争，李希凡与朱寨的论争②。然而作为历史小说关节点的"政治真实"

① 毛泽东《1962年在八届十中全会上的讲话》，《人民日报》1967年6月4日。
② 参阅吴晗《谈历史剧》，《文学评论》1961年第3期；吴晗《历史剧是艺术，也是历史》，《戏剧报》1962年第6期；李希凡《"史实"和"虚构"——漫谈历史剧创作中的历史真实与艺术真实的统一》，《戏剧报》1962年第2期；李希凡《"历史知识"及其他——再答吴晗同志》，《戏剧报》1963年第6期；朱寨《关于历史剧问题的争论》，《文学评论》1962年第5期；李希凡《历史剧问题的再商榷——答朱寨同志》，《文学评论》1963年第1期；李希凡《'历史剧'是题材的标志，还是'事实'的概念——再答朱寨同志》，《文学评论》1963年第2期。

却被忽略了，其每每隐身于所谓的"艺术真实"之后。

"政治真实"很大程度上是一种契合于"政治正确"的价值理念，它以毛泽东思想为核心，糅合各种政治目的论不断生成、变化。对此，作为"两个'小人物'"之一出道的李希凡尚且不无懵懂①，更遑论黄秋耘、陈翔鹤。此后还是江青一语惊醒梦中人。1964年，江青特意召见了李希凡，谈及李与吴晗辩论历史剧问题，称："他的《海瑞罢官》，就是宣传'三自一包'单干风影射现实，批评吴晗，要批在点子上，什么历史真实，什么艺术虚构，哪个历史剧不是迎合现实的某种需要，借古讽今？"棒喝："不要书呆子气。"②

依照主流意识形态的观点："我们写历史剧，并不是由于热爱古人，倒是由于热爱今人，不是要为古人作传，而是当作革命文艺工作来做的，因此要求做到古为今用。"③随着时潮日趋激进，即便立论一向自持内敛的学者如余冠英等也难免随波逐流，他词锋凌厉地称："'为历史而历史'只是骗人的鬼话。今人写古代题材总归是为今人服务，而不可能是为古人服务的。写古代题材的作品，它的用处并不像一些人所想象的，只是介绍历史知识和引起读者对历史的兴趣。它虽然不能和写现代无产阶级英雄人物的作品相提并论，却也应该把鼓舞人民教育人民作为它的主要任务。如果从无产阶级政治利益出发，用批判的态度分析历史传说，从历史传说里挖掘出有思想光辉的东西，加以突出，付以新生命"，

---

① 1954年，毛泽东曾撰文支持李希凡、蓝翎"两个'小人物'"批判俞平伯的《红楼梦简论》的文章。参见毛泽东《关于红楼梦研究问题的信》，《毛泽东选集》第5卷，北京：人民出版社1977年版，第134页。
② 李希凡《李希凡文集》第7卷，上海：东方出版中心2014年版，第383页。
③ 张真《论历史的具体性》，《剧本》1961年5、6月号。

"这样古为今用的作品才是人民所需要的"。①

　　"十七年"历史小说择取的方式理应是如此这般的"古为今用"，强调"艺术真实"（实质上乃是"政治真实"的代名词），而忽略"历史真实"；强调为革命服务，而忽略身处边缘的知识分子的主体性与文学性。值得注意的是，陈翔鹤与黄秋耘似乎始终未能对"艺术真实"之深层含义充分领会，同步跟进，在具体创作中不时偏侧于忠实"历史真实"抑或追求"艺术真实"之考量，故而流诸笔端的"故事新编"每每呈现出多重矛盾。或有违主流价值观念，或不时陷入自身创作意识的悖论，由此形成了两个"真实"维度之间复杂且微妙的诸多罅隙。

二、还原历史与干预现实的偏侧

　　与创作中严守历史真实抑或追求艺术真实之考量密切关联，黄秋耘和陈翔鹤创作历史题材小说的意图亦时有抵牾。

　　纵观其一生，黄秋耘堪称"一个抱有虔诚而深刻的人道主义情怀的理想主义者"②。从"双百"时期秉笔直书，倾力呼唤"不应该在人民的疾苦面前心安理得地闭上眼睛，保持缄默。如果一个艺术家没有胆量去揭露隐蔽的社会病症，没有胆量去积极地参与解决人民生活中的问题，没有胆量去抨击一切畸形的、病态的和黑暗的东西，他还算得上是什么艺术家呢"③；到三年困难时期，演

---

① 余冠英《一篇有害的小说——〈陶渊明写挽歌〉》，《文学评论》1965年第3期。
② 与其情同父女的张抗抗将黄秋耘称为"一个抱有虔诚而深刻的人道主义情怀的理想主义者"。张抗抗《遗墨摩挲泪几行》，《随笔》2002年第5期。
③ 黄秋耘《不要在人民的疾苦面前闭上眼睛》，《人民文学》1956年第9期。

义《杜子美还家》，揭示"民不聊生，哀鸿遍野"的社会现实，黄秋耘可谓一以贯之地正视"人民的疾苦"，为人民鼓与呼。

然而，究其本意，创作《杜子美还家》究竟是有意借古讽今、干预现实，抑或并无将历史人物、事件当代化的主观动机，却值得研究者悉心梳理、辨析。

1957年"反右"运动初起，黄秋耘因曾倡导干预生活而遭致批判。虽及时检讨自己"勇于除旧，而惰于布新；善于破坏，而拙于建设；执着于小者近者，而忘记了大者远者"，并违心地承认"就目前来说，右的倾向毕竟要比'左'的倾向危险得多"①，而侥幸"漏网"，犹悬于"划和不划之间"的险境。如此身份与境遇不免使其创作时心有余悸。

在《杜子美还家》发表的前两个月，他曾特意写了一篇题为《谈谈细节的真实》的文章，强调文学创作应该付诸"缜密的调查研究、详尽的笔记"，通过细节的真实来达臻真实②。而细读文本，作者似乎过度拘泥于史实，尽量引经据典，摘录排比杜诗内容与相关史书、诗话材料，言必有据，少有飞腾的想象，更难得大胆的"故事新编"。

个中原因，除却个人艺术才情的局限外，很大程度上缘于作者唯恐想象、再创造犯忌，创作心态过于紧张。在中国传统历史小说观念中，若"处理信而有征的事实"，每每"得与'真相'或'真理'连成一气"；而想象、再创造则属于"'遐思'或'迷

---

① 黄秋耘《批判我自己》，《文艺学习》1957年第9期。
② 黄秋耘《谈谈细节的真实》，《古今集》，北京：作家出版社1962年版，第196页。

思'"之流①。

　　依据文本及作者的上述创作心态，笔者认为，在彼一壁垒森严的政治语境中，黄秋耘主观上其实并无直接影射现实之意图。二十世纪七十年代《人民日报》上的批判文章之所谓"吴晗的《海瑞罢官》是骂皇帝的，《杜子美还家》也是骂皇帝的"②，纯属望文索隐、欲加之罪；而浩劫过后相关评传激赏其"写诗人杜甫还乡，目睹'民不聊生，哀鸿遍野，自己也命途多舛'的悲凉情形，其影射现实的意图昭然若揭"之说也不无"事后诸葛亮"之嫌。③

　　至于二十多年后，黄秋耘重拾往事说过的这样一段话"我那篇历史小说《杜子美还家》之所以被指斥为'特大毒草'，只因为它写到了灾荒，虽然是一千多年前唐代安史之乱后的灾荒，也不免有借古讽今的嫌疑。其实说我'借古讽今'也没有冤枉我，假如一九六〇年秋天我没有重返三堡村，就写不出像《杜子美还家》这样'为民请命'的历史小说。不过，当年羌村的父老还有薄酒送给杜甫，在三年国民经济困难时期，试问还有哪一家农户能够拿得出薄酒送人呢？"④也纯系孤证。令人联想起历史剧《海瑞罢官》这一公案，当年大批判时被批判者百般声辩，欲竭力推脱、洗刷"影射现实"之罪名，而今却多有史家轻易认可、接受这一

---

① 王德威《历史·小说·虚构》，收入《想像中国的方法：历史·小说·叙事》，北京：生活·读书·新知三联书店1998年版，第298—299页。

② 转引自海帆《沧海横流方显志士本色——黄秋耘先生奇崛生平事略及简评》(下)，《新文学史料》2005年第2期。

③ 海帆《沧海横流方显志士本色——黄秋耘先生奇崛生平事略及简评》(下)，《新文学史料》2005年第2期。

④ 黄秋耘《风雨年华》，《黄秋耘文集》第4卷，广州：花城出版社1999年版，第175页。

说法，借此塑造一名以死犯谏的"道义英雄"之反复。

时过境迁，黄秋耘终于可以如此坦率地主动交代。与其猜测这是否属后知之明而无果，不如将此归结为历史迷雾散尽，水落石出，作者得以更自觉地凸显、张扬彼时崇尚知识分子主体"为民请命"的信仰。

无独有偶，陈翔鹤对于历史真实也有着一种近乎严苛的信守。在写作中，他常常对作品所涉及的史实、文物风情多方考证，就古人服饰、习俗等问题实心实意地求教于友人沈从文。他还在沈从文的陪同下，"重去参观故宫。丰富的风情文物知识，加强了小说细节的真实性。作品写好后，又交付给沈从文阅览，直到细节上没有疏漏为止"。①

与上述恪守历史真实的向度似有抵牾，谈及《陶渊明写〈挽歌〉》与《广陵散》的创作动因与意图，冯至的说法令人眼界一新："从一九五八年底到一九六〇年，古典文学研究领域内曾开展过一次关于陶渊明的讨论，大部分文章都在《文学遗产》发表，翔鹤作为刊物的主编，自然也要对陶渊明做较为深入的研究。他认为，这样的讨论对于推动古典文学研究的开展是有益的，但大都是围绕着陶渊明的诗歌是否现实主义、有多少现实性和人民性等问题进行争论，而对于诗人的思想和内心活动注意不够。""翔鹤的用意，是要从'知人心'方面来描绘历史人物。给古代著名的诗人每个人都绘制一幅剪影，通过具体的事迹体现他们的内心活动和思想特点。这样做，对古人也许会有所歪曲和误解，不符

---

① 陈开第《陈翔鹤与文学遗产》，选自《文学遗产纪念文集》，第164页。

合实际，但力求用历史唯物主义的观点方法，探索诗人的精神世界。"①——强调作者为了"知人心"，为了展示"诗人的精神世界"，绘制人物的"精神剪影"，不惜对古代人事有所剪裁乃至改写。这便与卢卡契所谓的历史小说的重心"不在于重述伟大的史事，而在于将史事中出现的人物以诗的方式使之复苏"这一动机不谋而合②。

洪子诚将彼时历史剧、历史小说的特征概括为"借'历史'以评说现实"，认为这些小说"写到不公正的社会现象，写到报国无门的文人对现实的忧虑和慨叹——正直者的仗义执言，以'道'抗'势'，却得不到当权者的信任，反遭迫害。作品中常流露出传统文人的忧国忧民的情绪"。非常年代中，"对它们的批判，主要攻击它们'微言暗讽，影射现实'，'影射'，如果不一定指人物、细节与'时事'的直接对应和比附，而指作品的取材集中点，指整体的情绪、意向的话，这种说法，也不是没有一点道理。从根本上说，写作历史剧、历史小说的作家的意图，并非要重现'历史'，而是借'历史'以评说现实"。③也有史家提出了相反的观点："此时小说家眷顾传统，看似与如火如荼的时代疏离，而实际上，却也是有意识地摆脱一种僵化的思维模式，向传统和本土寻找理想的思想资源，继续担当起知识者的责任。因为写历史题材，小说也就不必把一些应时的文字写进作品；又因为避免影射现实，

---

① 冯至《陈翔鹤选集》序，《陈翔鹤选集》，成都：四川人民出版社1980年版，第6—7页。

② 转引自王德威《想像中国的方法：历史·小说·叙事》，北京：生活·读书·新知三联书店1998年版，第303页。

③ 洪子诚《中国当代文学史》（修订版），北京：北京大学出版社2007年版，第132页。

描写可以尽量地流连于古代的人事之间，将小说家对现实的意见隐蔽在人物和故事中。"①笔者认为，两种观点看似悖反，却各自从一个深刻的片面洞察了彼时历史小说的创作心态，相反相成地构筑出作者相对完整的心理结构图景：作家们既谨守历史真实，又试图超越历史真实；既努力规避影射、回抱传统，又试图介入现实，让读者临镜自省，以古鉴今。在借历史评说现实抑或隐退、流连于古代的人事之两极进退两难。而其中，《陶渊明写〈挽歌〉》与《广陵散》则相对成功地得以拥抱两极，融通古今。这在很大程度上得力于作者"能够以今人的眼光，洞察古人的心灵"，"心有灵犀一点通"②，从而达臻一种重在写意而非写实、更非"实写"，追求神似而非形似、失事求"似"的境界。

有别于《杜子美还乡》的缺乏沉淀，清心直说，立竿见影；陈翔鹤写作《广陵散》"并非一时的即兴"。他对于嵇康"在受刑之前从容不迫顾日影而弹琴的事迹，尤为欣赏"③，早在沉钟社时期，便曾不止一次地向冯至谈起这个故事。由此可见，四十余年来，这一意境一直在其头脑里蕴蓄着，萦绕不去。至于《陶渊明写〈挽歌〉》，若就比附具体时事而言，"其实并没有什么'微言大义'"④。要紧的是其主题思想，看似散淡，其实高度凝练。

顾名思义，两篇小说，一为挽歌，一为绝响，有意无意间，沉钟社旧人陈翔鹤将此意象连通了其永远心仪的"沉钟"意境。

① 董之林《热风时节：当代中国"十七年"小说史论（1949—1966）》，上海：上海书店出版社2008年版，第11页。
② 秋耘《空谷足音——〈陶渊明写挽歌〉读后》，《文艺报》1961年第12期。
③ 冯至《陈翔鹤选集》序，《陈翔鹤选集》，成都：四川人民出版社1980年版，第8页。
④ 黄秋耘《"十年生死两茫茫"——追念陈翔鹤同志》，《文汇增刊》1980年第5期。

三、"事业人"与"义理人"的抉择

　　海外学者不无敏锐地注意到了二十世纪六十年代初文艺界这一波集体怀旧、悼古悲今的感伤思潮。大量的二三十年代上演过的舞台剧与电影纷纷登场，其中的主人公大都是"在革命当中进退两难的、疑惑的、痛苦的、感情矛盾"的知识者，"不能确知应朝哪条路走"①。倘若将此般退入过往、退入历史，不仅读作一种彷徨，也视为一种向传统"寻找理想的思想资源"、即所谓以退为进的策略，那么选择魏晋、唐宋时期的历史题材创作小说显然走得更远。作者们自觉非自觉地遥感着古代士人的风骨，心应着一种古今情同的况味。

　　小说定格的时间分别是深秋、隆冬季节，传递出"秋夜的萧瑟"抑或冬日的寒冷氛围，因应着陶渊明、杜甫、嵇康渐入晚境的时间叙事。然而，三位主人公的知识者主体精神却被此类衬景反衬得越发激昂、热烈。

　　叙事时间在退，叙事空间亦然。三篇小说不约而同地凸现了"家"这一空间，而主人公的归家之路也如出一辙，都是告老还乡的情节模式。

　　"归家"在历史表象中原是一种回归隐逸的姿态，其消极与无为每每会被主流意识形态视作传统文人的软弱与颓唐；而在文本中却被悉心捕捉出一种韬光养晦、以退为进的主体精神。"归家"使陶渊明、杜甫与嵇康获得了士人主体灵魂的安放，与随之而来

---

① 麦克法夸尔、费正清编《剑桥中华人民共和国史》上卷，谢亮生、杨品泉等译，北京：中国社会科学出版社1990年版，第412页。

的生生不息的济世力量。

"家"这一空间架构在三篇小说中不约而同地成为躲避官场风雨侵袭的居所，对应着知识分子主体"在野"的姿态。尤为引人注目的是，《广陵散》中的嵇康甚至一再退隐回归：由庙堂回归洛阳家园，复又回归故乡山阳旧家，直至终于无"家"可遁。

三篇小说的叙事范式大体相近，每以第三人称主人公的所见所闻、所思所想逐步展开，并辅之以全知叙述视角的叠合。作品并不回避种种看似琐碎芜杂、日常生活化的细节，恰是为了营构人物背后的时代背景与文化氛围，回归故家的同时亦心系天下，从而达臻"心事浩渺连广宇"的知识分子主体心境。

五六十年代，即便在历史题材领域，其主流叙事也已然被以工农兵为主体的革命史诗所占据。而勾勒三位不得志的士人虽难能达成史诗般的宏阔，却亦并非一味流连于自怨自艾、顾影自怜的小格局。倘若说，彼时的革命历史叙事更倾向于表现外部世界与事件的雄浑，那么这三篇小说作者所执着的，恰是内心世界中被压抑了的锋芒与狂放。希图经由文字的铿锵与激越，形成一种恢宏阔大的内心格局。

结构上，三篇小说皆以"朝"与"野"的两分法统辖全文。出则兼济天下，入则独善其身，这是古代士人仕途抉择的惯有模式。然而细细读来，小说并不流于概念化，而是将此抉择转换为内心深处所谓"事业人"与"义理人"的驳诘辩难。

《广陵散》中，嵇康有言："他（山巨源）称我为'义理人'，我就称他为'事业人'"。耐人寻味的是，此处陈翔鹤并未囿于俗见，扬此抑彼，而是紧接着借嵇康之口，恰如其分地表达了从政者（事业人）之不易——"要真正有识度，才能有真正的事业，也才有才能去理解别人"。以此标准衡量山巨源之外的官场，"其余的为公为卿者，都只不过是窃禄贪位、蝇营狗苟之辈罢了"。①这比一味简单化地贬抑从政者显然要深刻。

虽则嵇康及其身后的作者都认为，"事业人"未必因此而庸俗，即以山巨源为例，做了大官后，"个人意趣还是流连在披襟解带，一觞一咏之间呢"。而"义理人"（隐士）亦未必就能想当然地超尘拔俗，一如向秀，"勉强算得是个'义理人'。可是他为人太软弱，经不起刀锋口在他头上晃上几晃！"②然而，他还是毅然写下了那封著名的与山涛绝交书。

如同作品中嵇康坦言的，他之所以写此绝交书，本意并不在于拒绝山涛，而是唯恐自己"不堪俗流，怕滚入漩涡中去"③。换言之，这是他心中从政抑或从文情结多重纠结的背景下，拒斥、了断自身所怀"事业人"念想的一份绝交书。

新中国成立后，陈翔鹤一度出任川西教育厅厅长等职，却难能施展所长。相反，因在彼时此起彼伏的批判运动中被指责组织不力、态度不坚决，而屡屡检查，最终直言"干不来"而弃政从文。自此"只想一辈子与人无患、与世无争，找一门学问或者文艺下一点功夫"。至于因此说他"革命意志衰退。根据是他经常跑琉璃厂、旧书铺，而且还爱弄个兰花什么的"，④则纯粹是欲加之

---

① 陈翔鹤《广陵散》，《人民文学》1962年第10期。
② 陈翔鹤《广陵散》，《人民文学》1962年第10期。
③ 陈翔鹤《广陵散》，《人民文学》1962年第10期。
④ 陈开第、祁忠《我的父亲陈翔鹤》，《新文学史料》1989年第4期。

罪。他又何尝不想干一番"真正的事业"，实乃不得已而韬晦，无奈中认同了中国历史上嵇康、陶渊明式的隐逸传统。

较之陈翔鹤，自称"'非正统'的革命者"的黄秋耘其弃政从文的姿态似乎更主动些。新中国成立初期，他曾在中共中央联络部、新华社福建分社任职，却"一心想到文艺界去"。所以执意从文，其动因"根植于他从小就有的强烈的文学情结"。他认为："无论干什么，都不如按照自己的意愿畅快地写一篇文章那么称心惬意！"一如识者所诠释的，"希望'按照自己的意愿'写文章，其实就是追求乃至享受写作的乃至心灵的自由"。鉴于进了中联部很难调出，他甚至不惜曲线调动："先去了中国新闻社"，"然后再到新华社福建分社任代社长"[1]，最后才辞职，如愿去了中国作协属下的《文艺学习》当编委。

更引人注目的是，1970年，广州军区政治部要从干校学员中选人去省革委会宣传办公室工作。看中了他，"当时黄秋耘还婉言谢绝，表示世界观没有改造好"。其时身为"臭老九"的他正处于逆境之中，却谢绝了别人求之不得的机遇，足可见其文人心态根深蒂固。

纵然在野，黄秋耘又何尝真忘情政治。他依然难以逍遥，甚至寝食难安，在朝时未能实现的抱负此刻被转化为一种为民代笔、与民"同歌同哭"之志向，属望有限的正义至少可以在诗学层面得以重建。

上述心态与情结压抑久久，在《杜子美还家》的结尾皆化作

---

① 海帆《沧海横流方显志士本色——黄秋耘先生奇崛生平事略及简评》（下），《新文学史料》2005年第2期。

笔下人物火山爆发式的内心独白：

> 杜甫含着眼泪把几位父老送出门，心里想："不管怎样，我总得为这些老乡们奋斗，为恢复大唐的一统江山而奋斗，为拯救多灾多难的人民而奋斗。如果我在政治上不能有所作为，那么，至少可以用我的诗，我的笔。"
>
> 的确，七八年来，杜甫一直用的他的挥斥风雷、感人肺腑的诗篇在战斗着。他的有名的政治讽刺诗《丽人行》，不是使权贵都为之变色么？他的"朱门酒肉臭，路有冻死骨"的名句，不是使豪门都为之侧目么？他的反对侵略性战争的《兵车行》，不是使穷兵黩武的将官们都为之切齿么？在老百姓和有正义感的士大夫中间，有多少人读着他的诗篇而痛哭流涕？！又有多少人读着他的诗篇而敌忾同仇？！他知道，有时候，谏官之笔写不出来的，诗人之笔倒可以写得出来，作为一个谏官所办不到的事情，作为一个诗人却可以办得到。对于这一点，杜甫还是有充分的自信心和自豪感的，他从来不曾有过"枉抛心力作诗人"的懊悔。①

细读文本，杜子美那不无当代化的话语，诸如"奋斗""人民"，分明流露出二十世纪知识者的心态与语境；而《杜子美还家》，则俨然成了黄秋耘"双百"时期写的议论文《不要在人民的疾苦面前闭上眼睛》的小说版。更耐人寻味的是，作者笔下不仅出现了

---

① 黄秋耘《杜子美还家》，《北京文艺》1962年第4期。

"为人民而奋斗"一类的理想，而且其赋予士人的地位也隐隐地由被拯救者，转而蜕变为拯救者。

《杜子美还家》里，由杜甫所激扬的中国传统的民本主义、儒家的"为民请命"等思想，均被作者统合、兼容进他那"虔诚而深刻的人道主义情怀"中。深究这一人道主义思想的源流，"较多受西方文学影响"，其中尤以法俄不无激进的人道主义传统为本。在其自传体小说《人约黄昏》里，黄秋耘曾借主人公丁梦岚之口如是说："革命固然是绝对正确的，但是高出于绝对正确的革命之上的，还有一个绝对正确的人道主义。"①这段话语脱胎自雨果的长篇小说《九三年》。现实生活中黄秋耘不时勉力缝合革命原则与人道主义之间时而出现的裂隙，凸显了这一自命的"'非正统'的革命思想"的先在局限。

除却革命与人道主义的吊诡，另一对矛盾则是如何摆正、厘清知识分子与人民的关系。

四十年代时，黄秋耘曾将罗曼·罗兰的《约翰·克利斯朵夫》解读为"凡是并非来自民间而是走向民间的人，可以从约翰·克利斯朵夫身上，看到一个最英雄的范式"②。后来，他又谈及自己原本喜欢《约翰·克利斯朵夫》，但在邵荃麟的引导下转而去翻译罗兰的《搏斗》之动因，缘于邵认为知识分子的个人战斗倘若脱离人民力量与集体主义，哪怕壮烈牺牲也终将是无谓的徒劳；

---

① 黄秋耘《"龙蛇之蛰，以存身也"》，收入黄秋耘《人约黄昏》，广州：花城出版社2004年版，第250页。

② 黄秋耘《从〈约翰·克利斯朵夫〉论知识分子的自我改造》，《黄秋耘文集》第2卷，广州：花城出版社1999年版，第11页。

而《搏斗》恰是罗曼·罗兰用唯物主义的观点批判克利斯朵夫的个人主义的反思之作。

撇开《搏斗》具有的多重意蕴，恰能透露黄秋耘渴望作为"个人"的知识分子主体深入集体、深入民众的价值诉求。为此，黄秋耘还特意让邵荃麟作序①，从中自可见出其与邵荃麟在渴望改造思想这一契合点上的共鸣。至于胡风讽刺邵荃麟何以能给《搏斗》作序，则显然未能洞察黄秋耘这一潜在的良苦用心。

恰如黄秋耘指出的：人民大众的强烈生命力是解除约翰·克利斯朵夫苦海的诺亚方舟，"即使他用骷髅似的脚步踏住了它，他也将会得救而慢慢地坚强壮大起来"②。然而曾几何时，被作者奉为引渡、拯救知识分子灵魂的厚实载体的人民，在《杜子美还家》中却变作需要知识者为之请命，拯救其于多灾多难中的对象？倘若说五六十年代小说中的农民阶级曾被升华为高大全的工农兵英雄形象，那么历史小说里黄秋耘心目中的农人则还原出它弱势的地位，似乎更接地气，俨然成了苦难大地的肉身化。

于是，正如以塞亚·伯林所针砭的知识者托尔斯泰的内心矛盾，同样地复沓出现于黄秋耘以及陈翔鹤身上："他们走入民间，却又拿不准自己是去教、还是去学；他们不惜牺牲自己性命去争取的'人民福利'是'人民'事实上欲求之利，还是只有他们改革者才知道的人民之利"；"一边称颂精神和谐、朴简、人民大众，

---

① 黄秋耘《往事与哀思——追念邵荃麟同志》，收入《丁香花下》，天津：百花文艺出版社1981年版，第67页。

② 黄秋耘《从〈约翰·克利斯朵夫〉论知识分子的自我改造》，《黄秋耘文集》第2卷，广州：花城出版社1999年版，第7页。

一边心仪少数精英之文化及其艺术；既不屑于社会上文明人士的腐化，又力言此等人士有将人民大众提升于与己相齐的水平的直接义务；一面执着于热烈、质朴、片面信仰之生产动力与破伪除妄作用，一面因眼光锐利而有感于事实之复杂。复因启蒙以后的怀疑主义而不免行动无力"。[1]

《杜子美还家》中，杜甫一面放言启蒙、拯救，一面却善意地欺骗父老乡亲，安慰他们说："大局是不要紧的，官军有充分的力量"，"肃宗皇帝也是个圣明天子，一定很快就能够把天下治理好。他明知道这些都是半真半假的空话，但是，他又怎能够把自己所看到的，所想到的，都毫无保留地告诉这些老百姓呢？"[2]于自觉非自觉间，陷农人于蒙昧中，泄露了士人俯怜众生式的优越感以及那番"为人民奋斗"豪言壮语后的软弱无力。

而《陶渊明写〈挽歌〉》《广陵散》中的陶潜、嵇康，虽看似归隐田园，躬耕自资，或打铁乡野，灌园种菜，却又何尝真的融入野地，"走入民间"！"心仪少数精英之文化及其艺术"的他们，骨子里依然是精神贵族，高蹈超拔，卓然不群。无怪《广陵散》结尾，作者虽未将全场的百姓直指为看杀场的"看客"，却匪夷所思地这样描述：闻道广陵散终成绝响，"大家这时才如大梦初醒似的，心里觉得十分宁静、感动"……死之沉痛，竟以如此平静、淡漠之笔应对，彰显出士人与大众之间何其深刻的隔膜。

---

① 以塞亚·伯林《俄国思想家》，彭淮栋译，南京：译林出版社2003年版，第303—304页。

② 黄秋耘《杜子美还家》，《北京文艺》1962年第4期。

四、历史普及读物与旷世绝唱的重奏

彼一时期知识分子叙事的另辟蹊径、突入历史题材领域，预示着文体与审美亦随之衍生拓展的或一可能性。

陶渊明、杜甫、嵇康皆有经典诗文传世，对此进行故事新编时，如何借助其既有的古典意象、意趣、意境谋发展，使之开出新境，这无疑是当代知识者创作此类历史小说时无可回避的问题与机遇。

而语言形式上，究竟是文白兼用，文白夹杂，抑或努力调和白话与文言，将文言趣味隐匿于内里，外观则是白话，这也是此类小说创作时无可回避的试炼。

有鉴于上述难题与考验，写作此类小说的理想人选理应学贯中西，连通古今。例如冯至，四十年代曾著有《伍子胥》，六十年代又创作了《白发生黑丝》；而陈翔鹤不仅兼具中国古典文学与西方文学的修养，身为其时古典文学研究重要刊物《文学遗产》的主编，他还亲自组织、参与了专业领域内开展的一次关于陶渊明的研讨，并做过"较为深入的研究"；即便黄秋耘，虽一度投笔从戎，然缘于舅父与叔父皆为南社诗人，受其影响，一生喜欢古典诗词，西方文学方面，他曾与人合作，翻译了罗曼·罗兰的长篇小说《搏斗》，在彼时也不失为人选。

黄秋耘不仅在《杜子美还家》中借杜甫之口高张"为人民写作"之宗旨，而且在自身的创作中也身体力行。有意无意间，小说的形式便自然而然地被定格为历史普及读物。虽难于达臻老妪能解的程度，但至少力求通俗易懂。有鉴于此，如何深入浅出地向大众传递杜诗的精粹与韵致，便成了作者绕不开的挑战。

然而，既有杜诗的修辞、意象及气韵不仅未能化为作者驰骋想象的基石，相反，每每成为他磕磕绊绊、马失前蹄的障碍乃至陷阱。作品时而直接摘引杜诗，时而不无机械地将杜诗翻译成白话，文白夹杂，诗味夹生；却不能从容裕如地融通诗与小说、文言与白话，借重杜诗来为小说遣词写意，进而化用杜诗意象、意境为作品造境。

此外，作者强烈的忧国忧民之忧患意识这一先在，致使他的视阈过多地局限于杜甫的讽喻诗，如《羌村三首》《北征》《两当县吴十侍御江上宅》等诗作，仅仅从那些反映民间疾苦、希图达于圣听的诗文中寻觅素材与灵感，这多少使笔下的杜甫形象显得有点平面化，未能超越五六十年代语境中依照"人民性"的概念改写、重构了的"杜甫"形象之呆板。

更遗憾的是，因着作者"性格耿直不会曲径通幽"，加之"大众化"的审美情趣的过滤，其文字一味清心直说，质直明快，却少了一点蕴藉，致使作品未能感染、体悟、传达出一如杜诗般沉郁顿挫的神韵。

前引结尾杜甫"为拯救人民"的那番内心独白，未免流于标语口号式的俗套；还不如此前他敲着灰瓦碟子，为父老乡亲引吭高歌之作更其感人：

> 有客有客字子美，
> 白头乱发垂过耳。
> 岁拾橡栗随狙公，

天寒日暮山谷里。

中原无书归不得，

手脚冻皴皮肉死，

呜呼一歌兮歌已哀，

悲风为我从天来！

长镵长镵白木柄，

我生托子以为命。

黄独无苗山雪盛，

短衣数挽不掩胫。

此时与子空归来，

男呻女吟四壁静。

呜呼二歌兮歌始放，

邻里为我色惆怅。①

    舍弃杜甫律诗之精谨，而独取其寓诗史于歌行、"出语粗放"之作，恰恰透露了作者苦心为老百姓量身定制，择取《乾元中寓居同谷县作歌七首》之前二首那一番用意。然而，杜甫时代的底层农民（而非乡间逸民）能否有此闲心逸致读解此类诗歌犹需存疑。所谓"白居易诗老妪能解"之类的说法说大抵是其时文士的一厢情愿，而被当代崇尚"人民性"的学人如获至宝、为我所用而已。退一步而言，即便此作确为杜甫时代"老百姓喜闻乐见"

---

① 黄秋耘《杜子美还家》，《北京文艺》1962年第4期。

的形式，也未必能赢得二十世纪五六十年代人民大众为其知音。即以内中"狙公"典故为例，此典出自《庄子·齐物论》，其爱狙心切却又不得不付诸虚诳的行动，暗喻杜甫聊以善意的谎言应对乡亲之隐痛。如此隐晦表达，微言大义，试问工农兵何以解得？

内心独白运用白话，却脱不了彼时流行话语之窠臼；引吭抒情择取文言（确切地说是半文半白），又曲高和寡。作者倾心为人民写作，却频频授受错位。与其将此尽然归咎于作者略输才情，"缺乏小说艺术的文体感"[1]，不如正视这确乎是一个古今难解的命题。

有别于黄秋耘"为人民"执笔之宗旨，以及由此派生的"大众化"的美学追求；陈翔鹤的历史小说则显然面向知识界。挥之不去的知识分子趣味，使其无意拘泥于社会现实，而更多地致力于"使艺术之境萧然独立"。

语言形式上，《陶渊明写〈挽歌〉》与《广陵散》看似畅达的白话，细细品味，文字下却蕴蓄着文言趣味与古典文学渊源。确切地说，陈翔鹤以白话为基础，化用部分文言词汇以及新名词与西洋句法文法。受益于沉钟社时期诗文创作的修炼，其"对于文字性能具特殊敏感"[2]，虽亦悉心炼字铸句，却形似漫不经心，自然天成。

---

[1] 海帆《沧海横流方显志士本色——黄秋耘先生奇崛生平事略及简评》（上），《新文学史料》2005年第1期。

[2] 参阅沈从文《短篇小说》。沈从文称："一切艺术都容许作者注入一种诗的抒情，短篇小说也不例外。由于对诗的认识，将使一个小说作者对于文字性能具特殊敏感，因之产生选择语言文字的耐心。"《沈从文全集》第16卷，太原：北岳文艺出版社2002年版，第505页。

有意思的是，如果将知识分子叙事的类型特征归纳为思想型、抒情型、干预型三种，那么六十年代初这三篇历史题材小说的代表作则恰好分别表征了三种审美倾向。《杜子美还家》表征着干预者介入现实，直面民间疾苦的强烈倾向；《广陵散》抒发了士人百转千回，终成绝响的旷古之情；而《陶渊明写〈挽歌〉》则以主人公的哲人风神与通篇哲思格调，成为五六十年代思想型小说的滥觞之作，丰富了思想型小说的内容。

《陶渊明写〈挽歌〉》在知识分子叙事由客观写实转向主观写意的过程里，从强调个人情性的古典诗文传统中觅得了题材与灵感。看似玄妙的参悟生死的思理辩证下，暗含着作者现实中的境遇与感怀。曾几何时，"沉钟社几人在党的领导下努力改造思想，克服过去悲哀孤寂的情绪"[①]，孰料几经曲折，依然一人向隅。"人生实难，死之如何？"如此向死而生，委运任化，"消极"中何尝不蕴有某种追慕"不委屈而累己"的人生的积极。

同样注重写意，注重"知人心"，《广陵散》对主人公的心理描写、精神刻画更其委曲尽致且从容舒展。

较之黄秋耘塑造的杜子美形象的相对平面化，陈翔鹤笔下的嵇康显然属于圆形人物。他"不堪俗流"，却不避俗趣。作者并不回避写他对人间风物、日常生活情趣的耽嗜与寻味：打铁时嗬嗬有声，那是"他对于铁和火花的一种礼赞"；治田种药时自得其乐，那是他"导养服食之术"的或一途径；至于举觞痛饮之际，醉翁之意岂在酒，自有他"'且趣当生，奚遑死后'的旨趣"……

---

① 冯至《鲁迅与沉钟社》，《冯至全集》第4卷，石家庄：河北教育出版社1999年版，第216页。

所谓大俗近雅，化俗为雅，即便在这些日常化、世俗化的描写中，依然无改（准确地说愈加凸显出）他那高华俊逸的贵族风神。

作者一方面恪守历史想象的合理限度，一方面又纵容人物的主体精神扩张。承传中国古典文学注重营造意境的传统，借鉴、调用域外文学善于渲染情景的笔法，写至情酣意畅时，终于使作品达臻了如是情境交融的境界：

> 于是他抬起头去望望天空中的太阳。这时日尚偏东，距离行刑的正午刻还有一段时间。中原地带的气候虽然比较温暖，但今天的太阳却显得白惨惨、冷飕飕的，大有点"幽州白日寒"的意味。
>
> 嵇康盘腿坐着，将琴放在膝间，校正了弦徽，调好了琴弦，然后便洞东、东洞、悠悠扬扬地鼓弹了起来。起初，琴音似乎并不怎样谐调，这正表明着弹者内心还有些混乱，精神不大集中，未能将思想感情灌注到琴弦上去。随后，跟着曲调的进展，琴音已由低沉转向高亢，由缓慢趋于急促，这样便将鼓弹者和聆听者都一步一步地一同带到另一种境界里去了。这是一种微妙的境界，一种令人神志集中、高举、净化而忘我的音乐境界。更何况嵇康所弹的完全为一种"商音"，其特点正在于表达那种肃杀哀怨、悲痛惨切的情调！
>
> 曲调反复哀怨地进行了许久许久，随后，终于戛然而止。嵇康从容地将琴放在一边，闭上一会儿眼睛，然后才低低地叹息一声，自言自语地说："这是《广陵散》。从前袁孝尼要向我学这个曲调，可是我不肯教他，从今以后，《广陵散》便会在人

间绝迹了！哎，可惜，可惜！"①

借用所引小说的笔意，作者刚开笔时与笔下人物"似乎并不怎样谐调"，"精神不大集中"；写着写着，便超越了历史与时间，"跟所描写的对象神交"冥契了②。心灵深处埋藏已久的"沉钟"意象顿然被撞响，作者在找到了感觉找到了用以表达的语言方式的瞬间也找回了他那以死相拼、深渊撞钟的精神，而嵇康临刑抚琴这一年代久远的历史事件亦如经雷击似地被激活，气象一新。

"临刑抚琴"不仅具有士人完成生命绝唱的仪式性，而且尽显别一诗意人生的殊美。

如果说，"沉钟"象征着二十世纪二三十年代历史语境中一切严肃的歌者虽"沉"犹鸣的执倔，那么，《广陵散》与《挽歌》则预示着非常年代知识分子叙事不合时宜，虽努力向死而生，却终将不可逆转地式微的宿命。遁入历史题材，又何尝真能如其所愿，使知识分子叙事突破重围？当年余冠英的批判歪打正着地揭示了作者何以如是悼古伤今的隐衷："从这个陶渊明的嘴里只能听到没落阶级的哀鸣和梦呓。"——确切地说，文中的"没落阶级"应改为"知识阶级"为宜；至于其时黄秋耘所谓"空谷足音"的赞叹③，也多少透露了其曲高和寡的气运。

现实无可回避。即便在历史题材小说中，它也无时不隐在。三篇小说皆择取第三人称的全知叙事，意在最大限度地把控作为

① 陈翔鹤《广陵散》，《人民文学》1962年第10期。
② 陈翔鹤《广陵散》，《人民文学》1962年第10期。
③ 黄秋耘《"十年生死两茫茫"——追念陈翔鹤同志》，《文汇增刊》1980年5期。

知识分子主体的主人公及其周围环境、人事关系。从表面上看，陶渊明、杜甫、嵇康皆已退隐乡野，小说中的空间场景似乎应主要置于乡间；而实质上，作者却并不吝惜对隐在空间场景及次要人物着墨。《陶渊明写〈挽歌〉》中的佛教寺院、《杜子美还家》中的凤翔（肃宗皇帝临时政府的所在地）、《广陵散》中的刑场在小说里一再若隐若现，借此衬托主人公。至于次要人物也自有其功能：《陶渊明写〈挽歌〉》中的高僧被处理成淡漠自傲、装腔作势之态，以此反衬陶渊明的归隐自然、委运任化风神；《杜子美还家》中的官场同僚都是夸功邀宠、迎合圣意之辈，对应着杜甫的刚直不阿、耿介为人；《广陵散》则毫不吝惜对政治大环境的险恶施以重墨，从而彰显文末嵇康弥留之际在刑场奏响《广陵散》的孤愤幽绝。由此可见，两位作者并非一味认为文学规约的间歇性宽松，及至遁入历史题材后，便处处"桃花源"。笔下隐在空间场景每每喧宾夺主，恰是作者敏感此类题材写作依然险相横生之心态的曲折反映。

一曲广陵散终成谶。这壁厢犹在着力塑造"文化英雄"，殊不知一场文化之劫已以"横扫"之势迅然而至。

第六章

七十年代知识者的曲折言说

　　七十年代可谓五六十年代主流意识形态中"左"倾一翼的极态发展①。这一时期与"十七年"之间那一脉相承又不无裂变的逻辑关系，决定了知识分子与其先驱者同中见异的代际标记。

　　李泽厚将鲁迅曾经想写的关于四代知识者的长篇小说里所谓的"四代"人，读解为"辛亥的一代""五四的一代""大革命的一代"以及"'三八式'的一代"，并提出："如果再加上解放的一代（四十年代后期和五十年代）和红卫兵的一代，是迄今中国革命中的六代知识分子。"②

　　以上述"文化世代"标尺衡之，如果说，前此章节中陈学昭介乎于五四一代与大革命一代之间，肖也牧、杨沫、方纪可称作

---

①　中共中央党史和文献研究院《中华人民共和国大事记》（1949年10月—2019年9月）将"文化大革命"定性为"极左思潮""'左'倾错误"，称"'文化大革命'历经10年，使党、国家和人民遭到新中国成立以来最严重的挫折和损失"。北京：人民出版社2019年版，第35—46页。

②　李泽厚《中国近代思想史论》，北京：人民出版社1979年版，第470页。

"三八式"一代，王蒙、刘绍棠、公刘、邓友梅等应属解放的一代，那么本章研究的作者则大致为红卫兵—知青一代。

时至五十至七十年代，五四传统、左翼传统以及"共和国情感模式"可谓晚近这三代知识分子叙事的共同思想资源，与意识形态紧密纠葛是其殊途同归的命运，而书写则几近其想象历史的主要路径与可能性。遭遇大动荡后，文学更衍为知识者感时立命的难得凭借。

综览七十年代的知识分子叙事，分明可见其在依循先驱者叙事惯性延展的同时，出现了"史无前例"的跌宕曲折。作为创作主体的知识者持续经历了初期的自我膨胀——中期的自我贬抑——后期的自我觉醒的心路历程。

一、"接受再教育"：知识青年的成长叙事

七十年代中期，《朝霞》等主流刊物虽曾以社论、征文等形式疾声呼唤"热情歌颂在这场政治大革命中出现的""新的人物"[①]，却对红卫兵题材刻意回避，更鲜见可移作小说叙事学分析的"红卫兵叙述"——彼一特定时代扭曲了的知识者叙事之文案。

红卫兵叙事的空缺因应着1968年7月后毛泽东审时度势，对运动整肃、规训的现实方略，但亦何尝不缘于新中国成立以来知识分子叙事边缘化的历史定位。纵然是那场声势浩大的红卫兵运动，也无以颠覆知识分子阶层（包括青年知识者）接受工农阶级

---

① 任犊《热情歌颂新的人物新的世界》，《朝霞》月刊1974年第5期。

领导的既定秩序。体现在创作领域的，便是知识分子主角乃至视角的一度缺位；直至"红卫兵"小将退出"风口浪尖"的革命前沿阵地，化身为"接受贫下中农再教育"的"知识青年"，方能在七十年代小说中合法叙事。

知青小说《征途》的编者曾在"编后语"中将知识青年上山下乡运动，表述为"这是叱咤风云的红卫兵运动的继续，是当代波澜壮阔的青年运动的洪流"①。这既可谓主流意识形态政治层面的逻辑自洽，亦未尝不是知识分子叙事内涵的移花接木。

为此，该小说刻意将知青上山下乡的起点定位为上海市中等学校红代会大楼：1968年12月的某天晚上，平日里惯于用大嗓门争论问题的红卫兵们，此刻却凝神屏息，围坐在收音机旁，"仿佛伏在战壕里的战士在倾听着即将吹响的冲锋号"，每个人的面部表情都是那样严肃而又热切，"空中电波传来一个伟大的召唤，似高亢的冲锋号，声震天外，像滚滚的春雷，响彻环宇。这澎湃的声浪，强烈地扣动着全国千千万万红卫兵小将和青年的心弦！"②大楼内外顿时一片沸腾，小将们如箭在弦上、蓄势待发……真仿佛等待青年知识者的不是一场"接受再教育"的下放，而是"红卫兵运动"的又一次新的"征途"！

然而，此时犹未能彻底醒悟的知青作者，对"接受再教育"的定位始终心有不甘，始终难以忘情运动初期曾跃居革命先锋的位置。《征途》中，主人公钟卫华上山下乡很久了，仍自称"我是

---

① 郭先红《征途》下，上海：上海人民出版社1973年版。引文出自全书的"编后"，未标注页码。

② 郭先红《征途》上，上海：上海人民出版社1973年版，第2页。

毛主席的红卫兵"，引来贫下中农"关爷爷含笑谦逊地说：'咱们也得向红卫兵学习呀'"①。此处"含笑谦逊"一语饶有意思，暗含着立于更高站位的老贫农不屑与知青的政治幼稚一般见识，一笑置之的气度。

此外，在作为英雄人物塑造的知青的外形描写中也能见出端倪。其形象大抵头戴军帽，身着军装，腰束武装带，分明留恋昔日红卫兵的"英姿飒爽"。《剑河浪》的主人公柳竹慧更是时刻佩戴着红袖章，那"像火一样热，像鲜血一样红"的袖章见证了当年她在"一月革命"硝烟中的战绩；并预示着在随之而来的战天斗地中，在农村的"两条路线"斗争中，她依然一心争当"急先锋"的激进姿态。小说中，竟出现了当大堤决口时，只听柳竹慧一声"快，冲！"便"像战场上吹起了冲锋号，箭一般地向前射去"，把许多农村姑娘都甩到后面去了的描写②。幸得如是轻忽究竟谁教育谁、谁应向谁学习之僭越，只是一时忘乎所以，在更多的叙述中，作者则将贫下中农奉为知识者的"老师""救星""引路人"。如《剑河浪》篇首，特意设置了贫下中农严大伯堪为去剑河"大串连"的红卫兵的一字之师，改标语"反击"为"痛击"；面对被受惊撒野的牯牛惊呆了的红卫兵，他挺身相救，泰然制服牯牛；以及在狂啸汹涌的激流中稳扎掌舵，担当红卫兵长征队的引路人等三个情节，让1966年正值红卫兵运动巅峰时期的柳竹慧不无超前地感悟到："火热的战斗正在召唤自己！学习社会，学习工

① 郭先红《征途》上，上海：上海人民出版社1973年版，第159页。
② 汪雷《剑河浪》，上海：上海人民出版社1974年版，第64页。

农兵，已经是一个亟待解决的问题了！"①预留了三年以后，红卫兵化身知青"接受再教育"的文本通途，由此生成了后置叙述语境与历史语境的错位。

与将红卫兵前事纳入知青"接受再教育"的"引子""前奏"中去、以作铺垫的结构范式相对应的是，塑造知青英雄的叙事时或运用倒叙手法，借助回忆为红卫兵招魂。如写曾是上海市中学红代会干部的柳竹慧上山下乡征途中，犹"忆往昔，峥嵘岁月稠"："在伟大的'一月革命'风暴中，她拿着土喇叭和战友们一起走上街头，宣传毛主席的革命路线"，"和战友们一起走上码头，粉碎罪恶的'三停'阴谋。在那个沸腾的日子里，柳竹慧浑身上下都是使不完的劲。安亭车站的车顶上，解放日报社的门口，康平路的街头，处处都留下了她战斗的足迹，处处都回荡着她激动人心的话音……"②然而，如此主体缺席的过去时态抒情又岂能于形式上弥合"红卫兵—知青"身份的裂变。"红卫兵不减当年勇，插队落户当先锋。"——口号中依稀留有昔日红卫兵追怀当年的英雄幻觉。但这究竟是"继续革命"的急进，抑或是急流勇退的策略？口号指明的唯一出路，却令人怎么读都读出几分微妙意味。如是历史的回旋拟于下文详加论述。

1968年七八月间，毛泽东发出号召："我们提倡知识分子到群众中去，到工厂去，到农村去，主要的是到农村去"，"由工农兵给他们以再教育"。③

---

① 汪雷《剑河浪》，上海：上海人民出版社1974年版，第13页。

② 汪雷《剑河浪》，上海：上海人民出版社1974年版，第15页。

③ 周良霄、颜菊英编著《十年文革大事记》，香港：新大陆出版社有限公司2008年版，第563页。

同年12月，《人民日报》发表《我们也有两只手，不在城里吃闲饭》的编者按语①，又引述了"知识青年到农村去，接受贫下中农的再教育，很有必要。要说服城里干部和其他人，把自己初中、高中、大学毕业的子女，送到乡下去，来一个动员。各地农村的同志应当欢迎他们去"这一"最高指示"②，随即在全国各地掀起了知识青年"上山下乡"运动的高潮，大批城市知识青年被下放到了农村。

"知识青年到农村去，接受贫下中农的再教育，很有必要"以及"农村是个广阔天地，在那里是可以大有作为的"是这场运动的典型口号。聚焦这两个口号恰可见出其不同面向的含义：前者源自毛泽东在延安文艺座谈会上的"讲话"以来知识分子思想改造的一贯语系，将农村视为一所精神历练的"学校"，贫下中农尊如导师，知识青年则以学生身份恭恭敬敬地接受其关于革命思想、道德品质以及农业技术等多方面的教育；后者则将现实农村畅想为一片广袤空间，为被城市政治舞台放逐的青年知识者指明一个能够在那里施展革命抱负的美好愿景。由"观念"到"形象"，知青题材小说遂将"再教育"与"展宏图"穿插交融，演绎为创作的两大情节主体。

值得关注的是，"再教育"与"展宏图"情节先在地决定了小说中知识青年应置于何种"人物等级"。关于"人物等级"，卢卡契曾如是说："我们只能从形式方面来分析这个问题。这一类的等

---

① 《人民日报》，1968年12月22日。
② 毛泽东《关于知识青年到农村去的号召》，《建国以来毛泽东文稿》第12册，北京：中央文献出版社1998年版，第616页。

级，在每一部认真写作的艺术作品中都有的，作者给他的人物以某一种'地位'，使他们成为主要人物或穿插的人物。由于这种形式的需要是这么迫切，于是读者便本能地在那些结构并不周到的作品中，去寻求这一种等级；而当主要人物的描画并没有照应着他在作品中所占的相当的'地位'时，他们就只有失望了。"[①] "再教育"中，贫下中农是教育者，知识青年无疑处于被教育的矮化地位；而反观"展宏图"，则必然将革命主体的位置挪移给知识青年，从而不自觉地提升了知青形象的人物等级，情之所至，随时有僭越知识分子群体应有地位之危险。故此，小说往往在知识青年大展宏图之际，不无生硬地插入贫下中农对他们的再教育，以"再教育"中知青的屈身俯就，冲淡其在"展宏图"时的昂扬向上风貌。只是知青形象的修辞话语，每每挟带几分求教的刻意，而贫下中农则不时透露出几分对"导师"身份的勉为其难，折射出知识青年"接受贫下中农的再教育"模式的某种先在吊诡。试读《山风》中知青们与贫下中农山大伯的一番对话：[②]

> "山大伯，你知道，我们青年到农村来，就是为了消灭三大差别，防止资本主义复辟呀！"欢欢虽然坐在铺上，却挺起劲地挥着拳头，"我懂，我懂！"山里人乐呵呵地笑了。……
>
> "大伯，你看过我们的墙报吗？"
>
> "看了，可我识字不多，你们这些知识分子，讲话已经够文

---

① 卢卡契《卢卡契文学论文集》（一），汪建、刘半九、叶逢植等译，北京：中国社会科学出版社1980年版，第179页。
② 周嘉俊《山风》，上海：上海人民出版社1975年版，第209页。

绉绉的啦，写文章就更加文啦，不过总还能懂一点。"

"你帮助帮助我们吧。"曹英恳切地提出要求。

"我能帮助什么呢，你们干得很好，我也要向你们学习。"

"譬如说，你给我们讲讲革命故事也好。"曹英提出了她的想法。

现实生活中，较之知识青年，贫下中农所在行的其实还是农村活计，无奈单向度地描述其对知青的农活指导难免会有奉行"生产至上"之嫌；至于渲染贫下中农道德品质上的优势，又很难跳出艰苦朴素、勤俭节约之类的老套，故而作者只能更多地借贫下中农宣讲革命传统或忆苦思甜来教育知青。于是这种回忆、讲述革命传统的插叙方式，很快成了彼时知青小说的一种习用叙事模式，在此，贫下中农又平添了革命前辈的精神高度。

"再教育"中的知识青年亦别有其潜在的人物等级。依照"成长"时间的长短，先到农村插队者的政治思想觉悟自然高于后来者。对于长时间扎根农村的知识青年，恰如彼时评论所言："他们所达到的思想高度，却是一切未经"三大革命运动"锻炼的青年所不可能有的。甚至连他们的音容笑貌，也决不会与刚进农场的'新战友'混淆起来。显而易见，在这种特定的典型身上，深刻地体现着上山下乡知识青年的成长速度，体现着毛主席为革命青年指出的方向和道路是多么正确。"[1]

短篇小说《朝霞》中本是教师身份的"我"，想当然地揣度知

---

[1] 任犊《燃烧着战斗豪情的作品——〈农场的春天〉代序》，收入任犊编《走出"彼得堡"》，上海：上海人民出版社1976年版，第152页。

青自然渴望抽调回城、离开农场，故对已错过报名时机的知青叶红百般譬解劝导，未料反受到学生辈的叶红义正词严的一番教育，凸显了叶红热爱农场、扎根农场的坚定立场。[1]原因无他，较之"我"更其纯粹的知识分子身份，叶红毕竟已是"接受"过"再教育"的知识青年。

耐人寻味的是，随着知识青年在农村不断"成长"，其"人物等级"又能升格至何等境界？依照彼时"三突出"的创作原则："主要英雄人物"方能占据小说人物的最高等级。[2]而因着知识青年的"知识"原罪，彼时曾产生如是争议：知青形象能否成为作品的主要英雄人物？来自主流意识形态的声音肯定了这一可能：可以将"他们写得比现实生活中更典型、更完美些"，甚至能将"先进青年的形象写得很高大、并成为一个作品的主要英雄人物"，"重要的是不能把这种完美和高大写成脱离现实斗争土壤的空中楼阁，而必须写出他们产生的必然原因，即写出伟大领袖毛主席和各级党组织把他们放到斗争实践中去锻炼的深远意义和巨大成果，写出贫下中农和老同志们对他们的教育和帮助"。[3]

只是，虽然时论有此诉求，单向度"接受再教育"的知识青年要胜任"主要英雄人物"角色却仍然有些底气不足。相形之下，知识青年形象每每流于懵懂无知、幼稚可笑，而贫下中农形象则不时闪现出超越自身认知水平的睿智与洞察力。即便是前述主要

---

① 史汉富《朝霞》，《上海短篇小说选》，上海：上海人民出版社1974年版，第272页。
② "三突出"原则最初由于会泳提出，后姚文元将其修订为："在所有人物中突出正面人物；在正面人物中突出英雄人物；在英雄人物中突出主要英雄人物。"
③ 任犊《燃烧着战斗豪情的作品——〈农场的春天〉代序》，收入任犊编《走出"彼得堡"》，上海：上海人民出版社1976年版，第154页。

英雄人物叶红亦难于幸免,必得"写出贫下中农和老同志们对他们的教育和帮助"。于是,小说将痛述革命家史、教育叶红的重任托付给了南泥湾守山林的赵大爷。只听赵大爷深沉地教诲:"孩子,你知道这一切是怎么来的?""那红红的枫叶染着咱们革命先烈的鲜血,那金色的谷子浸透咱劳动人民的汗水",并赠予叶红南泥湾精神这一"无价之宝"。至于那个现成的教师"我",反倒不知能为叶红这一代青年知识者传授些什么,对自身不由生出几分"多余"的感慨:"像我这样的人,拿什么礼物送给叶红这一代留作纪念呢?!像我这样的人,又该为我们的国家,那千千万万个'南泥湾'去做些什么呢……"此中茫然适可折射出昔日好为人师的知识启蒙者,已然被运动"横扫"出局,彷徨无地,无所适从的身份尴尬。

知识者主体被围于工农"再教育"的藩篱中,文本内外,莫不如是。七十年代的知青小说尚未能意识并区分作为叙事主体的"我"与作者本人之间的距离关系,因此,叙事主体的身份、视角与知觉往往与作者本人有着更多、更紧密的联系。例如小说《朝霞》,谈到为何用第一人称叙事,作者的一段话意味深长:"形式是由内容决定的,革命的文艺形式是为革命的政治内容服务的。在构思短篇小说《朝霞》时,我曾考虑用第三人称来描写,但觉得很难表达。后来学习鲁迅的小说,特别是学习了他的短篇小说《一件小事》,对我很有启发。鲁迅那种无情面地解剖自己的精神深深地打动了我。我决心学习鲁迅,把自己摆进去。"[1]从中恰可

---

[1]　上海师范大学中文系文艺评论组编《短篇小说创作谈》,上海:上海人民出版社1974年版,第88页。

读出作者之所以采取知识者视点，乃是为了自贬身份，以便预设"我"对于工农大众及至经过了"再教育"的革命小将先在的"仰视"姿态，让笔下英雄人物"刹时高大了"；而身为教师，本该教书育人的"我"，也可借助第一人称叙述，直接抒发甘当小学生受教育的心得体会，重拾《一件小事》"教我惭愧，催我自新"一类牙慧，从而，心悦诚服地凸现文本之外作为知识者的自身业已摆正了的"无情面地解剖自己"的应有姿态。

然而，文本中的知识分子叙述语言却一无书卷气。除却思想汇报与检讨范式的话语，"我"还不时袭用一种民间的腔调："你把大卡车准备好，车上装的保管个个活蹦活跳！""招来的青年，到底是叮当响的还是不入调门的，心里实在没个谱。"①或许恰是缘于激进时代萦绕于耳的尽是工农兵话语，以至于作者及其塑造的知识分子形象一时亦循其惯性；抑或乃是"我"入乡随俗，刻意向大众化语言学习的结果。不自觉间，却成了非常年代纯正的知识分子叙事"失语"已久的隐喻。

"展宏图"情节中的知青形象大致可细分为两类：拓荒者与战士。前者肩负着"与天斗""与地斗"的重任，后者却被赋予了"与人斗"的使命。此类叙事中，每每充溢着某种"崇高美学"情调——彼时共产主义理想憧憬与革命浪漫主义激情的派生物，然而，口气大，力气小。倘若说，"拓荒者"这种披荆斩棘的豪情壮举不幸多被改天换地的社会主义空想幻化，那么，作为"战士"的知青形象更徒见其捕风捉影的警觉、过敏，或振臂疾呼的刻意、

---

① 史汉富《朝霞》，《上海短篇小说选》，上海：上海人民出版社1974年版，第272页。

矫情。因着小说勉力图解的"与人斗"对象，绝大多数为阶级斗争扩大化心态产生的假想敌。当此青年知识分子一时挣脱被改造地位而跻身于"三突出"的"主要英雄人物"行列，喝令山水易位，或痛打"落水狗""纸老虎"之际，"其乐无穷"的作者未必能觉察如是故作英雄气概的反讽意味。

知青小说着意凸显"青年"话语，或谓"青年意识形态"，由彼时小说好用《朝霞》《青春颂》之类题目即可顾名思义，[①]借此表征新生事物的成长与革命的希望所在。

主流意识形态一直寄情于"青年"，即便是1957年岁末，"反右"运动正紧锣密鼓之际，大批知识分子身份的青年人皆被划为"右派"，毛泽东犹把中国的前途寄托于青年身上。他说："世界是你们的，也是我们的，但是归根结底是你们的。你们青年人朝气蓬勃，正在兴旺时期，好像早晨八、九点钟的太阳。希望寄托在你们身上。"[②]自然，这里所谓的"青年"概指革命青年。早在1939年，毛泽东即提出："看一个青年是不是革命的，拿什么做标准呢？拿什么去辨别他呢？只有一个标准，这就是看他愿意不愿意、并且实行不实行和广大的工农群众结合在一起。"[③]这一标准及至七十年代尤为强调。缘于青年人政治头脑纯真，缘于"青年是整个社会力量中的一部分最积极最有生气的力量"，加之现实政治中多为小字辈向老干部夺权等因素，故所谓的"激进派"亦分外

① 姚华《青春颂》，收入《序曲》（朝霞文艺丛刊），上海：上海人民出版社1975年版。
② 毛泽东《在莫斯科大学会见中国留学生时的讲话》，收入《建国以来毛泽东文稿》第六册，北京：中央文献出版社1992年版，第650页。
③ 毛泽东《青年运动的方向》，收入《毛泽东选集》第2卷，北京：人民出版社1991年版，第566页。

看重"青年"及"青春写作"。①

　　江青对"样板电影"的色调一味强调"出绿",显然不只是对绿意盎然意境的审美追求,亦有借"绿"—"青春"等符码曲折隐喻"新生力量"的政治寓意。也是出于这种"青春+革命"的捆绑思维,姚文元在看到《上海文艺》丛刊第一辑的题头为"朝霞"时,对其身边的人说:"你们知道朝霞是什么吗?它是早晨天空中的一种高积云。这种云的特点是它只反映太阳光中的红色。霞光灿烂。《朝霞》,这本书的书名起得好。"姚文元对于"朝霞"的如是诠释,刊物主事者自然心领神会,自1974年起遂将《上海文艺》丛刊改名为《朝霞》丛刊,更秉承姚氏"只反映红色,只为毛主席革命路线的伟大胜利而歌唱"的办刊宗旨②。"出绿"与"映红"也衍为了特定时期表现"青年意识形态"作品的基本色调。

　　长篇小说《山风》特将"矛盾的焦点集中在如何看待年青一代的问题上",因着这个问题,是那些"主张历史车轮倒退的人的一块心病"。对此,彼时的评论政治嗅觉分外灵敏,不仅援用"火红青春""一代新人"等语汇着力阐释作品所高扬的"青年意识形态":"那漫山遍坡的烂漫山花,不正是在斗争的风雨中茁壮成长的革命青年的火红青春么?那山间小道上踩出的密密脚印,不正是毛泽东革命路线指引下的一代新人向共产主义进军的光辉写照

---

① 此处"激进派"一词系沿用洪子诚《中国当代文学史》(修订版)的提法。书中,洪子诚多以"激进派""文学激进派"指称"四人帮"集团。参见洪子诚《中国当代文学史》(修订版),北京:北京大学出版社2007年版,第176页。

② 陈翼德《生逢其时》,香港:时代国际有限公司2008年版。

么？"①而且领悟作者所以高歌"青春颂"之用心即在于还击那些攻击"青年人一无是处，青年干部是'嫩竹扁担'压不起分量，看不起'儿童团'"的"复辟"势力。

小说描写女知青曹英"坚信时间是属于青年人的，未来必定胜过现在"。面对思想保守的农场老干部对知识青年的百般不理解、不信任，曹英针锋相对地指出："我感到你对我们青年人总有些看法。这是为什么呢？运动中，青年们批评了你，那是在你背上猛击一掌，让你再向前走嘛"，"我觉得对待青年的问题，对待青年的革命首创精神，也是一个路线问题"。②上纲上线时，其实已透露了如何"正确对待广大革命青年"的背后，暗伏着如何"正确对待"这场运动的问题。故此，当读到曹英不仅成了小说中的"主要英雄人物"，更不无僭越地衍为"像当地老乡们形容他们所敬仰的英雄一样，能吞铁化钢，能捏石成灰，能聚气成风的好角色"时，应会意：此处能让工农如此仰视的与其说是青年知识者形象，不如说是"激进派"的化身。

小说结尾，作者甚至不惜违背政治"倾向应当从场面和情节中自然而然地流露出来"的原则，直接跳将出来充当不无变味的"青年意识形态"的"传声筒"，自抒胸臆："飞云山的斗争当然是不会完结的，作者却不得不暂时同那十五位战斗在被他们称做地球上最美丽的地方的小将们告别了。""离别飞云山的时候，曹英、欢欢、竞男向作者挥手道：'再见吧！'是的，我们相信，在无数个新的飞云山上，将会与更多的这样的英姿焕发的小将们再见的。

---

① 石川《山花烂漫迎风开——长篇小说〈山风〉漫评》，《朝霞》月刊1975年第8期。

② 周嘉俊《山风》，上海：上海人民出版社1975年版，第134页。

全国青年们，努力呵！"①

　　因着激进倾向一叶障目，农村的现状与知识青年的心理现实均被遮掩。彼时青年知识者的"潜在写作"曾触及七十年代某些农村的现实："生长在二十世纪七十年代，却又生活在刀耕火种的桃花源里，这是怎样一种'再教育'呵"！②而在那些公开发表的知青小说里，却大都对农村贫穷的现状视而不见，对知青的困难处境更是讳莫如深。于是，唯有在对那些"落后"知青的批判性描写中，才曲折透露些许知识者的别有幽怀——"难道真的就要在东北，在农场'窝囊'一辈子？……她想起上海的姐姐，多么希望自己也能在城里当个工人，或者在城里有个舒适温暖的小家庭。下了班，逛逛大街，看看电影，既为国家创造财富，又有个人的幸福和乐趣……"③"难道就这样养一辈子猪吗？难道猪圈里能出音乐家、歌唱家、舞蹈家吗？""他的目的是通过这座桥梁进入大学之宫。每次听到同志们强调扎根边疆的深远意义，他就不声不响地管自己走开"……"她想拿起琴盒上落满灰尘的小提琴，来抒发一怀灰色的情感，但手指头僵直得跟冻胡萝卜一样硬。她只好对着女伴，把颓丧的情绪一古脑儿地发泄出来。"④——字里行间，依稀见出知青精神生活孤单，物质贫乏，求学无门，思乡心切等真实情景。而既定对"落后"知青矮化、丑化的笔触，令知识者的上述心愿愈发渺小、卑微得令人心酸！可惜因此难能一窥

---

① 周嘉俊《山风》，上海：上海人民出版社1975年版，第341页。
② 靳凡《公开的情书》，北京：北京出版社1981年版，第4页。
③ 张抗抗《分界线》，上海：上海人民出版社1975年版，第355、237页。
④ 郭先红《征途》上，上海：上海人民出版社1973年版，第358页。

刚强者身处逆境、个人奋斗的身姿。

值得关注的是，与样板戏美学细部吹毛求疵、大处大而化之的流弊相类，七十年代小说创作中亦耐人寻味地出现了"诗化"症候。如浩然写西沙之战的中篇小说《西沙儿女》，采用了"诗体形式"，或谓"诗报告"、"散文诗式的语言"①。知青写作亦未能免俗，好用"诗化"风格，如杨代藩的《不灭的篝火》《会燃烧的石头》②，由篇名即可见出作者着意凸显的诗化意象。

细考"诗化"之谱系：其中固然不乏知识者罗曼蒂克气质的外化，更多地却是七十年代弥漫于文坛、舞台乃至日常生活中的所谓"透明的象征"话语方式与美学情趣的翻版。究其形式意味，即内容不胜其负，故频频使用象征以期载道，假借"诗化"文其空洞。

如前所述，"展宏图"中的知青常以拓荒者的身份出场，与之对应的农村、农场则是一片荒原的意境。按理，小说既意在凸显"展宏图"的成效，本应先正视荒原的荒凉无垠，描写垦荒行为充满艰辛，然而不知怎的，作品中此类情节大都语焉不详。如《不灭的篝火》中的下列叙述：

> 六年过去了。
>
> 梁笑烽和战友们用自己的双手，给将军岭的草房，接上了

---

① 浩然自称：在修改《西沙儿女》初稿时，"由于对生活不熟悉，《西沙儿女》采用诗体形式，在形式上变变样，避免把故事写得那么细"。参阅《浩然口述自传》，浩然口述，郑实采写，天津：天津人民出版社2008年版，第260页。

② 杨代藩、张成珊《会燃烧的石头》，《朝霞》1974年第6期，上海：上海人民出版社1976年版。

亮晶晶的电灯；

梁笑烽和战友们用自己的汗水，把将军岭的树苗，浇灌成绿油油的幼林；

梁笑烽和战友们用自己的双脚，在将军岭的小路上，烙下了一串串的足迹；

梁笑烽和战友们自己的翅膀也在长硬。[1]

许是缘于现实中知青徒怀社会主义空想，难能真正大有作为，故唯有借"诗化"文字不断闪回，几笔掠过。

《山风》描写一群上海知识青年向高山进军，在海拔一千多米的高山上开垦出大片农田，并获得了大丰收。与事件的"大跃进"范式对应的是小说叙述的浪漫传奇，内容与形式契合共同谱写了革命狂想曲；而《农场的主人》则更大而化之，直接归因于是这场大革命"带来了农场的春天"，但见风景这边独好："我被眼前的景象迷住了。四台崭新的插秧机分别在四格田里，像在缓缓地铺设绿色的地毯。插秧机一边是青翠的秧苗，另一边是水平如镜，倒映着天上的彩云"；知青形象也被映衬得何其鲜亮明丽："就在这美丽动人的画卷上，点缀着一个十分鲜艳夺目的姑娘的形象：阳光给她披上金装"……[2]然而那过度优美的修辞反见出叙事的矫情。若不是姑娘"垂在胸前的右臂上的纱布"之提示，几欲令人

<hr>

① 《不灭的篝火》，黄山茶林场《不灭的篝火》创作组集体创作，杨代藩执笔，收入《不灭的篝火》（朝霞丛刊），上海：上海人民出版社1975年版，第2页。
② 孔太和《农场的主人》，收入前进农场业余大学编《前进！》，上海：上海人民出版社1975年版，第63页。

迷失于"桃花源里可耕田"的乌托邦虚幻中。

"诗化"不仅显示于文字的抒情化乃至矫情化，亦体现于叙述的隐喻化、意象化倾向。确切地说，与样板戏话语相类，应是一种所谓"'透明的象征'，喻体与本体之间保持某种固定的对应关系"。[①]

《只要主义真》开首写："六月的一天，长江口，白浪滔天。长江的一条支流中，有艘小木船，正顶着狂风恶浪，激流勇进。浪涛，发疯似地，一会儿把木船托得高高的，使船上的人仿佛一伸手就能触到云层；一会儿又把它压向波谷深处，像要把它吞没。摇橹的，是个二十岁上下的姑娘，挂着水珠的眉梢，凝聚着迎战狂澜的勇敢和沉着。"文末首尾呼应："夏党恩的声音在大堤上振荡：'今后，在我们跟资产阶级、修正主义的搏斗中，还会遇到形形色色的风浪'。放眼远眺，长江口，滔滔江水奔向大海，浩浩荡荡……远处传来国际歌雄壮的乐曲，和大潮的巨响汇成一片……"[②]作者着意在斗争的风口浪尖，塑造面对农场走资派的"翻案风"毅然挺身"反潮流"的知青形象夏党恩。而前引"狂风恶浪""激流勇进""迎战狂澜""江水浩浩荡荡奔向大海"一类的喻象，均可在其时盛行的"诗化"意象系统中，读出其对应于既成观念、意义直露的本体。

许是因着六十年代由贺敬之等首开其端，至七十年代风行一

---

① 姚丹《"革命中国"的通俗表征与主体建构——林海雪原及其衍生文本考察》，北京：北京大学出版社2011年版，第154页。
② 杨代藩《只要主义真》，《朝霞》月刊1976年第4期。

时的政治抒情诗的启示①，"诗化"还促成了知青小说别出一格的"宏大叙事"：

> 看身后：一条宽广的公路联结着红莲山林场第一分场场部，联结着总场场部，联结着山外，啊，一直联结着我们党的诞生地——上海，联结着那曾经席卷过一月革命风暴的人民大道——今天清晨，梁笑烽和上千名战友，正是集结在那儿上汽车，奔赴这条伸向山里的公路的。一路上，车轮滚滚，梁笑烽的思路也在飞转：这漫长而宽广的路，是由前人劈开多少险峰峻岭才开拓出来的呢？你看，我们年青的一代，纵然是要走上这条前人开创的道路，也经历了顽强的斗争啊！梁笑烽记得，当他还戴着红领巾，听讲新四军在皖南的革命斗争故事时，他就向往着有一天，能亲自走一走这条道路；当他和红卫兵战友在校门口贴出第一张批判修正主义教育路线的大字报时，他就在砸碎着束缚他奔上这条道路的锁链；当他步行串联到达天安门广场，站在人民英雄纪念碑前宣誓时，他就在磨练今后沿着这条道路继续前进的意志……今天，毛主席关于知识青年上山下乡的伟大号召，终于把他引到这条路上来啦！②

　　小说的叙述秩序被打碎重组，借助于诗化的想象与排比，当下与历史，时间与空间，纪实与虚构，诗情与政论，小说与大说于瞬间交会，呈现出一种大跨度的、融通的形态；"党的诞

---

① 　贺敬之的《放歌集》曾于二十世纪七十年代重版，北京：人民文学出版社1972年版。
② 　《不灭的篝火》，收入《不灭的篝火》（朝霞丛刊），第2页。

生""新四军的革命斗争""一月风暴""上山下乡"等一系列重大政治事件赫然入文，集中表现了彼一时代的"崇高美学"精神。

知青小说（连同其"诗化"倾向）固然多有回避现实的矫情，亦不乏趋时奉势的高调，识者因此提出"伪知青文学"一说，认为"它们都经过组织化，不是知青自由创作的、真实反映自身生活的作品"①。如是一言以蔽之，难免忽略了文本意蕴的驳杂。即如"诗化"中除却时调矫情外，分明还混合着知青扎根农村的献身激情，渗透着敛抑已久的知识者急欲施展抱负的纯真理想。

与前述诗化小说一脉相承，堪称贺敬之式政治抒情诗翻版的长诗《理想之歌》的作者高红十为此愤愤不平，急欲一辨真伪。她在创作自述中称：《理想之歌》的"主题是歌颂党，歌颂祖国，歌颂青年一代的成长"②，当时写得很投入很倾心；紧接着她又遵命创作知青小说《成长》，一度因"没有这种心情体验"，难以表现"主人公毕业后回农村的思想境界"而纠结；直至1975年大学毕业时她动情地喊出了"《理想之歌》不光写在纸上，也要落实在行动上"的心声，三次写申请，要求"回延安，继续当农民"③，方以自身的一腔真情与实际行动，完成了小说主人公的"成长"仪式。

历史吊诡，《理想之歌》风行不久，运动结束，"上山下乡"渐趋式微。时过境迁，仍执着于当年那份真情、理想的高红十，

---

① 杨健《中国知青文学史》，北京：中国工人出版社2002年1月第1版，第264页。
② 高红十《成长》，收入《碧绿的秧苗》，该短篇小说集由北京大学中文系文学专业七二、七三级学生集体创作，署名凌霄。北京：人民文学出版社1976年版，第125页。
③ 高红十《〈理想之歌〉问世前后》，收入《乡情，你是我永远的珍藏》，天津：百花文艺出版社1999年版，第219页。

在其插队的农村不由地仰天长问："究竟来干什么？为了自己？为了乡亲？还是为了自己也讲不清的一片念想，一份责任，一个使命，一缕虚名……"①

　　日本学者岩佐昌璋身处海外站位，恰能旁观者清："一年后的十月（1976年10月），四人帮被逮捕，高红十正在陕北的一个山村务农。欢庆胜利大规模集会的锣鼓声和鞭炮声也一定传到了黄土高原。我无法推测，她那时想了些什么，但我现在可以确信，她一定听到了鞭炮声和锣鼓声。在她听来是把她推向主角的时代的结束，是宣布产生她作品的上山下乡集团开始瓦解的葬送曲。""并不是每一代人都有自己的歌，但是高红十这一代人有着自豪奋进的《理想之歌》，这是一首未完成的理想悲歌，如果把这一代人被历史毫无道理地抛弃后的困惑、激愤和悲哀写进去，这才是一部完整的歌"②。岩佐昌璋对"《理想之歌》的未完成性"的同情的了解，适可引为七十年代"未完成"的主流知青文学的墓志铭。

　　虽则情感是真，行为是真，却缘于观念是伪，故而俱沦为了殉葬品。知青文学——一代知识青年的"理想之歌"，终成理想悲歌！

<hr />

① 高红十《回延安》，收入《乡情，你是我永远的珍藏》，天津：百花文艺出版社1999年版，第236页。

② 读毕岩佐昌璋的《文革时期文学的另一面——高红十和她的〈理想之歌〉》，高红十称："我很为文章入情入理的分析和独到的见地所感动"。转引自《〈理想之歌〉问世前后》，收入《乡情，你是我永远的珍藏》，天津：百花文艺出版社1999年版，第226页。

二、潜在写作：激进氛围下的精神飞地

非常年代，思想高度一体化，但彼一时期"停课闹革命"的特定背景，学院、书斋式读书途径的截然中止，却始料未及逆向度地促成了民间自发的阅读活动，令思想冲破边界。诸种形态的青年思想村落与民间文化群落应运而生。如北京的赵一凡文艺沙龙，白洋淀的芒克、根子、多多诗歌群落，上海的"胡守钧小集团"①，河南兰考的朱学勤等组成的"思想型红卫兵"集体户，自然，更多的乃是如陈村、蒋小松群体般的亚文化沙龙或读书会②。

被同道尊为"精神领袖"的赵一凡自身并非思想家、作家，却是一位极其难得的具有传奇色彩的思想盗火者与文学传播者。③在那峥嵘岁月里，由他主持的北京某文艺沙龙，会聚了各路思想活跃的青年知识者，传阅了大量书籍，勉力收集、编纂、保存了"潜在写作"弥足珍贵、丰厚的资料。他用工整小字誊录《晚霞消失的时候》《九级浪》《芙蓉花盛开的时节》等手抄本小说，摘抄食指、北岛、芒克、多多、根子、舒婷等诗人的诗作，然后翻拍、洗印成照片，这才有新时期伊始，部分已为作者遗失与忘却的作品得以在《今天》等杂志上重见天日。

---

① 该群体经常采用访师会友、聚餐、逛公园等方式秘密聚会，复旦大学中文系讲师蒋孔阳的家曾被指为"胡守钧等活动的一个重要据点"。参见复旦大学"胡守钧小集团"专案组编《胡守钧小集团的有关材料》，1970年3月印，第26页。

② 参阅陈村《我们在二十岁左右》，《上海文学》2009年第9期。

③ 除赵一凡外，北京地下文学的传播还赖有徐晓、周郿英以及更其无名的一些"志愿者"的参与。

研究彼一时期的文学史无疑绕不开他的独特价值与意义。虽然并无传世之作，但正因他在价值天平的一端呈献其不无沉重的理想主义头颅①，从而托起了天平另一端众多知识者叙事作品。

在上海，某群"思想型红卫兵"在运动中被打散后，自愿选择到没有列入国家统一分配计划的河南兰考县插队，在那里开辟了一个边劳动、边读书、边思考的生活格局，形成一个超脱于现实局限的"民间思想村落"。"过着一种贫困而又奢侈的思辨生活，既与他们卑微的社会身份不相称，也与周围那种小县城氛围不协调"，常常通宵达旦地争论起史学、哲学、文学、政治学"那样大而无当的问题"。②

而在离北京不远的白洋淀，因彼时北京知青芒克、根子、多多、方含、林莽、宋海泉等到此插队，渐次形成了白洋淀诗歌群落③。较之前述"民间思想村落"思想范畴的探求，他们的青春叛逆更多地体现在艺术领域。每每标举"纯艺术"（未尝不是一种意识形态），以反拨"为政治服务"的观念，自觉非自觉地疏离激进

---

① 北岛称赵一凡的"大脑袋装满奇思异想"。1974年岁末中篇小说《波动》刚写毕，首先想到的便是呈于一凡。参阅北岛《断章》，收入北岛、李陀主编《七十年代》，北京：生活·读书·新知三联书店2009年版第38页。此外，一平亦极言赵一凡的"头巨大，我再没见过那么大的头颅。他的记忆惊人，我想这和他的脑容量有关。他的额头很宽、很亮，他生命的光彩都显现于他的额头上"。参阅一平《为了告别的纪念》，收入刘禾编《持灯的使者》，桂林：广西师范大学出版社2009年版，第218页。

② 参见朱学勤《思想史上的失踪者》，收入《书斋里的革命》，长春：长春出版社1999年版，第65页。

③ 北岛、江河、彭刚、甘铁生等的前往游历、寄居，也可视作或一形式的加盟。

"政治的漩涡"①。写诗，可谓他们生命形式的倾情寄托。在无法把握自我命运的"共同的孤独"里，诗人"遥望着天空"，自诩"属于天空"，借诗的翅膀凌越飞翔，驰神幻想；然而诗人又终难能"拔离大地"，在题为《给白洋淀》的小诗中，复感恩"伟大的土地呵，你引起了我的激情！"②恰是后者，令其实现了荷尔德林倡言的"人，诗意地栖居"。

综上所述，在诸多青年思想村落与文学群落中，物质生活基本层面的内容大都被忽略，大而化之，而思想层面的追求却不惜全神贯注，夸张铺陈。虽然物质贫乏，其精神却是那么富有、"浪漫和神圣"。

读书、思考、写作的意义，对于他们而言，不再仅仅局限于对生活的认知、反映及点缀，而已升格为生活本身极其重要、几近唯一的内容。尽管内中不无望梅止渴的酸涩，激扬文字的疏狂；不无"西学"的迷思，饥不择食中甚至疏忽了对于那些"内参读物"本应持有的批判性的审视与辨析，但无可否认，这是知识者叙事最感人的时刻，是知识者叙事的现实生活版运演，虚实相生间，营构起精神乌托邦的怀想。

点检七十年代青年人的阅读史，其最初的思想训练、哲学兴趣及至西学启蒙，大抵起步于阅读马克思主义原典的进程中。经

---

① 彭刚称："我和芒克，还有多多更艺术一点，北岛政治成分大一点。他的《太阳城札记》，写的都是政治理想，追求民主，我当时不感兴趣，我感兴趣的是追求自我的感觉，追求先锋派。我们不关心政治。你看芒克的诗，我当时画的画，都是纯艺术。"廖亦武主编《沉沦的圣殿》，乌鲁木齐：新疆青少年出版社1999年版，第192页。

② 分别摘引自芒克诗《天空》《献诗：一九七二年——一九七三》，陈思和主编《潜在写作文丛·被放逐的诗神》，武汉出版社2006年版，第172、168页。

由马恩思想地图之经纬的导引，渐而拓展至整个近现代哲学与思想史领域。[1]据诗人于坚回忆：他对于哲学的兴趣大致发生于六七十年代之交，"受毛泽东的影响，喜欢哲学在当时青年中是一种风气"。彼时"中国民间有很多地下哲学研究小组"，他们不再满足于读那些"规定的"语录、选本，"而是直接阅读马克思、恩格斯和列宁原著"。[2]

"阅读马列主义原著在青年中渐渐被看作'有思想'的表现，在思想型的青年中形成一种风气。"[3]尽管其中或许掺杂了一些青年人好高骛远的习性，然而更多的则是缘于期待在马恩原著中寻索对社会矛盾与困惑的深刻解答这一现实性需求。此种"思想型的青年"阅读马恩原典的追求，一度却引起了某些无所思想，凡是"指示"皆"照办"者的不解甚至警惕，直至1970年，毛泽东为识别"政治骗子"而倡导"认真看书学习，弄通马克思主义"的学风，这才获得了合法化的名义。

马克思的《共产党宣言》《路易·波拿巴的雾月十八日》《法兰西内战》，恩格斯的《路德维希·费尔巴哈和德国古典哲学的终结》等篇章，不仅以其诗+哲学的体式、文采、激情吸引着知识者，更令其顿悟何谓独立思想的魅力。

无论由彼时的潜在写作代表作《公开的情书》《晚霞消失的时候》的哲学色彩中，抑或从七八十年代之交《愿你听到这支歌》

---

[1] 恰如朱正琳所称："我们的理论阅读大多是从马列主义的经典著作开始的"。朱正琳《让思想冲破牢笼——我的七十年代三段论》，收入北岛、李陀主编《七十年代》，第172页。

[2] 于坚、河西《写作就是从世界中出来》，《上海文化》2010年第2期。

[3] 印红标《失踪者的足迹》，香港：香港中文大学出版2009年版，第225页。

《爱的权力》诸作所描写的那些"七十年代生人"的思想里，都显然能发现出自马恩著述的渊源与影响，至于笔下人物那些直接的引经据典更是一目了然。

然而，九十年代以来，某些回顾非常年代青年知识者阅读史的著述却采用了一种选择性、"剪裁"性的历史书写方式，刻意凸现知识者阅读"内参读物"的离经叛道，而略去或淡化了他们阅读马恩经典的执着。

朱学勤指出："80年代点燃新启蒙思想运动的火种，其中一部分火星，就是从1974年那批'内部书籍'悄悄阴燃过来的。"[①] 恰如其颇具分寸感的比喻：内参读物所起的作用仅仅似"其中一部分火星"，切不可过于高估。

笔者认为：一部七十年代青年知识者的阅读史大体呈现出经典化与多元化的特征。而论及八十年代点燃新启蒙思想运动的火种，前述马克思主义经典以及由此深入的西方古典哲学、国际共运史料等乃是更其重要的理论资源与思想基石；至于"内参读物"虽则也有其深刻的启示作用，激发了知识者多向度的思辨与论争，但不应以偏概全，夸大乃至神话化了它的价值及意义。

如果说，阅读"正典"每每令知识者体验到某种思想的探索（或谓"探险"）的感奋，那么阅读"内参读物"则让他们萌生了偷尝"禁果"般的心跳。似乎很难觅得另一个历史时段曾有如此众多的知识者竞相"盗火"的情景。借重前述沙龙群落中牟敦白、张郎郎、赵一凡、徐晓、萧萧、多多、彭刚、马佳、宋海泉、朱学

---

① 朱学勤《"娘希匹"和"省军级""文革"读书记》，收入《书斋里的革命》，长春：长春出版社1999年版，第59页。

勤、陈村等当事人的回忆，以下"灰皮书""黄皮书"以及《摘译》等内部发行的书籍曾对非常年代青年知识者的精神历程产生过影响：约翰·里德的《震撼世界的十天》、德热拉斯的《新阶级：对共产主义制度的分析》、弗拉吉米尔·杰吉耶尔的《铁托传》、安娜·路易斯·斯特朗的《斯大林时代》、切·格瓦拉的《切·格瓦拉在玻利维亚的日记》、马迪厄的《法国大革命史》、汤因比的《历史研究》、杜威的《人的问题》、萨特的《辩证理性批判》、哈耶克的《通向奴役之路》、悉尼·胡克的《含糊的历史遗产》与《马克思在林苑》、加罗蒂的《人的远景：存在主义，天主教思想，马克思主义》……①

如果说，以上内部发行的所谓"灰皮书"多为社会科学著述，那么，下列"黄皮书"则属于文学类作品。如安德莱耶夫的《消失在暗淡的夜雾中》、爱伦堡的《人，岁月，生活》与《解冻》、叶甫图申科的《"娘子谷"及其他》、阿克肖诺夫的《带星星的火车票》、塞林格的《麦田里的守望者》、杰克·克茹亚克（通译：凯鲁亚克）的《在路上》、贝克特的《椅子》、奥斯本的《愤怒的回头》、萨特的《厌恶及其他》、加缪的《局外人》、拉斯普京的《活着，可要记住》、柯切托夫的《你到底要干什么》、艾特玛托夫的《白轮船》……

昔日臆想献身"第三次世界大战的勇士"②，今日止戈散马，

---

① 参阅萧萧《书的轨道：一部精神阅读史》，收入廖亦武主编《沉沦的圣殿》，乌鲁木齐：新疆青少年出版社1999年版，第7—10页。
② 臧平分《献给第三次世界大战的勇士》，收入郝海彦主编《中国知青诗抄》，北京：中国文学出版社1998年版，第290页。

回归书斋纸上谈兵；对标举"反修防修"旗号的运动萌生怀疑，促成知青的阅读骤然间连通了国际共产主义运动间的论辩；以安娜·路易斯·斯特朗笔下的"斯大林时代"为鉴照，青年思想者逐步"摆脱苏联式历史观，回到马克思的历史叙事中"反思、探寻中国式的社会主义道路；神的光环祛魅，"人的问题"自然引起了关注；对历史决定论的认知乃至厌弃（部分缘于胡克著述的影响），遂将知识者的思路引向了触探历史进展多种可能性的新境……

　　与"灰皮书"相类，"黄皮书"的阅读经验也不时可在彼时的"潜在写作"乃至新时期文坛产生共鸣：赵振开早期比较喜欢叶甫图申科的政治抒情诗，他曾背诵过叶甫图申科的《"娘子谷"及其他》，"这一点可能也深深影响了振开，在《今天》上发表的《回答》、《一切》、《宣告》等就内容而言是对非人道的政治的抗议"[1]；芒克、彭刚"心中充满反叛的劲，对家庭，对社会"，遂以足代笔，模仿克茹亚克"在路上"出走流浪[2]；至于那张隐喻着未知的远方对于青春神秘的召唤的"带星星的火车票"——"在窗台上躺下，头枕着胳膊，什么念头也没有，静静地凝望着这块长方形的天空，它很像一张火车票。这是一张星孔的剪票钳剪过了的票"——则不仅曾诱惑着《晚霞消失的时候》《九级浪》《波

① 宋海泉《白洋淀琐忆》，廖亦武主编《沉沦的圣殿》，乌鲁木齐：新疆青少年出版社1999年版，第262页。
② 《彭刚、芒克访谈录》，廖亦武主编《沉沦的圣殿》，乌鲁木齐：新疆青少年出版社1999年版，第184页。

动》诸作纷纷仰望天际①，隔着茫茫的时空，一时群星闪烁，彼此用星语遥相呼应，还在新时期涌现的现代观念小说中也留下了浓重的投影："王朔后来的文学形态无非是阿克肖诺夫文学形态的变种"②，刘索拉与徐星在接受采访时，也都忆及当年读《带星星的火车票》时的情景。《你别无选择》中那场略显过分却又无伤大雅的青春摇滚，《无主题变奏》里那种即便没有出路也拒绝与世俗价值观念和解的叛逆精神，连同小说在语言上所采用的"大孩子叙述"，都不难见出《带星星的火车票》的照映。③

当然，在尽情汲取"现代"（或"现代派"）文学养分的同时，更多的青年知识者的本根依然还是深植于外国古典文学名著中：赵一凡借给徐晓读的第一本书是车尔尼雪夫斯基的《怎么办——新人的故事》，徐晓读后曾与史铁生就"新人"的"合理的利己主义"思想展开讨论④；舒婷等知识者则在红卫兵武斗的血火中，潜心捧读雨果的《九三年》——"这里也有攻击和守卫、苦难和挣扎、欺凌和愤慨，也还有真、善、美"⑤，这里更有关于革命与人道主义的恒长激辩。

---

① 另有识者指出：在读北岛的《船票》时，我想他自然是读过阿克肖诺夫的小说的，"岁月并没有中断/沉船正生火待发/重新点燃了红珊瑚的火焰"，票的意象总有些相似之处。

② 《马佳访谈录》，收入廖亦武主编《沉沦的圣殿》，乌鲁木齐：新疆青少年出版社1999年版，第219页。

③ 1985年，刘索拉的《你别无选择》与徐星的《无主题变奏》发表，被人称之为"现代派小说"。鉴于这些小说主要表现的是现代的生活观念与行为方式，在文学本体上、形式上并无突出的拓进，故笔者将其称为现代观念小说。

④ 杨健《文化大革命的地下文学》，北京：朝华出版社1993年版，第86页。

⑤ 舒婷《生活、书籍与诗》，收入廖亦武主编《沉沦的圣殿》，乌鲁木齐：新疆青少年出版社1999年版，第300页。

值得注意的是，在青年知识者的阅读与接受域外古典名著中，时或透露出的源远流长的受难意识、献身精神乃至自虐心理。徐晓称："读了《被侮辱与被损害的》后我给一凡的信中写道：'我们无缘享受陀斯妥耶夫斯基笔下的'精神的苦刑'，这位残酷的天才把他笔下的主人公放在最残酷最卑劣的境地提炼崇高，要使我们的精神在最严格的意义上称得上崇高，必须经受这种磨难。'"①

"受苦吧！再要受苦！……啊！能够刚强是多么好！一个人刚强而能受苦是多么好！"②未尝不是缘于上述受难意识，彼时知识者（如赵一凡、徐晓、牟敦白等）如此深深地沉醉于罗曼·罗兰的《约翰·克利斯朵夫》里。

"反右"运动中，批判者曾指责该著是鸣放时期一些知识者个人主义"反动思想的根源"③，歪打正着地触及了其激励青年人独立思考的影响；及至七十年代，这部巨著更成了信仰失重时代知识者借以安魂，重塑人格的头一块基石。正因着"它所描绘歌咏的不是人类在物质方面而是在精神方面所经历的艰险，不是征服外界而是征服内界的战迹"④，才在知识者营构精神乌托邦的历程中凸

---

① 徐晓《无题往事》，《天涯》1996年第5期。
② 罗曼·罗兰《约翰·克利斯朵夫》（一），傅雷译，上海：骆驼书店1948年版，第153页。
③ 罗大纲《论罗曼·罗兰》一书对此有所分析："在反击右派的斗争中，人们发现有一些年轻人，他们的个人主义思想发展到和我们社会主义社会势不两立的严重地步"，"有人在提高认识之后，在检查自己的反动思想的根源时，指出《约翰·克利斯朵夫》这部小说给他们的消极影响"。上海：上海文艺出版社1979年版。
④ 傅雷《译者献辞》，罗曼·罗兰《约翰·克利斯朵夫》，傅雷译，上海：骆驼书店1948年版，第1页。

显出如此重要的价值与意义。《约翰·克利斯朵夫》令逆境中依然向真、向善的中国青年知识者的受难史，平添了奋勇搏击的英雄主义气息。

如果说，阅读可以充实知识者精神的空洞，那么，写作则有可能填补其"生活的荒凉"。时有青年作者无意屈从"历史的必然性"，转而选择了"诗的或然性"。他们自外于这场"风暴"，沉浸于文学想象与虚构的别一世界中，借此曲折地表达自身的价值立场以及对于社会动乱的抵拒。

于是，"手抄本"小说应运而生。对此，杨健的《中国知青文学史》等书自有翔实的搜集辑录。其中，常为史家论及的篇目计有：甘恢里的短篇《当芙蓉花盛开的时候》（1969）、毕汝协的中篇《九级浪》（1968—1969）[①]、张扬的长篇《第二次握手》（1972）、靳凡的中篇《公开的情书》（1972）、牟敦白的中篇《霞与雾》（1972—1974）、刘自立的短篇《圆号》《仇恨》（1974—1975）、赵振开的中篇《波动》（1974—1976）、礼平的中篇《晚霞消失的时候》（1976.11）。

上述作者无心"扎根"农村，故所作鲜有田园主题，却不乏现代节奏与旋律的都市梦寻。笔下一无回归自然的平静，犹充溢着报效无门、急待宣泄的焦灼与激情。究其成因也许可归结为对域外文学所展示的现代生活观念与情感方式的效仿，但主要原因恐怕还是源于竭力超越社会现实、反叛传统生活方式的自为的动力。

作者身在农村，灵魂却犹如"生活在别处"，或谓"只有脑

---

① 毕汝协当过老红卫兵，后加入北京女十二中学生贺利的"地下沙龙"，小说中的某些素材即来自贺利。

子，没有身体"①。如是，便导致其人其作即使涉及恋爱也大都是柏拉图式的。不尽然缘于彼一时代抑制人的七情六欲的"体制道德主义"的禁忌②，更多的应归因于知识者"对思辨生活的偏好"，归因于知识分子叙事中习见的"启蒙式的'爱'"范型——"这种知识男性'创造'新女性的文学想象经常出现在'五四'新小说中。女人在这里，主要不是性爱对象，而是启蒙、教育、感化的对象。子君在热恋中睁大美丽的眼睛听涓生讲易卜生、泰戈尔和雪莱，涓生便觉得中国的女性是有希望的；茅盾笔下的君实为了培养和'创造'理想的女性伴侣，便给娴娴安排各种应读的西方思想课程，更多的故事写男教师与女学生的爱"③。"启蒙式的'爱'"延异流变至彼时知识者悬空错置的"精神乌托邦"之语境，愈加增添了形而上意味。

《公开的情书》中，老久对恋人真真一直流于思想启蒙，至终未能与其有肌肤之亲，以致后来《十月》杂志的编辑忍不住欲画蛇添足："作品太柏拉图式了，恋爱中的男女间全部是通信；为了读者看得下去，是否可以安排男女主人公见个面？"④

与小说人物相类，现实生活中赵一凡与徐晓那"不是爱情的爱情"关系，亦不失为"启蒙式的'爱'"的形象佐证："我们

---

① 此处借用了芒克对赵一凡的概括："这人根本不睡觉，只有脑子，没有身体。"廖亦武主编《沉沦的圣殿》，乌鲁木齐：新疆青少年出版社1999年版，第194页。

② 罗兰·巴特称："在中国，我绝对没发现任何爱欲的、感官的、色情的旨趣和投资的可能性。""也可能是结构上的原因，我特指的是那儿的体制道德主义"。《中华读书报》2000年3月29日。

③ 李杨《50—70年代中国文学经典再解读》，济南：山东教育出版社2003年版，第95页。

④ 作者勒凡终未听取编辑的修改意见，理由是"为了忠于七十年代时的精神原貌"。刘青峰、黄平《〈公开的情书〉与70年代》，《上海文化》2009年第3期。

有相同的话题相同的感受相同的处境，所以我们能够相互理解相互体谅相互支撑，我们彼此使对方感到一种……安慰，甚至产生了一种特殊的情感——我想那可以称之为爱怜。我无法给这种情感下定义，我不知道它是什么，它是友谊的延伸，还是爱情的准备？或者是友谊的深化，还是爱情的升华？我不知道，我们习惯于彼此依靠，有一种类似于相依为命的感觉。从我们相识起，他就热切地影响我。我依赖他，他也从被依赖中得到力量。他需要以我的变化来证实他的存在、他的价值、他的影响力。"[①]……徐晓虽剪不断、理还乱她与赵一凡那别有一番滋味的情感，却心知肚明赵对她而言，首先"是挖掘灵魂深处的启蒙者"，而"从某种意义上来说，我是一凡的一件作品"。[②]

恰是出于知识者的"精神乌托邦"中普遍的扬情抑欲的道德洁癖，一旦有越规者笔涉肉身，如《九级浪》结尾仅仅描写女主人公马丽当着纯真少年"我"的面脱去衣服，露出胸部烟头烫的疤痕（受虐的标记）以及金丝镶边的乳罩（"腐朽""堕落"的象征）[③]，也足以使大多数知青读者"感到惊骇"——此处未尝不可读作"惊艳"！

《公开的情书》等小说所表现的"启蒙式的'爱'"中，若隐若显地折射出部分知识者精神追求的偏执。然而，世纪回眸，作者靳凡却依然无悔于当年理想主义的执着，声称："对我们来讲，

---

① 徐晓《无题往事》，收入廖亦武主编《沉沦的圣殿》，乌鲁木齐：新疆青少年出版社1999年版，第165页。

② 徐晓《无题往事》，收入廖亦武主编《沉沦的圣殿》，乌鲁木齐：新疆青少年出版社1999年版，第166页。

③ 杨健《文化大革命的地下文学》，北京：朝华出版社1993年版，第77—78页。

它代表摆脱了僵化教条束缚的人生观和爱情观。和当今专业化、市场化的知识分子不同，我们常把自己称为'残存的理想主义者'。""书中高扬的自我解放、独立思考、不迎合潮流的精神，并把这种精神和生命意义贯穿到生活、包括爱情的每一个侧面，在今天中国人中仍很希缺。"①

较之小说、诗歌的创作，书信可以说是知识者更普遍、更自由的一种书写形式。七十年代，由于初中、高中学生上山下乡，大学生也纷纷被分配或下放至边远工矿、农场改造思想，青年知识者一时流离失散于全国各地，于是，便出现了以个人书信"聚谈"这一知识者思想情感交流的别一方式，兼有以文会友、共享读书心得、传递习作等纸上沙龙类型的独特功能。

靳凡在一次访谈中提及："在1972年，由于1971年发生了'913'林彪出逃这一震惊中外的大事件，毛泽东思想开始解魅"，但运动并没有结束的迹象，"全中国人都看不到希望和前途，特别是年轻人，倍感压抑和黑暗。但这也是一段思想觉醒和为新时代来临作准备的时期"。"人人被迫参加一个接一个的政治运动，对于精神活跃、有独立思想的人来说，就只能把自己的内心世界完全隐藏起来，在日常生活中表现得与其他人一模一样。他们用独特的方式，如极其私密的个人通信、与朋友共同读书或聚谈来构建另一种精神生活。以我们为例，1970年于北京大学毕业后，分配到基层工作，也有十余个朋友的通信圈子。一天收到三四封信是很平常的，常常有五六封信，甚至十多封信。可以在一天内给同

---

① 刘青峰、黄平《〈公开的情书〉与70年代》，《上海文化》2009年第3期。

一个人写两封信。信有长有短，短则两三行，长的可以上万字。"①

徐晓自承："迷上了写信，一凡也鼓励我写，尽管我们常常见面，但还是不厌其烦地写，而且每封信都写得很长，常常是发出的信还没收到人已经先到了。写信成了一种精神享受，成了日常生活的功课。"是通信唤醒了她隐秘的内心世界的苏醒，在给一凡的信中她坦言："在你之前，我的精神生活不受任何人包括我自己的触动，甚至连窥视都没有"，"现在我时常惊奇地发现许多我自己有，以前却没有意识到的思想和情感"②。舒婷也回忆说，"写信和读信是知识青年生活的重要内容"③，她最初的诗歌习作大都是通过书信流传出去的。

书信传播还成了被打成"胡守钧小集团"的知识者群体维持思想联系的重要途径，"解决了一很大困难。那就是在较大范围的圈子里互相交流和鼓励"。为此，他们还特意编纂了《斗争就是幸福——远方战友书信集》，油印后散发各地同人④。

恰是赖有上述"纸上沙龙"的孕育，书信体小说《公开的情书》应运而生。

《公开的情书》"提倡对人生和爱情真诚而彻底的态度，塑造了以探索作为终极关怀"的"新人"人格⑤。

———————————

① 刘青峰、黄平《〈公开的情书〉与70年代》，《上海文化》2009年第3期。

② 徐晓《无题往事》，收入廖亦武主编《沉沦的圣殿》，乌鲁木齐：新疆青少年出版社1999年版，第161页。

③ 舒婷《生活、书籍与诗》，收入廖亦武主编《沉沦的圣殿》，乌鲁木齐：新疆青少年出版社1999年版，第301页。

④ 参见复旦大学"胡守钧小集团"专案组编《胡守钧小集团的有关材料》，1970年3月印，第25页。

⑤ 刘青峰、黄平《〈公开的情书〉与70年代》，《上海文化》2009年第3期。

　　值得注意的是，作者至今仍执守着脱胎于当年精神乌托邦的"残存的理想主义者"的立场，在接受访谈时她反复强调借小说塑造"新人"的主旨。她说："在写《公开的情书》时，我们就认为文学除了是个性、个人情感、生活经历和态度之表达外，它还有一项特殊的功能，就是发现新人和新的生活准则"；"文学是探索人的精神世界的，它应具有发现新人的功能，这是我们对文学和文学史的定位。也许，《公开的情书》本身就是例子，它预示着中国改革开放时期将出现一批新人"。[①]

　　何谓"新人"？新中国成立以来，周扬等曾将"当前文艺创作的最重要、最中心的任务"集中概括为"表现新的人物和新的思想"，在此导向下，至六十年代文坛已陆续塑造出了一系列以工农兵为主体的"社会主义新人"群像；新时期伊始，劫后复出的周扬又重弹"社会主义新人"论："我们不赞成尽写所谓伤痕"，"文艺创作要致力于培养社会主义新人"，"他应当具有社会主义思想和现代科学文化知识，他敢于解放思想，破除迷信，富于实干精神、改革精神、创业精神"。[②]从中自可发现，虽则缘于时代变迁，"社会主义新人"论也随之与时俱进，其形象外延不无拓展衍变，但其本质上始终留有"社会主义"意识形态鲜明标记。

　　乍一看，《公开的情书》所呼唤的"新人"与"社会主义新

① 刘青峰、黄平《〈公开的情书〉与70年代》，《上海文化》2009年第3期。
② 周扬《文学要给人民以力量》，《周扬文集》第5卷，北京：人民文学出版社1994年版，第366页。在第四次全国文代会上，邓小平的《祝辞》中亦提出："我们的文艺，应当在描写和培养社会主义新人方面，付出更大的努力，取得更丰硕的成果。要塑造四个现代化建设的创业者，表现他们那种有革命理想和科学态度、有高尚情操和创造能力、有宽阔眼界和求实精神的崭新面貌。要通过这些新人的形象，来激发广大群众的社会主义积极性，推动他们从事四个现代化建设的历史性创造活动。"

人"，尤其是新时期主流意识形态定义下的社会主义"四有"新人形象不无重合之处，这在一定程度上，助成了小说从"地下"移步换景至"地上"，并得以公开发表。经由作者自述，适可读出小说与彼时主流意识形态认可度之间的这一层博弈：1976年运动结束后，"有的朋友开始把小说刻字或打字，于是又有了油印本"①，小说自在民间不胫而走，作者却并"不曾想到要发表"，也不知能否发表。此时有朋友提议投稿，作者"反问发表它有意义吗？她说：当然有意义。现在文学作品很多，无非是伤痕、伤感；而这个小说不一样，反映了年轻人积极向上的思想追求。"于是，作者便委托她寄给《十月》。② 较之作者的"懵懂"，那位朋友的意识形态嗅觉显然敏锐得多，她嗅出了小说人物积极进取的追求似能吻合八十年代"社会主义新人"说的基调。朋友的提示，诱使作者不再顾虑笔下"新人"的异端性，加之奉编辑部要求"删去一些太大胆的长篇论说"，如是便完成了两类"新人"形象的移花接木。

然而，究其本质，《公开的情书》中的"新人"与"社会主义新人"毕竟貌合神离：除了一定程度淡化了社会主义的既定标记，强化了其超越阶级对立的普适性价值观念，更替换了"社会主义新人"论多以工农兵形象为主，即便新时期伊始可以塑造知识分子形象了，也仍须强调其融入工人阶级一员的身份。而"新人"则显然是新型知识者的代名词，它凸现了作者着力展现新一代知

---

① 杭州师范学院学生刊物《我们》最先油印刊出了《公开的情书》，该刊的主编为陈越光。

② 刘青峰、黄平《〈公开的情书〉与70年代》，《上海文化》2009年第3期。

识者"精神独立，忠实于自我"的境界。难怪"后来有清除精神污染运动，这本小说也曾被点名批评"；评论家指责它"重蹈着历史上某些脱离人民群众的、贵族革命家的旧路"①。

恰是缘于悉心发现与塑造新型知识者这一共同旨向的提示，靳凡的"新人"不由令人联想起车尔尼雪夫斯基的"新人的故事"。有识者指出："作品后记中有一句话很有意思，'今天的文学家与科学家有着相同的使命。科学家在发现新的世界、新的自然规律；文学家则应该努力发现新的人、新的生活准则。'这后半句很车尔尼雪夫斯基。"②尽管靳凡亦承认"青年时代我们都很喜欢俄国文学，可以说和其它中国知识分子一样，俄国19世纪的思想家和文学家对我们的成长影响很大"，却并不首肯《公开的情书》"是俄国文学思想影响的结果"③，而更多地强调它是七十年代"独立反思的产物"，但这仍无妨我们研究二作的"平行性再现"：

《怎么办？》的副标题开宗明义书写"新人的故事"；而《公开的情书》中作者则借真真那不无仰视的视角将老久视作"一个崭新的人"，老久也自命"我是新时代的人"。"新人"拉赫梅托夫特意睡钉子床，以磨砺自己的毅力与体魄；老久则刚学会游泳，便硬去横渡钱塘江，借此证明自己的意志与力量。车氏以崭新的观念处理薇拉、洛普霍夫、基尔萨诺夫之间的"三角关系"，最终以洛普霍夫选择假自杀退出了情感纠葛；而靳凡在处理真真、老

---

① 转引自刘青峰、黄平《〈公开的情书〉与70年代》，《上海文化》2009年第3期。

② 刘青峰、黄平《〈公开的情书〉与70年代》，《上海文化》2009年第3期。

③ 刘青峰、黄平《〈公开的情书〉与70年代》，《上海文化》2009年第3期。

久、老嘎之间的三角恋爱时，则让老嘎以"掺杂着亲手促成的毁灭"这一自虐方式，主动关闭了通向真真的心扉，使自己"习惯于在屈辱和压抑中生活"。更值得注意的是，二作在高扬"启蒙旗帜"这一追求中的深度共鸣——其笔下"新人"也都"像十八世纪法国启蒙学家一样，相信理性应该而且可以主宰生活，它具有最高的权威，既是反思传统、评价现实的准则，又为设计未来提供了依据"。[1]

两相照映足见二作形神俱似。然则前车之鉴，与其重蹈前述覆辙，一意追问《怎么办？》对《公开的情书》的影响而徒遭作者闪烁其词；不如由"启蒙"意图切入，另辟蹊径，将二者的影响源追溯至更其遥深宽广的资源库。如遥想十八世纪席卷欧洲的启蒙运动以及与此不无互动关系的诸多思想沙龙、文学沙龙；探析由是萌生的哲理小说、书信体小说、对话体小说，如孟德斯鸠的《波斯人信札》、卢梭的《新爱洛绮斯》、狄德罗的《拉摩的侄儿》等作品的形式意味。其弊或易于"席勒式地把个人变成时代精神的单纯的传声筒"，如书信体虽助成《公开的情书》的主观抒发，才情横溢之余，却未免宣泄无度；其优长则在善于评点生活，干预生活，在政治、社会、道德诸领域启蒙思想。

刘青峰（靳凡）称："正是这些私下的思想沟通，令我们结识了志同道合的朋友，可以在1980年代初有意识、有准备地投身于思想解放和文化启蒙的大潮。"[2]无独有偶，李陀亦有言："七十年

---

[1]　蒋路《〈怎么办？〉前言》，车尔尼雪夫斯基《怎么办？》，蒋路译，北京：人民文学出版社1996年版，第2页。

[2]　刘青峰、黄平《〈公开的情书〉与70年代》，《上海文化》2009年第3期。

代非常特殊的成长经历，无疑在他们身上打下很深的烙印，让他们的态度、作风、思想都有一种不受秩序拘束、不愿意依附权力的品质。大概正是这些特点，让这个群体在中国发生剧烈变革的时代发挥了其他知识群体不可替代的作用，如果没有他们，无论'思想解放'或者'新启蒙'，都不可能在八十年代发生。"①

诚哉斯言！莫道书生空议论，一俟时机成熟，靳凡笔下的一代"新人"便以石破天惊之姿崛起，批判现实，"走向未来"②。

一场史无前例的风暴，肆意将青年知识者打散，却在不经意间播撒出一片片远离主流意识形态的"精神飞地"。那是"继续革命"形势鞭长莫及的空隙，是历史枯笔有情抑或无意间生出的一段虚实相生的飞白！在这片精神飞地上，"潜在写作"破土而生，思考的一代孕育成长。

---

① 李陀《〈七十年代〉序言》，北岛、李陀主编《七十年代》，北京：生活·读书·新知三联书店2009年版，第10页。
② 二十世纪八十年代，由《公开的情书》的第二作者金观涛担任主编、刘青峰任执行编委的"走向未来"丛书集束推出，表征了彼一时代思想启蒙最前沿的思考。

第七章

知识分子的形象塑造与精神类型

　　单纯而言，知识分子的形象塑造，亦即知识分子的自我认识、自我反省与自我想象。然而，作者不仅与其笔下人物息息相通，犹与其置身的社会历史休戚相关，难分难解。故此，知识分子的形象塑造，不只是任其心造的幻影，它不可避免地会烙有彼一时代的胎记。

　　就后者考辨，五十至七十年代的知识分子叙事与五四一代知识分子叙事便明显见出歧义：舍弃启蒙而遭遇革命的站位，无疑相当程度地影响、制约了作者审视知识者思想、情感、性格、命运的视角及价值取向。忽视中间地带的混沌不清，径直以"革命"为纵轴，以"左—右"为横轴，于是三类知识者形象，即革命知识分子、工农型知识分子与右翼知识分子之谱系顿然变得泾渭分明。

　　然而，文学创作的使命与其说是着力营构定型化的政治"人物"，不如说应更其自觉地塑造文学"形象"。恰是因着某些作者虽囿于政治界说却仍不失艺术追求的多重面向，致使他们在人物的概念化与形象化、其社会本质的极端鲜明与性格特征的丰富多姿一类矛盾冲突中煞费苦心地予以调和，勉力修补其间的审美裂痕。

一、"革命"坐标框定的知识分子形象谱系

革命知识分子一度成为五六十年代知识者叙事中的主导人物。

笔者所以在众多作品合力营构的革命知识分子形象画廊中，择取高云览《小城春秋》所塑造的四敏、剑平、吴坚等形象为例予以聚焦，因着相对于亦笔涉革命知识分子形象的《红岩》《野火春风斗古城》《红旗谱》诸作，《小城春秋》更具有知识分子意识与气息，无论是题材上还是创作主体意识上，都在致力于革命历史叙事的同时，犹自觉非自觉地凸现"知识分子叙事"；而前者则既非"知识者题材"，也非"知识者叙事"，纯属"革命叙事"。[①]早在《小城春秋》出版时，便有序作者称："云览同志由于斗争生活的局限性，写工人阶级不够有力，刻画知识分子，却是如见其人，如闻其声。"[②]适可谓歪打正着地道出个中区分。

论及知识分子的形象塑造，张福贵曾指出：在三四十年代，特别是在解放区的文学创作中，知识分子"始终处于不断被嘲讽

---

① 论及新中国成立后一批被政治"规范"重新命名的革命知识分子形象时，程光炜曾列举了"长篇小说《青春之歌》（1958）中的林道静，《小城春秋》中的四敏、剑平、秀苇，《红岩》中的成岗、刘思扬，《野火春风斗古城》中的杨晓冬，《三家巷》、《苦斗》中的周炳，《红旗谱》中的贾湘农、江涛、张嘉庆"等形象。程光炜《关于五十至七十年代文学中的知识分子形象》，《文学评论》2001年第6期。

② 张楚琨《小城春秋·再版序》，北京：人民文学出版社2005年版，第6页。

和揶揄的尴尬境地，并且不得不改变原有的情感方式而向劳动民众一般的粗俗化、简单化的情感方式的转化、认同，以真正实现'脱胎换骨'的改造"，"在转化和认同之中，知识分子特有的细腻、敏感和丰富、浪漫被克服，粗俗化、简单化成为一种符合时代需要的标准情感方式"[1]。《小城春秋》虽对知识分子本质上"真正实现'脱胎换骨'的改造"心向往之，却犹能认为：这其实并不妨碍在展现革命知识分子的情感方式时勉力开掘其"特有的细腻、敏感和丰富、浪漫"。据此，作品中悉心塑造了一系列书生形、革命魂的革命知识分子形象。

毛泽东有言："革命不是请客吃饭，不是做文章，不是绘画绣花，不能那样雅致，那样从容不迫，文质彬彬，那样温良恭俭让。革命是暴动，是一个阶级推翻一个阶级的暴烈的行动。"[2]这未尝不可读作革命家对"秀才造反"的温和姿态之揶揄。有意思的是，作者却有意无意地将此段语录中的是与非均集于四敏一身：既刻画四敏西装革履，说话慢条斯理，声音柔和，待人温厚，作为知识分子"那样雅致，那样从容不迫，文质彬彬，那样温良恭俭让"，又极写其投身革命行动时的"暴烈"。小说中，但见四敏有声有色地渲染自己曾刀劈白军"脑瓜子开花"，见还不断气，又砍了一刀，直至血溅一身的经历；却对同志无意踢猫的行径大加谴责，心疼地将猫抱在怀里反复摩挲……令人不由地联想起普希金

---

① 张福贵《"灰色化"：新文学中知识分子向民众认同的三种过程》，《中国现代文学研究丛刊》1998年第2期。
② 毛泽东《湖南农民运动考察报告》，《毛泽东选集》第1卷，北京：人民出版社1991年版，第17页。

小说《杜布罗夫斯基》中铁匠阿尔西卜的形象。他将那些企图霸占财产的官吏们反锁在屋里，微笑着任他们被活活烧死；却对一只在燃烧的房顶上奔跑、惨叫的猫，舍命相救，不惜自己烧伤[①]。此处，作者竟然让四敏这样一位文质彬彬的知识分子遥向异域揭竿而起、落草为寇的草莽英雄致敬，依稀透露些许领袖暴力革命论中的复杂成分。至于前述四敏性格之二重组合，与其说彰显了"革命知识分子"理念的分裂，不如说"相反"实为"相成"，借此叙事技法凸显此类形象中"革命"对"知识分子"（哪怕是像四敏那样书生气十足的知识分子）、对"人性"实质上的统摄性威力。借用毛泽东式话语，所谓"革命知识分子"，意即"知识分子"是毛，必须依附于"革命"阵营这张皮上。

出于避免革命知识分子形塑千人一面的动因，作者在描写地下党领导人吴坚的外貌时刻意赋予其文弱书生之特征："身材纤细而匀称，五官清秀到意味着一种女性的文静，但文静中却又隐藏着读书人的矜持"，"他那只纤小而柔嫩的手，也是带着'春笋'那样的线条"[②]，借此反衬其领导地下斗争时全局在握、叱咤风云的气概。

值得注意的是，作者在身体修辞学范畴虽不习于以貌取人，不忌讳赋予人物知识分子的外形，却在政治修辞学立场上常怀知识原罪感，恨不能脱胎换骨，彻底改造思想、气质，重塑革命金身。在塑造李悦时，有意无意地透露了他其实最心仪的革命知识分子的形象构成：须"涉猎的书很多"，又"一点也不像个读书人

---

① 普希金《杜布罗夫斯基》，刘辽逸译，北京：人民文学出版社1957年版。
② 高云览《小城春秋》，北京：人民文学出版社1956年版，第11页。

的模样"①。只消将"模样"一词视作"本质"便可。

　　与四敏、吴坚慧敏细腻的气质适成对照，作者着意渲染剑平性格的戆直粗率。这透露了作者终究不能尽然免俗，时或以前述更符合彼一"时代需要的标准情感方式"衡量知识者形象，称其更为"可爱"。剑平之"粗戆"，除却天性因素外，更缘于后天性的对"书生气"的自觉抵拒。比如与四敏初次见面时，见四敏着装"那么整齐"，周身见出"干净"——"烫平的深咖啡色的西装，新刮的脸，剪得贴肉的指甲"，"手柔软而且宽厚"，剑平便顿时"感到不舒服"，透露其"身体政治"犹崇尚那种"短裤党"的不修边幅特质；又如批评秀苇所做的《渔民曲》，"语言都不是属于渔民的"，缺乏"渔民的感情"，"脱不了知识分子的调调"。②

　　他甚至直言不讳："我就讨厌知识分子，尽管我自己也是。"③就此意义而言，书中四敏称"粗戆气之于剑平，犹如天真之于幼童，无宁说是可爱的"一语，未尝不可读作对其幼年家贫辍学，鲜受孔孟传统文化矫饰教化之本质的激赏。原因无他，未经陈旧知识文化污染的一张白纸，最好注入革命的纯正血液。

　　作者虽以剑平少不读《论语》《孟子》等传统典籍为幸，却又因其不谙马恩经典理论为憾——"'我得好好研究理论'，剑平天真地叫着说，'我连唯物辩证法是什么，都还不懂呢，糟糕！'"……于是乎，停学后的他一边劳作，一边"坐在家里，饥

---

① 高云览《小城春秋》，北京：人民文学出版社1956年版，第22页。
② 高云览《小城春秋》，北京：人民文学出版社1956年版，第41页。
③ 高云览《小城春秋》，北京：人民文学出版社1956年版，第73页。

渴似地翻阅着当时流行的普罗文艺书刊"；加入共青团后，更是"天天读书到深夜"，熄灯后还与党组织领导吴坚辩驳疑难："到底真理是相对的还是绝对的？""无数相对真理的总和即绝对真理？"①连梦中都念叨着马克思。"天真"一词煞是传神！比照那些一味盲从迷信、不求甚解的革命者的世故练达，"讨厌知识分子"的剑平却犹带着几分好寻根究底的知识者禀赋，虽则略含"教条和公式"气。其间分明渗有作者三十年代追慕朱镜我、彭康、李初梨等后期创造社同人，一头扎进理论堆，钻研马恩及其中国版的摹本，倾心"普罗"文艺的切身体验与感受。

与此相类，小说中，四敏给秀苇的信里所坦露的那一段心路轨迹——"十六岁时，很爱读颓废派的作品。它使我消沉、忧郁，有个时候我甚至试图自杀"，也能在作者自传中找到原型。高云览曾谈及自己少年时深受"郁达夫的颓废作品的影响"，后因郭沫若、钱杏邨等人所倡"普罗"之风的洗礼，遂一改年轻时的"感伤主义"，昂扬挺拔起来。②

李欧梵曾将"少年维特般的（消极而多愁善感）和普罗米修斯似的（生机勃勃的英雄）"归结为西方浪漫主义流行的两种类型③。由此可见，郁达夫一支的浪漫抒情派小说，与蒋光慈等为代表的普罗小说本是同根生。即便"革命"了，亦依然难免革命罗曼蒂克色调。

---

① 高云览《小城春秋》，北京：人民文学出版社1956年版，第18页。
② 《〈小城春秋〉作者高云览自传》，收入民盟天津市委员会文史资料研究小组编《文史参政资料汇编》第5辑，1980年12月。
③ 李欧梵《中国现代作家的浪漫一代》，北京：新星出版社2005年版，第282页。

作者在知识分子青春期的浪漫梦幻本能与革命憧憬之间勉力搭桥引渡，于四敏、剑平与秀苇的三角恋爱模式中，特意平添了"革命"这一元素，于是，革命与恋爱适为互文，互渗互补，互诘互辩。尽管作者本意希图以爱情描写映衬革命者的道德情操，且胸怀重振"左翼文学"之雄图，倾心表现"小城"大劫狱的暴烈行动，但有涉爱情，"革命知识分子"形象中的"知识分子"情愫便露出尾巴了：[①]

　　　　剑平把灯又关了。一个人静静地坐在黑暗中，重新看看那水一般的月光和雾一般的花。花的清香，混合着温柔的情感来到心里。

　　　　年轻人在热恋的时候总是敏感的。剑平一从秀苇的眼睛里看出异象，便有些忧郁。最初他是嫉妒，接着他又责备自己感情的自私。他想，他既没有权利叫一个他爱的人一定爱他，他也没有权利叫他的同志不让他爱的人爱。他，作为秀苇的朋友和作为四敏的同志，为什么不能用愉快的心情来替别人的幸福欢呼呢？他有什么理由怨人和自怨呢？

　　　　假如说，爱情的幸福也像单行的桥那样，只能容一个人过去，那么，就让路吧，抢先是可耻的……

　　　　四敏在卧房里徘徊起来，一种不知哪里来的忧郁的情绪，

_____

① 　难怪彼时的主流意识形态有言："在两性关系上的资产阶级思想往往是最根深蒂固的。"自然，所谓的"资产阶级思想"应作知识分子思想情感模式读。参见姚文元《文艺思想论争集》，上海：作家出版社上海编辑所1964年版，第13页。

混合着诗的旋律，在他心里回旋起来。旧的习惯抬头了……[①]

理智上，四敏、剑平又何尝不知"感伤和颓废的可笑和可耻"，感情上却依然挥之不去。文本之外，作者似这般知识分子的"旧的习惯"亦是那么根深蒂固——"我的包袱，不健全的小资产阶级意识的包袱，太多了"[②]，记忆深处既有的三角恋爱故事中平民知识分子洛普霍夫式的礼让、牺牲（《怎么办》），传统士人陈剑云式的谦卑、忧郁（《家》），便自然惯性般地成为小说的"原型预示"。

革命与恋爱皆能获得一种献身的快感，既然无力乞灵现世情缘，不如皈依革命教义的超越与解脱。于是，我们在四敏舍身蹈海的结局中，终于读到了一种浪漫主义者的殉道（抑或也是殉情）的冲动。

如果说，革命知识分子的形塑常有赖于"革命+恋爱"的范式，那么工农型知识分子的塑造一般却无涉爱情，一出场便往往是已有家室的"老大哥""老大姐"型。前者虽"革命"，"知识分子"的思想情感模式犹难以割舍；后者即便迈进了高等学府，依旧一无书卷气，所谓不改工农本色。较之革命知识分子形塑的有血有肉，工农型知识分子的形象则略显符号化。

相对于革命知识分子成长自1949年以前战争年代的血雨腥风中，工农型知识分子大都培育于五六十年代和平时期的工农速成学校或高等学府。因着占领历史舞台的时代潮流的推动，工农亟

[①] 高云览《小城春秋》，北京：人民文学出版社1956年版，第67、72、108页。
[②] 《〈小城春秋〉作者高云览自传》，收入《文史参政资料汇编》第5辑，1980年12月。

待深入"知识分子成堆"的校园，用"知识武装自己"；同时绷紧阶级意识的弦，向"资产阶级的各种思想作坚决的、不调和的斗争"——学术殿堂适如没有硝烟的战场，工农型知识分子便是特殊意义上的革命者。由是观之，从革命知识分子到工农型知识分子，既是历史时间的承接，又贯通着"无产阶级专政下继续革命"的精神血脉。

《大学春秋》《勇往直前》《在大学里》等作品以较多的篇幅着力反映了工农学员"代表一个阶级"进大学①，对整个知识分子队伍进行"换血"的历史进程。

受彼时阶级观念的影响，工农型知识分子自然被作为正面人物塑造。党对他们寄予厚望："要给工人阶级争口气呀，要让全世界的资本家看看，我们工人有无穷的聪明才智，能攻下科学的堡垒！"②

纱厂童工出身的班级党小组长王月英曾就读工农速成中学，进大学后在学习上仍严格要求自己，答对了问题却主动要求老师批给"不及格"。班上每有探讨陷入彼此争论拉锯的僵局时，她旋即挺身而出，表明自己的无产阶级立场。然而对于这个政治"战场"上思路锐敏、言辞犀利的工农学员，小说却特意让医院做了如下的诊断："有轻度脑震荡"，"入学以来用脑过多，脑子疲劳，导致了复发。建议最好休学。"③考察彼时现实生活，工农速成中学学生的健康状况确实令人担忧："据一九五二年年底三十个学校的

---

① 康式昭、奎曾《大学春秋》，《收获》1965年第6期。

② 汉水《勇往直前》，天津：百花文艺出版社1961年版，第45页。

③ 康式昭、奎曾《大学春秋》，《收获》1965年第6期。

统计，患有严重的慢性病或其他重病的学生约占百分之三"，"这些学生，有的只能上一部分课程，读了三年还是一年级；有的完全不能上课，因此只好回家或在校长期休养"，"是因为学生入学程度太低，学习任务繁重，加以教学方法还缺乏改进，致使学生经常处在紧张的状态中，得不到适当的休息和睡眠"。①此处，作者本意自在以脑疾为由，掩饰工农学员普遍"入学程度太低"、学习无法跟上的现实，并借此反衬其不畏困难的毅力；却因这"疾病的隐喻"，无意中彰显了执意奉行"学校为工农开门，要彻底无产阶级化"的教育体制的某些症候。

《勇往直前》中，"旧社会里连小学门也没进过"的放猪娃李世顺被送进了大学门，触目皆是"资产阶级的生活作风和生活方式"，"不习惯"亦"看不惯"。去教授家拜访如坐"针毡"，吃餐便饭胜似"苦药"；"跟班上青年同学在一起，也没有在部队、在工农群众中那样痛快！"甚至自称在此环境中，受到了"精神威胁"，心理极度压抑。后来在党支书的开导下，明确了自身进入大学的根本任务，是受党的委派，最终实现党"建立一支庞大的工人阶级知识分子队伍"之目标，方才扬眉吐气。

蒙古族转业军人乌力吉半夜里还躲在大学厕所复习功课，声称不迎头赶上，便没有权利去休息去玩。他自幼放羊，苦大仇深，这位解放战争中的英雄新中国成立以后却接受了新任务：即"攻克科学堡垒，在另一个战场上作战"。昔日英姿施展不开，积郁日久，终于在一次关于小说《红与黑》的课堂讨论中爆发了：他

①《全国工农速成中学存在不少问题 各地教育行政部门应加强领导》，《人民日报》1953年8月29日。

238

把手上的讲稿往桌上一拍，"'于连是个什么东西？'他手一挥，尽量找他骂人的词汇库中最厉害的词儿：'臭资产阶级！……流氓！……神经病！'""他直挺挺地往当中一站，气势凛然，同学们尊重他，敬爱他；——当然，也有人是因为怕他。"[①]耐人寻味的是，知识分子眼光与叙述中的工农型知识分子，每每看取乃至仰视其异于知识分子的如是本色——憨厚、朴实、粗犷、鲁莽，这已衍为彼一时代崇尚的标准品格，殊不知欲扬适抑，不慎透露了工农型知识分子尚未充分"知识化"（"憨厚"中未尝不含蒙昧之意），却不无勉强地被新体制委以"占领文化科学阵地"重任，还以"敢想敢干，不怕'权威'"鼓气，适可谓：无知者无畏矣！

与红光满面、高大壮实、气度豪爽、声若洪钟的工农型知识分子形象恰成对照，彼时小说中被归于"右翼知识分子"谱系的知识者形象大都具有脸色苍白、身材瘦削、姿态文弱、声音轻柔之类的身体符号。

与其说这是采自现实生活里的"典型人物"，不如说在知识分子成堆的地方，总得有那么一小撮人充当反面的类型化角色。作者每每在为其塑形时将其与革命知识分子、工农型知识分子置于一种"对照的反差"之中。于是，右翼知识分子遂在精神气质、知识谱系乃至肖像外貌等方面有了彼此相通、近似的同构性——他们大都有着良好的知识储备与娴熟的专业技能，作者非但不贬损其知识技能反而特意提升、强化，这未尝不是为了印证彼时"知识越多越反动"观念故而欲抑先扬。

---

① 康式昭、奎曾《大学春秋》，《收获》1965年第6期。

　　主流意识形态尤为警惕小资产阶级知识分子精神构成中的"个人主义"思想，早在延安时期，毛泽东便将两者捆绑一起，指出："有些小资产阶级知识分子所鼓吹的人性，也是脱离人民大众或者反对人民大众的，他们的所谓人性实质上不过是资产阶级的个人主义。"①新中国成立后，个人主义与资产阶级之间的联系更是屡被阐发："个人主义可以有各种不同形式和不同程度的表现，但是个人主义总是与集体主义对立的；不管你是资产阶级个人主义或者是小资产阶级个人主义，它的思想根源都是从属于资产阶级的。"②知识分子叙事自难幸免，时以"个人主义"为标记，将疏离集体（在彼时语境中也即疏离革命）的知识者视为右翼知识分子，并将其类型化，漫画化，乃至妖魔化（如称其为"幽灵"）。

　　《大学春秋》中的白亚文，幼年即习得其资产阶级家庭的"个人主义"人生观，父亲借该做东郭先生还是做狼之选择，授其"人不为己，天诛地灭"的信条。作者特意在白亚文歌颂英雄舍身救人的长诗中，植入"五秒钟动摇"这一现实中业已被批判的符号，坐实其"资产阶级的文艺主张"；而小说描述黄美云则着意强调其"孤僻""阴郁""不参加集体活动""独来独往"，在阳光普照的新中国校园里恰似一个见不得光明的"幽灵"。黄美云外国文学成绩优异这一优点，竟也被用以印证其资产阶级意识的膨胀强大，故而学习"那些十八九世纪资产阶级的文学"往往如鱼得水，

---

① 毛泽东《在延安文艺座谈会上的讲话》，收入《毛泽东选集》第3卷，北京：人民出版社1991年版，第870页。
② 周恩来《增强党的团结，反对资产阶级的个人主义》，《周恩来选集》下卷，北京：人民出版社1984年版，第121—122页。

引用"资产阶级批评家的评论"得心应手①。

《在悬崖上》《西苑草》《红豆》《浮沉》等小说则于自觉非自觉间，赋予无形的"个人主义"以物化形态，不约而同地刻画起右翼知识分子的"私己空间"。显文本自是意在针砭，潜文本中却似有一丝怅然若失感。《浮沉》中，医学院毕业生沈浩如在周密计划尽早当上主治医师，"要进行一项现在还很少人研究的医学上的专题"的同时，精心布置其本打算用于结婚的新房。叙述者为此意味深长地写道："一间布置得很好的房间：长长的落地窗外，有一个伸到马路外去的小阳台，在有星的夏夜里，坐在阳台上，静静地喝茶，聊天，该是引人神往的吧。"并一再重复叙述："那房间里的家具，就是他用长年累月积攒下来的钱，一件一件，逐月逐日添置起来的。"每当沈浩如面对大环境的"折腾"而黯然神伤时，不由"一个人在空屋坐了很久，用抹布把家具上的灰全抹干净"，"心里真空，真苦，真想痛痛快快大哭一场"。②与女友简素华毅然离开上海、弃家奔赴的东北边城某社会主义建设大工地相对应，人去楼空的"新房"遂上升为一种知识者不无留恋的小家庭日常生活情趣的载体，一种大时代中顿显渺小的个体心灵世界的空间隐喻。

倘若说沈浩如蛰伏世俗的"家"，《在悬崖上》及《红豆》的主人公则流连于奇幻缥缈的高地。《在悬崖上》中的加丽亚突发欲盖一间"双层玻璃的雕塑室，玻璃之间灌满了水"的浪漫幻想，引来追求者"我"的连声附和："将来我为自己设计住宅时，一定

---

① 康式昭、奎曾《大学春秋》，《收获》1965年第6期。
② 艾明之《浮沉》，《收获》1957年第2期。

为你预备一间这样的水晶宫，把你像金鱼一样的养在里边。"情之所至，当"我"接受了一项设计医院的任务时，构图竟以建构"水晶宫"为原型："设计病房，我就想着她披着轻软的睡衣在屋里躺着；设计阳台，我又想象她在阳光底下画水彩画。"只是如此不合时宜的"水晶宫"图纸，上级组织怎么可能采纳？随之而来的批评一针见血："一个人的设计风格和他的整个的思想感情是分不开的"，这是"资产阶级意识在作怪"①。至此"水晶宫"已不由得被指为一种超越现实、脱离大众的个人主义思想感情（包括审美情趣）的象征。

《红豆》中潜藏着一处"绝域"，那是因江玫与齐虹"两个都喜欢的一个童话《潘彼得》中的神仙领域"而得名。它超然遗世独立，向"无问津者"，纵然已有研究对《红豆》百般探析，对此却往往忽视。它是热恋中的江玫与齐虹心之所属，他们为此一度远离人群，远离集体，"循着没有人迹的长堤走去，因为没有别人而感到自由和高兴"。行笔至此，作者许是忘乎所以，竟借"成长"中的革命知识分子江玫之口悄声说出："齐虹，咱们最好去住在一个没有人的岛上，四面是茫茫大海，只有你是唯一的人"；继而让齐虹惊喜地喊出："那我真愿意！我恨人类！只除了你！"②"人类"一词自然是泛指，作者试图借此表征"集体""群众"等观念。所以有意将其夸张至如此极端、悖谬的地步，应是作品的主导意识需要为之。

后文中齐虹再次呼应："我来接你到'绝域'去做春季大扫

---

① 邓友梅《在悬崖上》，《文学月刊》1956年第9期。
② 宗璞《红豆》，《人民文学》1957年第7期。

除"，"去听那新生的小蝉的叫唤，去看那新长出来的小小的荷叶"。在这个集体主义盛行的革命年代，齐虹实在有几分意欲挟带江玫一起羽化登仙的味道了。值得注意的是，彼时作者稍事流连，即借叙述者之口，宣判"他们的爱情就建筑在这些并不存在的童话"上面，恰似"终究要萎谢的花朵，要散得云，会缺的月"①。

《红豆》问世五十年，"绝域"寂寞，在大时代的迷失中"不复得路"，但却始终为现实中的作者魂牵梦萦。八十年代初，当旅居国外的宗璞得知《潘彼德》音乐剧即将在异地上演，便立刻独自赶去，途中历尽周折，宛若朝圣，却难掩一偿夙愿的欢喜。演至潘彼得飞翔而出时不禁感怀："呵！潘彼德！你这永恒的孩子！"②

作为一种永恒的意境，"绝域"在知识者叙事中复沓呈现。与前述小说选择的叙述空间每每与其所承载的故事、情感形成感应的统合相类，在刘绍棠的《西苑草》中，叙述空间亦不时渗有创作主体的移情。如叙述者在鸟瞰西苑大学全景时意兴索然，徒见"那一幢幢的楼房，一道道光溜溜的林荫道，和那川流不息的人群"；而在捕捉校园里那些边缘风物时却分外动情："每个角落却有着静悄悄的声音，是风吹针叶松在响；是溪流在喧闹；是龙王庙芦苇丛的摇曳声；是坐在玫瑰丛和洋槐丛边爱人的低语"。与校园全景相对应的是团支部集体活动时大学生们心不在焉的合唱："在遥远的地方，那里有云雾在荡漾……"众声皆欢中，蒲塞风却

---

① 宗璞《红豆》，《人民文学》1957年第7期。

② 宗璞《潘彼得的启示》，《宗璞文集》第1卷，北京：华艺出版社1996年版，第234页。

一人向隅，"他只跟随在队尾，闭着嘴巴"，饶有几分独立苍茫的姿态与笔意，而那边缘地带则是专属于蒲塞风与其女友黄家萍的私己空间。两人在塔下、湖畔的约会竟然招来同学义正词严的批评，罪名是"他俩现在越发脱离群众"。待得"大环境"终于迫使他俩不能再自由相处、单独见面时，冥冥之中，走投无路的他们最后的邂逅之地竟是西苑湖湖心的孤岛，那是他俩的"绝域"：四面皆水，"湖畔和孤岛上寂静无声，没有了人迹"。①

是年，刘绍棠发表评论《现实主义在社会主义时代的发展》，强调《静静的顿河》中的葛利高里形象不能简单地归之于"个人主义悲剧"，而应正视其复杂多元的艺术生命②。这一观点恰可为其小说做注：《西苑草》始终不愿以"革命"为坐标系，"机械地规定正面人物，反面人物"，将蒲塞风这样一个个人奋斗者纳入反面人物的类型化中，而是试图立足"丰富和斑斓的生活本身"，创造丰腴多面的艺术性格。只是作者对蒲塞风实在偏爱有加，竟欲借贯彻"双百"方针与党内整风契机，为这样一个独立不羁的艺术形象正名。结尾称："市团代会召开了，这次大会的一个重要问题，就是检查青年团工作中的主观主义、教条主义和官僚主义，包括在大学内过分强调集体化中所产生的某些偏差。"③如此理想化的愿景读来自如反讽——这个特立独行的知识者形象虽被小说网开一面，而其背后那个被誉为共和国"神童作家"的作者本人却终难逃劫数，很快身陷"反右"斗争的囹圄。

① 刘绍棠《西苑草》，《东海》1957年第4期。
② 刘绍棠《现实主义在社会主义时代的发展》，《北京文艺》1957年第4期。
③ 刘绍棠《西苑草》，《东海》1957年第4期。

1949年这一历史性的时间节点，标志着民族解放战争的胜利与共和国的新生。中国的知识分子较之以往任何历史时期更心悦诚服地渴望自身能融入"革命"这一阵营中，故而，"革命知识分子"顺理成章衍为五六十年代知识分子叙事中的主导性人物。当叙事者复沓叙述、抒发此类人物为革命战斗乃至献身的快感时，与其说是迫于现实而矫情，不如说是发自肺腑的真情实感，内中自然渗透了知识者那不无浪漫的想象与憧憬。

　　此后这十七年，仍可谓是"革命进行时"。彼时用以划分知识分子谱系的"革命"坐标上，仍若隐若显地渗有"准战争思维"的成分。诸如在前述关于工农型知识分子形塑这一命题上，毛泽东"知识分子和工农相结合"的时代召唤，又何尝不可变通地理解为工农也应和知识分子相结合，从而完成双向同构，而非"蜕变为改造与被改造，一方'化'掉一方"的对垒关系[1]。又如在进行右翼知识分子的形塑时，更理性而言，本应将那些徘徊、游离于革命与反革命之间的中间人物尽可能地争取过来，而非简单化地依循不革命便是反革命的逻辑将其打入另册。

　　然而，以上假设纯属后知之明。对于近年来文学史书写中习用的类似"历史预设"，解志熙曾一语中的地指出：反思者的历史态度中"往往自觉不自觉地伴随着某种理想化的历史预设，而由于这理想化的历史预设其实是后置的，未必切合过去的历史情境，因而也很可能使历史反思陷入对历史不切实际的求全责备"，"以

---

① 钱理群《我的精神自传》，桂林：广西师范大学出版社2007年版，第103页。

某种一厢情愿的历史理想去责备历史"。①诚哉斯言！

如果对叙事者所处之历史情景多几份深入，那么，便会对这一时段的知识分子叙事多几份"了解的同情"。

二、浪漫青年、流浪汉、科学主义者等精神类型

史家有言：就多数作品而论，"五四"小说在知识分子题材领域所提供的，"与其说是'形象'，不如说是'感受'、'精神现象'"。②

耐人寻味的是，与五四时期知识分子题材的小说一脉相承，五十至七十年代的知识者叙事中，知识者形象亦每每"不是作为'性格'，而是作为某种精神现象、人生感受的寄存者、体现者、表达者而存在"。③如"浪漫青年"形象。"浪漫青年"恰是前述洪子诚所谓的革命激情与"小资"情调这一奇妙结合境界的赋形④。《大学春秋》中的女主人公陈筱秋、《红豆》中的江玫、《组织部新来的青年人》中的林震以及《公开的情书》中的真真等皆可归于"浪漫青年"这一类型，表征着某种"精神的青春"。

同属"成长"中的小资产阶级知识分子谱系，《大学春秋》里的男主人公许谨亮相不久便俨然已成"近在眼前"的"现实中的

---

① 解志熙《深刻的历史反思与矛盾的反思思维》（下），《中国现代文学研究丛刊》2002年第2期。

② 赵园《艰难的选择》，上海：上海文艺出版社1986年版，第6页。

③ 赵园《艰难的选择》，上海：上海文艺出版社1986年版，第6页。

④ 洪子诚等《〈新诗发展概况〉写作前后》，《文艺争鸣》2007年6期。

英雄"①；而陈筱秋却始终纯真未泯，难以"长大"，在文本中若隐若显，犹如"梦中的少女"。她是山雨欲来的"夏日里的一场春梦"，是大时代的电闪雷鸣中驱之不去的一抹明媚。

此外，小说中，用以表征白亚文、黄美云等大学生的"小资"思想的"于连"这一符号，则有意放大其阶级本性；而用以表征筱秋"小资"情调的"达吉雅娜"形象，作者似更多地抽象其普适意义。难怪作品对白亚文等的小资产阶级思想意识的批判，态度坚决，毅然与之划清界限，而对筱秋式的所谓"小资"情调的针砭却姿态暧昧，看似无情却有情。

与其说"达吉雅娜"连同其所表征的思想情感模式意味着青年知识分子青春期一时的多愁善感，不如定义为生命成长中永恒的诗性憧憬。

如果说，作者康式昭寄寓筱秋的经典能指是普希金长诗的诗魂；那么，王蒙在《组织部新来的青年人》中映衬林震的同质化音符则是柴可夫斯基《意大利随想曲》的旋律——"收音机亮了，一种梦幻的柔美的旋律从远处飘来，慢慢变得热情激荡。提琴奏出的诗一样的主题立即揪住了林震的心。他托着腮，屏住了气。他的青春，他的追求，他的碰壁，似乎都能与这乐曲相通。"②

林震，身份为"党工作者"，品格气质却仍属"浪漫青年"，给人以"单纯"的甚至"天真"的印象。他虽"像个爱幻想的孩子"，却并非一味耽于幻想，耽于迷惘。如同其心仪的那首《意大利随想曲》，微带忧郁、迷惘的旋律终究难掩乐曲那激越、进取的

① 康式昭、奎曾《大学春秋》，《收获》1965年第6期。
② 王蒙《组织部新来的青年人》，《人民文学》1956年第9期。

号角性主题；小说中，林震亦终于从迷惘与感伤中挣脱，他振聋发聩地提出："来了区委会以后发现了许多许多缺点，过去我想象的党的领导机关不是这样……"①勇敢地吹响了干预生活的理想主义号声。

而以"想象总是好的，实际呢，就那么回事"回应的组织部长刘世吾，竟也是曾经的"浪漫青年"。他曾就读北京大学，正如他对林震坦言的："我和你一样地爱读书：小说、诗歌、包括童话"，喜欢过屠格涅夫，"一种清新的、委婉多情的调子"。然而，机关生活教会了他，"党工作者不适合看小说"②，从此陷入那可怕的"就那么回事"的冷漠、世故中。

耐人寻味的是，《组织部新来的青年人》《在桥梁工地上》《本报内部消息》皆有一处意味深长的倒叙，其分界恰以1949年为时间节点。1949年随军南下的那个罗立正，正建构着知识者心灵中幻想的桥，"他似乎为自己的幻想害羞，轻轻地笑了。火光照着他红红的脸，发亮的眼睛……"③；四十年代末正在北京大学当学生自治会主席的刘世吾也犹在"梦想一种单纯的、美妙的、透明的生活"；无独有三，1949年前的马文元，从父亲处继承的全部财产就是"一个知识分子书生气的正直"，"一九四九年欢庆全国解放的时候，他觉得自己跟九年前入党宣誓那天一样年轻"。然则经过了"思想改造"，经过了疾风暴雨般的运动，刘世吾、罗正立们皆革心洗面，书生意气、青春梦想连同革命激情日渐式微，代之以世

---

① 王蒙《组织部新来的青年人》，《人民文学》1956年第9期。
② 王蒙《组织部新来的青年人》，《人民文学》1956年第9期。
③ 刘宾雁《在桥梁工地上》，《人民文学》1956年第4期。

故、"成熟"。往事不堪回首！

黄子平曾以《"弃医从文"的故事》为小标题，分析丁玲《在医院中》执意要将主人公陆萍身上的"'文学气质'作为正面的、明亮的因素加以强调"的用意，因着"这热爱'文学'的气质分明意味着更多的东西：热情、理想、对现状的不满、改变病态环境的决心和实践等等"。①文中在对陆萍这一"医院中新来的青年人"命名时，其实已联想到同一类型的"组织部新来的青年人"与其殊途同归的命运。曾几何时，这知识分子特有的"浪漫"禀赋，还曾激励过旧时代的林道静、江玫们奋起反抗现实，追求理想；于今，当新中国的社会生活被"组织"得一体化、秩序化后，这自由不羁、易于促发某种难以驾驭的情绪的浪漫情思却骤然显得不合时宜。《组织部新来的青年人》中，韩常新把小说《拖拉机站站长与总农艺师》还给林震时含沙射影地嘲笑他的那番话——"当个作家倒不坏，编得天花乱坠"，尤其是区委书记对林震的严厉批评——"背诵着抒情诗去作组织工作是不相宜的"，②皆可谓彼时主流意识形态话语。背后依稀见出理想未泯的知识分子与现实的深刻矛盾。

值得注意的是，近年来，在对"'小资'情调"的反省乃至批判过程中，"浪漫青年"形象也不可避免地成了祛魅的对象③。批评家准确地针砭了这类形象青春期的幼稚、肤浅、过度单纯等局

---

① 黄子平《"灰阑"中的叙述》，上海：上海文艺出版社2001年版，第158页。

② 王蒙《组织部新来的青年人》，《人民文学》1956年第9期。

③ 李陀《〈波动〉序言——新小资和文化领导权的转移》，收入《雪崩何处》，北京：中信出版社2015年版，第289页。

限的同时，却每每词锋失度，疏忽了这种浪漫主义气质中的革命"本质"。

哲人有言："对我们影响最大的书往往是我们年轻时读的某一本书，它的力量多半不缘于它自身，而缘于它介入我们生活的那个时机。"并把这样的一本书定义为"我们的精神初恋"。①借用这一界说，我们不妨把几乎与共和国一起诞生的那代青年人在其生命极其纯真的年代，对于同样年轻的"革命"的那份憧憬与追求，命名为"精神初恋"。

"革命"，成为其激情投射的最初对象。虽然彼时尚未历经现实更其严峻的考验，亦少有理性更其繁复的升华，但如同"初恋"，那"永不复返的阶段"，那一尘未染的痴情，自有它难能可贵的魅力。

至于五十至七十年代知识分子叙事中的"流浪汉"形象，一论及便自然会联想起现代文学史上他的那些"兄长们"。二十世纪二十年代，蒋光赤的中篇小说《少年漂泊者》曾塑造了一个无家可归、四处漂泊的少年流浪汉形象。作者在卷首特录旧作《怀拜轮》（通译"拜伦"）为题辞："拜轮呵！你是黑暗的反抗者；你是上帝的不肖子；你是自由的歌者；你是强暴的劲敌。飘零呵，毁谤呵……这是你的命运罢，抑是社会对于天才的敬礼？"②然而，文化背景、审美趣味的隔膜，导致西方学者将流浪汉误读成一个"丑角"，认为他"不是一个傲慢的撒旦般的厌世者"。继而又缘于海外汉学家李欧梵未曾阅读原作，便在他那本影响甚广的著作

---

① 周国平《好读书与读好书》，《政策》2012年第1期。
② 蒋光赤《少年漂泊者》，上海：亚东图书馆1926年版。

《上海摩登——一种新都市文化在中国》中采信了这一观点，以致以讹传讹。[1]他们忽视了作者所以将其比附为"拜伦式的英雄"，恰是看重他虽为社会所放逐，一度蓬头垢面，自怜自伤，却始终自由不羁、不屈不挠地与命运抗争，直至殉难的浪漫气质。

无独有偶，1940年代，路翎在创作中也尤为钟情"流浪汉型"形象。他们无论以知识者、铁匠，抑或游民、士兵等何种身份出现，骨子里却重合着同一的精神性格："都骄傲于'漂泊者'的那份'孤独'"，都竭力博取"摆脱了小市民的鄙俗和农民的狭隘的较为阔大、较为自由的人生"。[2]偏爱每每使得作者不由自主地将这种特异气质诗化了，试读小说《蜗牛在荆棘上》中的如下抒发：

> 流浪者有着无穷的天地，万倍于乡场穷人的生涯，有大的痛苦和憎恶，流浪者心灵寂寞而丰富，他在异乡唱家乡底歌，哀顽地荡过风雨平原……[3]

读者自不必质疑作品中那兵士何来如此这般的诗情，它"不是'生活'"，而是路翎内心的歌。

此后，又有黄谷柳的长篇《虾球传》问世。与《少年漂泊者》以及路翎的"流浪汉型"群像相类，小说不仅可读作某个流浪儿流浪生涯的客观纪实，更隐含着知识者向往精神漂泊、落拓

---

① 菲利浦·威廉姆斯《现代中国小说里丑角的流浪汉变型》，转引自李欧梵《上海摩登——一种新都市文化在中国》，北京：北京大学出版社2001年版，第245页。

② 赵园《路翎：未完成的探索》，曾小逸主编《走向世界文学》，长沙：湖南人民出版社1985年版，第315页。

③ 路翎《蜗牛在荆棘上》，上海：新新出版社1946年版，第32页。

不羁的主观情思。

现实社会日趋体制化的规约愈盛，知识分子的心理逆反便愈出格。及至思想统合登峰造极的七十年代，在所谓的"天网恢恢"中，竟"疏而"有"漏"地脱颖而出了新一代"流浪汉"形象。考其渊源与谱系，应是"少年漂泊者"、蒋纯祖以及"虾球"们的难兄难弟，自然，亦未尝不可视作前述"浪漫青年"的极态化发展、变形。

赵振开中篇《波动》里的白华便是一例。然而，有研究者却缘于像白华那样偷盗为生的流浪汉何以能"参加一群干部子弟的聚会"，并爱上"典型的小资"肖凌等一系列疑虑，而推断他是"落难公子"，"设想他过去生活里曾经有某种小资产阶级背景"[①]。如此臆测未免太拘泥于人物的出身与生活经历，却疏忽了文学史中此类形象每每寄寓的知识分子的移情。

"流浪"似是白华现实生活的写照，又何尝不是作者灵魂出窍，借此躯壳神游世外的隐喻！就此意义而言，"流亡"既是一个真实的情境，更是个象征的情境。白华不惧流浪甚至有点沉醉其中的精神特质，分明透露着几分被放逐的"白洋淀诗歌群落"的文化气息。一如作者创作小说前夕交往密切的那个被称作惯于"打球、打架、流浪"的"大自然之子"芒克，"满脑子都是浪漫的想法"，他从家里翻墙而出，与友人彭刚相约流浪去，"身上只

---

① 李陀《〈波动〉序言——新小资和文化领导权的转移》，收入《雪崩何处》，北京：中信出版社2015年版，第314页。

带了两块多钱。心中充满反叛的劲，对家庭，对社会"。① 如同凯鲁亚克的《在路上》，他们也是走到路上再说；作者自身亦行如浪子，一直被友人视为"精神的漂泊者"，后来流浪海外，最终栖居一方仍不舍身心漂泊中的那份美好。还有诗人宋海泉，缘于某次阴差阳错的命运的捉弄，就此从其第一首诗《水乡的流浪》开始，一个主题便始终回响在他的诗中，"那就是'流浪'"。

为何要流浪？"也许是一个外在力量的驱赶，追寻那个已经失去的精神家园，也许是受到一个神秘声音的召唤，去执行一种朦胧的使命，或许只是在找寻真实的自我。"或许什么也不为，就图流浪能赢得体制外的自由、快活。《波动》中那段不无突兀地插入的白华的街头清唱，应是刻意为之：

> 流浪的小伙儿，
>
> 嘿，真快活！
>
> 踏遍了世界的山河。
>
> 在暴风雨中行进，
>
> 在太阳底下唱歌，
>
> 大地给我自由，
>
> 自由给我快活。②

单纯的歌词始终闪烁着一种明朗的欢乐。隐含作者叙述至此

---

① 参阅多多《被埋葬的中国诗人（1972—1978）》，收入廖亦武主编《沉沦的圣殿》，乌鲁木齐：新疆青少年出版社1999年版，第199页。

② 赵振开《波动》，《长江》1981年第1期。

突然忘情地僭越了流浪汉白华的身份，生出了一种至美的抒情：他"越唱越浑沉有力。似乎他和歌声一起，穿过灯光和夜的帷幕，飞向另一块天地"①……无疑赋予了白华之歌强烈的主体认同。或许恰是因着白华底层身份的叙述，方能唱出一代青年知识分子敛抑已久、野性未泯的心灵呼告；方能弥补高干家庭出身的杨讯与书香门第出身的肖凌种种难能体验、感受的困兽犹斗般的生命挣扎；方能寄托"白洋淀诗歌群落"性情深处神往流浪漂泊、自由自在的诗性气质，以及作者身为特定年代的"地下"知识者身不由己却又执迷不悔的放逐情怀。白华借此特殊站位开启了知识分子叙事中的别一向度。

如果说，"流浪汉"形象本是知识分子叙事移情的异端，其寥若晨星似情有可原，那么，作为知识者常数的专业知识分子形象想来不应寂寥。此处所谓的专业知识分子概指埋首学院、医院、研究院所及工厂，而背对社会、背对公众站位的从事专门知识研究与技术工作的学者或科技人员。

然而，综览五十至七十年代小说所塑造的知识分子谱系，其中专业知识分子形象屈指可数。如《工作着是美丽的》中的陆晓平。这位留法归来、在妻子李珊裳的鼓动下奔赴抗日根据地延安的医生，自有他的小"道理"："做客人和这个集团保持一个距离，可以自由一点"；劝其妻"你应付不了人事，就在家里研究学问"。②他时以客卿自居，只管行医，不介入社会。然而，许是作者在塑造时掺杂了个人对这一人物原型（即其前夫）的厌弃情绪，

---

① 赵振开《波动》，《长江》1981年第1期。
② 陈学昭《工作着是美丽的》，北京：作家出版社1954年版，第275页。

书中不仅写其"不关心时事""不翻一翻报纸",甚至说他"也不看一下医书",致使这个人物忝列专业知识分子形象群中,似有点差强人意。

晓平之委琐,反衬出作品中张德伟的纯粹。前者写实,不无生活化,后者写意。唯见他"庄严而温和的面孔,那抿得紧紧的嘴巴","一副深沉、严肃和智慧的神情"。独自侨居国外,不厌枯寂而单调的生活,"把生命沉在科学研究里"。他是作者身在窑洞、未能了却的希望将来再"去欧洲研究一点学问"的梦的寄托,是心造的幻影。虽然婚姻失败后,珊裳那么渴望见到德伟,却又觉得值此战争没有结束,全国正待解放,生活犹艰苦之际,不能出于一己之私,而妨碍其沉醉科学。如是,遂留下了一线假若德伟回归新中国后会怎样的悬念。

靳凡《公开的情书》中塑造的那位漂洋过海,在美国获得了电机博士学位的邬叔叔归国后的遭际,适能解答上述悬念与问题。邬叔叔新中国成立后在某电机厂担任总工程师,他真心地热爱祖国,热爱新社会,热爱党,信奉党,却在非常年代被打成"资产阶级反动权威"。可他反倒伤感、虔诚地自认:"我是资产阶级知识分子","我的灵魂是肮脏的,我有罪。"[1]因着他所掌握的科学武器只能破除对自然界的迷信,却未能破除对社会、对某种神格化了的思想的迷信,故而只得听任自己对祖国、对新社会、对党的信仰,异化为某种伪宗教,"用来和缓因内心分裂而带来的痛苦"。

伴随着以邬叔叔为代表的老一代专业知识分子偶像的倒塌,

---

[1]　靳凡《公开的情书》,《十月》1980年第1期。

老久、老邪门这一代"新人"踩着前辈的铺垫赫然崛起。

老久是作者在小说中着力塑造的科学工作者。他似乎命定是应着那"二十世纪科学技术革命"大任而降生的。早在孩提时的作文中便"已经开始为新的科学思想激动了"，敏感到有"一种伟大的事业"——科学在召唤；大学时尽管学校停课，却反而促成了他与老邪门等同学的独立思考，探索学习。从立志学科学出发，到非常年代中不得不暂时疏离课业转而直面现实，思考现实；从现实的痛苦追溯到理论，又从哲学理论的云端回归到它的基础——科学。与其说，迂回探索最终还是绕回到了起点，不如说这一波三折恰似老黑格尔所谓的三个回旋，于正—反—合中完成了老久的成长史。

老久显然是作者的至爱，为此不惜笔墨倾情美化他，甚至借真真之口称誉他为"从头到脚用纯钢铸成的英雄"，"自觉地赴汤蹈火，力求唤醒年轻一代走向新的生活"；但不无遗憾的是：一卷终了，他依然是"一个虚幻的人"，一个"从来没有见过的人"，"不知道你是什么样子"——形象模糊，属于他自己的"只有高傲的思想"。①

是的，老久敏于言拙于行。由于作者的纵容，在其身上，知识分子的宏大叙事已放大至极致："从遥远的古代到人类的未来，从社会到个人生活，从哲学到文学"，但见其凌空蹈虚，放言纵论，滔滔不绝，势不可遏。而其中尤为凸示、反复强调的词语便是"科学"及其伟力、能量：

---

① 靳凡《公开的情书》，《十月》1980年第1期。

近十几年来，涌现出一些强大的科学思潮。它们正在以怎样的力量向未知世界伸展呵！如果我们沉溺于束缚住我们的那点小天地，就根本不可能理解历史落在我们肩上的使命，也想象不到时代在如何逼迫着我们亲爱的祖国迅速强大起来……

走向虚无主义是代代青年的思想潜流。它出现在文化大革命开始之后的几年，这并不奇怪。他们没有掌握真正的科学思想。

必须用科学来改造我们的哲学……用现代科学对过往的哲学思想作一番清算。

科学给我们以力量。是时代使我们意识到，只有掌握和应用世界上最新的科学思想和科学成就，用它们来考察以往和目前的一切事变，才能得出正确的答案。[1]

老久言必称"科学"，即便在写给真真的每一封情书中，他也毫不遮掩地坦言："我爱科学，科学需要热情，热情是你的特点，所以我强烈地爱你"，直陈其体认的爱情的意义不过是它能成为科学的催化剂。在与真真的通信中他无意谋求科学禀赋与人文艺术气质的对话交融，却将恋爱视同为"战争"，念念不忘"这是一个人的性格和思想对另一个人的征服"[2]。而他口中的"热情女神"真真，在君临一切、至高无上的科学（包括俨若"科学"化身的老久）面前，亦注定被征服，由"女神"沦为科学的婢女。

---

① 靳凡《公开的情书》,《十月》1980年第1期。
② 靳凡《公开的情书》,《十月》1980年第1期。

将科学凌驾于哲学、政治、艺术、道德、情感以及一切社会文化价值之上，迷信科学能解决一切积重难返的问题的老久，不仅是勉力反拨非常年代蔑视知识，禁锢思想，践踏科学时潮以致矫枉过正的潜流的表征；也可谓新时期伊始尊崇科学思潮的人格化。作者在修改小说二稿时，欣然拥抱"我们民族历史上最灿烂的科学的春天"①，并情不自禁地后置了"科学主义"这一不无超前的历史预设，虽则如是未必尽然契合1970年知识者的思想情境。

故此，显而易见，老久既是那场"文化之劫"的先知先觉，亦可谓新时期的后置后见。矫枉过正与应时趋新这两种不无偏执的合力叠加在一起，致使作者不无夸张地将老久符号化了，而老久又将"科学"本质主义化。

追根溯源，舶来自西方的现代科学原本只是一种工具理性，然而，当它在七十年代激进意识形态光环渐次解魅的语境中被引入中国后，却被部分觉醒了的知识精英奉为精神信仰。将自然科学标准充作哲学的原则，用自然科学的方法论审视一切问题，包括社会问题；忽视了在自然科学技术滞后的深层，政治观念、人文精神及社会发展理论问题重重等因素。科学功能被夸大、泛化，如同老久们所奢望的："新的科学思想显示的作用"，势必"使旧世界观解体，冲破宗教教义，偏见和各种传统观念"②，实现思想解放。自觉不自觉间，科学串演起了启蒙民众的新意识形态主角，在突破其时"放之四海而皆准"的政治理论、思想束缚的同时，

---

① 《科学的春天——郭沫若在全国科学大会闭幕式上的讲话》，《人民日报》1978年4月1日。
② 靳凡《公开的情书》，《十月》1980年第1期。

却又营构了"科学万能"的神话。

恰如老久实为科学主义的化身，拨开作者神往的"科学神话"的炫目光圈，隐约可见与之叠影的八十年代科学启蒙、理论高蹈，以致悬浮于观念的虚空的"知识者神话"的端倪：将青春的激素与观念的迷魅融合起来，并将所有抒怀与青春的冲动升华到献身科学的瞬间高潮上。

第八章

知识分子叙事的结构模式分析

小说结构是作者统摄全文的一种叙事关系。视角、场景、情节、人物等多重叙事要素一并组合成小说结构这一有机整体。对话铺陈、内心聚焦、情节勾勒、人物穿插等叙事权重比例的调适与布局，成为小说结构的功能形态。

在本章中，笔者拟从五十至七十年代的知识分子叙事文本中抽取三种习用的结构模式——嵌套式结构、情绪流结构、碎片化结构，予以审视分析。不仅阐发由小说结构形式及技巧建立的叙事秩序，亦开掘形式下引生的内在意味。

小说结构不纯然是形式问题，有时它又是作者身份主体的外在投射，是文本化、形式化了的作者主体。就此意义而言，知识分子叙事的结构每每与知识分子主体冥合神契。

反观彼时被尊为"赵树理方向"的农民叙事结构典范，好以全知叙事者的口吻叙述一个以情节为结构中心的故事，开门见山，有头有尾，平铺直叙，其结构套路多为工农大众所喜闻乐见；而嵌套式结构、情绪流结构、碎片化结构之类的结构模式连同其派生的思想情感范式则多少有违工农读者群的阅读习惯与为老百姓喜闻乐见的叙事伦理，无意间打上了知识者特定的精神烙印。

结构在彼一时代不仅关乎主流话语规约下知识分子的主体意识何去何从的问题，亦兼有协调形式内蕴的矛盾、抵牾的策略。恰是知识者意识形态层面的难言焦虑，遂转移为其叙述结构范畴的繁复运演：嵌套式结构可分为内外两层，外层的框架叙述彼一时期大抵约定俗成为遵从主流言说的"大叙事"，内层方为知识者的"小叙事"，二者互为嵌套，互补互辩；而采用情绪流结构的动因则部分缘于建国初期，绝大部分知识分子心悦诚服地从思想上服从了国家意识形态的规约，然而感情一时难变，故部分作者借此结构保存一脉未被既有理念收编的知识者的"情绪流"；碎片化结构则如一个文本隐喻，七十年代，举国上下思想信仰高度一体化，其话语方式亦高度大一统，然而伴随着青年知识者既有迷信之轰毁，大一统叙事结构遂被摈弃，而随之择取的碎片化结构恰恰表征着青年知识者世界认知、生命观念的矛盾冲突，裂缝处处。

一、嵌套式结构：知识分子叙事与主流大叙事
扞格的审美调适

所谓"嵌套式结构"，意指在叙述者本文中复又嵌入其他本文的叙事模式，中外小说创作中广为运用。虽则从叙事学角度对嵌套式结构的本质、形式及功能予以界说、诠释迟自七十年代，热拉尔·热奈特、华莱士·马丁、里蒙-凯南等理论家一时众说纷

绘，但无碍达成如下共识："把叙述者本文称为：'主要的'，这并没有价值判断的意思，也不包含优先或居先的意思。它仅仅意味着在技巧意义上，连接是分等的。"——叙述者本文与行为者本文（或谓框架叙事与嵌入叙事）不处于同等地位。[①] 尽管在某些文本中，框架叙事确实承担着一定的评说、整合乃至点题的功能，"具有一种潜在的颠覆性的后叙述层的作用"；但不排除在某些作品、某类叙事中，嵌入叙事对框架叙事的潜在干扰与反抗。而嵌套式结构的审美魅力恰在于：框架叙事与嵌入叙事之间的能量对比及互阐互诘的张力。

在五十至七十年代特定的中国语境中，由于知识者每每自觉将其言说纳入主流话语，或因主流言说下尚潜存抑制不住的知识者情思等非文学因素的动机，于主流言说中嵌入知识者叙述这一嵌套式结构模式，常为作家采用。其上分明可见时代烙印，并因此平添了更其复杂微妙的形式意味：表面上看，主流言说在意识形态范畴居高临下，多处于评判、整合知识者叙述的框架叙事这一地位；实质上，在形式层面，作为叙述者本文的主流言说却与作为行为者本文的知识者叙述每每构成了复调论辩的格局。更耐人寻味的是，不少作品中（如公刘的《太阳的家乡》）嵌入本文——知识者叙述方是深藏不露、若隐若现的"明珠"，至于框架叙事，则本来就似"中国式盒子"，会意的读者想必不会买椟还珠！

《太阳的家乡》以二十世纪五十年代初期解放军某军区一支

[①] 米克·巴尔《叙述学：叙事理论导论》，谭君强译，北京：中国社会科学出版社，2003年版，第60—61页。

抗疟队挺进云南边疆送医问药的故事为框架叙述，内中嵌入了一个十五年前只身进入疟疾盛行的"死亡区"，调查疟疾，治病救人的先行者——某医学院毕业生梁新的日记。作者公刘创作小说时虽已身为军队的文职干部，其身份大致与小说中的"队长"贴近，但在投笔从戎前却是个"知识者"，战争的血火洗礼铸就了他的革命思想，却犹未能尽然割断其灵魂深处崇尚科学、启蒙的传统脉络。于是，小说中，公刘化身为二——队长与知识分子梁新。

较之大叙事中一再明示的"最大的毛病就是夸张"、因而很显然是个"不可靠叙述者"的小马对梁新日记的极端指责——"什么'愚顽的大众'罗，'根本问题是要办教育'罗，这是什么立场、观点？"充其量"是个超阶级的专家罢了！"[①]身为解放军干部的队长对日记的意见更全面、恰切，用小说中同事的话来说，"队长毫无疑问是正确的"，暗示着他似乎堪称"可靠的叙述者"。试读他对梁新的评价：

> "有一点我们应该肯定，这个人比我们进入疟区要早，在旧社会，在那样的条件下，这个人敢于这样做，至少他的勇气是值得佩服的……"
>
> "另一方面，我们也应该看到，他至少有两大根本问题不能解决，也就是说，他有两大根本困难无法克服。两个什么困难呢？一个是当时的反动政府，不合理的社会制度，给他造成了困难，没有人支持他，帮助他，人民也不了解他。另一个困

---

① 公刘《太阳的家乡》，收入《重放的鲜花》，上海：上海文艺出版社1979年版，第231、242页。

难是他自己给自己带来的限制，他没有正确的世界观和人生观，他不懂得科学本身不能成为什么目的，为人民服务才是科学的目的。他也不了解人民，他虽然看到了旧中国的'贫'、'病'现象，但他再也没有可能去挖挖'贫'和'病'的根子，他不懂得什么是阶级压迫和阶级斗争……"①

乍一看，队长作为"可靠的叙述者""对事实的讲述和评判符合隐含作者的视角和准则"，然而，细读文本却不无困惑：作者何以赋予队长如此四平八稳的话语；相形之下，笔下梁新的日记虽偏至，却含情带血，分明是用全生命在呼唤：

人们啊，你们为什么不相信我呢？我难道不正是为了拯救你们的生命，使你们免于疟疾的威胁才来的吗？

唉，愚顽的大众啊，你们什么时候才能接受科学呢？

我已经明白：这种悲惨的情况，不是我一个人的力量所能改变的，根本问题是要办教育，叫人们接受科学。

苦难的大众啊，我不是来帮助你们了吗？可你们为何不了解我呢？②

直至写梁新采样时不慎割破手指得了破伤风，临终前痛声疾呼：

---

① 公刘《太阳的家乡》，收入《重放的鲜花》，上海：上海文艺出版社1979年版，第243页。
② 公刘《太阳的家乡》，收入《重放的鲜花》，上海：上海文艺出版社1979年版，第234、236、237页。

我的科学，你救救我吧！

　　孤立无援，这是最大的痛苦……①

　　问题不尽然在于作者赋予梁新日记这一嵌入叙事以更多的篇幅，依照叙事学的原理："从结构上说，尽管框架叙事和嵌入叙事都讲述故事，然而，通常的情形是，在框架叙事的背景中，起着包孕作用的主要故事较之占绝大部分叙事话语篇幅的嵌入故事，总是处于边缘地位的"②；而在于恰恰是梁新的血写日记，而非队长因袭了时论的卒章总结，与创作主体标志性的语言风格——"冷峻而又热烈"俨然契合，深深地感动着我们。不知不觉间，日记那逾越的修辞颠覆了规约的修辞。

　　以上症候吸引我们继续对文本予以细究。诚如队长所言，在旧中国，知识分子与边地人民难以沟通，科学之光难以照彻"太阳的家乡"。然而，社会制度变革后，知识分子树立了"正确的世界观和人生观"，"懂得什么是阶级压迫和阶级斗争"③，上述问题与困难便能就此迎刃而解？显文本中，叙述者以一曲《白毛女》插曲"太阳出来了"诗意作答；潜意识中，作者并不那么轻信，他隐约感知知识分子及其标举的科学之炬照亮边民内心的艰难。于是，框架叙述显文本的字里行间便依稀透露一线端倪：军区抗疟

---

① 公刘《太阳的家乡》，收入《重放的鲜花》，上海：上海文艺出版社1979年版，第242页。

② 转引自邹颉《叙事嵌套结构研究》，收入虞建华主编《英美文学研究论丛》第3辑，上海：上海外语教育出版社，2002年版，第371—372页。

③ 公刘《太阳的家乡》，收入《重放的鲜花》，上海：上海文艺出版社1979年版，第243页。

队"为了说服老乡加开"窗户，"费了多少口舌啊！"

联想起鲁迅的著述里，复沓出现的下列意象群：

> 假如一间铁屋子，是绝无窗户而万难破毁的，里面有许多熟睡的人们，不久就要闷死了，然而是从昏睡入死灭，并不感到就死的悲哀。现在你大嚷起来，惊起了较为清醒的几个人，使这不幸的少数者来受无可挽救的临终的苦楚，你倒以为对得起他们么？[1]

> 中国人的性情是总喜欢调和，折中的。譬如你说，这屋子太暗，须在这里开一个窗，大家一定不允许的。但如果你主张拆掉屋顶，他们就会来调和，愿意开窗了。[2]

> "我住的只是一间破小屋，又湿，又阴，满是臭虫，睡下去就咬得真可以。秽气冲着鼻子，四面又没有一个窗……""我给你打开一个窗洞来。""这不行！主人要骂的！"[3]

围绕着"铁屋子""开窗"等一系列意象，鲁迅揭示了作为先觉者的知识分子与心扉紧闭的人民大众的深刻隔膜。此处不能确认公刘是否有心援引这一典故，但即使是无意间触及"说服老乡加开窗户"之事件，也自然在"太阳的家乡""又黑又臭的土屋"

---

[1] 鲁迅《呐喊·自序》，《鲁迅全集》第1卷，北京：人民文学出版社1981年版，第419页。
[2] 鲁迅《无声的中国》，《鲁迅全集》第4卷，北京：人民文学出版社1981年版，第13、14页。
[3] 鲁迅《聪明人和傻子和奴才》，《鲁迅全集》第2卷，北京：人民文学出版社1981年版，第217页。

等文本特定的意象群中平生出象征含义。

值得注意的是，梁新日记不仅有模仿《狂人日记》的外在痕迹，如开首人们"把我看成傻瓜、疯子"的直陈，篇末易"救救孩子"为"救救我吧"的曲笔；更重要的是，日记在有意无意间其实已连通了鲁迅知识者身陷"愚顽的大众"的重围中启蒙艰难的主题。

在彼时语境中，上述主题显然已极不合时宜，故此才引出作者杜撰日记，借此不仅将时代的大叙事下隐而不彰的知识分子幽怀曲折寄寓，更遥向那历史难以遮蔽的知难而进、以身殉职的启蒙者敬礼！

无独有偶，方纪写于1957年岁末的中篇小说《来访者》采用的也是嵌套式结构。

如果说《太阳的家乡》里，队长只是大叙事中的一种叙述声音，那么《来访者》中身为党委机关干部的"我"则是框架叙事里的唯一叙述主体。在"我"的叙述、思考、评判中，"来访者"康敏夫以客体的身份踽踽独行；而在嵌入叙事——"来访者"回忆的故事中，康敏夫复又转换为故事内的叙述主体。他不时推测、揣度作为客体的"我"的价值判断，不时向"我"出于职务关系养成的冷默挑衅："你明白吗？""你不要总是对我摇头吧！""你不要笑！""对我的不幸，一点也不同情？"[①]……有形无形的屏障与隔膜始终横亘在彼此之间。康敏夫的主体叙述，时刻敏感着"我"的立场的无情；而"我"在片刻感动于康敏夫的推心置腹

---

① 方纪《来访者》，《收获》1958年第3期。

后，最终还是理念先行，将其归属为第一印象中的"右派"典型。对方始终意味着"他者"，透露出主流意识形态话语与个人言说先在的沟通困境。

引人瞩目的是，在各自的叙述中，康敏夫与"我"都最大程度地畅开了言路，在主体强劲驰骋的话语场里，作为主体的聆听者的"我"或作为被言说者的康敏夫时刻"在场"，蛰伏在话语的幽深处。嵌套式结构所形成的双叙述主体以及客体与主体的潜在"对话"，衍射出陀思妥耶夫斯基小说式的复调光芒。联系前此章节言及的方纪内心深处难以割舍的知识分子情结，似可推断出作者在执守主流意识形态立场、话语、视角时，分身有术，犹难能可贵地保留了知识分子叙事的别一视角。

嵌套式结构促成了康敏夫与"我"在文本中的平等叙述地位。代表主流意识形态话语的"我"的误读、误判，并未全然构成对康敏夫"声音"的抹杀，而是形成了文本内部的对峙与论辩，挑战与妥协。耐人寻味的是，因着文本的复调特性，话语的交锋并未造成双方的削弱，反而在一定程度上彼此补充，彼此增强，共同丰富、拓展了文本的意蕴及张力。

对于这场文本内部的权力场竞逐，两种话语未可轻言谁胜谁负。试读下列情节：当"我"听完康敏夫梦魇般的经历，"感到又激动又疲倦，像做了一个不祥的梦"，内心悬置于一种混沌且真实的敞开状态，它意味着先在的种种偏见与理念预设暂且被温情浸润，一种源自人性的强音触动了"我"的心魂。此后，强音逐渐消散终至细不可闻，"我"对康敏夫的态度转了一个弯，重归原点：认定他是"右派"典型。个中缘由自可在文本的蛛丝马迹中依稀见出："完全女人见识，就是不会从政治上看问题。""反右派斗争越深入，这个人的面目，在我心里就越清楚了。"[1]——"我"的评价态度一目了然，政治是"我"评价某个人的最高价值标准，"我"并非做事轻率，了无情感，而是将一切情感的、感觉的因素都服从于政治。因此，置于意识形态立场，"我"的强势声音完全能压倒康；倘若依照情感、人性的价值取向，"我"则无疑落在了复调论辩的弱势地位。

这在文末尤为明显：爱子心切的康敏夫，请求看看他与女艺人所生的孩子，女干部一时心软，应允了；未料康又得寸进尺想带走孩子，争夺过程中，女艺人给了他一耳光。这一结局赢得了"我"的轻松一笑。缘于框架叙事的叙述者"我"用"偏见和个人兴趣所形成的扭曲观点"来观察与评价"自己的动机和他人的动机与行为"[2]，遂造成了艾布拉姆斯所谓的文本的"结构反讽"——机关干部如释重负的胜利者欢笑，不仅难以让读者随之莞尔、释然，相反，笑声反衬出康敏夫欲哭无泪的沉重感，形成了喜剧外形、悲剧内核的反讽效果。

恰是主流意识形态大叙事的无情催化，使置身于人性价值广延的知识分子叙事的温情声音愈发增强了。

---

[1]　方纪《来访者》，《收获》1958年第3期。
[2]　艾布拉姆斯《文学术语汇编》，吴松江等编译，北京：北京大学出版社2009年版，第273页。

二、情绪流结构: 情胜于理的形式载体

"情绪流结构"这一叙事模式无意以情节的始末作为小说的构思线索,而更多地遵从于人物的情绪流动与心理变化这一轨迹。它不甚追求故事的统一性与连贯性,却尤为注重如何调节、掌控情绪波流于跌宕起伏间达臻平衡。

共和国建立之前,它曾是知识分子叙事习用的结构范型。鲁迅的《在酒楼上》《孤独者》《伤逝》,郁达夫及其创造社同人的浪漫抒情小说,大都采取类似的形式表现自我,或直抒胸臆。共和国成立后,它一度因情涉"小资产阶级"而横生忌讳;直至"双百"时期,因"鸣放"风气催化,遂助成知识分子叙述的波澜陡起。

同系情绪流结构模式,缘其择取动因不尽一致,在构建过程中亦自然会出现诸种变体:部分小说因着作者虽接受了主流理念,然而尚未深入感情层面,故在革命叙事的缝隙间,未及被理性滤净的情绪流便有喧宾夺主之势,甚至迂回曲折,终成结构,如宗璞的《红豆》;部分作品却缘于若隐若显地觉察了"理论到处皆灰色",扑面而来的现实生活更郁郁葱葱,鲜活灵动的感性经验渐次沉积成作者挑战既成理念的能量,而选择情绪流结构的动因则在于宜于将这类不无朦胧漫漶的波流,汇合成一个形散神聚的艺术整体。

王蒙的《组织部新来的青年人》便是借助于情绪流结构,将青年知识分子林震那股源自生活的真切感受与体验,"使人激动也使人困扰"的"情绪的波流",转化为审美层面的载体。文本中,

内涵与载体的融合那么妥帖，以至于纵然就结构范畴探析，犹能发现形式下依稀渗透的思想内容范畴的意味。

陈思和的《中国当代文学史教程》认为："从小说的文本实际来看，《组织部新来的青年人》虽然具有揭示官僚主义现象、'积极干预现实'的外部写真倾向，但它更是一篇以个人体验和感受为出发点，通过个人的理想激情与现实环境的冲突，表现叙述人心路历程的成长小说。""与外部冲突的再现相比，作者更注重对叙述人心理内部冲突的表现，甚至可以说，对心理冲突事件的精彩呈现，才是这篇作品的艺术独特性所在。小说的主题和现实针对性也只有在对其内部视角的分析中才能获得更切实的理解。"①陈思和的观点提示我们应关注小说的内部视角，由此深入开掘、探析。

一般而言，较之第三人称叙事叙述者的隔一层，第一人称叙述者"更'天经地义'地有权以自己的名义"畅所欲言，也更有利于作家的主体移情。然而，恰如识者指出的："在内聚焦中，焦点与一个人物重合，于是他变成一切感觉、包括把他当作对象的感觉的虚构'主体'：叙事可以把这个人物的感觉和想法全部告诉我们。"②

反观《组织部新来的青年人》与《红豆》诸作，作者虽不约而同采用第三人称叙述，却依然令叙述者最大程度地蛰伏于主人公林震与江玫的认知视界与情感体验中，于是，叙述者与主人公

---

① 陈思和主编《中国当代文学史教程》，上海：复旦大学出版社2005年版，第98页。
② 热拉尔·热奈特《叙事话语 新叙事话语》，王文融译，北京：中国社会科学出版社1990年版，第136页、第234页。

俨若一人，叙事焦点与人物重合，借由他们的眼睛打量世界，感觉世界，看待周围环境里的人与物。这无疑衍生了林震与江玫近乎第一人称叙述者的叙事内涵。此中意味或许因着彼时知识分子出身的作者，不得不警醒于主流意识形态对知识者思想观念、情感体验的规训，故而有意无意地将小说的主要人物设置为第三人称的主人公，力求与之保持一定的距离，避免笔下淋漓酣畅时移情过度，忘乎所以；却又亟欲在小说中最大程度地敞开主体情怀，遂给林震与江玫披上了第三人称的主人公外衣，赋予其第一人称的叙事权力与功能，以达臻近乎第一人称叙述者"以自己的名义讲话"的内在效果。由此可见，王蒙偏爱、纵容林震，竟延及叙述。顾名思义，"组织部新来的青年人"，那恰是作者站位的一个隐喻！

小说中，林震等知识者显然被寄寓了作者的理想信仰、情感诉求。情之所至，作者每每耽溺于笔下人物而难以自持，"成为他们的思想感情的俘虏"[1]；而"他们"以外的人物则大都以"他者"的面目出现，两者间横亘着难以逾越的隔膜，以至于作者亦难于进入"他者"的内心。择取第三人称限知叙述，勉强可摹得其外在印象以及性情衍生的多重可能，然而性情本质却终究模糊难辨。在某种程度上，"他者"连带其所属场域恰可谓既定意识形态对知识者规约的空间隐喻。

林震的"有限视野"在这个不为他所理解，"虽然能够感受、传达，却不能清楚地分析、评价"的"组织部"故事中显得特别

---

① 《王蒙自述》，《人民日报》1957年5月8日。

富有戏剧性。如前所述，小说中的叙述者几乎与林震"同视界"，其他人物皆通过林震视野所见的他们的体态、神情、话语等外部聚焦呈现其内心。对于他们的内心世界，叙述者知道的与林震一样多；对相关事件的认识，在林震没有找到答案以前，叙述者也难以向读者提供。唯独对林震，叙述者可谓全神贯注。叙事从头至尾，皆取内聚焦形式：叙述者"只是转述这个人物的内心活动，通过这面屏障来反射外在的人与事"，"叙述者对故事的转述始终以这个人物的意识活动为界：故事随着人物心理活动的开始而开始，随着这种活动的结束而结束。"[①]主人公几乎现形或隐身于小说的每一个场景里，离开了主人公，小说竟似不能叙述，体现了主人公与叙述者的神魂合一。

如果说，彼时小说之通例大抵理胜于情；那么，《红豆》则情胜于理。

《红豆》中，叙事者化身为二：大学党委会新来的干部/青年知识者。身为干部的江玫旧地重游，却依然勿忘那学生寝室"墙上嵌着的一个耶稣苦像"。时移世易，"那十字架的颜色，显然深了许多"。江玫怔怔地看着那十字架，嘴上喃喃着"为什么要留下"，似乎怕触到那永恒的伤口；后来还是"用力一揿耶稣的手，那十字架好像门一样打开了"，[②]从小洞中钳出了一个小小的有象牙托子的黑丝绒盒子，盒中珍藏着爱情破碎的纪念——两粒红豆。

耐人寻味的是，此处的"耶稣苦像"并非作者信手拈来的摆设或道具，他在小说中前呼后应，一而再、再而三地复沓出现。

---

① 徐岱《小说叙事学》，北京：商务印书馆，2010年版，第223页。
② 宗璞《红豆》，《人民文学》1957年第7期。

如果说，当初将那含血的泪珠般的"两粒红豆放在耶稣像后面的小洞里"此举纯属无意，那么，当写至"江玫睡在床上看见耶稣的像，总觉得他太累，因为他负荷着那么多人世间的痛苦"时[1]，则显然已自觉将自己为时代大潮裹挟而去、不得不斩断情丝的痛苦，融入了宗教的悲悯精神中去。此刻，隐身的上帝尽管与她一样苦弱，却默默地为人类分担着时代的苦难。

宗璞试图表明革命无悔的理念。当"江玫看着那耶稣受难的像"，心痛欲裂地意识到此一别可能永远见不到齐虹时，作者偏让笔下人物江玫表白："我不后悔"——"最后对齐虹说的一句话就是'我不后悔'"，借这四个字既可"撑过"离别的痛苦难耐，亦是为了堵住自己徘徊不定的退路。然而此时叙事的微妙却是：人物愈是反复念叨"我不后悔"，便愈是听出叙事缝隙中的言外之音。不是么？临了潜在的叙事者那一节"周围只剩了一片白，天旋地转的白，淹没了一切的白"的景物描写[2]，分明泄露了其内心何尝没有失落。

较之情不自禁间皆"以伤感点缀自己的'精神世界'"的《组织部新来的青年人》与《红豆》；同样采用情绪流结构的伊恕的短篇小说《圆号》则更其伤逝悲怀，竟至耽溺于颓废境地[3]。时正七十年代的波谷期，家国巨变，对于历经劫难的作者而言，此刻任何戏剧性的历史情节似乎都不再能使其觉得可歌可泣。如果这

---

① 宗璞《红豆》，《人民文学》1957年第7期。
② 宗璞《红豆》，《人民文学》1957年第7期。
③ 据作者回忆，《圆号》这一非主流文本写于七十年代中叶，刊于《今天》1979年第5期。引文均出自《今天》（1978—1980）复刻版，日本中国文艺研究会1997年10月11日发行。

便是所谓"活人的颓唐和厌世"，那么也终究胜过麻木者"僵尸的乐观"①。

《圆号》的颓废情调与形式主义追求不仅在五六十年代，即便在七十年代后期的知识分子叙事中，也是别开生面的。有人因此称许伊恕"在《今天》的作者里，他是在绝对意义上从事文学，而不是理想的、信仰的抑或社会的意义上从事文学"②。以共和国情感模式挥之不去、政治情结浓厚的《波动》《公开的情书》等作衡之，伊恕"为艺术而艺术"的唯美倾向自是引人注目。他说："当时我的生存状态对社会是疏远的，当我沉浸在艺术中，社会上却在轰轰烈烈地搞运动，'孤独'这种力量是很强大的，即使你进入了人生的形而上，比如人类爱、生命终极的时候，这种孤独也无法摆脱。当时，我并未很清楚地意识到这一点，但我将这种朦胧的经验写进了小说。"③

然而，他何曾真想或真能"超现实"，由其疏离社会，疏离政治，沉湎于自成一格的象牙塔之举中，恰能见出对于七十年代极左时潮或一意义上的抵抗。形式的反叛每每亦是意识形态反叛的外化，缘于文本曲折地触及了人类精神与青年知识者的内心隐痛，其意义自然不只是审美的了。

如是内容与形式皆"脱离和排斥意识形态主流的"作品，不仅在非常年代独步一时，即便到了新时期也依然曲高和寡。1978

① 鲁迅《青年必读书》，《鲁迅全集》第3卷，北京：人民文学出版社1981年版，第12页。
② 徐晓《〈今天〉与我》，收入刘禾编《持灯的使者》，桂林：广西师范大学出版社2009年版，第59页。
③ 转引自杨健《中国知青文学史》，北京：中国工人出版社2002年版，第292页。

年，《今天》编辑部呼唤"五彩缤纷的花朵""人们内心深处的花朵"尽情绽放①，却对是否应扶植这一"奇葩"颇有争议，"在讨论会上，有些人对这种'无情节'小说表示异议，对人物迷乱的意识表示不解"②。此刻，难得劫后归来的王蒙对其深表赞许。冥冥中似有神助，《组织部新来的青年人》与《圆号》——知识分子的这两股"情绪流"，远隔十八年的岁月沧桑、文学史流变，竟能如此默契地遥相呼应！

《圆号》是一部反小说。没有故事，没有情节，没有清晰的历史时序，唯有心理时间，唯有"我"与夜色朦胧中邂逅的不无神秘的"她"的抒情、流动的意识与情感：夜色中，我与她转过闹市的一角，走进故宫后的一条小巷，又折入了一个溢满春色的花园。"她是谁？什么时候闯进我的生活？她在我的印象中一直是闪烁不定的"，"也许，她就是昼夜交接的大海，她就是海中的孤屿，她是碧月"……"月光被切成断带在水面上浮动，像一个女人搅动着自己的裙裾。我想起德彪西的'海'"……③

引人注目的是，德彪西的《海》不仅是小说中复沓出现、贯穿始终的意象，同时已然融入了叙述，融入了小说的情绪流结构中，连同节奏的起伏，音彩的变幻。《海》为小说伴奏，故此，不时隐约可感《圆号》与《海》某种深层次的共鸣：文本起首部分沉浸在一片梦幻般的情调中，渐次隐现不祥的动机——"忽然，我觉得这花园像一只刚刚下沉的大船，迫近死亡的人们并未意识

---

① 《今天》编辑部《致读者》，刊于《今天》1978年第1期创刊号。
② 转引自杨健《中国知青文学史》，北京：中国工人出版社2002年版，第292页。
③ 伊恕《圆号》，《今天》1979年第5期。

到危险"①，随即海浪便撕破平静，摧帆断桅；中间部分，情绪流就像是海"群集的无数个浪头"的形态，所呈示与发展的契机无须乞灵于既定理念，只凭借它自身的力量，在不断的轮回中向前推进。浪花喧哗澎湃，直至倦了般地沉入宁静。"可是，大海在宁静的时候又是多么孤独，多么单一啊！""她忽然哼起了一支忧伤的歌曲"，"手臂在空中划了一下，好像是在大海之中呼救的渔人向迎接他的人挥动的手势"；尾声部分，"圆号"明快的音流奏响了主题，在劫难逃的悲观、黑暗心境渐被驱散，代之以"圆号吹出来的黎明"——我与她都"喜欢黎明"。②

关于《海》，德彪西曾如是说：此曲创作源于记忆、印象，"我拥有数不清的记忆。这些在我的感觉里比实景更有用。因为现实的魅力对于思考，一般来说还是一项过于沉重的负担"。"谁会知道音乐创造的秘密？那海的声音，海空划出的曲线，绿荫深处的拂面清风，小鸟啼啭的歌声，这些无不在我心中形成富丽多变的印象。突然，这些意象会毫无理由地，以记忆的一点向外围扩展，于是音乐出现了。"③

与《海》异曲同工，《圆号》不再是现实生活的直接反映、图解，它更多地源自记忆、印象乃至某种超验情绪的吉光片羽。借助流动的文体与自由联想带来的随意性与跳跃性，作者得以尽兴地穿越梦幻与现实。

《圆号》成功地将叙述者的"情绪流"，升华到了如《海》一

<hr>

① 伊恕《圆号》，《今天》1979年第5期。
② 伊恕《圆号》，《今天》1979年第5期。
③ 转引自赵京封《欧洲印象主义音乐研究》，海口：海南出版社2003年版，第35页。

般的音乐旋律的层面；而《海》的伴奏又反过来增强了小说情绪流结构的深广度，并于不知不觉间，化作了"我"与"她"内心的海的和声。

三、碎片化结构：知识者世界观、生命观裂变的文本隐喻

如果说，嵌套式结构、情绪流结构都兼有一种貌作谦从却后发制人的叙事策略，那么，碎片化结构则更直接、更形神兼备地对大一统叙事形成反拨。

在彼一时期，它时被用于表征七十年代固有理想轰毁后，知识者残存的心灵碎片、思想碎片、信仰碎片的审美赋形。借用赵振开小说《波动》中的笔意——即使在那"最沉重的时刻"，有心人"仍为它留下明媚的一角"，"破碎中它终于被一只孩子的手紧紧捏拢，又高高擎起"。[①]——极形象地展示了《波动》碎片化结构的形式意味。作者便犹如那有心的孩子，俯身拾取心灵碎片，虽无力（也不屑）将其拼接复原，接驳传统，却依然把它高高擎起，一片、两片、三片……相映相衬，直至组成多镜结构的万花筒。

如同万花筒的美妙奥秘就蕴藏在它的镜体结构与流动图案之中，那支离破碎的纸片随着镜面角度的变易、影像的叠加而千变万化，《波动》也借杨讯、肖凌、白华、林媛媛、林东平五个被分割的人物形象以及由此派生的五位叙述者的叙事，叠合成碎片化

---

① 据北岛回忆，《波动》初稿完成于1974年11月，二稿完成于1976年6月。最初连载于《今天》1979年第4期、5期、6期，署以笔名"艾珊"。

结构；同时，作者内心世界剪不断、离还乱的诸种思想面向、情感晶体，诸如英雄主义与怀疑主义、启蒙拯救与自我放逐、激情与理性，又构成了作品更深层次的碎片化结构，从中恰可折射、洞见这一持续动荡、纷扰频仍时代的知识分子的精神现象学。诸多叙述角度、形象系列、思想面向的繁复组合变易，遂引出文本的万花盛开。

杨讯与肖凌的叙事话语中透露着浓重的知识者意味，林媛媛稍显微弱，流浪汉白华与老干部林东平并不囿于各自的身份归属，两人同样有着知识者的诗情理想与精神血质。五个人物似可视为作者情怀矛盾纠结，难以诉诸一人之口，只得分身为五，借由不同社会身份的叙述者，多视角、多维度地言说知识分子矛盾破碎的思想。透过五位叙述者彼此质诘冲突、杂糅交错的叙事网络，依稀可见作者的思想情感方式、所属青年思想文化部落氛围以及特定时代政治语境三重精神向度的交互投影。

文本中，杨讯与肖凌是"对象"，又是"对头"，彼此互为反光镜，折射出爱的七彩虹影；同时，又反映出各自的灵魂暗角，照亮着对方，深化着对方，尽管两人都依恋却又似乎都有点躲避着这种过于迷魅的幻觉与过于深透的审视。身心对读，那么的一无遮掩！最终肖凌还是穿透了杨讯爱的光晕后那不无自恋、懦弱的阴影。

小说不仅抒写杨讯与肖凌从相识、相知、相爱，直至爱情破裂的情感"波动"；更有意无意地将政治、哲学的宏大符码，嵌入看似漫不经心的恋人絮语中，从而形成了情感交流与思想交锋话语叠合的叙述效果。

肖凌的"在你的生活中，有什么是值得相信的呢？"之诘问，就此引出了不相信（准确地说：不再相信）祖国，不相信光明，不相信爱的承诺，不相信"落日、晚风、微笑、幸福"的肖凌，与相信祖国、相信未来、相信责任、相信希望的杨讯的双向辩驳。

两人"站在十字路口，面对着面"，如果说，杨讯是肖凌口中的"好一位理想主义战士"，那么，肖凌便自然会被认作是一位怀疑主义者。然而，正像杨讯虽相信祖国，却犹能洞察"国家机器出了毛病"，在肖凌口口声声"我不相信"的表象下，实质上流露出的恰恰是内心深处"我相信"的知识者执念。

并非巧合，作者也曾在其诗中直面世界大声宣告："我——不——相——信！"摘抄于下，以作印证。

> 我不相信天是蓝的；
> 我不相信雷的回声；
> 我不相信梦是假的；
> 我不相信死无报应。[1]

以诗证事，或谓以事释诗，杨讯与肖凌的复调对话，尽显创作主体内心世界的纠结冲突；也于有意无意间铺陈演绎了郭路生诗《相信未来》与赵振开诗"我不相信"之"回答"的遥相论辩。

语涉政治无所不在的时代，绵绵情话亦渗有了哲思的沉重意味；即便是恋人彼此玩耍嬉闹的祝酒词，也显得别具一格：

---

[1]　北岛《回答》，作于1976年4月，首刊于《今天》1978年创刊号，第31页。

"为了这个悲剧的时代有一对幸存者……"

　　"为了这对幸存者像燕子一样，被人打扰后还能一块回窝来……"

　　"为了那些枪口不对准燕子……"

　　"为了燕子刀枪不入……"

　　"为了美丽的神话……"

　　"干杯！"①

　　这段对话语丝杂乱，既透露着恋人沉浸在私己空间的温情，亦暗喻了对两个柔弱个体不被政治风暴侵袭的祈愿。

　　罗兰·巴特认为，"对情话的感悟和灼见（vision）从根本上说是片断的、不连贯的，恋人往往是思绪万千，语丝杂乱。种种意念常常是稍纵即逝。陡然的节外生枝，莫名其妙油然而生的妒意，失约的懊恼，等待的焦灼……都会在喃喃语流中激起波澜，打破原有的涟漪，漾向别的流向"。②依据此说，杨讯与肖凌的情话自不外于将绵绵语丝裁为片断的"恋人絮语"。然而，反观《波动》，岂止杨讯与肖凌这对恋人之间，可以说几乎以所有人物命名的相关章节都任意由某一场景、某一对话、某一梦境起头，语言断断续续，甚或戛然而止；情感"波动"，思绪芜杂。这寓示着此时期的作者原本就未能形成整一的人生观念与历史观念，故人物自身的思想观念也流于破碎枝蔓，似可视为小说结构的二度分裂。

---

① 赵振开《波动》，《长江》1981年第1期。

② 罗兰·巴特《一个解构主义的文本》，汪耀进、武佩荣译，上海：上海人民出版社1997年版，第4页。

此外，人物的叙述频频折返循环于过去或现在的某个时间与空间中，一些人事之间并不存在着必然的逻辑关联，只是人物主观思绪的跳跃闪回、自由联想，呈现出意识流式的叙述特质。如小标题为"肖凌"的某个章节里，从听妈妈弹《月光奏鸣曲》，到中学物理课堂上老师胡诌科学诗，再到登山及顶大声呼喊，不速之客带来风尘、寒冷与陌生的气息，直至随妈妈漫步海边沙滩……坐在妈妈身边的"我"突然无缘由地害怕，不知道害怕什么，"是由于黑暗，由于月光，还是那些神秘的音响"，还是敏感到"命运不可逆转的征兆"？[①]散乱无端、躁郁不安的思绪与情景，预示着"横扫一切"的山雨欲来。传统小说的顺时序时间观念显然已为主观心理时间观念所替代，以心系人，以心系事，出现了"颠倒时序""闪回时序"及"预见时序"等叙述方式。

文本中，现代诗的隐喻、暗示、通感等手法的移用，加之意象群的不无繁复、朦胧，或导致部分内涵难以明晰言传；但缘于非常年代个别意象自有其固化了的喻义，或无碍人们循此生出某些寓言式的感悟。

倘若说，肖凌的无家可归，犹有火车站的候车室暂栖身；那么，丧家的白华则直如他自谓的似"一只会打洞的耗子"，唯有蛰伏于地底下的防空洞中。

诚然，白华一口粗鄙蛮野的底层话语，加之凶狠悍戾的暴力行径，醉生梦死的堕落生活，形似"流氓"。然而，较之那些窃国的阴谋家、伪善者，其本质上显然只是"伪恶"：他厌弃既成

---

① 赵振开《波动》，《长江》1981年第1期。

道德，却为挽救素昧平生、无钱治病的小女孩铤而走险；他鄙视高干子女，却因得知杨讯曾以政治犯的身份坐过牢，转而肃然起敬……作者试图借这一底层社会宁愿"伪恶"的野性生命，去碰撞不无"伪善"的彼时社会秩序。

值得注意的是，作者不仅在白华身上嫁接了本根植于底层、民间的生命的野性与强力，同时，还赋予了他知识分子的主观移情。不在乎身份的迥异，作者将自身最为刻骨铭心的一段人生遭遇与情感经验移植给了白华。小说中，白华失去同是沦落人并因此相识于候车室中的"妹妹"的惨痛回忆，应是作者写作前夕刚失去唯一的妹妹珊珊之创伤的留印。

对于丧妹之痛，北岛在致友人的信中说："如果死是可以代替的，我情愿去死，毫不犹豫，换回我那可爱的妹妹。可是时世的不可逆转竟是如此残酷，没有任何选择的余地。有时我真想迎着什么去死，只要多少有点价值和目的。"[1]他还特意将小说《波动》署名"艾珊"（爱珊），献给珊珊。反观小说，当白华为给病重的妹妹买药而去偷窃，被抓进派出所时疯了似的哀求警察："您咋罚法儿都行，打我吧，打断这只胳膊吧，只要我能走。别关我，叔叔，啊？别，别，我还有个生病的妹妹，她快死了……"，五天后他一被释放就拼命跑回候车室找妹妹，却人去无踪，唯见墙角落她依靠过的地方留有指甲刻下的几句话："哥哥，我想你！"小说与现实同构着一种不惜牺牲自己、倾心挽回终又无力回天的绝望。

作者对白华偏爱有加，除却将自身的情感经验投射到他身上；

---

[1]　赵振开《致史保嘉》1976年8月18日，收入徐晓主编《民间书信1966—1977》，合肥：安徽文艺出版社2000年版，第411页。

还在其隐匿的黑暗世界里连同心灵的荒凉处，平添知识者心仪的诗情画意，诸如梦中的星星、轻纱飘飘的白裙。尤为深刻的是，在白华"流浪"这一实相中，还移入了知识者的兴寄。

林东平曾以为"年青人在感情上的波动是一时的"，依据家庭出身、政治思想一类恒定的标准，理性地拆散了杨讯与肖凌的爱情；却忘忽了自身纵然书生老去，旧时的浪漫情感已如深沉于心之湖底的沉钟，看似波澜不惊，偶一触动钟体，依然振得情感的波纹沉沉地荡漾开去……

是的，在林东平的叙述中，始终摆荡着现在与过去的二维时空向度。前者是以国家干部姿态"在场"的现实生活，多年来渐已习以为常；后者则是知识者的历史情怀投射："我为什么又要折磨自己呢？谁说过，痛苦是生命的标志。记起来了，那是医大的第一节课上，一位留美的老教授说完后，用英文写在黑板上，粉笔末轻轻飘落。那是一个秋天的早上，阳光从乌蒙蒙的老式窗户上透进来……我和那个蓬头发的大学生还有什么共同之处吗？我的头发白了。"①其追思的何止是大学时代的青春记忆，更透露些许知识者青春已逝、早生华发却犹有着未曾泯灭、常被青春记忆唤回的多愁善感情怀。

过去的时空向度中恰以知识者情怀最为凸显，其每每作为一种特定的精神执守，与现实抵牾：林东平不惧被二次打倒的危险，在党委扩大会议上批评革委会新贵为政绩不惜让煤矿工人去冒生命危险，还晓以早被新政治伦理批臭了的"良心"二字，足见其

---

① 赵振开《波动》，《长江》1981年第1期。

书生气，难怪即遭致对手嗤之以鼻："良心？无产阶级谈的是党性！"……置身于烈士陵园，在缅怀革命历史、缅怀先烈的同时，也愧疚于因知道了自己感情出轨而郁郁死去的妻子，甚至还遥念起那业已逝去的情人以及与其共同建立的那些欢乐与痛苦交会的秘密。因情生景，抑或也是触景生情，在一片红色纪念碑耸立的革命圣地，竟被眼前的洁净的白杨触动，痴想着为自己与情人那段"不幸的爱情"树一个纪念碑——"白色的纪念碑"。篇末林东平离开烈士陵园时的心境，也于沉静超拔、独立苍茫中，隐含着些许忧郁："在这小路、落叶和白杨织成的寂静的网中，一缕淡淡的哀愁扩散开来，被风带到漫山遍野"①……难以辨明，林东平的知识者情怀中，有多少是自身历史固有的遗存，有多少是青年知识者北岛多愁善感气质的移情！

小说结尾九九归一：杨讯、肖凌、白华、林媛媛、林东平五个独立叙述、视角互异、各自成篇的人物（兼叙述者），临了终于集聚到一起。然而，作者无意从俗，借人物的"大团圆"形式体现人生经验的千劫度尽终归转圜圆满，但见五个人物（兼叙述者）在此节中丝毫未能弥合各异的视角观点，而依然是四分五裂、散漫无端，表征着一场浩劫过后置身于信仰的废墟上，作者对历史/世界时空秩序破碎无序的深刻体悟。

类似于《波动》结构上的标新领异，靳凡的小说《公开的情书》以书信体的形式平行设置了四位叙述者：真真、老久、老嘎与老邪门。小说隐去了具体日子，却在每一辑书信的篇首郑重标

---

① 赵振开《波动》，《长江》1981年第1期。

明："1970年"。这一时间不仅是大学生们个体生命因放逐而难忘的岁月，且于历史时序上留下民族集体蒙难的深刻印记。

题为《公开的情书》，不由地令人联想起：十八世纪欧洲三部最流行的、影响广泛而深远的书信体小说《帕美拉》《新爱洛绮斯》与《少年维特之烦恼》，都曾以情爱这一最为敏感的隐私问题作为自己探索的主题，以建立符合新兴中产阶级要求的性道德与婚姻原则[①]。小说亦借真真、老久、老嘎三位大学生的"三角恋爱"，探讨了新时代的"新人"心目中理想的爱情。

缘于书信体文体的框限，也许还因着彼一时代观念的禁忌，"作品太柏拉图式了！"直至结尾，真真仍"只是渴望飞快见到"恋人老久，作者似乎讳及"肉身"，而倾心于"精神恋爱"。

即便"精神恋爱"，也不止限于个体，而是两个群体的相遇，一对观念的结合。恰如老久所言："我对她的爱情，并不只是一种单纯的个人遭遇。这是两批人的相遇。我认为，我们比他们走得远，也更勇敢顽强。如果他们迟迟不完成必要的转变，不投入到刻苦的学习和工作中来，那么，他们的命运是可悲的。"[②] 极言立足"现代"的时间点上、经科学洗礼的"我们"，终将战胜沉湎"古典"、艺术气质的真真"他们"，凸现出"性别政治"的含义。

程光炜曾对"公开"一词的历史文化语境详加考察，指出"私人通信""公开"于众的特殊意义[③]。在此，笔者以为"私人"

---

① 张德明《论近代西方书信体小说与主体性话语的建构》，《浙江大学学报》2002年第3期。
② 赵振开《波动》，《长江》1981年第1期。
③ 参阅程光炜《文学讲稿："八十年代"作为方法》，北京：北京大学出版社2009年版，第330、331页。

一词亦需仔细辨析：事实上《公开的情书》中四位大学生的通信绝非只是互诉私己情感，而是时刻不离家国、政治、社会的闲域，是一代人之困惑与思考的集中表露。故"公开"的与其说是"情书"，是恋人絮语，不如说更是政治宏论。小说中随处可见由"我"至"我们"，从个体至集体的情感之着意放大、扩张、升华。大处着眼，这亦未尝不可读作被压抑的一代青年对公众社会的倾诉；是知识者群体"寄意"所深爱的祖国与人民、却为其"不察"的一束大写的"情书"①。

三角恋爱，四方对话，八面来风……小说由爱情问题拓展生发，兼及彼时青年知识者普遍关注的理想与现实、个人与祖国、忧生与忧世等问题，还触及了科学与艺术、现代与古典、高贵与卑俗、激情与理性等一系列矛盾悖论的思辨与探讨；折射出其后的社会主义（包含空想社会主义）、人道主义、个人主义、科学主义诸种主义与理论的多向论辩，彰显出所以形式翻新，采用碎片化结构，自有其历史动机。

尽管四位叙述者自况：信中多"思想和梦想的混乱"，缺乏理性的清明；作者也在成书后坦言："我说了一大堆废话，那是给专门爱挑剔别人的尊贵者看的。在隐隐约约的字里行间，灌进去了一些我们体会到的真理，那是供你们批判的。还有一点点和胡说八道相去不远的希望和幻想，愿孩子们能够发现它。"②诸般辩解呈

---

① 当年鲁迅曾有"寄意寒星荃不察"之感慨，道尽"五四"一代知识者与祖国、人民间情感的难以沟通；孰料时至"四五"一代知识者笔下，"无法用语言来表达（对祖国、对人民）的感情"之隔膜犹在！
② 靳凡《彷徨·思考·创造——致〈公开的情书〉的读者》，《十月》1980年第5期。

现出作者对这部小说思想的零乱分裂、语言的累赘繁冗未必没有自知之明，却不忘强调泥沙俱下的一派"胡言"中自有不寻常的意义。如此心态或许因着知识者在非常年代毕竟失语太久，一旦下笔，难免恣肆放纵，奔突汹涌，不加节制，不欲舍弃挣脱束缚后的自由不羁的叙事快感。

将其置于七十年代民间思想的真空中，何其难能可贵地见出知识分子作为独立的思想者的传统正在复苏。虽犹是思想的碎片，灵魂的火花，情感的泡沫，却有意无意地解构着大一统的思想牢笼。

书信体小说的第一人称叙事、内倾性、私密性、随意性、对话性诸特征亦程度不等地强化、加固、丰富了碎片化结构形式。四位叙述者，都是以第一人称口吻言说，流露出更多的其他文体每每隐而不宣的内心秘密。较之对外部世界的如实描写，小说更擅长的是对内世界的心理真实的揭示。

恰如近代书信体小说的始作者撒缪尔·理查逊在其小说《克拉丽莎》中有意让书中人物洛弗莱斯将"通信"一词correspondence拆写成co-respondence，以从字源学上来证明此词具有"内心的共鸣"之意[1]，拆解了读，四位叙述者各自敞开自我，内心独白，或散点透视，聚合于叙事结构中，顿作思想共鸣，话语交锋，视点交叉或凝聚。

由于碎片化结构不仅含有空间关系，同时也赋有时间性，故而别具动态感。如前所喻，便似万花筒任一转动即可变换图案，

---

[1] 张德明：《论近代西方书信体小说与主体性话语的建构》，《浙江大学学报》2002年第3期。

每个图案都是瞬间即刻，一旦消失了，转动数载也未必能重现同样的组合；同一叙述者鉴于"通信"中的彼此影响、结构中的位置移形，亦会时过境迁。例如，随着时间的推移，审视人物或事件的角度的变异，真真眼中的老久，竟由"现实的宠儿"，突变为时代的"英雄"；而"纯钢铸成"、满含着理性的冰冷、厌弃神经质的老久，也间或会渗有感伤的情绪。

无独有三，另一自1970年冬天开始在北京青年知识者群中流传的手抄本小说《逃亡》，也在形式上采用了碎片化结构："小说描写插队东北的几个知识青年为了回家，悄悄爬上一节运煤火车。火车开动后，几个小青年蜷缩在车厢里，任刺骨的北风像鞭子抽在身上。他们在冻僵之前的麻木状态中，各自陷入了回忆，像是电影的闪回镜头"，每个人的不同回忆片断构成了一幅历史场景……直至"列车在一个小站停靠时，人们在一节空车厢里发现几具紧紧抱在一起的冻僵的尸体"。[①]魂飞梦碎的回忆内容，恰与小说碎片化结构形式暗合。而临终或一形态的"大团圆"结局，未尝不可视作对中国既有传统小说"卒章终团圆"叙事公式的反讽。

---

① 杨鼎川《1967：狂乱的文学年代》，济南：山东教育出版社1998年版，第130、131页。另参阅杨健《文化大革命中的地下文学》，北京：朝华出版社1993年版，第79页；杨健《中国知青文学史》，北京：中国工人出版社2002年版，第197页。

第九章

五十至七十年代知识分子叙事的类型特征

　　五十至七十年代的知识分子叙事，与通常类型学定义下的"类型"不尽相同：它是特定历史时期的产物，留有非常态的"文化论述模式的虚构的表征"；同时作为一种文学类型，它又具有自身相对恒定的文体机制与功能。有鉴于此，本章拟借鉴类型研究中形式层面与文化层面双管齐下的方法，以期更完整地揭示、归纳知识分子叙事特有的思想型、抒情型、干预型特征。

　　笔者所以从彼时主流文学中，悉心辨析、剥离出一条隐而不彰的知识分子叙事支脉，并无意借此"将颠倒的历史再颠倒过来"，遮蔽乃至颠覆五十至七十年代以《红旗谱》《红日》《三里湾》《山乡巨变》《创业史》等作品为代表的工农兵叙事这一文学史主潮；只是希图经由前此数章专论——主题衍变、文本裂隙、形象谱系、形式意味，揭示彼一特定时期文学中知识分子主体精神、文类风格的传存绝续及其表现形式上的变通创新形态。

　　以主流叙事为镜，适可照亮知识分子叙事特有的思想型、抒情型、干预型文类风格特征。

一、思想型：一种独立思考、勇于探索的哲学兴趣

虽则彼一时代的知识分子不甚擅长理性思辨，更缺乏形而上思维的禀赋，却在那思想一体化的年代犹毋忘承当知识分子独立思考的天职，勉力在其作品中播撒思想的种子。尤为可贵的是，七十年代中后期逆境中的青年知识者那无惧清规戒律、盗取思想火种的勇气，他们苦苦触探现实问题，求索人生根本意义，直至从"失落的一代"成长为"思考的一代"。思想型亦因此成为知识者叙事的深刻印记。

《工作着是美丽的》隐然有一种沉思的调子；《组织部新来的青年人》的叙述者是如此的勇于探索，富于思想；《波动》被史家称之为"一种思辨性的小说"，"情节和故事性同样是模糊的"[①]，唯有那些思想的碎片分外夺目；《公开的情书》则着意塑造思想者群像，甚至不惜思想大于形象，理胜于情；《爱的权力》中那个自命为"异教徒"的李欣，曾经那么如饥似渴地阅读卢梭的《论人类不平等的起源和基础》、伏尔泰的《哲学通信》、别林斯基的《文学的幻想》以及《巴贝尔文选》，一如叙事者所激赏的：在他"平静的外表中奔腾着怎样的一匹思想的野马呵"，其正在撰写的论文放任思想"从五四到四五"驰骋纵横[②]；而《晚霞消失的时候》

---

① 孟繁华、程光炜《中国当代文学发展史》（第二版），北京：中国人民大学出版社2009年版，第157页。

② 张抗抗《爱的权力》，《收获》1979年第2期。

更是充满了某种哲学热情，书中主人公南珊与李淮平围绕着那个"囊括了全部人类历史的大题目"——文明与野蛮的吊诡，竟然思索论辩了十五年。由自身的受难，念及民族、人类的劫难；由现实关注，延伸为终极关怀：

> 我抬起头看看空空荡荡的天幕。我知道，那里面有无数个由亿万颗日月星球组成的银河系。但是世界上却有许许多多这样的人，他们之中包括了上尉，长老，或许还有南珊——虽然她绝不会承认——以及绝大多数的人类，却相信在那个由幂数无穷大的光年所维系的引力场的中心，还有着一位至高无上者。这位至高无上者就生存于那个绝对没有空气、水、光线和温度的冰冷阴暗的宇宙中，并且主宰着一切。我从来就没有感觉过那个世界的存在，可是对于他们来说，那个世界却是存在着的。[1]

李淮平如是仰望星空。虽然南珊们（亦包括李淮平自身）"绝不会承认"，然而在其发出"天问"的潜意识中，其实已然将思想拓展至某种类宗教的遥深眷注。

费尔巴哈有言："动物只为生命所必需的光线所激动，人却更为最遥远的星辰的无关紧要的光线所激动。只有人，才有纯粹的、理智的、大公无私的快乐和热情——只有人，才过理论上的

---

[1]　礼平《晚霞消失的时候》，广州：花城出版社2010年版，第149页。

视觉节日。"①严格意义上说，为最遥远的星辰的无关紧要的光线所激动，精神追求每每超越了现实需求，这恰是知识分子的禀性。于是便不难理解，知识分子叙事中何以会如此复沓地出现仰望星际的意境："有一天晚上，她突然兴奋地说：'你看，星星！多么明亮的星星！'她爱灿烂的群星。那是黑夜中透出的生命的闪光、遥远而光辉的希望。"②——《公开的情书》中，"好高骛远"的真真用那漫漫长夜所赐"黑色的眼睛"，苦苦地寻找光明。《九级浪》那段于今读来再平淡不过的关于星辰的描写——"一颗非常明亮的流星徐徐划过天角，再过片刻，它将贬值为不会发光的陨石，落到人间。"③——所以会在当年的北京知青中广为传诵，原因无他，缘于它那转瞬即逝的绽放与坠落，应和着知青关于自身命运莫名的联想及怦然心动。而《波动》中肖凌与白华关于星星的那段思辨则暗示我们：何必仰求太阳的恩赐，每个人心中都藏有一颗不熄的星辰，每个人都是一颗能发光的星辰，即便是长年困于防空洞一隅的白华。

直面地下弥漫着的更其无尽、更其可怖的黑暗生活与思想，徘徊于明暗之间的肖凌也深深为之触动，于黑暗中竟然迸射出一线光明的"镜像"。她问白华："你见过星星吗？""你想到过没有？它既是旧的又是新的，在我们这里只看到昨天的光辉，而在它那里正在发出新的光辉……"白华当场虽表示不屑，却在紧随

---

① 北京大学哲学系编《西方美学家论美和美感》，北京：商务印书馆1980年版，第210页。
② 靳凡《公开的情书》，《十月》1980年第1期。
③ 转引自杨健《中国知青文学史》，北京：中国工人出版社2002年版，第149页。

其后的自身作为"叙述者"的一节叙事中有了灵光一闪的回应："我做了个梦，梦见星星。"①有研究者视此心灵交汇为知识分子肖凌对白华的精神启蒙，"引导白华的价值观念的转变"②，如此立论未免忽视了白华内心深处原本就未曾尽然泯灭的理想之光。

小说中，肖凌（未尝不是作者）慧眼独具，纵然在地洞里，她依然能从那星星点点闪烁在黑暗中的杯子光影上，发现了"星星"！——是的，"星星。居然会有这样的感觉，那它们一定是无所不在的。即使在那些星光不可能到达的地方，也会有别的光芒"。暗示了在白华玩世不恭、匪气十足的外表下，犹有闪光的亮点。

尽管后来小说又对那黑暗岁月弥足珍贵的"星星"之光做了看似最为虚无的解构——"'买星星，'肖凌说。'又是星星，'白华冷笑了一声，'丧门星要不？'"③——如此叙述亦未尝不是深渊中洞察希望之为虚妄，却又不弃反抗绝望的特定年代知识分子外冷内热的心灵表征。

赵园称："五四"知识分子每每"由两个极端的方面思考人生：极端现世、实际的，与极端抽象、玄远的。一方面，是食、色一类最世俗的人生问题，一方面，是穷究'人生根本'的'哲学热情'。一方面，是夸大了的'自我'、'个性'，一方面，是'其大无外'也因而茫无边际的'宇宙'等等"。④此见用来概括

---

① 赵振开《波动》，《长江》1981年第1期。
② 张志忠《有待展开的当代文学可能性——以〈波动〉、〈公开的情书〉和〈晚霞消失的时候〉为例》，《文学评论》2010年第4期。
③ 赵振开《波动》，《长江》1981年第1期。
④ 赵园《艰难的选择》，上海：上海文艺出版社1986年版，第19页。

五十至七十年代知识分子叙事的思想类型亦未尝不可。既有"反对保守主义与官僚主义""科学救国"一类极具现实性的思考向度，也不乏源自知识分子超越性站位的漫无止境的浮想联翩、上下求索。自然，适如作者或笔下人物自况的，充盈于知识分子叙事中的"思想一定会或多或少地艺术化，会常常陷到诗的境界里"，有时难免"会像翻滚的泡沫一样浮泛"[①]；抑或它本来就是一种"朦胧的哲学"[②]，一种诗性思想。

二、抒情型：与主流观念相衍相生的诗性激情

如果说，五十至七十年代的知识分子大都欠缺思想家的素养，那么，他们却不乏诗人的性情。缘此底蕴，抒情型特征在其叙事中便成为又一鲜明的标记。

笔涉"抒情"，王德威《抒情传统与中国现代性》一书中的新见显然绕不开。作者提出"在革命、启蒙之外，'抒情'代表中国文学现代性——尤其是现代主体建构——的又一面向"之命题[③]，并辅之以八讲详加论证。虽则"体大"难以"思精"，愈想建构抒情大系统便愈易牵丝攀藤，但其突破"抒情即抒发个人内心情感的一种修辞方式"之成见，努力展现抒情之复杂向度的创意，却对本节的立论多有启示。此处，笔者退而求其次，更多地参照、

---

① 靳凡《公开的情书》，《十月》1980年第1期。
② 若水指出《晚霞消失的时候》"贯穿了某种哲理"，宣扬了某种"朦胧的哲学"。参见若水《南珊的哲学》，《文汇报》1983年9月27日、28日。
③ 王德威《抒情传统与中国现代性：在北大的八堂课》，北京：生活·读书·新知三联书店2010年版，第3页。

汲取书中所引高友工对抒情的定义——"这个观念不只是专指某一诗体，文体，也不限于某一种主题，题素，广义的定义涵盖了整个文化史某一些人（可能同属于一背景，阶层，社会，时代）的'意识形态'，包括他们的'价值'、'理想'，以及他们具体表现这种'意识'的方式"①，将"抒情型"不仅视作一种知识分子叙事的文类风格特征，同时亦关注其在彼一时代情与主流理念的冲突交融中作为"情感结构"的意味。

五十至七十年代语境里，"抒情"极易生出小资产阶级情调的流露等联想。然而，情之迸涌处，却居然每每冲破了"监视情感的理性"。恰如王蒙所言："二十岁的时候，生活和文学对我来说像是天真烂漫、美好纯洁的少女，我的作品可说是献给这个少女的初恋的情诗。"②

如果说《青春万岁》里的杨蔷云、郑波是以天真烂漫的中学生的眼睛来看生活，那么《组织部新来的青年人》里的林震、赵慧文则是以初涉世事的少年布尔什维克的眼光去看生活，于单纯与真诚中犹夹杂着一点淡淡的惆怅和困惑。

《组织部新来的青年人》堪称一首青春的抒情诗，它以浓郁的抒情型色彩表现了新中国第一代青年的革命理想主义情思。其所抒发的"情绪的波流"，是"情绪"，又暗含着思想的因子。准确地说，它是一种略带哲思化的情绪本体；或者说，是一种直觉化、

---

① 高友工《文学研究的美学问题（下）：经验材料的意义与解释》，收入《中国美典与文学研究》，台北：台湾大学出版社2004年版。转引自王德威《抒情传统与中国现代性：在北大的八堂课》，北京：生活·读书·新知三联书店2010年版，第13页。
② 王蒙《我在寻找什么》，《王蒙文集》第7卷，北京：华艺出版社1993年版，第690页。

生命化了的思想。相对于组织部领导李宗秦、刘世吾等所谓"理性"的"冷静而全面"，它却在热情涌动之际有时不免失之片面、含混、不切实际。然而，恰恰是它，敏感到在一切俨然按部就班、毋庸置疑、"就那么回事"的既成理念背后，隐藏着对现实未知区间的回避，对理论尚未能概括的无序因素的失语，故而左冲右突，力图冲破理念的障壁，探索其后生活的真谛，捕捉那现实中稍纵即逝、抑或行远不衰的如诗的人情。

《在桥梁工地上》亦并不纯然是一篇"侦察兵式的特写"[①]，在研究者所定义的桥梁队队长罗立正"保守的、维持现状的思想特征"之外，却有着抒情的内烁。小说着意插入，应是对罗立正另一向度情怀的补记。准确地说，是作者自身知识分子情调的违逆式移植，生成的效果甚至与观念层面上那个较为"本质化"的罗立正判若两人：在旷野上打猎，罗立正因着小黄羊生命的若有灵犀而放下了猎枪——放弃了他的"目的性"；叙述者"我"在这个瞬间也读出了罗立正六年前随军南下时在火堆旁边抒发幻想的诗情余绪。在那个视"从来不看小说"为"正常"，想象与诗情寥然的大建设时代，如此这般的知识者"抒情"，未尝不是一种更高意义上的"干预生活"。

此外，恰如史家所称，《晚霞消失的时候》可谓"一部最具浪

---

① 佛克马称，《组织部新来的青年人》"关于春天的丰富描写"，"令人很容易联想到爱伦堡的《解冻》"。参见佛克马《中国文学与苏联影响（1956—1960）》，季进、聂友军译，北京：北京大学出版社2011年版，第96页。《在桥梁工地上》中，贯穿于文本的关于春天的抒情亦然。

漫气质和抒情性的小说"①。最后一章那大段大段宏富华彩的思想论辩，所以"没有使小说陷于概念化和理性化"，某种意义上恰是兼具抒情型特征所赐。

三、干预型：一种间距化、批判性的叙述者评论

与思想型、抒情型特征相类，干预型特征本来就是知识分子叙事的题中之义，而非仅仅缘于"双百"时期一些青年作家无事生非，倡导"干预生活"而得名。

知识分子叙事对于现实生活的审视总是含有理想主义的尺度，这便"使它易于对后者形成一种间距化的、批判性的立场"。②"以各种方式'议政''参政'（即所谓'干预'）"，理应是知识分子"最重要的'性格'内容"③。而在特定年代，"干预生活""文人从来就是反现状的"一类的理念却被指为"右派"言论横加批判④。殊不知溯其渊源，连鲁迅也会因此受到株连。论及"文艺与政治的歧途"，鲁迅称："我每每觉到文艺和政治时时在冲突之中；文艺和革命原不是相反的，两者之间，倒有不安于现状的同一。惟政治是要维持现状，自然和不安于现状的文艺处在不同的方向"，

---

① 孟繁华、程光炜《中国当代文学发展史》，北京：中国人民大学出版社2009年版，第157页。

② 祝东力《精神之旅——新时期以来的美学与知识分子》，北京：中国广播电视出版社1998年版，第8页。

③ 杨匡汉、孟繁华主编《共和国文学50年》，北京：中国社会科学出版社1999年版，第167页。

④ 姚文元《论所谓"揭露阴暗面"的理论和创作》，收入姚文元《文艺思想论争集》，上海：作家出版社上海编辑所1964年版，第129页。

"政治想维系现状使它统一，文艺催促社会进化使它渐渐分离；文艺虽使社会分裂，但是社会这样才进步起来"，[1]明确强调了文艺"不安于现状"、致力于社会批评的职志。难怪"反右"运动中，时人会产生"要是今天鲁迅还活着，他可能会怎样？"的联想。

干预生活之主体自然大抵是知识分子，然而并不能因此自以为"知识分子是真理的化身或代言人"，恰如西哲所称"知识分子不可能垄断真理"[2]，更不应把干预者一味拔高为"文化英雄"。尽管作者连同其笔下的干预者皆具理性批判精神，但他们不仅仅应干预生活，批判时弊，同时也应不断批判、省思自身的历史局限，如是方能应对形形色色的"反干预"。

部分作者确曾有此自觉，如王蒙自况写作《组织部新来的青年人》，本意"不想把林震写成娜斯嘉式的英雄"，而只是一个"热情向往娜斯嘉"的初涉社会、"不尽切合实际"的"知识青年"。原拟在支持林震勇于干预生活的"基本精神"的同时，也揭示、反省其隐含的"青年的幼稚性、片面性和小资产阶级对自己的幼稚性、片面性的珍视和保卫"，以及"小资产阶级的洁癖、自命清高"，然而，最终却反被笔下人物的思想感情"俘虏"，陷于无间距的"美化、爱抚和同情"中[3]。

值得注意的是，此处定义的"干预型"并不尽然属于主题范畴，如"双百"时代的干预生活，六十年代中后期的指点江山，

---

① 鲁迅《文艺与政治的歧途——十二月二十一日在上海暨南大学讲》，《鲁迅全集》第7卷，北京：人民文学出版社1981年版，第113、118页。

② 朱利安·班达《知识分子的背叛》，佘碧平译，上海：上海人民出版社2017年版，第21页。

③ 王蒙《关于〈组织部新来的青年人〉》，《人民日报》1957年5月8日。

也包括了借助叙述层面的修辞手段。它可以是作者的主动出击，又可能是一种非自觉的抵牾、干预。形式上既可由文本中的人物承担，也可由叙述者承担。叙述者干预又被称为"叙述者评论"，无论其旨在客观叙述抑或是主观介入，都难免含有特定的立场与价值维度。

《工作着是美丽的》中的李珊裳一度不失"'客人'站位"，旁观者清地对延安光明下的些许阴暗面予以干预。《在桥梁工地上》"包含着激情的思考、议论，是推动故事的主要动力"①。《本报内部消息》不仅采取夹叙夹议、内心独白等方式，向"清规戒律"公开挑战；还时而运用叙述者的反讽式干预——如结尾，不写主人公黄佳英与现实碰撞得头破血流，心有不甘，偏以明哲保身的市侩张野"已经躺在床上"，"又仔细核算一回今天在一些事情上耗费的精力是不是浪费，认为不是，才安心地闭上了眼睛"一节收煞②——叙述者愈似平静，愈反衬出"精神界的战士"众睡独醒的孤独感。③

与是类锋芒不露的干预手法相反，《西苑草》借笔下人物萧渔眠教授之口，直截了当地批评起现实中的真人真事——"李希凡

① 洪子诚《中国当代文学史》（修订版），北京：北京大学出版社2007年版，第127页。
② 刘宾雁《本报内部消息》，《人民文学》1956年第6期。
③ 无独有偶，姚文元援引李国文小说《改选》如下文字——"按照工会法的规定，改选是在超过三分之二的会员中举行的。这次选举是有效的。新的工会委员会就要工作了。"——称"在这样恐惧的死亡的形象之后，是那样一个表面上语气平静而实际上是蕴藏着很大的煽动性的结尾。这好像在告诉人们：你们看，郝魁山就这样死了，生活还是老样子，官僚主义的、压制工人的工会不受丝毫影响，照样地工作。……"歪打正着地点破了是类锋芒不露的"干预"的特有手法。参阅姚文元《论所谓"揭露阴暗面"的理论和创作》，收入姚文元《文艺思想论争集》，上海：作家出版社上海编辑所1964年版，第145页。

全会为界标。而此前两年与此后的一年可称作新时期文学的前夜
与初叶。有鉴于吴俊文章的提示，笔者充分注意到了这一时段政
治气候的乍暖还寒，以及文学史承前启后进程中那不无"暧昧的
缝隙"，力求在阐述这一特殊时期的知识分子叙事时厘清"各自时
段中的内部逻辑关联"，以及新时期前夜与初叶之间错综复杂的对
话、论辩关系。

一、第一人称叙述：知识分子主体意识的复苏

新时期前夜，第一人称叙述开始复苏、复兴。时见评论家聚
焦这一"有意味的形式"，将其视为个体意识觉醒的审美延伸。比
如蔡翔称：在1977年以后的小说中，"我就感觉到了'我'的存
在，这一点首先可以在小说的叙述视角上体现出来，伴随着大量
感情独白而频繁使用的第一人称，难道仅仅只是一种技术上的巧
合？……"非常年代"导致了我们对两个词的反抗：上帝和我们。
我们不再把自己交给某一个个人，同样，我们也不愿意把自己同
别人混淆在一起。我可以举出一连串的作品来证明这种个人意识
的觉醒"①。或如李敬泽所说："小说中真正的解冻始于张承志的
《骑手为什么歌唱母亲》。这篇小说发表于1978年10月。它的主题
是'我'与'我的人民'。但'人民'不再是一个先验范畴，它是
个人，是一个'我'在经验中、在思想和情感中体认和选择的结
果。由此，张承志确证'我'在——我思故我在，一种笛卡尔式

---

① 蔡翔《躁动与喧哗》，上海：上海文艺出版社1989年版，第3—4页。

的命题成为文学解冻剂"，"如果上帝在的话，那么他也有待于个人的独自寻求，这在1978年无疑是一次革命"。①

在叙事层面上，上述两种观点都意在凸显第一人称叙事者——"我"所表征的个人价值、主体意义，借此反拨五十至七十年代以集体主义的名义消解"个人"意识，片面追求忘"我"境界的倾向。值得关注及思考的是，在个人主义觉醒的大旗下，有着何种个人、又是怎样觉醒的差异。一系列彼此重叠、互为指涉的语词诸如"我""自我""个人""个体"的背后是个人主义话语资源的丰富芜杂。

自五四以来，中国知识分子语境中的"个人主义"话语，始终存有两种向度的含义：一种是积极进取的个人，意即努力走出象牙塔、兼济天下的知识分子；另一种则是困守象牙塔，耽溺于"自己的园地"里的消极的个人。五十至七十年代，这两种向度的个人话语曾一并受制，借由毛泽东的说法：小资产阶级、知识分子与个人主义呈现为"三位一体"的面貌，亟待经由思想改造，融入工农②。而作为继五四时期后又一个堪称知识分子时代的新时期文学，试图复苏与复兴的恰恰是第一个向度的"个人"，意即济世、觉世型的知识分子。

考诸1976至1979年主流文学中的"我"，其精神内涵大都属于第一个向度，而鲜有第二个向度亦即耽于私己空间里的个人的

---

① 李敬泽《短篇小说卷·序言》，《中国新文学大系》（1976—2000）第13卷，上海：上海文艺出版社2009年版，第2页。
② 毛泽东《在延安文艺座谈会上的讲话》，《毛泽东选集》第3卷，北京：人民出版社1991年版，第856—857页。

藏身之地。"我"时刻置身于国家、民族、社会、集体之中，小我的主体意识再强大，与大我也有着某种血脉与共、无可剥离的一体感。比如前述被视为个体意识觉醒之始者的《骑手为什么歌唱母亲》，其实指代国族主体的"我们"与"我"的使用频率一样高；而被研究者视为"新时期文学第一篇真正的'第一人称'作品"①——张洁的《爱，是不能忘记的》，开头第一句即是"我和我们这个共和国同年"。作品在异常简洁地倾诉了"我"的爱情困局之后，便迅即步入小说重心，嵌套式地讲述了"我"妈妈的故事，母亲的爱情与革命历史、共和国风云息息相关。

爬梳彼时第一人称叙述的小说，如刘心武的《我爱每一片绿叶》《爱情的位置》，张洁的《爱是不能忘记的》《从森林里来的孩子》，张承志的《骑手为什么歌唱母亲》，李陀的《愿你听到这支歌》，孔捷生的《姻缘》《因为有了她》《动荡的青春》《哎哟，妈妈》，陈建功《萱草的眼泪》，葛广勇的《解瑛瑶》，莫伸的《窗口》，刘富道的《眼镜》，陈国凯的《我应该怎么办》，叶蔚林的《蓝蓝的木兰溪》，李建纲的《三个李》，鲁彦周的《天云山传奇》，母国政的《我们家的炊事员》，陈放的《最后一幅肖像》，关庚寅的《"不称心"的姐夫》，陈村的《两代人》，遇罗锦《一个冬天的童话》，张长的《空谷兰》，郑义的《枫》，戴晴的《盼》——其作者均为知识分子身份，笔下的"我"或是知识者，或是借助"我"的视角讲述知识分子的故事。其主题与伤痕小说、反思小说常有部分叠合处，呼告着新时期知识分子的诉求。"五四"式的作

---

① 黄平《自我的诞生》，《当代作家评论》2016年第6期。

为启蒙与疗救意义上的知识分子主体意识，是彼时大多数"我"的内在魂核。小说文本与作家的现实生活之间亦有着某种微妙的同构关系，思想型、抒情型以及干预型的叙事特征时时闪现于小说与现实的缝隙之中。在某种意义上，新时期"个人"主调的第一人称叙述，可谓是知识分子主体意识的自叙传。

　　一部分小说集中书写"劳动+恋爱"，技术型知识分子与工厂女工的恋爱故事频频上演。诸如刘富道的《眼镜》，孔捷生的《姻缘》《哎哟，妈妈》，关庚寅的《"不称心"的姐夫》，陈国凯的《我应该怎么办》，母国政的《我们家的炊事员》等等。此类小说可看作是五六十年代文学中"革命+恋爱"叙事模式的回归。只不过，昔日《青春之歌》式的情爱政治的泾渭分明，被置换成了《我应该怎么办》式的左右摇摆、两难选择，而曾经的革命道路，也演化成了新时期建设四个现代化的征途。

　　有趣的是，知识分子身体美学意义上屡遭贬抑的"身体"，也开始呈现出某种微妙的变化，直如西哲所言，"身体是权力与知识的被动客体"。此类小说往往欲扬先抑，借助工厂女工"我"的第一印象，先从审美上将知识分子贬低、矮化：例如陈国凯《我应该怎么办》开头，"我"第一次见清华大学毕业的高才生李丽文时，就觉得他"缺乏男子气，有点瞧不起"；刘富道笔下的男主人公陈昆，其架在鼻梁上的"眼镜"起初也完全是"臭老九"的戏谑化标签，在"我"的心中，竟然会因着"爱一个戴眼镜的知识分子"不由地委屈得"只想哭"。而随着情节的进展，知识分子的"身体"则始料不及地闪发出某种夺目的美学光彩："那深红色带花斑的镜架，在阳光的斜照下，璀莹粲然，镜面净洁明晰，陈昆显得异常精神。"①——非常年代，宝变为石，而今曾沦为"臭老九"之象征的"眼镜"，却又重现"璀莹粲然"！这波折起伏纯因幸逢新时期，才成就了这无人识得的"和氏璧"的普遍性社会认同。②

类似初始调侃、揶揄知识分子迂腐可笑，终又极尽褒扬的速写式笔法，使得知识分子形象每每流于一种观念化、符号化的简单与粗糙。

有研究者指出，《我应该怎么办》最终揭示了《春桃》式"一女侍二夫"的伦理尴尬③；笔者则认为此类小说并非意在突出情爱伦理，而是旨在彰显政治伦理。较之春桃的"二夫"均为劳工阶级，《我应该怎么办》中"我"面临选择的"二夫"却一个是知识分子，一个是工人。作为叙事主体的"我"究竟应该爱知识分子，还是爱工农，始终犹疑不定，难以抉择。无怪小说发表后，随即遭到激进意识形态的批判——"某地区一个局的党委书记拿着刊物说'这是阶级斗争新动向！'"④

作者陈国凯在创作谈中表达出对工人深切的热爱，称"透过他们粗鲁的外表，我看到比金子还宝贵的心"。在人物等级与身体美学上，作品也有意无意地营造了一种矛盾的暧昧：将知识分

---

① 刘富道《眼镜》，《人民文学》1978年第2期。

② 也有研究者针砭刘富道的《眼镜》："自恋地将知识分子的附属物眼镜进行了'拜物教'式的想象：眼镜环绕着知识分子主体性的'光晕'，当知识分子的崇拜者着迷地注视着眼镜的时候，眼镜已经从知识分子的借代，转变为知识分子的象征，进而抽象成一种新的拜物教。"参阅石岸书《知识分子如何'大写'？——〈灵与肉〉及其周边，《中国现代文学研究丛刊》2018年第12期。

③ 许子东《许子东讲稿》第1卷，北京：人民文学出版社2011年版，第159页。

④ 陈国凯、杨干华、孔捷生《我们衷心感谢》，《广州日报》1980年4月4日。

子的"女人气""腼腆"，与工人的"宽阔的肩膀""黝黑的方脸盘""粗犷的性格"形成鲜明的对照，且不断地在厚此薄彼与厚彼薄此间转换。工人丈夫是"我"的拯救者，而"我"则是工人丈夫的知识启蒙老师，由此让人物等级变动不定。在某种意义上，这些作者既有一定的阶级意识，又不乏知识分子的情感倾向，遂使文本生出了众多的缝隙。

有论者提出《眼镜》一文的关键点在于凸显了"爱一个知识分子"。"被打倒多年、失去人格尊重的'臭老九'们，从这样的小说中感受到一种'身份'失而复得的喜悦与满足"①。这种喜悦与满足何尝不是知识分子的某种自尊与自恋的折射。这类艺术稚拙的小说大都获得了1978、1979年的全国优秀短篇小说奖，未尝不是评委也是"身份失而复得的"知识分子这一潜在立场与心理倾向使然。

值得注意的是，此类小说中的"我"大抵是柔弱、懵懂、天真的女性形象，其视角每每将特殊年代知识分子所遭受的坎坷轻盈化、柔情化乃至戏谑化。母国政的《我们家的炊事员》由女儿的视点切入，通过身为高级知识分子的爸爸从事家庭"炊事员"工作的上任或卸任，折射其政治上所遭遇的打倒与平反，或许缘于作者的某种政治敏感，从而产生了如此皮里阳秋的笔法；关庚寅的《"不称心"的姐夫》则借助"我"的女性视角，将知识分子的姐夫贬得体无完肤。如是叙事的规避策略，先在地削弱了知识分子题材的深度。

---

① 李扬《重返"新时期"文学的意义》，《文艺研究》2005年第1期。

与上述小说有别的是李陀的《愿你听到这支歌》、宗璞的《我是谁》、张洁的《爱是不能忘记的》、叶蔚林的《蓝蓝的木兰溪》以及刘心武的作品，阅读中大抵能够感受到"我"的强烈的主体情绪与思考。洪子诚曾指出新时期"文学复兴"之想象的两大分歧：一种意在矫正"文学激进派"的歧路，回归"十七年文学"的主流亦即"工农兵文学"的正道；另一些人则意在复活被二度压抑的五四"人的解放"的启蒙文学之路①。在某种程度上，这也恰是后者与前一类小说的内在分歧。对于后者，可按思想型与抒情型将其细分为两类：抒情型的小说更偏向于情绪性的渲染，思想型的小说则长于理性思辨，或与伤痕小说、反思小说的界限大致相同。

　　彼时知识分子刚刚从现实的压抑中挣脱，因而作者与其笔下第一人称叙述者"我"之间往往缺乏富有超脱意味的间离效果。"我"每每流连于"自叙传"的表达，也喜好用强烈的诗情来宣泄历史情感与政治情感。有研究者敏锐地注意到了这种叙事形式的特殊，指出李陀的《愿你听到这支歌》、莫伸的《窗口》等作品有着叙事结构上的共性问题——"作者用了第一人称，作为主角内心活动的一部分"，抑或"情节和人物都从主角嘴里吐出"，情绪每每冲破了理性架构应有的冷静，尽管抒情气氛的回旋跌宕时或掩盖了结构上的某些缺点，暂时维系了结构层面上的松散与情绪层面上的整一，但作为短篇小说而言，如是分节多，采用多段短叙，而少有形式上的剪裁与取舍的写法，毕竟造成了"艺术结构

---

① 洪子诚《中国当代文学史》（修订版），北京：北京大学出版社2007年版，第187页。

的散漫"。①

二、思想启蒙与教诲叙事

刘心武的小说更多地体现出知识分子叙事的思想型特征。其《班主任》不仅如通行文学史书写所命名的，是伤痕小说的发轫之作，而且开启了反思小说的先河。

史家一度以"伤痕小说"揭示十年浩劫的创伤，而"反思小说"则将重审的视阈、时限拓展到五十至七十年代历次运动与思潮中的沉冤隐痛，作为二者的区分；笔者认为二者的界说不应仅仅依据时限，更应以文本的思想气息、思想含量定名。就此意涵而言，《班主任》独标一格地塑造了新时期初叶的思想者形象，它不仅引发了文学界的伤痕—反思浪潮，而且以拯救一个被"异化"了的团支书谢惠敏的故事，为此后哲学领域"异化与人性复归"的思辨，铺垫了形象的例证，自有其不可替代的魅力。

纵览五十至七十年代的知识分子叙事文本，如果说李陀的《愿你听到这支歌》、宗璞的《弦上的梦》诸作程度不等地承袭了非常年代作品的流行模式与话语风格（诸如路线斗争、标语口号、英雄人物的塑造方式）之影响②，那么，《班主任》的话语形式则更为繁富驳杂。它似乎承袭、兼容了五十至七十年代诸种思想及话语方式的优长与局限。

---

① 唐弢《短篇小说的结构》，《一九七八年全国优秀短篇小说评选作品集》，北京：人民文学出版社1980年版，第617—623页。
② 复出的宗璞，其《弦上的梦》艺术上远不如二十余年前创作的《红豆》。这悲哀不是宗璞一个人的。

文本中的如下叙述——"班主任"的话语，"像一架永不生锈的播种机，不断在学生们的心田上播下革命思想和知识的种子，又像一把大笤帚，不停息地把学生心田上的灰尘无情地扫去"，犹能见出"长征是播种机""做永不生锈的螺丝钉""扫帚不到，灰尘不会自动跑掉"之类的毛泽东话语的烙印。然而，尽管身负祛魅使命的班主任连同塑造他的作者的话语中既有魅影仍挥之不去，在这新时期的"新长征"队伍行将整装待发时，他毕竟如同吹号手，率先吹响了启蒙与祛魅的号声。

较之《愿你听到这支歌》《弦上的梦》诸作，《班主任》更多地从"双百时期"的探求者、干预者那里汲取了思想情感方式与养分。对此，除了可与《组织部新来的青年人》等作对读，发现其富于思想、勇于探索的流韵，亦可从作者的《班主任》创作谈中寻索到受影响的证据。

在题为《心中升起了使命感》这篇获奖感言中，刘心武如是阐述作家的使命："他应当深入地思考、动情地创作，不仅是讴歌那些明显的业绩、抨击那些裸露的丑恶，而且，还要能揭示出那些并不一定马上能被人认识到的、成长中的美，以及剖析出那些往往是披着外衣混迹在正确中的丑；他应当成为人民的神经，党的侦察兵，既是革命事业的歌手，也是前进道路上的清道夫。"[1] 其中，"侦察兵""清道夫"的自我定位恰是当年那些探求者亮出的旗帜。自觉不自觉间，刘心武已然接过了先驱者壮志未酬身先死的遗愿与使命。

---

① 刘心武《心中升起了使命感》，《一九七八年全国优秀短篇小说评选作品集》，北京：人民文学出版社1980年版，第627页。

时不我与，"双百"时期的干预者不甘于其作为知识分子本应紧跟追随、亦步亦趋的定位，一心冲锋在前——"像侦察兵一样，勇敢地去探索现实生活里边的问题"，终因越位而碰壁。前车之鉴，刘心武虽敢为天下先，勇往直前，却未必没有顾虑。他曾谈及当年发表《班主任》后，福兮祸兮的忧虑一直萦绕心间，直至小说刊出整整一年多，才确认"非祸乃福"[①]；而迟至80年代方才"觉得悬在《班主任》上面的政治利剑被彻底地取走"[②]。

是的，刘心武幸逢"新时期"。新时期伊始，知识分子与体制之间一度形成了"共生关系"。新意识形态亟须知识分子为其实现"现代化"战略在思想文化领域冲锋陷阵，除旧布新，于是，他与他的"张老师"们得以走出边缘地位，一跃而步入历史的前沿。

就此意义而言，七十年代末那个春天，由"张老师"等知识群体引领的这场思想启蒙运动，虽然不乏知识者个体解放、独立思考的色彩，但其始终是在全面现代化的体制框架中进行的。换言之，它本质上仍未逸出弘扬新意识形态的集体话语。

文本中，主人公迎向的所谓"更深刻的斗争"，无疑是一场"路线斗争"。虽则刘心武较之他的同道们思想上相对深刻些，小说技巧亦较为娴熟自如，然而仍未尽然摆脱两军对垒、你死我活的既有"路线斗争"思维方式与话语方式。

刘心武相信有一种普适性的现代文明的存在，而其笔下的"张老师"的思想恰恰代表了这"一切人类文明史上有益的知识和美好的艺术的结晶"。作为启蒙导师，他认为当务之急必须辨

---

① 刘心武《关于我和〈班主任〉的写作》，《中国图书评论》2000年第8期。
② 刘心武《〈班主任〉的前前后后》，《天涯》2008年第3期。

明"应当怎样对待人类社会产生的一切文明成果",并引导学生们"注目于更广阔的世界,使他们对人类全部文明成果产生兴趣"①。很显然,此处张老师所执守的实质上是一种人类共通的价值观念,而其挥戈宣战的另一方所坚执的则是左翼传统包括它的核心理论——阶级斗争观念。

这场论战的胜败从一开始便似乎已无悬念。由于非常年代的极端性运用,阶级斗争理论及至此时已如强弩之末,缺乏回应新形势挑战的能力;加之作者有意安排一个思想单纯、头脑简单、"光有朴素的无产阶级感情"的团支书谢惠敏作为"左翼"的代表,如此不对等的人物设置,更使其不堪一击。

蓄芳待来年。《班主任》发表16年后,从左翼知识群体中脱颖而出、自我更新了的新锐学人重读《班主任》,从话语角度,对于刘心武及其《班主任》的那种衡量标准与话语方式的局限,给予了批判。如果说,一如文章指出的:小说中话语的对抗"呈现不平等的优劣态势"②,那么这一迟来的有分量的回应或许有助于我们反思当年的启蒙,兼听则明。

因应着思想层面的启蒙主题,由《班主任》发端,刘心武在形式层面渐次派生出了一种教诲叙事。自然,这一生成的过程似在自觉非自觉间,一如作者所称:"《班主任》的文本,特别是小说技巧,是粗糙而笨拙的;但到我写《我爱每一片绿叶》时,技巧上开始有进步;到1981年写作中篇小说《立体交叉桥》时,才

① 刘心武《班主任》,《人民文学》1977年第11期。
② 贺桂梅《新话语的诞生——重读〈班主任〉》,《文艺争鸣》1994年第1期。

开始有较自觉的文体意识。"①

　　思想与文体适可谓一张纸的两面。"教诲叙事"是五四以来中国现代知识分子惯于立足校园、广场启蒙传道，"振臂一呼，应者云集"心理的历史性轮回，是其好为人师气质的审美反映。有鉴于五六十年代及至七十年代知识者一直受制于"受教育"、被改造的处境而无用武之地，当此社会改革、转型时，一旦置身于解放思想方阵的前沿地位，不知不觉中难免会流露出一种于今看来不无膨胀的文化英雄情结。此所谓"矫枉过正"，放大了知识分子叙事潜伏的某些负面症候。

　　教诲叙事每每采用第一人称叙述。刘心武曾谈及自己惯于雄辩滔滔、直抒胸臆的性格与禀赋，这种气质决定了其总想在小说中设置一个第一人称叙述者"我"。"这个'我'不是冷静地观察和思考周围的一切，而是感情奔放地发泄着自己对周围的人和事的看法。"②

　　从《班主任》到《我爱每一片绿叶》，再到《爱情的位置》，第一人称叙述者"我"渐次现身，愈益壮大：《班主任》中的"我"在小说开头首次亮相便转瞬即逝；《我爱每一片绿叶》中，"我"还只是次要人物；而至《爱情的位置》，"我"不仅已衍为主人公出现，且有着大量的直抒胸臆的抒情与议论。虽然仅就技巧而言，如同作者自况的，三篇小说呈现了日趋娴熟的轨迹，但笔者认为若着眼于形式的"有意味"的探析，后两篇的价值似都不

① 刘心武《〈班主任〉的前前后后》，《天涯》2008年第3期。
② 刘心武《我、你、他》，收入巴伟、虞扬编《中青年作家创作经验谈》，杭州：浙江文艺出版社1983年版，第87页。

及《班主任》。

如果说，《我爱每一片绿叶》《爱情的位置》里，作者恪守第一人称叙述法则，那么，《班主任》则体现了热奈特所谓的"转调和变音"的设想。

关于《班主任》的叙事人称，作者何尝不知，依据叙事学的常识理念，第一人称叙述者较之其他人称或更有助于作者的主体精神扩张，更有力地介入小说，故而，小说一开始便"我"之当头。然而，有意思的是，这个"我"甫一登场便迅即隐匿起来，致使已有研究难以明辨，莫衷一是，或将"张老师"误判为第一人称叙述者，或将小说尽然归入第三人称叙述。

其实，作者所以采用第三人称叙述为主的叙事角度，恰如他内省的，有鉴于自身每每激情冲动，淹没理智，故而借此叙事方式，以期遏制主体过度介入、过度"干预"作品中的人事的倾向，从而不失"冷静地观察和思考周围的一切"。

然而，本性难移。作品中，第一人称的"我"太强势了！它始终蛰伏，若隐若现，甚至无处不在。"我"是隐含作者——刘心武在自述中一再提及"《班主任》的素材当然来源于我在北京十三中的生活体验"，"我就是班主任，班主任就是我"[①]；"我"又是叙述者；"我"更是张老师，不时与张老师合二为一。有时真让人禁不住猜度：采用第三人称叙述是否出于欲扬先抑的叙事策略。别看文本中隐含作者、叙述者、主人公张老师的视角轮番变换，令人顿生"对影成三人"的审美幻觉，实质上，文本中处处是刘

---

① 刘心武《〈班主任〉的前前后后》，《天涯》2008年第3期。

心武的观念与眼光。

恰如作者所交代的："班主任并不是严格的第三人称。"① 姑且不论那段引人注目的开场白："你愿意结识一个小流氓，并且每天同他相处吗？我想，你肯定不愿意，甚至会嗔怪我何以提出这么一个荒唐的问题"；抑或在某些时刻，"我"常惊鸿一瞥地僭越第三人称张老师的限制叙事，自己发声；即便叙述者如此告诫："我们且不忙随张老师的眼光去打量宋宝琦，先随张老师坐下来同宋宝琦母亲谈谈"，似乎有心抑制先入为主的主观评价，然而，最终我们还是循着张老师"以经常直视受教育者为习惯"的眼光去审视宋宝琦。恰是由于那种启蒙惯性以及由隐含作者、"我"与张老师的视线交织而成、层层叠加的聚焦镜效应，加倍放大了宋宝琦"那双一目了然地充斥着空虚与愚蠢的眼神"，以致"你立即会感觉到，仿佛一个被污水泼得变了形的灵魂，赤裸裸地立在了聚光灯下"。②

此外，整篇小说着重围绕张老师的思想活动、感情波澜、内心独白展开。纵然作者运用第三人称叙述，也无碍其不时"进入一个人物的内心，并经常使用这个人物的视觉角度"代替叙述③。如此一来，便使小说中的张老师意味深长地兼有第三人称叙述与第一人称叙述的特征。

可是现实中的"张老师实在太平凡了"，一如小说颇为吊诡地

---

① 刘心武《我、你、他》，巴伟、虞扬编《中青年作家创作经验谈》，杭州：浙江文艺出版社1983年版，第89页。

② 刘心武《班主任》，《人民文学》1977年第11期。

③ 华莱士·马丁《当代叙事学》，转引自王先霈、王又平主编《文学理论批评术语汇释》，北京：高等教育出版社2006年版，第385页。

描述的，他只是一个"平平常常、默默无闻的人民教师"，何以在思想层面与叙事层面中变得如此强势？这得归因于思想启蒙思潮的推波助澜，致使作者勉力赋予他"精神导师""文化英雄"的光环。不仅肩负着"救救孩子"——被"四人帮"坑害了的中小学生的责任，而且担当起思考人类、历史、教育、未来的宏大问题，挽救"祖国的未来"的重大使命。一言以蔽之，他已俨然成为新时期伊始知识分子价值、地位及影响迅速上升乃至臻于极致语境中，一个大写的知识分子的神话象征。

教诲叙事可谓上述精神导师、文化英雄的惯用话语范式。此前笔者曾指出，《班主任》体现了知识分子叙事的思想型特征。在新时期初叶那场激动人心的思想解放运动背景下，多向度的思想对话、思想交锋自是常态，而并非仅仅局限于单向度的"思想启蒙"框架中。稍觉遗憾的是，体现于作品里，作为"思想"的最佳载体——某种更具审美意义的复调的思辨驳诘叙事，不知不觉间却为一种独断性话语所取代。

在此执守一端、不容置疑、口若悬河、雄辩滔滔的气势下，极有可能遮掩了知识者对启蒙思想、现代化理论乃至普世价值观念不加质诘与反省的种种迷信，而思想亦因独断自然少了蕴藉的魅力。

不无反讽意味的是，作者着意在文本中建构了"我"与"叙述者称呼的你"的叙事构架与倾诉模式。

沃霍尔依照"真实的读者"与"文本中叙述者称呼的你"之间距离的不同，将叙述者分为"疏远型"与"吸引型"两类："疏远型"极力拉开两者间的距离，"吸引型"则恰恰相反①。借此理论反观知识分子叙事，不难发觉彼时绝大多数的叙述者都是"吸引型"的，竭力拉近"你"与"真实的读者"之间的距离，甚至在很大程度上，促使"你"与"真实的读者"融合无间，难分彼此。

个中原因固然有部分作家受制于七十年代欠缺叙事角度意识的局限，尚未能尽然厘清"真实的读者"与"叙述者称呼的你"的区别；但更主要的因素则是备受冷遇的知识分子之读者期待过于强烈，亟待与读者倾心交流——如同刘心武所称"时时想唤起读者的注意，并直接同读者交流感情"②，乃至对其启蒙、劝导、疗治、拯救，情之所至，难以遏制。

张承志的《骑手为什么歌唱母亲》中对于"你"的声声呼唤那么真诚："朋友，你喜欢蒙古族的民歌吗？那山泉一样轻快流畅的好来宝；那号角一样激动人心的摔跤歌；那曲折、辽远、拖着变幻无穷的神妙长调的《黑骏马》；那深沉、悲愤、如泣如诉的《嘎达梅林》"；"朋友，我相信你一定愿意听听我所找到的答案吧！这答案是我亲身经历了草原上严冬酷暑、风云变幻的艰苦斗争才找到的。我是多么希望告诉你这些体会啊"。③

识者曾指出：小说的"主题是'我'与'我的人民'。""'我'的声音从宏大历史和人群中区别出来，它不仅是一个人称，一个书写的手，它成为主体，文学由此与生命、与世界和语言重新建立直

---

① 转引自申丹《叙事、文本和潜文本》，北京：北京大学出版社2009年版，第321页。
② 刘心武《我、你、他》，巴伟、虞扬编《中青年作家创作经验谈》，杭州：浙江文艺出版社1983年版，第89页。
③ 张承志《骑手为什么歌唱母亲》，《人民文学》1978年第10期。

接的关系。"①循此思路与逻辑，不难发现，作品中的"你"也不仅是一个人称，一种叙事的范式，他是知识者心中时时系之念之的"人民"表征，如同作者在文本中着意透露的——"你可能从没到过我们的草原，但你是生活在母亲一样的人民中间"。

有别于《骑手为什么歌唱母亲》中"我"与"你"的关系的平等和谐，水乳交融，《班主任》中的叙述者对于"你"却总有那么一种居高临下的姿态。在刘心武的教诲叙事里，"你"不仅是"真实的读者"，同时亦是受教育者，是尚未觉悟、仍处于蒙昧状态，即所谓"眼界狭窄，是非模糊"，正"陷于轻信和盲从"中的群众。而每每化身为"我"的张老师看似循循善诱，频频对假想读者以"你"称呼，有心缩短距离，以示亲近；实质上依然热衷于单向灌输，即便他为此调用了"最奔放的感情，最有感染力的方式，包括使用许多一定能脱口而出的丰富而奇特的""例证和比喻"②。

而在另一些时刻，"你"也会指涉某一相对特殊的群体，他们是意识形态的保守派与"满足于贴贴标签"的标签党。

此时叙述者极易在一种亢奋的论战氛围中转换为另一种"吸引型"。叙述者强烈地感受到与"你"的观念格格不入故极力反驳。它要征服论敌，而绝不能被论敌所征服，从而形成了某种压倒一切的态势。比如：

---

① 李敬泽《短篇小说卷·序言》，《中国新文学大系》（1976—2000）第13卷，上海：上海文艺出版社2009年版，第2页。
② 刘心武《班主任》，《人民文学》1977年第11期。

不能笼统地给宋宝琦贴上个'满脑子资产阶级思想'的标签便罢休，要对症下药！资产阶级在上升阶段的那些个思想观点，他头脑里并不多甚至没有，他有的反倒是封建时代的"哥们儿义气"以及资产阶级在没落阶段的享乐主义一类的反动思想影响……请不要在张老师对宋宝琦的这种剖析面前闭上你的眼睛，塞上你的耳朵，这是事实！而且，很遗憾，如果你热爱我们的祖国，为我们可爱的祖国的未来操心的话，那么，你还要承认，宋宝琦身上所反映出的这种问题，在一定程度上还并不是极个别的！请抱着解决实际问题、治疗我们祖国健壮躯体上的局部痛疮的态度，同我们的张老师一起，来考虑考虑如何教育、转变宋宝琦这类青少年吧！ [①]

如前所述，思想的魅力恰在于旗鼓相当的双方相克相生的论辩中，此时表面上只有一个人振聋发聩地发声，却似有两人在短兵相接。然而，却因文本中"我"的妄自尊大，对"叙述者称呼的你"的刻意矮化，致使"我"与"你"的叙事构架先在失衡。

三、夸饰性的抒情范式

夸饰性的抒情，可谓新时期伊始知识分子叙事的另一文体特征。

彼时，政治层面上的平反、获得新生，引发了文学界知识分

---

① 刘心武《班主任》，《人民文学》1977年第11期。

子叙事的"翻身道情"潮。作者们纷纷抚摸"伤痕",痛诉苦难史,一时"忘我的激情""如泣如诉的悲情",乃至过度的抒情、煽情蔚然成风。

论及"抒情",史家称其内蕴丰富,"不仅标示一种文类风格而已,更指向一组政教论述,知识方法,感官符号、生存情境的编码形式"。它未必非局限于诗歌体裁,也可以延展为一种小说叙事范式。除此,还"可以把抒情当作是一种审美的视景或者愿景——在现实人生之外,我们借用不同的艺术创作媒介,所投射的对于个人乃至群体的审美的观感,以及实现这样的一种审美观感的心志及行为","乃至于最重要也最具有争议性的,一种政治想象或政治对话的可能"。[①]

这一对"抒情"定义极其宽泛的界说,有助于我们对新时期伊始知识分子叙事中的"抒情"潮进行审视、辨析时拓展思路。

在张洁的《爱,是不能忘记的》中,爱情的抒发,业已被升华为超越于"现实人生之外"的"一种审美的视景或者愿景"。戴锦华曾着眼于该文本,敏锐地洞察出其与知识分子叙事之间的某种深刻的关联:"在新时期初特定的社会语境中,一个以西方为潜在参照框架的文化思潮中,所谓'话语的迷津',首先围绕着历史与现实的救赎;而'救赎'的途径,则是以'补课'的方式完成对中国社会的'启蒙'。这无疑是一个只能由精英知识分子来承担的神圣的使命。"而张洁的爱情叙事,"无疑在实践着'爱'的启蒙和爱的教育"。"爱,是信念,是救赎的手段",亦是"获救的唯

---

① 王德威《抒情传统与中国现代性》,北京:生活·读书·新知三联书店2010年版,第5、71、72页。

一方式"①。此类小说书写的爱情必然是柏拉图式的，彼此的肉身已然成为一个可有可无的符号，随时能够抽象而去，唯其超越了世俗生活的琐细杂碎，方能赋予救赎者最高邈、最理想化的精神向度。这种柏拉图式的精神恋爱以及通篇弥散着的"由温柔的伤感所构成的朦胧薄雾"，与工农兵读者的期待视野截然不同。鉴于此，李陀谈及《爱，是不能忘记的》时称："一定的作家群应和一定的读者群相对应"，作品既属知识分子叙事，"就不一定非要农民看得懂"，反正"最后文艺潮流总是跟着少数阳春白雪发展"。②既从接受美学的角度提出了期待视野的适从性问题，也毫不遮掩精英知识分子的骄矜姿态。

曾经倡导干预生活的黄秋耘从《爱，是不能忘记的》的文本中拎出"悲悯的深沉的感情"与"痛苦的理想主义者"这两个关键词，并谈及张洁是以"契诃夫的方式"来干预生活③。其实，尽管小说的女主人公熟读恋人所赠的《契诃夫小说选集》，契诃夫式的冷静、隽永却并不能尽然涵括她与"我"的炽热灼人的心绪，母女俩可谓是站在契诃夫与托尔斯泰之间，有着一半是海水、一半是火焰（或谓热到发冷的"死火"）般的情感张力。而"归来者"李希凡对小说的横加指责则在意料之中④，作为"党的文化工作者"的站位，无视革命的道德棒喝，却倾心呼唤所谓小资产阶级

---

① 戴锦华《涉渡之舟——新时期中国女性写作与女性文化》，西安：陕西人民教育出版社2002年版，第83—84页。
② 李陀《打破传统手法》，《文艺报》1980年第9期。
③ 黄秋耘《关于张洁同志作品的断想》，《文艺报》1981年第1期。
④ 李希凡《"倘若真有所谓天国"——读张洁〈爱，是不能忘记的〉及其评价所想到的》，《文艺报》1980年第5期。

知识分子的爱情恰是其理应警示与防范的。也曾是"小人物"后来一度发迹为"大人物"的姚文元曾一语道破个中原委："在两性关系上的资产阶级思想往往是最根深蒂固的。"① 而作品中，那套不容他人触碰的"爱情的信物"——《契诃夫小说选集》，那本题着"爱，是不能忘记的"笔记本，以及哈代的那句"呼唤人的和被呼唤的很少能互相答应"的谶语，自然会被一并视为"小资产阶级情调"的表征而陪斗。

有意思的是，彼时的某些批评言论每每歪打正着。如针砭小说"在尘世活剧之中浮动着迷离天国的幻影"，把某种凌驾于爱情之上的精神约束，"看成是为爱而受苦受难的圣徒头上的荆棘冠"。② 实质上，新时期小说中所揭示的知识分子的心狱及受难情结确实渗有一种类宗教的意味。

爱，如死一般强，那个女作家在其临终日记上仍如是呼唤："我是一个信仰唯物主义的人，现在我却希冀着天国，倘若真有所谓天国，我知道，你一定在那里等待着我，我就要到那里去和你相会，我们将永远在一起，再也不会分离。"③

与其说女作家是情爱伦理的启蒙者，不如说她是理想主义的殉道者。她的恋人牺牲爱情以报答老工人救命之恩的行为也连带有了某种知识分子向无产阶级赎罪的痛楚，而她亦一并衍为"道成肉身"意味的献祭品。

---

① 姚文元《文艺思想论争集》，上海：作家出版社上海编辑所1964年版，第137页。
② 曾镇南《爱的美感为什么幻灭？——也谈〈爱，是不能忘记的〉》，《光明日报》1980年7月2日。
③ 张洁《爱，是不能忘记的》，《北京文艺》1979年第11期。

如果说，《爱，是不能忘记的》采用了嵌套式结构，通过一个与共和国同龄的年轻人的叙述，展现其母亲的爱情悲剧，母女两代人均是知识女性，自有同病相怜、同气相求的默契；那么相形之下，叶蔚林的《蓝蓝的木兰溪》借助知青"我"的视角，窥探、思辨农家女赵双环的内心痛苦，则多少有些"视角越界"之嫌。

作者以第一人称展开叙事，"我"的内在视角充满了知识分子意味。通过叙述者"我"的眼光与经历，读者渐次认识了女主人公——农家出身的广播员赵双环。

无论春夏秋冬，广播室窗口赵双环的倩影总胜似春光，引得村子里的青年人收工后远远凝望。虽然不可捉摸，但谁都可以感受"她的绿荫"。"社员们一天三遍听广播，有时甚至不在乎她说些什么"，教人愉悦的是她那极其"柔美动听的乡音"[1]……有意无意间，意识形态如金属般铿锵的"传声筒"，经由知识分子叙事的移情，竟诗化为"水一般的柔情"，撩人心房。

不仅如此，叙事者还不惜僭越了第一人称限知叙事的规约，径自闯入了赵双环的内心世界，深味着因诸多荣誉所带给她的"无端的苦恼"，甚至学生腔地代言她的内心独白："荣誉是什么呢？是理想的花朵吧？是生命的花朵吧？……为什么一个人有了荣誉，便要像寺庙里木偶、神像那样，冰消了理想、热情？"[2]赵双环起初并没想到爱情，却因费心培养她的老书记封堵了广播室的窗子，反而激发了她对爱情的向往。

那个将赵双环从深锁的"春闺"中解救出的肖志君是一个

---

① 叶蔚林《蓝蓝的木兰溪》，《人民文学》1979年第6期。
② 叶蔚林《蓝蓝的木兰溪》，《人民文学》1979年第6期。

"病弱苍白"的下乡知青、右派子女。虽身患肺病，却在无人指教的条件下，自己钻研，独力撑起了公社水电站的发电工作。故而，那"疾病的隐喻"，与其说是意指其照例遗传了古典书生形象"多情多感仍多病"的通病，不如说作为新时期想象版的知识者症候，欲引发人们对他带病工作之坚毅精神的致敬。

是的，当读到小说中根正苗红的"党的女儿"赵双环偏偏对肖志君由怜生爱，尤其是听着她那动情的心声："你不应该自卑，不应该悲观，事实上你比许多人都好"，分明能意会：这是转型期社会期待为"臭老九"脱帽正名心态的曲折反映。自然，其中未尝没有掺杂了叙事者——"我"的一厢情愿。恍惚中，从肖志君这个人物身上，隐约可见几分知识分子叙事镜像意味的顾影自怜。

小说结尾，肖志君被贬到山里砍树，接受"群众专政"，而赵双环宁愿舍弃荣誉，欲追随爱人同去……然则时正乍暖还寒时节，秉持清醒的现实主义笔触实难杜撰"大团圆"的结局，因此，作者只能借助抒情，为至爱的想象与憧憬在彼一时代的混沌中预留一席之地：

> 此时，在他们的心中，所有自私和贪婪都无影无踪了。只留下一片完美无缺的爱情；为了他哪怕受尽磨难，也是值得的。
>
> 蓝蓝的木兰溪照样流，水柳长在高岸上；芳草芊芊，野花飘香。可是，我们美丽而善良的赵双环呢，她在哪里？她在哪里？[1]

---

[1]　叶蔚林《蓝蓝的木兰溪》，《人民文学》1979年第6期。

无独有偶，《爱，是不能忘记的》结尾那段关于爱的更其经典的抒情，读来也总有那么一种镜花水月般的梦幻感：

> 尽管没有什么人间的法律和道义把他们拴在一起，尽管他们连一次手也没有握过，他们却完完全全地占有着对方，那是什么都不能分离的。哪怕千百年过去，只要有一朵白云追逐着另一朵白云；一颗青草依傍着另一颗青草；一层浪花拍着另一层浪花；一阵轻风紧跟着另一阵轻风，相信我，那一定就是他们。①

如果说，上述两篇小说中回荡着一种如歌的抒情旋律，那么，顾名思义，宗璞的《弦上的梦》、李陀的《愿你听到这支歌》从标题上便已然透露出题材与叙事上致力于"音乐化"的渲染、铺陈。

小说的"音乐化"应是彼一时期"抒情"潮的极态变奏。有研究者从文艺心理学的角度去勘探彼时叙事"音乐化"的内在动因："这些小说家们，并不热衷于去叙述一个有头有尾的故事，去刻画一个具体完整的人物，去解说一个众所关心的问题，而是力求通过某种气氛的渲染，某种意境的烘托，某些意象的拼接，表现出某些内在的情绪与哲理"，"用伍尔夫的话来说，小说由'唯物'转向'唯灵'，由表现客观事件转向表现主观情绪的体验，小说音乐化了，小说不怎么像小说了"②。笔者认为除去前述"抒情"

---

① 张洁《爱，是不能忘记的》，《北京文艺》1979年第11期。
② 鲁枢元《新时期文学与心理学》，收入《中外文艺理论概览》，沈阳：春风文艺出版社1986年版，第27页。

的驱力，与此相应的，另一重要的动因应是欲借助表征着某种精英文化的西方古典音乐元素，启蒙抑或呼唤知识者蛰伏已久的个体意识的苏醒。

无论是《弦上的梦》中德沃夏克的《自新大陆》，还是《从森林里来的孩子》中的《布劳地克幻想曲》，抑或《独特的旋律》《爱的权力》中萨拉塞蒂的《吉普赛之歌》与《安德路莎浪漫曲》，这些音乐符号均具有小说叙事的功能性意义，不时与内心情绪呼应、融合。

除去音乐情趣的共鸣，音乐哲学意义上的文本内涵也颇耐人寻味。《愿你听到这支歌》中那首斯美唐纳的交响组曲《我的祖国》，显然着重于作曲家在永久丧失听觉状况下创作这首作品时的那份残缺的坚韧与深沉炽热的感情，骤然间击中了文本中的爱国青年；而《独特的旋律》中的《吉普赛之歌》（又译《流浪者之歌》），则曲折透露出某种知识分子主体久被放逐、漂泊无根的况味。至于《动荡的青春》中的《小夜曲》与《月光曲》，更有着特定的叙事功能，两个阵营就此展开了一场音乐美学的论辩，只不过这一次是所谓的"小资产阶级"占了上风。

作为亲历者，史家洪子诚曾深切感受并见证着那由无数诗人、作家、学者所组成的"精神共同体"聆听西方古典音乐时的思想情感交响：

说里赫特60年代弹奏的第二钢琴协奏曲，"给整个80年代初的中国知识分子'思想启蒙'"——那显然过于夸张，不过这种思绪、体验，却真实地存在于那个转折年代许多人的心中；

这是一种不限于单个人的"精神气候"。

这是"一种情绪，一种由微小的触动所引起的无止境的崩溃……仿佛一座大山由于地下河的流动而慢慢地陷落……"（北岛《波动》）；

这是"我还不知道有这样的忧伤，/当我们在春夜里靠着舷窗"（舒婷《春夜》）的个体的苏醒；

这是"绿了，绿了，柳枝在颤抖，/是早春透明的薄翅，掠过枝头"（郑敏《如有你在我身边》的欣喜；

这是在走出长长的走廊之后的，"啊，阳光原来是这样强烈；/暖得人凝住了脚步，/亮得人憋住了呼吸"的惊觉（王小妮《我感到了阳光》）；……

这就是李泽厚对这个时期的"思想情感方式"所做的概括：感性血肉的个体的解放，呈现了"回到五四期的感伤、憧憬、迷茫、叹惜和欢乐"（《二十世纪中国文艺一瞥》）。[1]

值得注意的是，彼时作为知识分子"思想情感方式"的重要表达式——知识分子叙事里，源自中国民族民间音乐的符号相对匮乏（《骑手为什么歌唱母亲》作为特例尤显得卓尔不群）；而相形之下，西方古典音乐则纷纷以情感载体乃至符号化的方式大量进入文本，为知识分子的这一波抒情潮作伴奏共鸣。

上述"思想情感方式"的偏西方化构成，连同那过于浪漫、梦幻的"新时期"梦想，以及由此而派生的缺乏艺术节制的夸饰

---

[1]　洪子诚《与音乐相遇》，《江南诗》2014年第3期。

性抒情形式，无疑会给转折时代知识分子叙事的转型带来某种隐患。故而，对此予以及时的反思与批判尤为亟须。

李陀的《愿你听到这支歌》一面身不由己地加入了这场知识分子个体意识觉醒的大合唱，一面率先开始了对知识分子主体连同其情感方式的批判性审视。这在举国欢庆的乐观主义氛围中犹如空谷足音。

稍觉遗憾的是，作为一名批判知识分子群体中极具引领性的思想家与批评家，李陀在此后的九十年代才形成了更为系统的具有新左翼倾向的思想。至于彼时的思想锋芒，与其归因于意识超前，不如留意内中多少含有些许未能尽然摆脱既有观念的惰性轨道之因素。

这便印证了新老左翼自有其一脉相承处。尤为引人注目的是，在这篇发表于1978年的小说中，李陀便将知识阶层混同于"小资产阶级"予以批判；一如他三十四年后重读《波动》时，将知识分子叙事贬为"小资产阶级的写作"。

小说描写"我"创作了一首抒情歌曲《我等待……》，于那非常年代的漫漫长夜中倾心呼唤"黎明时的星辰，残雪中来临的春天，青年人第一次的朦胧的爱情"。然而，却遭到了女主人公杨柳的迎头棒喝："为什么你的歌反复强调一个'等待'呢？这就使你的歌很消极。你实际上是把生活里一部分人对什么都消极等待的消极情绪，来美化，来歌颂！"[1]

有感于"中国的小资产阶级"形同"一片汪洋大海"，杨柳还

---

① 李陀《愿你听到这支歌》，《人民文学》1978年第12期。

从马恩的思想库中援引重典予以敲打：

> 在德国，小市民阶层是遭到了失败的革命的产物，是被打断了和延缓了的发展的产物；由于经历了三十年战争和战后时期，德国的小市民阶层具有胆怯、狭隘、束手无策、毫无首创能力这样一些畸型发展的特殊性格，而正是在这个时候，几乎所有的其他大民族都在蓬勃发展。

进而强调"我们中国的小资产阶级也是这样"。[1]

姑且不论女主人公随意将德国小市民阶层的"胆怯、狭隘、束手无策、毫无首创能力"这样一些"畸型发展的特殊性格"移作对中国小资产阶级局限性的批判是否合理，更关键的问题是杨柳是否足以担当起这批判"小资产阶级"的历史使命。

李欧梵曾将"少年维特般的（消极而多愁善感的）和普罗米修斯似的（生机勃勃的英雄）"，归结为西方浪漫主义流行的两种类型[2]。由此可见，中国现代文学史上郁达夫一支的浪漫抒情派小说与蒋光慈等为代表的革命罗曼蒂克小说本是同根生。关于后者，蒋光慈曾一语透露底细："有什么东西能比革命还有趣些，还罗曼蒂克些？"[3]

杨柳恰是这一脉"革命罗曼蒂克"激情的化身。作者未及将

① 李陀《愿你听到这支歌》，《人民文学》1978年第12期。
② 李欧梵《中国现代作家的浪漫一代》，北京：新星出版社2005年版，第282页。
③ 蒋光慈《死去了的情绪》，《蒋光慈文集》第4卷，上海文艺出版社1988年版，第62页。

其充分血肉化，而使之流于理念化、脸谱化之弊。

无心插"柳"，不经意间作者尽然展现了杨柳形象的小资产阶级政治狂热性与幼稚性：不仅其"我们中国已经在法西斯的统治之下"一类的判断有失偏激，不仅"愿你听到"的"这支歌"——"我们要民主，不要法西斯"直如口号标语，而且论辩的激情每每造成了其凌空蹈虚，词锋失度：

> "对美好的东西，要争取，要斗争！"
>
> "为什么还不起来斗争，把纸面上的民主变成实实在在的民主？只要宪法上的规定能实现一半，我们中国也不会出现今天的局面！"
>
> "怎么没办法？游行、示威、罢工、罢课，都可以！"①

如果说，前述作品中的所谓"小资情调"连同其夸饰性的抒情范式低回不已，亟须必要的理性节制与艺术节制；那么，《愿你听到这支歌》令读者"自始至终淹没在她这滔滔的宏论之中"的理论高蹈倾向，则彰显了知识分子叙事观念过剩且不无生硬的另一负面性，同样需经心灵的内化与审美的转换。

时移世易。2012年，李陀重读《波动》并为其作序，对"小资情调"犹穷追不舍地予以抨击，称：

> 这里我着重想说的，是隐含在《波动》这部小说中的感情

---

① 李陀《愿你听到这支歌》，《人民文学》1978年第12期。

倾向——由于这小说的主要人物萧凌是一个小资，为了深入描写她的感情生活，强调人物周围特有的氤氲，小说叙述难免会夹杂着一种小资味道，那么我们应该指出，北岛对这种小资情调没有拉开一个必要的距离，缺少一种独立的批评和审视。

我想，说到根上，这大概和小资产阶级在中国的强大有关。如果回顾一下中国近代史，自五四以来，不但小资产阶级一直是中国社会人数最多的一个阶级，不但小资产阶级在中国历次革命中都扮演着重要的角色，而且小资产阶级的写作也一直是文学中一股非常强大的潮流。[①]

遥隔三十四年，一个意味深长的思想轮回！虽则李陀依然失之于浮泛化地将浪漫主义情调视作"小资情调"的别名，将知识分子叙事贬称为"小资产阶级的写作"；然而，他毕竟慧眼别具地穿透了萧凌"那个时代"（二十世纪六七十年代）的"小资"，虽然沾染了一些虚无主义的态度，但"主导价值观是理想主义，不只是萧凌，在《波动》中的其他人物身上，我们都能看到理想主义的东西"。他因此感慨："在今天，理想主义已经完全被消费主义替代，当代小资文化和消费主义文化已经亲密融合，难分彼此。"[②]

更难能可贵的是，李陀已不再如当初写作《愿你听到这支

---

① 李陀《〈波动〉序言——新小资和文化领导权的转移》，收入《雪崩何处》，北京：中信出版社2015年版，第315、316页。1979年《波动》在《今天》第4至6期首次发表时，以及1981年在《长江》文学丛刊第1期发表时，"萧凌"均写作"肖凌"。
② 李陀《〈波动〉序言——新小资和文化领导权的转移》，收入《雪崩何处》，北京：中信出版社2015年版，第311页。

歌》时那样，一手执"革命罗曼蒂克"之矛，直刺另一手所执的浪漫抒情之盾；而是更其清醒地意识到"小资文化"（此处姑且沿用李陀将某种浪漫主义思想文化命名为"小资文化"的定义）一体之两面的复杂构成，指出："今天正在兴起的小资文化其实并不单纯，也不统一，包含着多种成分和倾向，有的平和，有的激烈，有的左倾，有的右倾。"①

诚哉斯言！唯有不再偏执批评所暗含的阶级（阶层）的优越感与知识文化的精英意识，以及随之衍生的偏见，超越左或右的狭隘立场，而专注于批评对象复杂多元的脉络及矛盾成分的梳理辨析，才有可能更其清醒地重新确认它的文学史意义，包括它在新的历史时期衍变发展的种种可能性与局限性。

四、纪实与虚构："报告体小说"的再度涌现

着力于对非常年代"瞒与骗的文艺"的反拨，彼时小说别有一种勉力揭示历史真相，以小说比附史书，甚至标榜全系"真人真事"的倾向。比如李陀的《愿你听到这支歌》，一开头便煞有介事地强调"如果这不是我亲身经历的事实，我无论如何也不会相信，我和她的相遇，竟会对我的生活道路影响这么大"②；刘心武亦在创作谈中言及：《班主任》取材于"无数在我心中时时涌动的生

---

① 李陀《〈波动〉序言——新小资和文化领导权的转移》，收入《雪崩何处》，北京：中信出版社2015年版，第311页。
② 李陀《愿你听到这支歌》，《人民文学》1978年第12期。

活场景，大量牵动我感情丝缕的人和事"①。主人公张老师，虽是第三人称限知叙述与全知叙述的叠合者，却被《剑桥中华人民共和国史》误读为第一人称，做出小说《班主任》的"主角是一个以第一人称叙述的高中教师，这是刘心武喜爱的叙述方式"之判断②。这一误读适可谓歪打正着地揭示了作品致力于讲述"我"所"亲身经历"的生活之拟真本质。莫伸的《窗口》采用报社记者身份的"我"采访女主人公，然后由女主人公讲述自己的事迹的嵌套式结构，通篇新闻报道的形式与话语令文本别有一种不容置疑的"真实性"。陈国凯也言及《我应该怎么办》发表后，读者纷纷来信，有的将小说当作真人真事，"要求作者把薛子君等人的通讯地址告诉他们"，以便与她联系；"有些读者则直接给薛子君写了信，委托作者转交给她"。③读者来信中竟然真实地重复了与小说同构的事件。耐人寻味的是，与陈国凯类似，彼时作者无意申张"小说是虚构"之宗旨，却竞相因作品被读者视作"真人真事"而引以为荣。

在此背景下，"报告体小说"的再度出现，恰可谓一种"有意味的形式"的应运而生，透露出知识分子强烈的现实关怀、现实介入意识。

七十年代，"四人帮"曾问罪报告文学、电影等文艺作品将

---

① 刘心武《根植在生活的沃土中》，牟钟秀编《获奖短篇小说创作谈 1978—1980》，北京：文化艺术出版社1982年版，第3页。

② 麦克法夸尔、费正清编《剑桥中华人民共和国史》下卷，俞金尧、孟庆龙等译，北京：中国社会科学出版社1992年版，第806页。

③ 陈国凯《他们这样办》，牟钟秀编《获奖短篇小说创作谈 1978—1980》，北京：文化艺术出版社1982年版，第85页。

创作"拉到真人真事上去","写活着的真人真事"①，意在阻挡文学直接介入现实、"以虚击实"的力量。新时期伊始，主流意识形态虽然批判了"四人帮"的言论，但值得注意的是，每每意在肯定报告文学作品中的"歌德"效应，却未曾鼓励揭露阴暗面。主流批评家冯牧言及"真人真事会给下面带来麻烦"，"叫人抓住小辫子"，无意中泄露了关键不在于"真人真事"，而在于其一旦牵涉"缺德"维度，便难免犯忌。纵观彼时评出的三十篇全国优秀报告文学获奖作品，以批判的笔触写"活着的真人真事"的，仅有一篇。

如果说，报告文学因兼具立竿见影的新闻属性而倍加敏感，那么，"报告体小说"却多少缘于毕竟是"小说家言"，现实效应相对不那么强烈，而少了几分禁忌。未曾料及，遇罗锦的报告体小说《一个冬天的童话》还是产生了轰动一时的效应。

关于该作的文体界定，史家一度众说纷纭。而其发表时的"编者按"则如此斟酌："这部作品的作者遇罗锦是遇罗克同志的妹妹。十年浩劫期间，在遇罗克为了捍卫真理被捕以至被残酷杀害前后，她的家庭也经历了种种的磨难。据作者说，此文基本上是根据她个人的亲身经历写成的。我们认为，这部作品所反映的决不只是他们个人的偶然不幸，而是林彪、'四人帮'的法西斯统治和多年来封建主义的形而上学的血统论所必然造成的相当深广的社会历史现象。正因此，本刊决定发表这部作品。"②值得注意的是，在"编者按"初稿中还有一段文字："作者把她的作品叫做

---

① 参阅朱庄《毛泽东与1975年文艺政策调整》，《党史纵横》2001年第4期。

② 《一个冬天的童话·编者按》，《当代》1980年第3期。

'实话文学'，又叫做'回忆录'，我们经过考虑之后，权且把它叫做'纪实文学'。"后来该作品刊登时，并没有标以"纪实文学"，而是将其搁置在"报告文学"的栏目下，"编者按"初稿中的相关文字也被删去。[①]

在编者看来，称之为"实话""纪实""回忆录"，难免会有人对号入座，即上述冯牧所谓的"叫人抓住小辫子"，姑且将其搁在"报告文学"栏目中。尽管如此编排也未必妥帖，须知新闻的真实性乃是报告文学的生命。编者按语还有一层用心：强调"这部作品所反映的决不只是他们个人的偶然"遭遇[②]，"努力将这些情感与社会的、使命的共同意识"融通，[③]勉力遮掩作品的"私人性"意味，而将其引向"相当深广"的寓言性禀赋。

而作者却似乎并不领情，在其创作谈及续作《春天的童话》中依然毫无顾忌，一再标榜《一个冬天的童话》的纪实性："直到去年，我试着把《童话》片段整理出来。开始我是用小说的形式去写，但总跳不出真实生活的圈子。而且许多真实的东西不敢暴露"，"我每写一次就要不满意一次，为什么要掩饰真相呢？""我口头说是小说，其实，其中的时间、地点、情节、对话、心理活动，无一不是按真实情况来写的。"

较之前述《愿你听到这支歌》之类的"似真写实"小说每每"借用历史话语方式来叙述即使纯属幻想的故事"，形成作品的似

---

① 本刊记者《关于〈一个冬天的童话〉》，《当代》1999年第3期。
② 《一个冬天的童话·编者按》，《当代》1980年第3期。
③ 王安忆《我的女性观：女作家的自我》，收入荒林主编《花雨·飞天卷》，石家庄：花山文艺出版社2001版，第49页。

真感，"仿佛有助于作家证明其作品具有相似的可靠性与权威性"的动机[1]。遇罗锦之所以反复强调作品"真实"，除却以上目的，别有幽怀：其一为试图代行历史学家的职责，担负起为哥哥遇罗克平反的历史使命。那场史无前例的浩劫刚过，冤案充斥，政治层面的平反昭雪尚有待时日之际，作者转而向小说中追求想象的正义。

是的，如果说"双百时期"的报告体小说特别富有铁肩担道义、舍我其谁的使命意识，以至于举重若"重"；那么遇罗锦的"实话文学"则偏侧于"'私人情感'与'道义承担'"之两极。一如她在《一个冬天的童话》中所坦露的——"握着这支黑杆的自来水笔，总觉得分量有千斤重。它，是哥哥七〇年三月五日被枪决以后"的遗物，"我决心紧握着它，继承哥哥的遗志"。[2]后者之重负却每每令其力不从心。

然而，为哥哥平反只是作者的用心之一，道德层面的自我辩护才是她撰写《一个冬天的童话》难以明言的隐衷及其强调"真实""真相"的第二个原因。

彼时遇罗锦自身的离婚事件正闹得满城风雨。"道德法庭"对于个人隐私无所顾忌的干预，几乎一边倒的社会舆论义愤远胜于理性，致使其未经法庭判决便已落下"一个行为不检点的女人""一个堕落的女人"之污名。面对着种种谴责与辱骂，遇罗锦以血代墨，不惜撕开来写，坦露隐私。其主旨与其说是忏悔，不

---

① 王德威《想像中国的方法：历史·小说·叙事》，北京：生活·读书·新知三联书店1998年版，第303页。

② 遇罗锦《一个冬天的童话》，《当代》1980年第3期。

如说是挑战——看有谁能比这个人更道德，更纯洁（贞洁）！此情此境，令人不由地联想起十八世纪异域思想启蒙运动的先驱者卢梭式的"忏悔"。

在其《忏悔录》中，卢梭"自信他比那些迫害和攻击他的大人先生、正人君子们来得高尚纯洁、诚实自然，一开始就向自己的时代社会提出了勇敢的挑战"：①

> 不管末日审判的号角什么时候吹响，我都敢拿着这本书走到至高无上的审判者面前，果敢地大声说："请看！这就是我所做过的，这就是我所想过的，我当时就是那样的人。不论善和恶，我都同样坦率地写了出来。我既没有隐瞒丝毫坏事，也没有增添任何好事……其中可能把自己以为是真的东西当真的说了，但决没有把明知是假的硬说成真的。当时我是卑鄙龌龊的，就写我的卑鄙龌龊；当时我是善良忠厚，道德高尚的，就写我的善良忠厚和道德高尚。请你把那无数的众生叫到我跟前来！让他们听听我的忏悔……然后，让他们每一个人在您的宝座面前，同样真诚地披露自己的心灵，看有谁敢于对您说：我比这个人好！"②

卢梭《忏悔录》的难能可贵，首先在于其彰显了作为自传体，如何在纪实与虚构两个维度之间维护"真实"的辩证思考。他批评了某些自传"总是要把自己乔装打扮一番，名为自述，实为自

---

① 卢梭《忏悔录》译本序，黎星译，北京：人民文学出版社1980年版，第3页。
② 卢梭《忏悔录》译本序，黎星译，北京：人民文学出版社1980年版，第2页。

赞，把自己写成他所希望的那样，而不是他实际上的那样"；针锋相对地提出了一个警句："没有可憎的缺点的人是没有的。"继而又开宗明义地宣布："我要把一个人的真实面目赤裸裸地揭露在世人面前，这个人就是我。"①

其次，《忏悔录》以剑贯自身、复穿透对手的方式，展示了卢梭式的忏悔与挑战的转换关系。与其说忏悔揭示了身为"巨人"的他隐秘层面的污秽，不如说恰恰印证了"有谁敢于对您说：我比这个人好！"凸现了其"赤身露体，走向上帝"的思想底气与道德自信。

产生于二十世纪七八十年代中国思想启蒙运动中的遇罗锦的自叙传，虽然有意无意间，也多少师承了卢梭等思想先驱者以真血肉碰撞伪善的诗化人道主义精神，但终究缺乏卢梭式的道德自信与勇气，以致未能以更深透的自我批判、自我忏悔，引发全民族对那场浩劫的成因的共同忏悔。

虽则若置于现代叙事学视阈，历史书写均"具有'文本特质'及叙述活动性质"②，一切自传都含有虚构意味，但卢梭至少主观上没有以假乱真的动机；而遇罗锦以及《一个冬天的童话》的编辑者却时有明知故犯的"乔装打扮"之举，泄露了文本小说化的元素。

有鉴于对作者连同其笔下的主人公"遇罗锦"骨子里那种甘为异端的桀骜不驯个性的扞格，"编辑部在编辑《一个冬天的童

---

① 卢梭《忏悔录》译本序，黎星译，北京：人民文学出版社1980年版，第1页。
② 王德威《想象中国的方法：历史·小说·叙事》，北京：生活·读书·新知三联书店1998年版，第301页。

话》时，也达成了一个共识：删减遇罗锦性格中的凶悍，将遇罗锦尽可能地修改得更柔弱些"①，以附和"她是一个弱女子"的文化原型，博取男性为中心社会公众不无惯性的同情心理。

而作者自身的个人主义意识、女性主义意识虽则已崭露头角，但仍未能尽然摆脱传统道德伦理的束缚，以至于过度使用"贞洁""操守"一类男性叙述话语做自我辩护，不知不觉间与"道德法庭"的审判展开了五十步与百步之间的拉锯。

有违于卢梭《忏悔录》的启示：人，即便是如卢梭般的思想巨人，也不必遮掩自身的高贵中难免会渗有的"卑鄙龌龊"的欲念；遇罗锦在掏心掏肺地叙事的同时，却犹抱琵琶半遮面，不时将其掺杂着卑琐污秽的真情，蒸馏为"纯情"。

数次婚姻生活的阴影，不仅使社会舆论皆认定她"堕落"，连她自己也在小说中一再产生"再也不会干净"的纠结。恰是这种剪不断、理还乱的情结，导致作者在"遇罗锦"受辱的新婚之夜，刻意令其"抽出一把剪刀"，愤而警告丈夫"不许再碰我"②，自此以三年禁欲，似乎完成了对心灵中"清洁的精神"的捍卫。

与情爱贞洁层面的自我美化适为互文的，是作品中"遇罗锦"对政治节操的百般辩解。她一方面因自己无意间泄露了哥哥的日记而造成哥哥之死不断拷问自己，反复声称："对不起哥哥"，"辜负了他的重托"，甚至不无自虐地认定是自己"出卖"了哥哥；一方面却借助哥哥的"小妹妹，我不怪你"一语，不无轻巧地为自己开脱。

---

① 《关于〈一个冬天的童话〉》，《当代》1999年第3期。
② 遇罗锦《一个冬天的童话》，《当代》1980年第3期。

尽管有上述种种掩饰，但文本中作者如此强烈的自我表现，还是令其"原形毕露"。这种自忏自剖与自恋自辩的双向同构，助成了文本中复调叙事的张力。既不曾缘于叙述者的百般美容而俨若"女神"，也不至于因饱受舆论的千唾万骂而就此坐实为"神女"。

究其实质，她只是一个被新时期惊雷唤醒的"人"，一个骨子里固执己见、狷傲不群的人，一个非传统贤妻良母范型所能规约、驯化的女人。知识者（"小资"）情怀与小市民戾气，雄强泼辣与脆弱伤感，反传统的偏执与道德的虚无主义……诸种矛盾元素集于其一身，凸现出真实的人性本应有的复杂性。

自然，作为一个真实的"人"，一个有血有肉的"女人"，形象越生动便越无碍于评论界据此具象进行阐发、抽象。王安忆对《一个冬天的童话》中的"小说家言"信以为真，她尤为看重作品所凸现的"个人性"，声称："多年来，我们的文学在一条集体化的道路上走到极端，人人忘我，'个人'仅在受到批评指责的时候方可上升为'主义'"，"《爱，是不能忘记的》与《拾麦穗》固然表达的是个人的东西，但我们无权判断这就是作者自身的故事，我们只能认为这是两个创作的故事。然而《一个冬天的童话》却是一部真正的作者个人的故事、一部私小说，将文学的个人性推向了极致。再往后，就有了《在同一地平线上》，在此，'个人'终于上升为'主义'"[①]。

如果说，《一个冬天的童话》中那个狷傲不群的"个人"被王

---

① 王安忆《我的女性观：女作家的自我》，收入荒林主编《花雨·飞天卷》，石家庄：花山文艺出版社2001版，第49页。

安忆升格为"个人主义"，那么，也有史家从那个离经叛道的"女人"身上嗅出了"女性主义"气息。《剑桥中华人民共和国史》指出："从遇罗锦的《一个冬天的童话》，到张辛欣《我们这个年纪的梦》（1982年），这类作品如雨后春笋般涌现，它们常常实质上或样式上是自传性的，重新肯定了个人的价值，特别是妇女的价值。"[1]而另一识者则揭示了小说确立了女性的主体地位，将女性长时期以来"被压抑和漠视的经验与体验曲折地表达出来"之意义[2]。

恰是作品中所张扬的不无乖张的女性主义意识，令其背离了东方女性神话及童话恒定的审美传统与修辞限度。

是的，顾名思义，《一个冬天的童话》及其"童话"系列所以题作"童话"，典出鲁迅的《写于黑夜里》。在此篇报告体作品中，鲁迅分别以"一个童话""又是一个童话"为标题，反讽黑暗年代，某艺术青年竟然"为了一张文学家的肖像"而蒙冤入狱，"是大黑暗，也是大笑话"[3]。

在某种意义上，遇罗锦的"童话"系列小说，也写"童话"的沦落与畸变。它是一篇从虚构走向非虚构的《伤痕》，亦可谓一部新时期乍暖还寒时节的《本报内部消息》。小说之所以引人瞩目原在于作者不仅坦露自己的内心，也撕下"罩在家庭关系上的

---

① 麦克法夸尔、费正清编《剑桥中华人民共和国史》下卷，俞金尧、孟庆龙等译，北京：中国社会科学出版社1992年版，第817页。
② 白亮《"私人情感"与"道文承担"之间的裂隙——由遇罗锦的"童话"看新时期之初作家身份及其功能》，《南方文坛》2008年3期。
③ 鲁迅《写于黑夜里》，《鲁迅全集》第6卷，北京：人民文学出版社1981年版，第528页。

温情脉脉的面纱"，以折射使之异化的那一场浩劫。笔下，英雄之妹、英雄之父、英雄之母、英雄之弟连同那个"烦躁远远多于关切，冷漠远远多于热情"的英雄之家一度全然脱去光环，至此伤痕小说才从一味夸炫肤浅的伤痕乃至无病呻吟中逸出，直指内心的创痛乃至癌变。

其中最深刻的当数以维盈为表征的爱情童话的幻灭。

知青维盈可谓"遇罗锦"心造的幻影：他有着"像哥哥一样敏感、纯洁的气质"，有着"使人安静的轻音乐般声音"。那温柔、安静的脸呵，好像漫漫"长夜里一眼看见深蓝澄静的天幕中挂着一弯银月"，而那"聪睿善良的心灵，像水晶一样透明"[①]。

据说，刊物主编秦兆阳发表《一个冬天的童话》之际曾力主将性爱描写"删得虚一些，美一些"；与此不谋而合，屡次深味"以婚姻谋生活"之耻辱的作者形诸笔下时也只会是泣血呼唤滤净了肉欲的"纯情"。

耐人寻味的是，小说每每以如上不无夸饰的抒情词句去建构诗性憧憬，与此同时，又复以反讽修辞方式亲手解构了一度自我沉醉的爱情迷宫。即如对男主人公维盈的以"月"为喻，潜意识中似乎预感了他的彼岸性，暗示着对维盈的追求终如追月般可望而不可即。

诚然，维盈只是女主人公因爱致幻的移情，是一个终将破碎的梦，然而他又确实曾经是"遇罗锦"心目中真实存在的心象。故而小说开头及前半部分对其形象云遮雾罩地加以神话化并非有

---

① 遇罗锦《一个冬天的童话》，《当代》1980年第3期。

意作假，而是遵循第一人称叙述者"我"限知的视角与目光，当然也未尝不是一种欲抑先扬的叙事策略。

如果说小说结尾遇罗锦忍痛捅破了爱情童话的幻影，却最终还是止步于哥哥遇罗克的英雄神话前跪伏不起。

在那峥嵘岁月里，北岛的好友们曾与遇罗克并肩战斗，而北岛自己也曾亲眼"目睹了北京工人体育场里万人欢呼下的最后审判"，他用诗的语言塑造了心目中的"遇罗克"形象：

> 我并不是英雄
>
> 在没有英雄的年代里，
>
> 我只想做一个人。①

是的，遇罗克的本意"只想做一个人"，一个生而平等的人，而绝不甘心屈辱地被打入"狗崽子"的另册，也不屑于被吹捧为"高大全"式的"英雄"。

以他为原型本可以为五十至七十年代的知识分子叙事补史之阙，在彼时方兴未艾的"人呵，人"的人道主义思潮中，凸显一名感天动地的"大写的人"的形象。然而在小说作者及其笔下的"遇罗锦"心目中，他却俨然由"人"而"神"：

> 我以为，过去的事情可以称之为童话。哥哥已经化了神，成为仙，我每天看得见他，觉得他一点儿也没死。

---

① 北岛《宣告——献给遇罗克》，收入《履历：诗选1972~1988》，北京：生活·读书·新知三联书店2015年版，第47页。

绚丽多彩的云彩里，我好像看见了哥哥。我惊讶、痴呆地望着他……浑身充满了力量！我多想一千遍、一万遍地呼唤他，端详他像晚霞一样美丽、动人的形象！[①]

　　所以神格化，一定程度上源自作者在红卫兵抄家时的创伤性记忆：面对劈头盖脸打来的木枪与皮带，求生的念头，使她"扑咚一声跪下了"；而此刻哥哥却在红卫兵的团团包围中，"铁塔般地立在那儿，刺人的目光使人发怵"。以至于多年以后，当作者忆及哥哥那"不可侵犯的凛然气度""雕像般的姿势"时[②]，依然定格于自己"跪着""须得仰视"的姿态。

　　英雄之所以"高大全"，那是因为我们跪着。

---

①　遇罗锦《一个冬天的童话》，《当代》1980年第3期。
②　遇罗锦《一个冬天的童话》，《当代》1980年第3期。

余　论

一、文化英雄书写抑或平民知识分子叙事?

论及知识界勉力开掘、塑造文化英雄的心理动因,贺桂梅如此分析:有鉴于"知识分子在历次思想改造运动中的表现是一种'明哲保身'的'聪明'和软弱","对于曾经经历了那段历史的知识分子而言,无论如何不是一件'光彩'的事;同时,从这段历史得出结论,认为中国知识分子'先天'地缺乏'独立'的精神传统,缺乏'俄罗斯文化中与被钉在十字架上的耶稣一同受难'的高尚精神品质,也就成了'理所当然'的判断。因此也就可以想象,当人们在历史中'发现'了顾准,一位在艰苦的条件下追求真理的思想斗士,而且他的思想达到了'整整超前了10年'的深度,欣喜之情会多么强烈。于是有一段流传很广的故事:有海外学者曾在一次学术会议上质问大陆学者,在六十年代与七十年代，你们有没有可以称得上稍微像样一点的人物？一位70多岁的老学者应声而起：有，有一位，那就是顾准！——当代知识分子对于拥有顾准这样的英雄，其骄傲和欣慰之情溢于言表。而从另一方面看，他们又是多么需要一些这样的英雄来洗去历史的屈辱感"。①

诚如文章指出的，这一波思想文化史领域竞相"挖掘""文化英雄"潮大抵发生于二十世纪末。然而恰如前一章节所揭示，文学领域的呼唤"文化英雄"现象则在新时期伊始，甚至更早时段便已初露端倪。

姑且不论六十年代陈翔鹤曾有心"要把十二个他喜欢的历史人物演义成小说"②，塑造自外于体制、卓尔不群的文化英雄之先声；较之六十年代历史小说犹需"借古人的骸骨，另行吹嘘些生命进去"之迂回，新时期知识分子叙事则直接探寻、勉力托举出"当代英雄"，从中寄寓主体解放的自我想象乃至自我神化。《一个冬天的童话》中精心建构的"文化英雄"遇罗克，《愿你听到这支歌》《弦上的梦》中塑造的"四五"英雄杨柳、梁遐都属其列。可悲的是，上述过程中均使用了类似的"造神"式文学话语与"革命样板戏"美学经验，一定程度上辜负了"文学是人学"的创作精神。

《弦上的梦》描写"四五"英雄梁遐激战前夜"仿佛听见战鼓在敲，战号在响。仇恨和热爱的火焰燃烧在她心里"，遂剑拔弩张

---

① 贺桂梅《世纪末的自我救赎之路——对1998年"反右"书籍出版的文化分析》，收入贺桂梅《历史与现实之间》，济南：山东文艺出版社2008年版，第32页。
② 陈开第、祁忠《我的父亲陈翔鹤》，《新文学史料》1989年第4期。

地写下"我要负责了"五个大字①，抱着"前脚跨出大门，后脚就不准备再跨进大门"之气概，英勇赴义。《愿你听到这支歌》刻意状写杨柳"双眉紧蹙，眼睛里不时升腾起一团团的火焰"，"那愤怒的感情似乎马上就要爆炸开来"之狂热神态，抑或"像是从牙缝里挤出来"似的疾言厉色②。令人不免联想起样板戏《红灯记》中"仇恨入心要发芽"的李铁梅，乃至"拿起笔做刀枪"、集中火力大批判的红卫兵形象。实质上，"四五"广场上"扬眉剑出鞘"的英雄，并非如此一味地剑拔弩张。他们已然成长为思考的一代，而非仅仅是行动的一代，更非盲动的一代。

耐人寻味的是，上述"文化英雄"的遴选、命名，大都是"盖棺"方"论定"：《广陵散》中，嵇康以临刑抚琴成绝响；《愿你听到这支歌》中，杨柳以一曲悲歌诀别；《弦上的梦》中，梁遐亦不惜血染广场为终曲；而幸存者们恰恰是在对遇罗克"星星般的弹孔"的凝注中，依稀窥见了"血红的黎明""微茫的希望"③。英雄殉难赴义这一惊心动魄事件之砝码，极大程度上使屈居于生命天平另一端的所有苟活者因此而高估了其所具的思想分量。

论及思想家与烈士的关系，《遇罗克与出身论》的序作者如是说："人类历史上，有两种人对同时代人和后来者的精神和心灵产生巨大的影响。一种是烈士，他们为真理、为理想受苦受难，视死如归；另一种是思想家，他们目光如炬，洞察实质，是社会的先知先觉。一身兼思想家和烈士两任者寥若晨星，他们承受的巨

---

① 宗璞《弦上的梦》，《人民文学》1978年第12期。
② 李陀《愿你听到这支歌》，《人民文学》1978年第12期。
③ 北岛《宣告——献给遇罗克》，收入《履历：诗选1972~1988》，第47页。

大苦难和发出的精神光芒交相辉映，使他们成为人类文明发展史上的一座座丰碑。"[1]有意无意间，透露了遇罗克之所以能由一名平民化的青年思想者骤然升格为"思想家"乃至"文化英雄"的奥秘。

此间，人格审美、心灵感动等感情因素显然影响了同样必要的清醒的理性审视与价值判断。具体到创作中，则表现为每每因笔下主人公之"死"而衍生的同情、激情及至叙事的矫情、煽情淹没了思想。恰如西哲所针砭的："作家作出的理论判断和实践都受到了远远大于思想的情感成分的破坏。"[2]

许是缘于"文化英雄"的因死而生，时至八十年代中期，作家陈村将其"走向死屋"，寻访业已逝去二十年的文化英雄的小说，犹赫然以"死"命名。

作者以傅雷为原型，尽写苟活者或谓"不堪苟活"者在与"傅雷"对话中向死而生的困惑与惶恐：

> 你的死搅得活人无法平静。
>
> 再没有比死更大的教诲了。
>
> 那灿烂辉煌的死，使活着的人觉到生的黯淡。[3]

值得注意的是，作者有心采用诗化小说、仿梦小说式的文体及叙

---

① 徐友渔《思想家和烈士：〈遇罗克与出身论〉序》，《博览群书》1999年第1期。
② 艾略特《朱利安·班达的理想主义》，收入《知识分子的背叛》，佘碧平译，上海：上海人民出版社2015年版，第284页。
③ 陈村《死》，《上海文学》1986年第9期。

事，借重自我的主观感受，令笔下的"傅雷"超越现实，极度抽象化，乃至抽象为一个"文化精魂"。

以上笔者所以将时限与视阈稍作延展，意在证明，无论是前述《一个冬天的童话》里"遇罗锦"与其哥哥天上人间此恨绵绵的"呼唤"，抑或陈村的《死》中"不堪苟活"者与死者生死茫茫的对话；无论是前者的观念化，抑或是后者的意象化，试图借此类文化精魂矫枉过正的企图，终无力填补、充实失魂落魄经年的知识分子叙事的主体缺失。

如同卢卡契曾指出的：此类文学的局限恰在于，主人公没有别的，就是"一个灵魂，而小说的行动无他，只是这个灵魂的渴望"[①]；而恩格斯批评席勒式地讴歌一位"向全社会公开宣战的豪侠"之警句想必学界更是耳熟能详："我们不应该为了观念的东西而忘掉现实主义的东西。"[②]

清醒的现实主义精神有助于我们摈弃极度夸张、渲染的倾向，促使人物走下神坛。现实中的遇罗克才二十来岁就"微驼着背"，并不"高大"；"深度近视"，并非如遇罗锦描写的"目光灼灼逼人"；性格"拘谨""内倾"，并不惯于以其雄辩的口才，"振臂一呼，应者云集"。诚如识者所揭示的："在那个疯狂的年代，遇罗克不免要使用一种近乎狂热的语言，表达属于自己的思想。""在日记里，他是一个怀疑论者，十足的思想者和革命者；而在公开

---

① 转引自王德威《抒情传统与中国现代性：在北大的八堂课》，北京：生活·读书·新知三联书店2010年版，第21页。
② 恩格斯《致斐·拉萨尔》（1859年5月18日），《马克思恩格斯选集》第4卷，北京：人民出版社1972年版，第345页。

发表的文字中，总不免要蒙上一具庸人的面具。"①甚至难以避免地留有彼一时代"左"的印记。

作为一位从小煤屋走出的知识者、思想者、殉道者，遇罗克自有其独特的脚踏实地的平民化品格。而这一看似寻常的品格，丝毫不比极态的英雄化品格逊色。作者唯其将笔触更直接地深入历史的真相，而不被先在的观念格式化；唯其努力还原作为一名稚拙的思想者而非成熟的思想家，"遇罗克"每以生命的血色点燃源自小煤屋环境氛围的黑暗，由现实遭遇而激发思辨的全部思想的生命化与实践性过程，方能增益人物形象包括其思想的质感、厚度。

二、反省叙事者可能存在的傲慢与偏见

"文化英雄"们之所以头重脚轻，还在于作者有意无意间对他们生于斯、长于斯的中国现实土壤及精神资源的漠视，致使知识分子主体位置被人为地架空。

如前所述，《愿你听到这支歌》里作为杨柳的爱国主义精神象征的，竟然非舍近就远，别取域外斯美唐纳的交响组曲《我的祖国》，却轻慢了本土自有的早已渗入民族血液、深入人心的那首同名歌曲《我的祖国》之魅力②；而《死》中，作者极写"傅雷""一次又一次地毁着自己"，直至"自己几乎没有了，托生托言于异邦

---

① 林贤治《夜读遇罗克》，收入《五四之魂——中国知识分子精神史》，桂林：广西师范大学出版社2008年版，第274、275页。
② 《我的祖国》，乔羽作词，刘炽谱曲。

的大师"①，却忘忽了"傅雷"虽死犹存的"中国人的脊梁"，以及即便托言异邦译作，内中依然贯注着东方气质与神韵。

相形之下，《天云山传奇》中的男主人公罗群多了一些现世人间的气息，这无疑应归因于他早年蒙冤下放社会底层劳动的经历，"使他真正有机会接近了人民"，"从而为自己的思想打下较为坚实的基础"②。

然而，叙述者（包括作者）却似乎唯恐罗群所沾染的泥土气息冲淡了他的书卷气，在作品中忙不迭地强调，即便在底层，他那扬鞭赶车的手依然援笔著作，细辨他身上仍有知识者"熟悉的某些气质，而这种气质又不是一个普通工人所具有的"，欣赏他的思想话语"既不是劳动人民的语言，也不像一个车把式的思想"③。

依据叙事学理论，"叙述者代表判断事物的准则：他或者隐藏或者揭示人物的思想，从而使我们接受他的'心理学'观点"④。作品中，周渝贞不仅是作者偏爱的叙述者，而且一如他的代言人。篇末预祝她与罗群终成眷属便可见作者对其之情有独钟。

她自况是受了现代化洗礼的新一代人。这个言必称"现代化"的人物，在小说中既是作为某类"形象"，亦是作为某个特定"符号"而存在的，表征着作者唯"现代化"是尚的判断准则与价值取向。她不仅不珍视罗群的"思想感情和工农兵大众的思

---

① 陈村《死》，《上海文学》1986年第9期。
② 鲁彦周《天云山传奇》，《清明》1979年第1期。
③ 鲁彦周《天云山传奇》，《清明》1979年第1期。
④ 托多洛夫《文学作品分析》，转引自王先霈、王又平主编《文学理论批评术语汇释》，北京：高等教育出版社2006年版，第386页。

想感情打成一片"这一难能可贵的事实,相反,刻意寻索、剥离、凸显其与众不同的知识者徽记,心心念念属意罗群这样的从底层复出的知识型干部,指挥天云山建设部队"大打一场现代化的战争"。原因无他,唯其如此,方能满足新时期初作品盛行的复出干部与知识分子形象才是现代化建设中当仁不让的主导力量的文化想象。

值得反思的是,新时期伊始这一场声势浩大的"现代化"思潮,难免存在着激情有余、理性不足的局限。其中,最为后人针砭的症候还数每每把作为发展中国家的中国的现代化进程,"解释为从'传统'向'现代'线性进化的必然且抽象的'历史规律',进而将西方视为理想现代化方式的'规范'"①。

恰是"基于70—80年代转型过程中,对中国在世界体系尤其是与'西方'所代表的全球资本市场的地缘政治关系的有效误读"②,渐次形成了知识者将传统/现代、中国/西方不无机械地叠合的思维模式。

在此时代语境中,《天云山传奇》也自难幸免。例如,在肖像描写上,作者虽不得不让罗群"头上戴了顶天云山区农民常戴的套头帽",但转而便着意刻画他的脸型的侧面轮廓"犹如一座'希腊雕像'"③。对此"神来之笔",祝东力特将其解读为"一种典型的'形象的引文'"。指出:"形象隐喻着心灵,它暗示着主人公对周

---

① 贺桂梅《"新启蒙"知识档案——80年代中国文化研究》,北京:北京大学出版社2010年版,第31页。
② 贺桂梅《全球视野中的70—80年代转折与中国》,收入刘复生编《"80年代文学"研究读本》,上海:上海书店出版社2018年版,第50页。
③ 鲁彦周《天云山传奇》,《清明》1979年第1期。

围环境（贫困、落后、闭塞）的超越，象征着他所拥有的普遍性（西方渊源）。我们可以将其深层含义还原为：一个掌握着西方文化精髓的知识分子，正在审视中国的现实和历史。"[1]

作品中，作者还以明清时期官僚地主修铸的"古城堡"为喻象，表征旧传统死而不僵，"虎视眈眈，高踞于峡谷之上，仿佛还要继续封锁着天云山区"现代化进程的寓意[2]。

上述这种失之疏阔的地缘意识与线性时间观念一定程度上导致了部分知识者对中国现实土壤与传统文化的双重背离。有鉴于此，正当他们被时潮从边缘推向社会文化中心，沉浸于"现代化"启蒙导师之自我认同的窃喜中时，清醒者却产生了知识分子主体"自我中空"的隐忧。

如果说，传统与现代的对立统一恰可谓纵向坐标，彼时知识者激烈地反传统的姿态已或多或少造成了他们在特定历史潮流中的失重；那么，知识分子与大众相互依存的关系则如横向坐标，八十年代以来日渐膨胀的"精英"意识无疑会驱使这一双向同构结构失衡。

"知识精英"这一舶自西方政治学、社会学理论的名词，此刻业已被部分自认为西化—现代化时潮的先知先觉者不加省思地引为自我的命名。如同另一在革命史中曾屡受针砭的概念"精神贵族"，也已被某些史家过滤为一个中性词运用。例如八十年代有研究者对钱钟书二十世纪三十年代赴牛津攻习文学，"文笔上留有当

---

[1]　祝东力《精神之旅——新时期以来的美学与知识分子》，北京：中国广播电视出版社1998年版，第41页。
[2]　鲁彦周《天云山传奇》，《清明》1979年第1期。

时流行的 virtuosoplay(贵族情趣的艺术游戏)印记"，其《围城》传承了"这一脉牛津风格的'现代贵种流离谭'"原型与韵致之欣赏①。

值得注意的是，作者钱钟书的贵族精神与情趣早在1947年《围城》刚出版不久即遭到时人批评："而我们的作者之所以能撇开这一个极度动荡的社会场景，甚至将后方人民生活的落后，也加以恶意的西方人士式的嘲弄（在金华路上所见的描写）"，恰是这种"超然物外"的态度使然②。而新时期以还知识界竟然对"知识精英""精神贵族"意识又予以"否定之否定"式的重估。

如是倒退又一次提示我们，须正视知识分子叙事中，五四推而不倒，四十年代犹显印记，五十至七十年代割而不舍的痼疾。

这种唯我独尊、居高临下的姿态，透露出知识者对于大众的傲慢与偏见。遇罗锦的"童话"系列中，作者总"觉得世界上干净的人只有知识分子，工人农民总是比较脏的"。③刻意奚落工人丈夫"汗脚酸臭"，吃饭时却习惯"一只脚蹬住椅面的棱"，还自称"工人就这味儿！"作者总抱有那么一种主观成见，即"大众缺少灵魂"，缺少感情，不善交流，"就知道问吃什么"，"从不习惯床上以外的任何亲热的举止"，即便与妻子同行也反对挽着她的胳膊这一"洋主意"。④

而类似局限在赵振开的《波动》中也可见一斑。诚如李陀指

---

① 赵一凡《〈围城〉的隐喻及主题》，《读书》1991年第5期。

② 无咎（巴人）《读〈围城〉》，《小说》月刊第1卷第1期，1948年7月1日。

③ 毛泽东《在延安文艺座谈会上的讲话》，《毛泽东选集》第3卷，北京：人民出版社1991年版，第851页。

④ 遇罗锦《春天的童话》，《花城》1982年第1期。

出的，绰号"二踢脚"的这个人物"是小说唯一的工人形象，但是在每一个情节和细节里，这个工人都表现得比小流氓白华和蛮子更粗鲁、粗俗、粗鄙，是一个灵魂十分肮脏的坏蛋和下流坯。可以说，小说的叙述在字里行间都充满了对这个人物的鄙夷，这与对萧凌、杨讯、发发这些人物的刻画形成鲜明的对比。为什么《波动》的写作会出现这样的问题？这会是偶然的吗？特别是考虑到，北岛写作这部小说的时候自己也已经是个建筑工人，这个问题就变得格外尖锐"。[1]批评者进而将问题的根源归咎于"小资产阶级的写作"——知识分子叙事的通病。

身在底层，在边缘处，在患难时，是"人民"无私地拥抱了自己。彼时所谓的"人民"，已不再是一个仅停留于书本上的空洞的概念，而已化作知识者切身体验中的血肉之躯。一如《天云山传奇》等作品曾动情地描述的："有人把我开除了，但是人民没有开除我"，任何处分都无法真正隔离罗群们与人民的密切关系，纵然长夜里一人向隅，竟"还有许多老乡打着火把来"与之交心[2]。

然而，当昔日的蒙难者从边缘处复归政治文化中心，当成千上万的知识青年从农村返回城市时，有人却囿于现代性语境与思维定式，将知识分子与人民休戚与共的双向同构关系，有意无意地曲解、割裂为现代与传统、文明与蒙昧冲突之表征，借此堂而皇之地掩饰其对人民的背弃。

---

① 李陀《〈波动〉序言——新小资和文化领导权的转移》，收入《雪崩何处》，北京：中信出版社2015年版，第315—316页。

② 鲁彦周《天云山传奇》，《清明》1979年第1期。

三、在"我与人民"的关系式中重构知识者主体

与上述疏离、背弃恰成对照,也有知识分子叙事一直耿耿于怀自己有负于人民,如同他们时常会有那么一种唯恐游离于土地的莫名空虚与焦虑。冯至创作于1962年的历史题材小说《白发生黑丝》中,漂泊至潭州、以船为家的杜甫有感于同属文人圈子里的故旧诗友"见面时输心道故,甚至慷慨悲歌",劫难临头却"各自东西,谁也照顾不了谁"之虚无,而"几个萍水相逢的渔夫,对他却这样体贴照顾,无微不至",遂反省起自己那些为穷人而歌哭的诗歌,比起人民对他的关爱之差距,"总觉得自己爱人民的心远远赶不上渔夫们爱他的心那样朴素、真诚,而又实际"。①

如果说,《白发生黑丝》折射出毛泽东时代知识分子每以人民为镜反照自己的时代风尚;那么萧军的《伍子胥和浣纱女》之可贵则在于当蒙难者背弃人民已俨若时潮,复归的作者行将再出发之际,却以蒙冤流亡的伍子胥自喻,令其刺破手指,"用血在树上写了四个字:谨如此盟",誓以将来必报答浣纱女(一个"人民"的诗化符码)的"一饭之恩"②。以此与人民新立的盟誓,凸现新的历史当口不为时潮所动,中流砥柱般的根基与定力。

两篇小说复沓彰显了士于人民的文化愧疚感自有其源远流长的历史渊源。而与此一脉相承,史家的慧眼别具,则提醒我们理应聚焦张承志与张贤亮(窃以为还须加上一位王蒙)。他们在回归

---

① 冯至《白发生黑丝》,《冯至全集》第3卷,石家庄:河北教育出版社1999年版,第458页。

② 萧军《伍子胥和浣纱女》,《北京文艺》1979年9期。

潮中违逆流俗，努力凸现"我"（知识分子中的这一个）与"我的人民"难分难解的现实关系。

李敬泽称："张承志从此成为一个特例"，"他坚持'我'的私人性，但这个强大、外向的'我'又是在它的公共性中确立的，他以'我'的行动和书写见证和拓展对公共生活的意识"。[1]换言之，知识者的主体性唯有融入人民中时方能得以重新确立。

有鉴于此前的章节中，已多次援引张承志的《骑手为什么歌唱母亲》，印证作品中萦回不已的知识者与人民的主题，故本章拟另选其发表于1979年的小说《青草》为例，揭示作者在当年知识青年那场声势浩大的回城潮中，有人不无自恋地抚摸"伤痕"，痛诉青春"失落"之际，他那异于时趋、独标一格的"告别"草原姿态。

在张承志的叙事模式中，男主人公的身份大抵是知青，至于名字，他可以叫作"杨平"（《青草》），也可以叫作"白音宝力格"（《黑骏马》），而那个"兼有恋人与母亲品性"的年轻女子的名字则几乎永远叫作"索米娅"。她是如此的刻骨铭心，对于作者而言，与其说是笔下人物，是草原上的一道风景，"像草原上的小花、青草一样，美丽但不出众，鲜艳而又朴实"[2]，不如说业已衍为意象、心象。她是草原的诗性外化，是男主人公乃至作者难能忘却的精神初恋、青春记忆连同那份撕裂般的心灵隐痛的结晶。有鉴于此，青年知识者那一次又一次扮演着的背离"这真挚纯洁的

① 李敬泽《短篇小说卷·序言》，《中国新文学大系》（1976—2000）第13卷，上海：上海文艺出版社2009年版，第2页。
② 张承志《草原》，《张承志文集》第1卷，上海：上海文艺出版社2015年版，第128页。

爱情而去"的负心汉角色，便生出了极其严峻的意味。

也许知青抑制不住对城市这一现代文明实体的憧憬，"没有勇气永远做一名普通的、长年劳累的、远离一切城市生活的牧民"①，皆情有可原，本不应对此"告别"时潮作过分地苛评。而张承志连同其笔下人物之所以反应如此偏激，则纯因反感于前述部分同代知识者好以现代化信使自居，而将父老乡亲随意打入"传统""蒙昧"的另册，以便使其"告别""背离"的言行，转换为一种如释重负般的轻松。

恰是这一与同代知识者自新时期初始延续至今的潜在对话、论辩背景，令我们凝注张承志式"告别"仪式的特有肃穆、痛苦、深沉，阅读以下主观情绪极度强烈乃至激烈的段落时，自能多出一份深切理解与会意：

> 他想独自走，想一个人一步步地穿过这片曾经作为劳动者生活过的草原，想最后一次向他熟悉的每个山冈、每口水井、每片盐碱地告别。
>
> 可是，这段路是怎样地折磨着他的感情哪……②

此时此刻，草原上的青草化成了身穿绿绸蒙古袍的姑娘索米娅。杨平曾"迷失在恐怖的、被暗黑的夜幕遮盖着的白雪荒原"，是索

---

① 张承志《草原》，《张承志文集》第1卷，上海：上海文艺出版社2015年版，第136页。
② 张承志《草原》，《张承志文集》第1卷，上海：上海文艺出版社2015年版，第129页。

米娅举着火把，寻找了整整五个小时，救他脱离险境。而当杨平没有勇气从灵魂深处更严酷地拷问自己的背弃心理时，她却极其大度地祈愿杨平"像飞马一样飞向自己广阔的前程，她愿为他添上一双翅膀，而不愿像皮条编成的马绊一样"[1]。

小说中，作者岂止在自审，审视的更有一代青年知识者剪不断、理还乱的文化乡愁；告别的岂止是草原，是乡土，依依不舍的更有索米娅——那草原与牧民叠合的至善至美象征。

"草原"（以后又由内蒙古草原扩展至黄土高原、新疆）具有某种超历史的道德力量。恰是草原、牧民的养育润泽，使那个与草原、与农牧民渐次融合（或写作"磨合"）为一体的青年知识者的生命得以成长起来。

这种'我'与'我的人民'的结合形式显然已不再是出于某种理念的强制，也非任何外在形态的凑合，而是缘于"自我"已连通了来自草原与牧民那超个体的共性的精神血脉，自此难以分割。因而作者决然否定背弃母体换取自由，否定"自我"在某种自足性与封闭性的状态下写作的可能。

如同赵园指出的："张承志所写的孤独"，"不全是种族（如回族）命运，它更是'个人情境'，是知识者命运"。[2]恰是深味着"告别"后青年知识者难耐的离群、失土的惶惑感，致使"孤独骑手"与背弃者分道扬镳，一次次地走向民间。

当《草原》与其彼一时段的作品结集出版时，作者字字千钧

---

① 张承志《草原》，《张承志文集》第1卷，上海：上海文艺出版社2015年版，第134页。

② 赵园《地之子》，北京：北京大学出版社2007年版，第266页。

地在《后记》中写下如是誓言：

> 无论我们曾有过怎样触目惊心的创伤，怎样被打乱了生活的步伐和秩序，怎样不得不时至今日还感叹青春，我仍然认为，我们是得天独厚的一代，在逆境里，在劳动中，在穷乡僻壤和社会底层，在思索、痛苦、比较和扬弃的过程中，在历史推移的启示里，我们也找到过真知灼见，找到过至今感动着甚至温暖着自己的东西。
>
> 我非但不后悔，而且将永远恪守我从第一次拿起笔时就信奉的"为人民"的原则。[1]

如果说，青年张承志的成长史离不开"草原"，那么，劫难中如临深渊的王蒙也深深地感念，恰是"在伊犁"，使其脱离虚空，"脚跟站稳，脚踏实地"。难怪他刚复出便讴歌伊犁这片"在孤独的时候给我以温暖，迷茫的时候给我以依靠，苦恼的时候给我以希望，急躁的时候给我以安慰，并且给我以新的经验、新的乐趣、新的知识、新的更加朴素与更加健康的态度与观念的土地"。[2]

他感恩伊犁的农民，感恩房东大爷大娘虽然缺乏书本知识，却不乏智慧与厚道——"我常从回忆他们当中得到启示、力量和安抚，尤其是当我听到各种振聋发聩的救世高论，听到各种伟大

---

[1] 张承志《老桥·后记》，《张承志文集》第1卷，上海：上海文艺出版社2015年版，第260页。

[2] 王蒙《故乡行·代序》，《王蒙文存》第14卷，北京：人民文学出版社2003年版，第167页。

的学问和口号，听到各种有关劳动人民的宏议或者看到这些年也相当流行的对于劳动人民的嘲笑侮弄或者干脆不屑一顾的时候。"①

无独有偶，以上王蒙的小说中也暗含了与新时期初始文坛的某种流行时论的潜在对话、交锋背景。依据叙事学的理论，这些持"高论""宏议"的人在作品中可称作"受述者"，意即叙述者与之潜在对话的人，作者借此提示透视、理解作品意义的别一立场与角度。有异于张承志缘于这潜在的论辩背景时或词锋失度，同样在作品中反拨时论，王蒙却因渐次沉淀了当年"赎罪的狂热"、献身的盲从，而持论相对通达圆融。

张贤亮的《灵与肉》兼容了知识分子叙事特有的纤敏善感的禀赋与十九世纪欧洲现实主义那种细腻逼真的笔触，表现了知识者"在纯朴的人民中，在劳动中寻找真理"②，寻找"生命的根"这一中俄文学史、文化史中永恒的母题。男主人公"这个钟鸣鼎食之家的长房长孙"，竟然"变成了一个名副其实的劳动者了！而在这两端之间的全部过程，是糅合着那么多痛苦和欢欣的平凡的劳动！"③作者难能可贵地揭示了生活的复杂性与人物内在心理活动的深刻性：恰是知识分子主体在沉重的体力劳动中并非逆来顺受地被动接受"劳动改造"，消泯主体，而是自觉借重这苦难的历程强健自己的肉身，更磨砺、健全、充实灵魂，从而赢得了新生。

---

① 王蒙《虚掩的土屋小院》，王山编《王蒙小说精选》，西安：太白文艺出版社1995年版，第312页。
② 别尔嘉耶夫《俄罗斯思想》，雷永生译，北京：生活·读书·新知三联书店1995年版，第121页。
③ 张贤亮《灵与肉》，《中国新文学大系》（1976—2000）第13卷，上海：上海文艺出版社2009年版，第401页。

三位作家在这时代转型的重要节点，用心谱写了新时期初知识分子叙事中最感人的人民恋歌与劳动赞歌。

如同他们在作品中反复声辩的："这根本不是一种空洞的概念或说教"，也绝不是"一种粉饰的歌颂"。因为他们所信守、重审、重构了的知识者与"我的人民"的关系，已不再是一方单向度地接受另一方"再教育"的关系，反之，也显然不是一方单向度地"启蒙"另一方的关系。内中相互依存，彼此生命流注，合而为一，充溢着血气蒸腾的鲜活气息。而在其"为人民"的叙事中，知识者的主体性及其浪漫主义的我执依然未曾抹消。

四、新时期知识分子叙事一瞥

在行将结束本书的考察之际，笔者拟对新时期十年的知识分子叙事略作一瞥，借其对前史的承袭、拓展及演化，以印证、辨明五十至七十年代叙事中某些隐而未彰的线索与生长点，包括优长或局限。

成长于"史无前例"年代的知识者，无疑会因程度不等地沾染了彼一时代的"阴影与消极面"，从而影响其新时期叙事中"'知识分子性'的发育成长"。①

遇罗锦的《春天的童话》多少沿袭了黑幕小说、影射小说的恶俗趣味。作者缘于"泄私愤"的阴暗心理，不惜自曝隐私，甚至将自己与某身居要职的副主编的几十封通信尽数嵌入文本。加

---

① 杨匡汉主编《二十世纪中国文学经验》上，上海：东方出版中心2006年版，第340页。

之"小说中的人物事件完全可以对得上号，几乎不需要索引。这就很难不令人产生利用写作丑化对方的看法"。[①]尽管作者以揭露现实自命，却难脱鲁迅对此类小说"其下者乃至丑诋私敌，等于谤书"之判语[②]。

无独有偶，徐明旭的中篇小说《调动》本意似在借某知识分子的工作调动之波折展现拨乱反正年代的"官场现形"记，惜也未能逸出清末《官场现形记》一类黑幕小说每每"辞气浮露，笔无藏锋，甚且过甚其辞，以合时人嗜好"之窠臼[③]，终究失之轻薄。作品中，主人公越是援引马基雅弗里的箴言"政治斗争无道德可言"以自慰，便越是彰显出其为了"调动"而不择手段，"恬不知耻地去摇尾乞怜"的道德焦虑，甚至甘愿自己被局长老婆"当成了一头配种站的公牛"，以图从"枕头上关节"打通与局长的关系。[④]恰是这一知识分子叙事中最猥琐的生命时刻，折射出知识者身体乃至主体堕落的先兆。

《春天的童话》《调动》虽系末流，却从极端处彰显了知识分子叙事盛极而衰的症候，警示反传统的偏激可能导致的道德虚无主义。

与此犬儒主义及叙事粗鄙化倾向恰成对照，新时期知识分子

---

① 范汉生口述 申霞艳整理编写《风雨十年花城事·声誉及风波》，《花城》2009年第2期。

② 鲁迅《中国小说史略》，《鲁迅全集》第9卷，北京：人民文学出版社1981年版，第292页。

③ 鲁迅《中国小说史略》，《鲁迅全集》第9卷，北京：人民文学出版社1981年版，第282页。

④ 徐明旭《调动》，《清明》1979年第2期。

叙事的另一极端便是精英主义与叙事过度精致化的倾向①。

如果说，前此倾向透露了世俗功利目的、内容对审美与叙事形式的漠视、压抑，那么后者在对"叙事革命""形式实验"的倾力追求中，则多少消解了必要的现实关怀与社会内容。尽管在其探索过程中所创造出的叙事形式、语言感觉，一定程度上启发了知识分子叙事如何于形式上更其多元化、风格化之自觉。

溯其渊源，这一潮流主要以西方现代派文学为借镜。而针对域外相类的现代派文学实验之动因，西哲曾语词激烈地予以批评，指出：现代派文学和艺术可以看作是知识者"对前所未有的巨大读者群的一种敌对反应"，"旨在排斥新近接受教育的（或'半接受教育的'）读者，以保持知识分子与'大众'的隔离"。②又称："传统上，知识分子习惯地认为大众具有专门沉迷于事实和普通现实主义的特性，大众顽固的写实主义使他们不适宜欣赏艺术，从而摒弃更高的美学追求。"③观点虽不无偏激处，却有助于提示我们由此叙事形式层面故作高深莫测的精致化趋势，进而穿透其后借此疏离大众的精英主义意识。

所幸这一形式层面的偏执追求不过是昙花一现，便有亲历者不失其时地予以深刻反省：真正的叙事革命"都是先从艺术家的

① 识者指出："关于青年艺术家，这些年艺术界讨论的最多的是全球化带来的同质化现象，特别是在叙事语言结构上的差异性越来越弱，普遍知识化，精致化。"参阅汪晖、罗岗、鲁明军《历史、革命与当代青年的思想构成》，《长安学术》2017年第1期。
② 约翰·凯里《知识分子与大众：文学知识界的傲慢与偏见》，吴庆宏译，南京：译林出版社2008年版，第1页。
③ 约翰·凯里《知识分子与大众：文学知识界的傲慢与偏见》，吴庆宏译，南京：译林出版社2008年版，第3页。

内部发生的，它更多的是一种内心形式，而非技术"。①"如果形式感的东西不被我们的作家的灵魂所照亮，那么它在现。在这样一个产生着巨大变化的社会转型期的大背景下，就显得未免奢侈。"②

以上时潮纯属支流乃至末流，而作为八十年代知识分子叙事的中坚力量与主流之作，值此社会转型时期大都凸显了知识者主体意识的复苏与强化，在价值取向上都流贯着与五十至七十年代知识分子叙事一脉相承的坚守，其文类风格也程度不等地透出思想型、抒情型、干预型特征的重现及重构，都立意抵制犬儒主义与精英主义叙事之流俗。

其中，值得记取的中篇小说计有谌容的《人到中年》、宗璞的《三生石》、张承志的《黑骏马》、梁晓声的《今夜有暴风雪》、张贤亮的《绿化树》、刘索拉的《你别无选择》、刘恒的《白涡》、史铁生的《插队的故事》③，长篇计有张辛欣的《在同一地平线上》、王蒙的《活动变人形》、张炜的《古船》、张承志的《金牧场》、马原的《上下都很平坦》、杨绛的《洗澡》等④。

---

① 谢有顺《文体革命的边界》，《大家》1999年第2期。

② 格非《智慧与警觉，收入林舟编著《生命的摆渡——中国当代作家访谈录》，深圳：海天出版社1998年版，第70页。

③ 谌容《人到中年》，《收获》1980年第1期；宗璞《三生石》，《十月》1980年第3期；张承志《黑骏马》，《十月》1982年第6期；梁晓声《今夜有暴风雪》，《青春》丛刊1983年第1期；张贤亮《绿化树》，《十月》1984年第2期；刘索拉《你别无选择》，《人民文学》1985年第3期；刘恒《白涡》，《中国作家》1988年第1期；史铁生《插队的故事》，《中篇小说选刊》1986年第4期。

④ 张辛欣《在同一地平线上》，《收获》1981年第6期；王蒙《活动变人形》，《当代长篇小说》，1986年第3期；张炜《古船》，《当代》1986年第5期；张承志《金牧场》，《收获》1987年第2期；马原《上下都很平坦》，《收获》1987年第5期；杨绛《洗澡》，北京：生活·读书·新知三联书店1988年版。

无论是赫然以"唯物论者启示录"命名的"绿化树"系列，对"知识分子对自足的唯物主义大众的挑衅姿态"的回击①，抑或《古船》作者"离技巧远一点"的宣言，力图借一种超越单纯技巧的"内心形式"叙事的志趣，于自觉非自觉间都能见出在思想与美学层面对知识精英轻视人民大众的傲慢与偏见的反拨。毋庸讳言，这种反拨或有失之于矫枉过正处，由此似可透露力挽逆澜的艰难。

　　上述代表作或以东西方文化碰撞为背景，再现了较之《围城》更其深刻的旧式知识分子身陷精神"围城"的困境，刻画出一部"现代中国知识分子的变形记"，并借此启蒙知识分子的心路历程，既批判传统文化，又质疑五四以还的启蒙（想来已思及其时方兴未艾的思想启蒙运动）能否救中国，体现出独立思考的作者"既坚持又质疑的"别一种"启蒙主义"精神（《活动变人形》）②；或借重农民知识者的特定视角，不仅展现了一部民族苦难的史诗，更以热到发冷的笔触，揭示了自身深负于人民的罪感与救赎，针砭了知识分子的"怯病"及其心理惰性，甚至对新时期启蒙思潮的重要理论资源——那善良却失之迂阔的人道主义思想也予以拷问、反省（《古船》）③；或通过一个知青的成长史，将既往知青小说的"战天斗地"叙事抑或"伤痕"叙事，沉淀、升华为青年知识者的精神梦寻，追怀是人民以及那片人化了的广阔无

---

① 约翰·凯里《知识分子与大众：文学知识界的傲慢与偏见》，吴庆宏译，南京：译林出版社2008年版，第95页。
② 此处借用钱理群的提法。他在《向学术界告别》一文中称："我可能属于启蒙主义知识分子"，"我仍然要坚守启蒙主义，但我对启蒙主义有很多质疑，看到启蒙主义可能带来的陷阱，以及很多很多的问题，是一个既坚持又质疑的一个更加复杂的启蒙主义。"
③ 张炜《古船》，《当代》1986年第5期。

垠的"金牧场""黄土地"，令其"不觉间变得深沉博大"，进而经此不无悲壮或苍凉的青春祭，"获得了一个庄严的蜕变"（《金牧场》《插队的故事》）[①]⋯⋯

八十年代的知识分子叙事继承了五十至七十年代叙事未尽的志业，倾力呼唤与塑造"大写的知识分子"，以其思想的丰富性与题材的开放性，合成了一部当代知识分子精神的历史自述。

综上所述，以1949年为时间节点，前后三十年文学中的知识者主体精神与叙事范式确曾发生了某种深刻的裂变；然而其浴火重生，自强自新，终究精魂不散，隐忍待发，直至七八十年代之交以"潜在写作"与伤痕小说、反思小说，奋起揭开新时期人的觉醒与文学的自觉双重序幕，迎来了八十年代——知识分子叙事的别一宏阔多元的时代。

[①] 张承志《金牧场》，《张承志文集》第3卷，上海：上海文艺出版社2015年版，第24页。

参考文献

一、著作

（一）国内部分

1　中国科学院文学研究所编写组：《十年来的新中国文学》，北京：作家出版社，1963 年。

2　姚文元：《文艺思想论争集》，上海：作家出版社上海编辑所，1964 年。

3　《文艺评论集》，北京：人民文学出版社，1974 年。

4　任犊编：《走出"彼得堡"》，上海：上海人民出版社，1976 年。

5　《关于建国以来党的若干历史问题的决议》，北京：人民出版社，1981 年。

6　赵园：《艰难的选择》，上海：上海文艺出版社，1986 年。

7　李泽厚：《中国现代思想史论》，北京：东方出版社，1987 年。

8　陈思和：《中国新文学整体观》，上海：上海文艺出版社，1987 年。

9　《建国以来毛泽东文稿》（1949.9—1976.7）第一册至第十三册，北京：中央文献出版社，1987 至 1998 年。

10　张寅德编选：《叙述学研究》，北京：中国社会科学出版社，1989年。

11　王晓明：《潜流与漩涡：论二十世纪中国小说家的创作心理障碍》，北京：中国社会科学出版社，1991年。

12　赵园：《地之子》，北京：北京十月文艺出版社，1993年。

13　李杨：《抗争宿命之路："社会主义现实主义"（1942-1976）研究》，长春：时代文艺出版社，1993年。

14　张新颖：《栖居与游牧之地》，上海：学林出版社，1994年。

15　郜元宝：《拯救大地》，上海：学林出版社，1994年。

16　蔡翔：《此情谁诉——中国知识分子的历史性格》，杭州：浙江文艺出版社，1994年。

17　夏中义：《思想实验》，上海：学林出版社，1996年。

18　陈平原：《陈平原小说史论集》（上、中、下卷），石家庄：河北人民出版社，1997年。

19　孙郁：《百年苦梦：二十世纪中国文人心态扫描》，北京：群言出版社，1997年。

20　洪子诚编：《二十世纪中国小说理论资料》第五卷，北京：北京大学出版社，1997年。

21　祝东力：《精神之旅——新时期以来的美学与知识分子》，北京：中国广播电视出版社，1998年。

22　朱正：《1957年的夏季：从百家争鸣到两家争鸣》，郑州：河南人民出版社，1998年。

23　李书磊：《1942：走向民间》，济南：山东教育出版社，1998年。

24　钱理群：《1948：天地玄黄》，济南：山东教育出版社，1998年。

25　洪子诚：《1956：百花时代》，济南：山东教育出版社，1998年。

26　刘小枫：《现代性社会理论绪论——现代性与现代中国》，上海：上海三联书店，1998年。

27 王德威：《想象中国的方法：历史·小说·叙事》，北京：生活·读书·新知三联书店，1998年。

28 陈思和主编：《中国当代文学史教程》，上海：复旦大学出版社，1999年。

29 丁帆、王世城：《十七年文学："人"与"自我"的失落》，郑州：河南大学出版社，1999年。

30 孟繁华：《梦幻与宿命——中国当代文学的精神历程》，广州：广东人民出版社，1999年。

31 廖亦武主编：《沉沦的圣殿》，乌鲁木齐：新疆青少年出版社，1999年。

32 朱学勤：《书斋里的革命》，长春：长春出版社，1999年。

33 《周扬集》，北京：中国社会科学出版社，2000年。

34 王尧：《迟到的批判》，郑州：大象出版社，2000年。

35 黄子平：《边缘阅读》，沈阳：辽宁教育出版社，2000年。

36 陈徒手：《人有病·天知否：一九四九年后中国文坛纪实》，北京：人民文学出版社，2000年。

37 黄子平：《"灰阑"中的叙述》，上海：上海文艺出版社，2001年。

38 唐小兵：《英雄与凡人的时代——解读二十世纪》，上海：上海文艺出版社，2001年。

39 申丹：《叙述学与小说文体学研究》，北京：北京大学出版社，2001年。

40 余虹：《革命·审美·解构——二十世纪中国文学理论的现代性与后现代性》，桂林：广西师范大学出版社，2001年。

41 陈思和：《中国当代文学关键词十讲》，上海：复旦大学出版社，2002年。

42 洪子诚：《问题与方法——中国当代文学史讲稿》，北京：生活·读书·新知三联书店，2002年。

43 陈晓明：《表意的焦虑——历史祛魅与当代文学变革》，北京：中央编译出版社，2002年。

44 何言宏：《中国书写：当代知识分子写作与现代性问题》，北京：中央编译出版社，2002年。

45 杨健：《中国知青文学史》，北京：中国工人出版社，2002年。

46 格非：《小说叙事研究》，北京：清华大学出版社，2002年。

47 黎湘萍：《文学台湾——台湾知识者的文学叙事与理论想象》，北京：人民文学出版社，2003年。

48 李杨：《50-70年代中国文学经典再解读》，济南：山东教育出版社，2003年。

49 张旭东：《批评的踪迹：文化理论与文化批评》，北京：生活·读书·新知三联书店，2003年。

50 余岱宗：《被规训的激情——论1950、1960年代的红色小说》，上海：上海三联书店，2004年。

51 朱晓进主编：《非文学的世纪：二十世纪中国文学与政治文化关系史论》，南京：南京师范大学出版社，2004年。

52 王德威：《历史与怪兽：历史·暴力·叙事》，台北：麦田出版股份有限公司，2004年。

53 支克坚：《周扬论》，郑州：河南大学出版社，2004年。

54 郑坚：《吊诡的新人——新文学中的小资产阶级形象研究》，南昌：百花洲文艺出版社，2005年。

55 南帆：《后革命的转移》，北京：北京大学出版社，2005年。

56 洪子诚：《文学与历史叙述》，郑州：河南大学出版社，2005年。

57 李欧梵：《中国现代作家的浪漫一代》，北京：新星出版社，2005年。

58 查建英主编：《八十年代访谈录》，北京：生活·读书·新知三联书店，2006年。

59 杨匡汉主编：《二十世纪中国文学经验》（上、下），上海：东方出版中心，2006年。

60　洪子诚：《中国当代文学史》（修订版），北京：北京大学出版社，2007年。

61　刘志荣：《潜在写作：1949-1976》，上海：复旦大学出版社，2007年。

62　吴俊、郭战涛：《国家文学的想象和实践：以〈人民文学〉为中心的考察》，上海：上海古籍出版社，2007年。

63　唐小兵编：《再解读：大众文艺与意识形态》，北京：北京大学出版社，2007年。

64　钱理群：《我的精神自传》，桂林：广西师范大学出版社，2007年。

65　戴锦华：《涉渡之舟——新时期中国女性写作与女性文化》，北京：北京大学出版社，2007年。

66　薛毅：《当代文化现象与历史精神传统》，桂林：广西师范大学出版社，2007年。

67　林贤治：《五四之魂：中国知识分子精神史》，桂林：广西师范大学出版社，2008年。

68　陈翼德：《生逢其时》，香港：时代国际有限公司，2008年。

69　王斑：《历史的崇高形象——二十世纪中国的美学与政治》，孟祥春译，上海：上海三联书店，2008年。

70　沈志华：《思考与选择——从知识分子会议到反右派运动（1956-1957）》，香港：香港中文大学出版社，2008年。

71　谢泳：《书生的困境：中国现代知识分子问题简论》，桂林：广西师范大学出版社，2009年。

72　北岛、李陀主编：《七十年代》，北京：生活·读书·新知三联书店，2009年。

73　程光炜：《文学讲稿："八十年代"作为方法》，北京：北京大学出版社，2009年。

74　印红标：《失踪者的足迹》，香港：香港中文大学出版社，2009年。

75　刘禾编：《持灯的使者》，桂林：广西师范大学出版社，2009 年。

76　张闳：《乌托邦文学狂欢 1966-1976》，广州：广东教育出版社，2009 年。

77　张清华：《存在之镜与智慧之灯——中国当代小说叙事及美学研究》，福州：福建教育出版社，2010 年。

78　贺桂梅：《"新启蒙"知识档案——80 年代中国文化研究》，北京：北京大学出版社，2010 年。

79　蔡翔：《革命/叙述：中国社会主义文学—文化想象》，北京：北京大学出版社，2010 年。

80　李洁非、杨劼：《解读延安——文学、知识分子和文化》，北京：当代中国出版社，2010 年。

81　王德威：《抒情传统与中国现代性：在北大的八堂课》，北京：生活·读书·新知三联书店，2010 年。

82　许纪霖：《中国知识分子十论》，上海：复旦大学出版社，2010 年。

83　陈思和主编：《中国当代文学 60 年：1949-2009》一至四卷，上海：上海大学出版社，2010 年。

84　潘鸣啸：《失落的一代：中国的上山下乡运动（1968-1980）》，欧阳因译，北京：中国大百科全书出版社，2010 年。

85　许纪霖：《启蒙如何起死回生》，北京：北京大学出版社，2011 年。

86　李洁非、杨劼：《共和国文学生产方式》，北京：社会科学文献出版社，2011 年。

87　张均：《中国当代文学制度研究（1949-1976）》，北京：北京大学出版社，2011 年。

88　黄子平：《远去的文学时代》，上海：复旦大学出版社，2012 年。

89　陈晓明：《中国当代文学主潮》，北京：北京大学出版社，2013 年。

90　程光炜编《七十年代小说研究》，北京：中国社会科学出版社，2014 年。

91　丁帆：《文学史与知识分子价值观》，北京：人民文学出版社，2014 年。

92　孙郁：《革命时代的士大夫——汪曾祺闲录》，北京：生活·读书·新知三联书店，2014 年。

93　吴晓东：《文学性的命运》，广州：广东人民出版社，2014 年。

94　贺桂梅：《思想中国：批判的当代视野》，广州：广东人民出版社，2014 年。

95　李陀：《雪崩何处》，北京：中信出版社，2015 年。

96　戴锦华：《未名之匙》，上海：复旦大学出版社，2015 年。

97　钱理群：《岁月沧桑》，上海：东方出版中心，2016 年。

98　吴晓东：《梦中的彩笔：中国现代文学漫读》，北京：北京大学出版社，2018 年。

99　贺桂梅编《"50—70 年代文学"研究读本》，上海：上海书店出版社，2018 年。

100　金理：《文学史视野中的现代名教批判：以章太炎、鲁迅与胡风为中心》，桂林：广西师范大学出版社，2019 年。

101　中共中央党史和文献研究院编《中华人民共和国大事记》（1949 年 10 月—2019 年 9 月），北京：人民出版社，2019 年。

（二）国外部分

1　卢卡契：《卢卡契文学论文集》（一），汪建、刘半九、叶逢植等译，北京：中国社会科学出版社，1980 年。

2　布斯：《小说修辞学》，华明、胡晓苏、周宪译，北京：北京大学出版社，1987 年。

3　巴赫金：《陀思妥耶夫斯基诗学问题》，白春仁、顾亚铃译，北京：生活·读书·新知三联书店，1988 年。

4　里蒙－凯南：《叙事虚构作品》，姚锦清、黄虹伟、傅浩、于振邦译，北京：生活·读书·新知三联书店，1989年。

5　热拉尔·热奈特：《叙事话语 新叙事话语》，王文融译，北京：中国社会科学出版社，1990年。

6　麦克法夸尔 费正清编：《剑桥中华人民共和国史》上卷，谢亮生、杨品泉等译，北京：中国社会科学出版社，1990年。

7　麦克法夸尔 费正清编：《剑桥中华人民共和国史》下卷，俞金尧、孟庆龙等译，北京：中国社会科学出版社，1992年。

8　米歇·傅柯：《知识的考掘》，王德威译，台北：麦田出版股份有限公司，1993年。

9　别尔嘉耶夫：《俄罗斯思想》，雷永生译，北京：生活·读书·新知三联书店，1995年。

10　马丁·杰伊：《法兰克福学派史》，单世联译，广州：广东人民出版社，1996年。

11　罗兰·巴特：《一个解构主义的文本》，汪耀进、武佩荣译，上海：上海人民出版社，1997年。

12　詹姆逊：《政治无意识——作为社会象征行为的叙事》，王逢振、陈永国译，北京：中国社会科学出版社，1999年。

13　阿里夫·德里克：《后革命氛围》，王宁等译，北京：中国社会科学出版社，1999年。

14　特里·伊格尔顿：《审美意识形态》，王杰、傅德根、麦永雄译，桂林：广西师范大学出版社，2001年。

15　以赛亚·伯林：《俄国思想家》，彭淮栋译，南京：译林出版社，2001年。

16　戴卫·赫尔曼：《新叙事学》，马海良译，北京：北京大学出版社，2002年。

17　希利斯·米勒：《解读叙事》，申丹译，北京：北京大学出版社，2002年。

18 詹姆斯·费伦：《作为修辞的叙事：技巧、读者、伦理、意识形态》，陈永国译，北京：北京大学出版社，2002年。

19 柄谷行人：《日本现代文学的起源》，赵京华译，北京：生活·读书·新知三联书店，2003年。

20 米克·巴尔：《叙述学：叙事理论导论》，谭君强译，北京：中国社会科学出版社，2003年。

21 马克·柯里：《后现代叙事理论》，宁一中译，北京：北京大学出版社，2003年。

22 詹姆逊：《新马克思主义》，李自修、曾艳兵、张旭东、陈永国等译，北京：中国人民大学出版社，2004年。

23 詹姆逊：《批评理论和叙事阐释》，王逢振、蔡新乐、张旭东等译，北京：中国人民大学出版社，2004年。

24 詹姆逊：《文化研究和政治意识》，谢少波、王济民、蔡新乐等译，北京：中国人民大学出版社，2004年。

25 华莱士·马丁：《当代叙事学》，伍晓明译，北京：北京大学出版社，2005年。

26 拉塞尔·雅各比：《最后的知识分子》，洪洁译，南京：江苏人民出版社，2006年。

27 本雅明：《发达资本主义时代的抒情诗人》，张旭东、魏文生译，北京：生活·读书·新知三联书店，2007年。

28 特里·伊格尔顿：《二十世纪西方文学理论》，伍晓明译，北京：北京大学出版社，2007年。

29 汉娜·阿伦特：《论革命》，陈周旺译，南京：译林出版社，2007年。

30 费尔南·布罗代尔：《论历史》，刘北成、周立红译，北京：北京大学出版社，2008年。

31 雷蒙德·威廉斯：《马克思主义与文学》，王尔勃、周莉译，郑州：河南大学出版社，2008年。

32　约翰·凯里《知识分子与大众：文学知识界的傲慢与偏见》，南京：译林出版社，2008 年。

33　艾布拉姆斯:《文学术语汇编》，吴松江等编译，北京：北京大学出版社，2009 年。

34　亚罗斯拉夫·普实克：《抒情与史诗：现代中国文学论集》，郭建玲译，上海：上海三联书店，2010 年。

35　格里德尔：《知识分子与现代中国》，单正平译，桂林：广西师范大学出版社，2010 年。

36　以赛亚·伯林：《浪漫主义的根源》，吕梁、洪丽娟、孙易译，南京：译林出版社，2011 年。

37　卡尔·曼海姆：《意识形态与乌托邦》，黎鸣、李书崇译，上海：上海三联书店，2011 年。

38　佛克马：《中国文学与苏联影响（1956-1960）》，季进、聂友军译，北京：北京大学出版社，2011 年。

39　戴维·斯沃茨：《文化与权力——布尔迪厄的社会学》，陶东风译，上海：上海译文出版社，2012 年。

40　卢卡契：《小说理论》，燕宏远、李怀涛译，北京：商务印书馆，2013 年。

41　雷蒙德·威廉斯：《漫长的革命》，倪伟译，上海：上海人民出版社，2013 年。

42　朱利安·班达:《知识分子的背叛》，佘碧平译，上海：上海人民出版社，2017 年。

二、论文

1　罗岗：《文化·审美·创新——革命历史题材文学创作的文化背景问题》，《文学评论》1991 年第 5 期。

2 宋炳辉：《50—70 年代苏联文学在中国的译介》，《中国比较文学》1994 年第 2 期。

3 谢有顺：《最后一个浪漫时代——我读〈欲望的旗帜〉》，《当代作家评论》1996 年第 3 期。

4 张福贵：《"灰色化"：新文学中知识分子向民众认同的三种过程》，《中国现代文学研究丛刊》1998 年第 2 期。

5 程光炜：《关于五十至七十年代文学中的知识分子形象》，《文学评论》2001 年第 6 期。

6 杨乃乔：《图像与叙事——论诸种叙事与知识分子的小叙事者身份》，《文艺争鸣》2005 年第 1 期。

7 郜元宝：《当蝴蝶飞舞时——王蒙创作的几个阶段与方面》，《当代作家评论》2007 年第 2 期。

8 张新颖：《"明白生命的隔绝，理解之无可望"——沈从文在 1950—1951 年》，《南方文坛》2008 年第 2 期。

9 何言宏：《"正典结构"的精神质询——重读靳凡〈公开的情书〉和礼平〈晚霞消失的时候〉》，《上海文化》2009 年第 3 期。

10 姚晓雷：《何处是归程：由〈风雅颂〉看当下体制知识分子人格之殇》，《文学评论》2009 年第 1 期。

11 刘青峰、黄平：《〈公开的情书〉与 70 年代》，《上海文化》2009 年第 3 期。

12 王鸿生：《二十世纪知识分子叙事问题》，《探索与争鸣》2019 年第 9 期。

后　记

　　此书是在我的博士论文基础上增修而成。2015年，我以"中国当代小说中的知识分子叙事研究"为题申报国家社会科学基金项目获批，随即开始了书稿的重写。如果说，当年博士论文的写作尚可谓径情直遂，那么，此后的重写过程则是何其曲折迂回。

　　时移势易的既定语境，不仅使笔者更感同身受了研究对象的复杂情感、纠结心理，而且促使自身的表达式也别具一种"'难言'与'言说'之间的张力"。

　　有课题盲审专家称道："在语言表达上，该研究成果能够将准确、严谨的思辨语言与新颖灵动的诗性话语有机地结合起来，从而既有着文学作品的诗情画意的美感，又有着学术论著的严密性和理论色彩。"理论思辨的"严密性"，一定程度上得益于反复回应潜在论者诸种向度的驳诘、质疑，特别是不断经历了自省式乃至自反式的思维后，而弥见其坚；至于诗性话语的追求，既是文学研究理应注重文学性的本分，又何尝不是"极力使难言者可言"的策略。

　　书稿曾有十二个章节先期在《中国现代文学研究丛刊》《文艺

争鸣》《南方文坛》《东岳论丛》《甘肃社会科学》《宁波大学学报》《广播电视大学学报》上发表，其中有多篇论文被《人大复印资料》复印，谨向各家刊物与编辑致谢。

感谢陈思和、郜元宝、张新颖、宋炳辉、杨剑龙老师对我的悉心指导与栽培，感谢孙郁、程光炜、张中良、刘勇诸位先生的扶持。

感谢浙江大学出版社与宋旭华君、牟琳琳女史为书稿出版付出的努力。

最后，特别感谢至今仍不知其姓名的五位国家课题盲审专家。作为拙著的首批读者，感谢你们能给予终评"优秀"的鉴定等级与评价。谨摘抄如下评语："在重新检视当代文学不同主题叙事的意义上，成果话题是有意义的，尤其是在中国现代以来始终对知识分子叙事这个概念及其现实涵盖都没有完全厘清的前提下。成果能够将自设的'当代'时空中这一类文学叙事提取出来，相对完整地梳理了其中的绝大部分文本，并试图从主题、形式等不同侧面来思考其整体面貌和趣味，同时能够结合现实的政治语境和文化背景等来发掘期间知识分子叙事的空间和规范，有深度和系统性"；此外，"文本细读的功夫很大程度上支撑了该成果的创新性"……权作鞭策与激励。

2021年3月9日

附：博士学位论文后记

写毕论文"结语"的最后一句"以七十年代的'地下写作',奋起揭开新时期人的觉醒与文学的觉醒的序幕,迎来八十年代——继五四时期后中国历史上的又一个知识分子时代"之后,意犹未尽。

二十世纪九十年代,随着中国社会市场化的迂回推进,知识者又面临了一个"无名时代",陷于如入"无物之阵"的困境。而我之所以选择这一论题,未尝没有缘于身为知识者的"今生"困惑故而回溯、清理"前世"记忆之动因。

如果说,所审视的五十至七十年代知识分子叙事隐忍待发、存亡续绝的境遇尚不乏悲剧感;那么笔者所置身的当下日趋商业化、媚俗化、犬儒化的社会文化氛围以及部分随波逐流的知识者叙事主体意识的迷失,名存实异,却不时以一种类喜剧或荒诞剧的面目,肆意戏谑、解构着五十至七十年代知识者叙事的悲剧性色彩。如是后现代氛围一度令论文的写作生出失重之虞乃至啼笑皆非之感,每至此,陈思和老师那退而坚守、以笔为旗的知识者岗位意识与独立姿态在在令我静心安魂。

入学以来先后担任陈老师的助教与助管，有幸在课堂内外的众多时光常随左右，耳濡目染老师的平和博雅。从老师那里领悟到的岂止是学问与性情，更有他那份任时移世异依然临事有方、处变不惊的大家风范。中文系系主任事务性工作的尽力，本硕博教学的尽心，校内外大量学术活动的策划主持，学科理论的开拓与创新——无论多么繁忙，老师总是那么从容不迫，沉着应对。不知情者抑或惊羡他分身有术，而我却深知老师是如何挤出时间、有所牺牲的一些细节。在学校时，老师的每一顿晚餐照例都是数片全麦面包就着一杯清咖；出国期间讲学会友日程紧张，犹不时关心着学生的学业。最后一次对我的论文提出详尽修改意见便是在其访美之际，大至框架结构，小至引文、注释、字词、标点，均悉心指导，一丝不苟。惜学生愚钝，未能全然领会老师的意见，而如果说论文尚有一得之见，则应归因于老师孜孜不倦的指教。

　　感谢论文指导小组的另外三名成员郜元宝、张新颖、宋炳辉老师的指导，感谢张业松、文贵良、何言宏老师参加论文答辩，感谢王光东、栾梅健、段怀清、刘志荣、李楠等老师三年来对我的教诲与关怀。在论文开题、写作、预答辩过程中，诸位老师提出的建议与批评，使我获益良多。

　　感谢何向阳老师对我一见如故、亦师亦友的情谊，感谢金理、刘涛师兄给予的帮助，感谢梁艳师姐惠赠其博士论文及《今天》资料。

　　感谢李一、石圆圆、张静、叶子、唐睿、刘小源等同学的同门情谊。

　　临了，感谢复旦大学中文系这片天清地宁的净土，三年来，它无声地温润着我的青涩思想与憧憬。

2012年5月20日

图书在版编目（CIP）数据

情感和形式：中国当代小说中的知识分子叙事：
1949—1979 / 张勐著. — 杭州：浙江大学出版社，
2021.5
ISBN 978-7-308-21335-6

Ⅰ. ①情… Ⅱ. ①张… Ⅲ. ①小说研究－中国－当代
Ⅳ. ①I207.42

中国版本图书馆CIP数据核字(2021)第083458号

情感和形式：中国当代小说中的知识分子叙事（1949—1979）

张　勐　著

责任编辑　牟琳琳
责任校对　蔡　帆
装帧设计　春天书装
出版发行　浙江大学出版社
　　　　　（杭州市天目山路148号　　邮政编码　310007）
　　　　　（网址：http://www.zjupress.com）
排　　版　杭州林智广告有限公司
印　　刷　浙江省邮电印刷股份有限公司
开　　本　880mm×1230mm　1/32
印　　张　12.25
字　　数　263千
版 印 次　2021年5月第1版　2021年5月第1次印刷
书　　号　ISBN 978-7-308-21335-6
定　　价　89.00元